*Los pasos perdidos*

# Letras Hispánicas

# Alejo Carpentier

# *Los pasos perdidos*

Edición de Roberto González Echevarría

CÁTEDRA

LETRAS HISPANICAS

© Alejo Carpentier
Ediciones Cátedra, S. A., 1985
Don Ramón de la Cruz, 67. 28001-Madrid
Depósito legal: M-1072-1985
ISBN: 84-376-0502-4
*Printed in Spain*
Impreso en Anzos, S. A. - Fuenlabrada (Madrid)
Papel: Torras Hostench, S. A.

# Índice

# Reconocimientos

Muchos han sido los amigos que me ayudaron a preparar esta edición, algunos respondiendo a mis incesantes preguntas sobre detalles de erudición, otros leyendo partes del manuscrito o prestándome libros y artículos. Emir Rodríguez Monegal me permitió copiar el texto de su ejemplar de la primera edición, y me facilitó otros textos de su vasta colección; Manuel Durán respondió a mil preguntas sobre historia literaria; Nicolas Schumway puso a mi disposición sus inagotables conocimientos de música; Giuseppe Mazzotta, su erudición medieval; Eduarda Lillo Moro, su familiaridad con España y su historia; Vera Kutzinski me guió por la difícil selva del alemán; Carlos J. Alonso leyó el manuscrito de las notas e hizo sugerencias útiles tanto de contenido como de estilo. María Lastayo y Araceli García Carranza me dieron acceso, si bien breve, generoso, dadas las circunstancias, a los manuscritos de Carpentier en la Biblioteca Nacional José Martí, de La Habana. Para con Klaus Müller-Bergh, mi colaborador en la preparación de una bibliografía de Carpentier, tengo una deuda insaldable. Lo mismo con Eduardo G. González, Irlemar Chimpi, Ramón García Castro, Carmen Vázquez, José Piedra, y otros carpenterianos ilustres. A todos estos amigos doy mis más sinceras gracias. Espero que mi trabajo no desmerezca sus muchas atenciones.

Grande es mi deuda también con Isabel Gómez, mi esposa, y mis hijos Roberto, Isabel y Carlos, que soportaron mis ausencias, reales o mentales, mientras perseguía los pasos perdidos de mi siempre admirado Alejo.

# Advertencia

He preferido repetirme a citarme. El lector que se interese por lo que he escrito antes sobre Carpentier, y sobre *Los pasos perdidos* en especial, puede acudir a los libros y artículos consignados en la bibliografía, donde además encontrará documentación sobre muchas de las afirmaciones hechas en la introducción. Ésta pretende aportar algo nuevo con respecto a lo hecho antes.

Carpentier en Yale University, 30 de mayo de 1979.
Foto Pedro Yanes.

*Introducción*

## 1. Preámbulo

*Los pasos perdidos* (1953) es la obra principal de Alejo Carpentier, y una de las más importantes de la literatura hispanoamericana. Junto con *El reino de este mundo* (1949), y *Guerra del tiempo* (1958), esta novela hizo a Carpentier un escritor de renombre internacional ya en los años 50, anticipando la fama que habrían de adquirir Borges y los novelistas del llamado *boom* de la narrativa hispanoamericana en los 60 y 70. Carpentier ganó dos premios literarios en Francia durante los 50, una compañía cinematográfica norteamericana quiso llevar *Los pasos perdidos* a la pantalla, y un crítico del *Times* de Nueva York pidió el Premio Nóbel para el cubano en 1957. Pero Carpentier es uno de los precursores de Carlos Fuentes, Gabriel García Márquez y Mario Vargas Llosa no sólo en lo tocante a la fama; su obra hace posible la de estos escritores. García Márquez ha confesado que llevaba escritas alrededor de cien cuartillas de lo que iba a ser *Cien años de soledad* cuando leyó otra gran novela de Carpentier que acababa de salir, *El siglo de las luces* (1962), y su impacto fue tan grande sobre él que echó al cesto de la basura lo que tenía y empezó de nuevo. Pero *El siglo de las luces* no habría sido posible sin *Los pasos perdidos,* obra de síntesis de toda la tradición literaria hispanoamericana, y en la que Carpentier hizo un balance crítico de su propia obra. En *Los pasos perdidos* se somete a prueba, no sólo la literatura hispanoamericana, sino la misma posibilidad de escribir desde Hispanoamérica. Son tan trascendentales las preguntas de las que surge esta novela de Carpentier, que debe ocupar un lugar de importancia, no sólo en la historia de la literatura, sino en la del pensamiento hispanoamericano. *Los pasos perdidos* es una obra-encrucijada, una frontera. No es sólo una obra clave en la literatura hispanoamericana, sino que sintetiza todo el discurso literario occidental desde su última gran ruptura en el Romanticismo. Por eso es tan importante en la novela la presencia de Goethe, Shelley, Schiller, y Beethoven, entre otros artistas definidores de ese movimiento.

Precisamente por ser tan radical en su cuestionamiento de la literatura, *Los pasos perdidos* hace de toda aproximación crítica parte de su propia forma de ser como literatura. Es decir, *Los pasos perdidos,* como discurso literario, parte de preguntas tan básicas para cualquier empresa crítica como: ¿cuál es la relación entre el creador y su obra?, ¿cuáles son las fuentes de la obra, y qué quiere decir que ésta tenga fuentes? La base de todas estas preguntas es la cuestión fundamental que presenta la novela, que es relativa a los orígenes del ser, del lenguaje, de la tradición. No podemos, por lo tanto, simplemente practicar la crítica al enfrentarnos a *Los pasos perdidos,* sino que debemos empezar por decir que lo que hacemos está puesto en entredicho por la obra misma.

Dado el carácter de la temática de *Los pasos perdidos,* no ha de extrañar que se trate de una novela autobiográfica, con todo lo que ello implica. Es decir, Carpentier se propuso en *Los pasos perdidos* trabajar a partir de lo más cercano a sí mismo, su propia vida como intelectual y artista, para así poder indagar, con la mayor autoridad posible, en las cuestiones mencionadas. Desde luego, no es algo indiscutible que nuestra vida sea lo que mejor conocemos, ni que tengamos autoridad para hablar sobre ella. En efecto, si nos atenemos a una aproximación psicoanalítica, tendríamos que decir que lo contrario es lo cierto, que habremos de reprimir y tergiversar todo cuanto sea de importancia en nuestras vidas. O, si adoptamos una postura marxista, habremos de llegar a la conclusión de que nuestros prejuicios de clase no nos permitirán extraer del análisis de nuestras vidas una versión crítica de nosotros mismos. Carpentier es consciente de todas estas limitaciones; luchar contra ellas es parte de la elaboración de *Los pasos perdidos* y, por lo tanto, parte de cualquier toma de posición ante la novela. Tanto es así que *Los pasos perdidos* es la obra propia sobre la cual Carpentier más habla en entrevistas y artículos. Si aceptamos el carácter autobiográfico de la novela, todas esas declaraciones anteriores y posteriores sobre la elaboración de la misma forman parte de su composición. Este desbordarse de los moldes dados por la tradición, esta multiplicidad textual, es una de las conclusiones más perturbadoras sobre la manera de ser del texto literario a las que nos conduce la problemática de la novela, porque tal multiplicidad llevará implícita también la multiplicidad y fragmentación del escritor y del lector, y la imposibilidad de hacerlos coincidir en un momento de plenitud.

Carpentier publicó *Los pasos perdidos* en México, a principios de 1953. Publicó antes una serie de artículos sobre viajes suyos al interior de Venezuela, donde residía en esa época, que, evidentemente, forman parte del proceso de elaboración de la novela. Carpentier se ha referido a *Los pasos perdidos* y a esos viajes que la inspiraron en innumerables ocasiones. El sesgo autobiográfico de *Los pasos perdidos* aparece, por lo tanto, difícilmente discutible en este nivel. Partiendo de él, debemos entonces preguntarnos quién fue Alejo Carpentier en relación a *Los pasos perdidos,* o mejor, cómo fue Alejo Carpentier *para* la elaboración de *Los pasos perdidos*. Como tenemos que basarnos en muchas ocasiones en los propios testimonios de Carpentier sobre su vida, no podemos, en realidad, salir de ella para estudiar objetivamente su relación con la novela. Toda vida de Carpentier, inclusive la que esbozamos aquí, puede muy bien ser una prolongación de *Los pasos perdidos.*

## 2. Una vida / una obra

> Y, así como en la vida privada uno distingue entre lo que un hombre piensa y dice de sí mismo, y lo que realmente es y hace...
>
> (K. Marx, *El 18 de Brumario.)*

Carpentier nació en La Habana, el 26 de diciembre de 1904, día de San Esteban. Su padre era un arquitecto francés, y su madre tenía origen ruso. Poco se sabe acerca de ellos que no sea testimonio del propio hijo. Los Carpentier habían llegado a Cuba dos años antes del nacimiento de Alejo, en busca de mejor fortuna, en la más reciente de las repúblicas hispanoamericanas. Cuba había sido declarada independiente por Estados Unidos el 20 de mayo de 1902, tras una intervención de casi cuatro años que siguió a la derrota de España en la guerra del 98. Los Carpentier no eran inmigrantes pobres. La casa en que se instalaron en El Cotorro, a las afueras de La Habana, debió de haber sido amplia, ya que Alejo recuerda en su madurez la biblioteca paterna, y en novelas como *El acoso* y *Los pasos perdidos,* se habla de casas espaciosas, de patios en los que juegan los personajes jóvenes. En la biblioteca de Georges Carpentier, Alejo satisfizo sus curiosidades de lector niño: dice haber leído a los novelistas románticos franceses y a Baroja. El Idioma de la casa era, naturalmente, el francés, y así puede decirse que fue la lengua materna del escritor. En la calle aprendió español de los muchachos con quienes jugaba y luego en los colegios privados a los que lo enviaron sus padres. Primero el Colegio Mimó, de grandes pretensiones intelectuales, fundado por un masón; luego el llamado Candler College, colegio cubano-norteamericano al que asistían los hijos de las familias acomodadas.

Los muchachos con los que Alejo jugaba eran diferentes de él, no sólo porque hablaban español, sino porque muchos eran negros. La vida posterior de Carpentier fue en muchos sentidos un esfuerzo por armonizar los dos mundos de su niñez: el recogido, culto y europeo del interior de su casa; el más libre, exótico y atractivo mundo de los negros cubanos en la calle. El ambiente hispánico de su país —mezcla de varias culturas—, el mundo europeo de su padre; la lengua madre de su patria, y la lengua de su padre. Estos son los orígenes diversos que chocan entre sí en el joven Alejo. Nunca llegó a sintetizar Carpentier esa mezcla de culturas de las que surge, y tal vez a ello debemos su voluntad de creación. La muerte de Carpentier en París, en 1980, es tal vez el símbolo más elocuente de su profunda ambivalencia. Cuba lo vio nacer, pero murió en Francia, cuna de su padre.

Carpentier viajó a Francia con frecuencia, y vivió muchos años en la patria de Georges, como si algo, tal vez la muerte misma, lo atrajera. Cuando Alejo era adolescente, los Carpentier viajaron hasta Rusia a reclamar una herencia. Al regreso hicieron una larga escala en París, donde el niño asistió al Lycée Jeanson de Sailly. En París, entre escolares franceses, Alejo debió de sentirse raro, pero a la vez en su ambiente —un Charles Bovary de los trópicos. De regreso a La Habana, terminó el bachillerato, y pronto se matriculó en arquitectura en la Universidad de La Habana, con el propósito de seguir la carrera de su padre. Como buen hijo francés provinciano, Alejo quería entrar en el negocio del padre. De él había aprendido también música, aunque para la fecha en que llegó a la Universidad había dejado ya el piano. Con el correr de los años Carpentier habría de adquirir una pasmosa erudición tanto en música como en arquitectura, a pesar de que nunca terminaría la carrera universitaria.

Además de conocimientos y profesión, la Universidad ofrecía la posibilidad de adquirir fortuna y posición social en la Cuba de aquella época, y los Carpentier, que habían mandado a Alejo a los mejores colegios privados, sin duda anhelaban, como buenos inmigrantes, ambas cosas para el joven. Pero la vida le deparaba una sorpresa cruel a éste, que iba a cambiar radicalmente su destino. Un buen día, nunca sabremos por qué Georges abandonó a su familia y jamás se volvió a saber de él. Esta «catástrofe familiar», como la llama el escritor en su madurez en carta al autor, forzó al joven Alejo a abandonar la universidad para mantenerse a sí mismo y a su madre. Fue así como empezó a colaborar en periódicos, y hasta escribió una historia de los zapatos para el sindicato del calzado. Se juntan aquí por primera vez dos elementos que tendrían gran importancia en su vida: la erudición y el comercio. Tal vez para compensar la ausencia del padre, Carpentier se convirtió en uno de los escritores hispanoamericanos más eruditos desde Andrés Bello. Y el comercio, más específicamente la publicidad, le traería el bienestar económico y la posición social que la desaparición del padre le habían negado, en un momento tan crucial de su vida. La erudición aparece en *Los pasos perdidos* asociada a la figura del padre y a Europa; como todo fenómeno de honda raíz psicológica, es algo de signo ambiguo en su vida y obra. Camisa de fuerza de la que se quiere liberar; coraza que le protege de la destitución y la marginalidad. Por ella será criticado, y de ella se defenderá hasta el final de su vida.

El bienestar económico tendría que esperar. La más flamante de las repúblicas hispanoamericanas, en la que los Carpentier esperaron encontrar prosperidad, pronto empezó a sufrir malestares sociales y políticos. La paz no sólo había abandonado el interior de la casa de Carpentier, sino también la calle, donde estallaría la guerra entre los diversos componentes de la inestable sociedad insular. Transcurría el principio de la década de los 20, y después de varias intervenciones norteamericanas para «restablecer el orden», la situación política en la isla se hacía cada vez más caótica. Aunque ya había dejado sus estudios, Carpentier pronto se vio involucrado en actividades políticas cuya fuente era la Universidad. Los 20 fueron una década de crecimiento económico y turbulencia política, y culminaron con una revolución en toda la regla contra la dictadura de Gerardo Machado, que había llegado al poder en 1925. Éste tenía el apoyo de las clases que se beneficiaban del crecimiento económico y, por supuesto, el de los Estados Unidos; pero se le oponía una coalición que incluía al recientemente organizado Partido Comunista, varios grupos estudiantiles y otros sectores, sobre todo obreros, afectados por su política. Machado se había ido convirtiendo gradualmente en un típico dictador latinoamericano. Había alterado la constitución para prolongar su presidencia, y reprimió la oposición con una violencia que pronto le valieron el mote de «el asno con garras». Cuando la revolución estaba a punto de triunfar en 1933, los Estados Unidos lograron manipular la situación de tal manera que, aunque Machado tuvo que huir a las Bahamas, la oposición no pudo tomar el poder. La revolución fue abortada. De las ruinas de la dictadura de Machado habría de surgir el siguiente dictador cubano, Fulgencio Batista, que dominó la política de la isla, directa o indirectamente, hasta la revolución de 1959.

Los estudiantes e intelectuales que lucharon contra Machado no estaban solos. El movimiento estudiantil había empezado en Córdoba, Argentina, en 1923, con la llamada «reforma universitaria», que tuvo eco en todo el Continente. Los revolucionarios cubanos tenían además el apoyo de los mexicanos, que estaban entonces además consolidando los logros de su Revolución. Los cubanos se sentían parte de un movimiento que tenía ramificaciones internacionales. Pocos de sus líderes sobrevivieron al fracaso de la Revolución. Rafael Trejo murió de un balazo en una manifestación, Eduardo Guiteras fue asesinado en México por agentes de Machado, mientras que Rubén Martínez Villena murió de tuberculosis, estragada su salud en la lucha revolucionaria. Villena fue la figura más dramática del periodo, habiendo sido partícipe prominente en las dos actividades principales de los jóvenes: la vanguardia artística y la política. Poeta de talento considerable, Villena abandonó públicamente la poesía para dedicarse a la política, se convirtió al comunismo y aprendió a pilotar un avión en su exilio de la Florida con el empeño de bombardear La Habana. Enfermo, viajó en busca de remedio a la Unión Soviética, pero regresó a Cuba herido de muerte por la más romántica de las dolencias, para morir entre sus admiradores. La llamada Revolución del 33 y sus más dramáticos protagonistas dejaron una huella indeleble en Carpentier, que la incorporará a sus novelas, sobre todo *El ocaso* (1956) y *El recurso del método* (1974). Los revolucionarios del 33 fueron para Carpentier el modelo de hombre de acción que siempre admiró, pero nunca pudo emular.

Carpentier estuvo involucrado en el movimiento estudiantil, aunque nunca fue un activista de la talla de los mencionados, y pasó los años de más cruenta lucha en Europa (pasaría en Venezuela los de lucha contra Batista en los 50). En 1923, a la edad de diecinueve años, había sido nombrado editor de una nueva revista, *Carteles,* semanario ilustrado que habría de convertirse en uno de los más importantes de Cuba, y en el cual aparecían sus colaboraciones hasta 1949. Carpentier tenía talento de director de empresa, con un sólido sentido burgués para el dinero, y una enorme capacidad de trabajo. *Carteles* prosperó en medio del crecimiento económico que, a pesar de los disturbios, disfrutaba el país, y Carpentier, aunque no rico, por lo menos había salido a flote con su madre de la «catástrofe familiar».

Para mediados de la década el activismo político de Carpentier iba en aumento, a la par que su desarrollo artístico. Se unió al llamado Grupo Minorista, asociación que albergaba disidentes políticos y artistas, y participó en la Protesta de los Trece, un acto de desacato político contra el predecesor inmediato de Machado, Alfredo Zayas, cuya venalidad había llegado a extremos intolerables. Ya para 1927 Carpentier había comenzado a destacarse como promotor del incipiente movimiento Afro-Cubano o Afro-Antillano, se le pedían conferencias sobre la vanguardia artística europea y había sido uno de los fundadores de la *Revista de Avance,* órgano de los vanguardistas. También colaboró en la página literaria del muy conservador y españolizante *Diario de la Marina,* que, paradójicamente, fue otro de los vehículos importantes del vanguardismo artístico y político en Cuba. También comenzó por esos años a colaborar en la revista *Social,* semanario ilustrado dirigido a la gran burguesía y la clase adinerada cubana, que además de ocuparse de las actividades sociales de sus lectores, fue una de las publicaciones más imbuidas del arte nuevo en toda Hispanoamérica. La colaboración de Carpentier en *Social* fue asidua y de gran nivel. A través de esta revista, Carpentier se codeaba con la gente del gran mundo cubano. *Carteles* le daba estabilidad económica; *Social* le daba rango.

El apoyo al nuevo arte y el activismo político llevaron a Carpentier y a sus compañeros a buscar en el negro una fuente autóctona de energía artística y política. El espíritu de rebeldía que movía a los jóvenes podía buscar inspiración en el arte de los negros, basado en una fe religiosa que les había permitido sobrevivir los horrores de la esclavitud. Lo negro era un rechazo de lo europeo, que coincidía, para los jóvenes, con el rechazo de la cultura occidental del propio arte europeo de vanguardia. Carpentier colaboró con dos compositores cubanos, Amadeo Roldán y Alejandro García Catula, en la creación de varios ballets, óperas bufas, y otras composiciones que plasmaran el espíritu de rebeldía y la fe de los negros en su propia cultura. Estas actividades lo hicieron aún más conocido para las autoridades, que lo detuvieron en una redada de disidencia en 1927. Carpentier cayó en la cárcel con comunistas, anarquistas y todo el que pareciera sospechoso a las autoridades.

Carpentier pasó sólo cuarenta días en la cárcel. En todo caso, al salir de la prisión, estaba *fichado.* En la primavera de 1928 encontró una manera de escapar de Cuba. Un congreso internacional de periodistas se reunió en La Habana —jugada del Gobierno para hacer alarde de la libertad de expresión en la isla—, con la asistencia del poeta surrealista francés Robert Desnos. Desnos se hizo amigo de Carpentier, y le permitió al cubano usar sus papeles para subir a bordo del barco que lo llevaba de regreso a Francia. En Francia, Carpentier completó su educación vanguardista. Se asoció, por mediación de Desnos, con el grupo surrealista, y apoyó a su amigo contra Breton en 1930, cuando se enfrentaron dos facciones por motivos en parte políticos.

Desde París, Carpentier continuó su colaboración en *Carteles* y *Social.* Para *Social* Carpentier escribió casi exclusivamente sobre el arte de vanguardia. Sus artículos sobre Stravinsky, Picasso, Masson, Cocteau y muchos otros mantuvieron al público cubano informado sobre la revolución artística que se desarrollaba en Europa. También publicaba Carpentier en *Social* una columna sobre moda que firmaba bajo el seudónimo de *Jacqueline.* Desde Europa, Carpentier colaboró en la causa de los revolucionarios cubanos en su lucha contra Machado publicando algunos artículos sobre las atrocidades del régimen en revistas españolas de izquierda como *Octubre,* dirigida por Rafael Alberti.

La colaboración en *Carteles, Social* y otras revistas no podían producirle lo suficiente para vivir a Carpentier, porque, además, se había casado a poco de su llegada a París. Esta primera esposa, que murió a los pocos años de tuberculosis, casi no ha dejado huella en lo que Carpentier dijo de sí en entrevistas y reportajes, y ninguna en lo escrito sobre él por la crítica. Según testimonio de Carpentier al autor, esta primera esposa era suiza, y murió en un sanatorio en los Pirineos franceses, la región que muchos años más tarde había de describir en *El siglo de las luces* (largas caminatas, cuando no podía acompañar a su esposa, lo familiarizaron con el territorio). Apremiado por la necesidad, Carpentier empezó a trabajar en la radio, en un estudio llamado Foniric, propiedad de Paul Deharme, hombre de negocios francés que empleó al cubano, y promovió sus programas de radio. La radio y la publicidad habrían de ser el oficio de Carpentier hasta principios de los 60, aun después del triunfo de la Revolución Cubana.

A los pocos años de la muerte de su primera esposa, Carpentier volvió a casarse, esta vez con la francesa Eva Fréjaville. Es muy probable que Carpentier también enviase ayuda económica a su madre en Cuba. Alejo había encontrado su oficio en la tierra que su padre había abandonado. Casado con una francesa, había logrado reconstruir el mundo de la casa de El Cotorro —el mundo protegido y culto de lengua francesa. No le habría sido difícil en esta época completar su viaje a la semilla y convertirse o reafirmar su ser francés. Ya en La Habana, según testimonio de Juan Marinello, muchos tomaban a Carpentier por extranjero, sobre todo a causa de la *r* gutural que nunca logró eliminar de su español. La ambigüedad con que Marinello tildó a Carpentier se podía haber disipado de haberse convertido Alejo en el escritor francés que la biblioteca paterna podía haber producido. Carpentier iba a permanecer en París hasta 1939, con breve viaje a Cuba en 1936 a visitar a su madre —once largos años separado del mundo caribeño, con una vida hecha en la capital francesa, donde nadie había de tomarlo por extranjero. Pero Carpentier no se hizo francés, sino que, por el contrario, luchó con todas sus fuerzas por permanecer cubano. Carpentier se hace hispanoamericano en París.

El París de finales de los años 20 y primeros de los 30 era, como lo ha sido intermitentemente desde el siglo xix, la capital artística e intelectual de Hispanoamérica. Los poetas cubanos conocían a los chilenos en cafés parisinos, y los compositores argentinos descubrían pintores mexicanos en galerías de la capital francesa. Carpentier se hizo amigo en París del guatemalteco Miguel Ángel Asturias, del venezolano Arturo Uslar Pietri, del chileno Neruda; también llegó a conocer mejor a poetas y pintores cubanos como Nicolás Guillén y Wifredo Lam. Desde París, Carpentier viajó con frecuencia a Madrid, el Madrid de inolvidables peñas literarias donde conoció a Federico García Lorca, a Rafael Alberti, a

23

Miguel Hernández y a muchos otros hispanoamericanos que, sobre todo en época de la República, dieron a la capital española una efervescencia artística e intelectual que Carpentier no habría de olvidar jamás. España era otra patria para Carpentier, tanto por su cultura como por el sesgo político del país. En 1937 formó parte de la delegación cubana que asistió al Congreso de Intelectuales Antifascistas, en la que iban también Marinello y Guillén. Conoció entonces al joven Octavio Paz, y a artistas e intelectuales del mundo entero, y vio de cerca los estragos de la guerra civil española.

Estos contactos con artistas e intelectuales de otros países americanos proporcionaron a Carpentier una conciencia continental. En París se dio cuenta de que su esfuerzo por incorporar la cultura negra al arte cubano tenía su contrapartida en el movimiento indigenista de países como México y Perú. Este estímulo lo impulsó a asistir a cursos de etnología en la Sorbona, y a pasar largas horas al amparo de la cúpula de la sala de lectura de la Biblioteque Nationale de París, donde devoró libro tras libro sobre Hispanoamérica. Años más tarde, en un proceso que incluirá la composición de *Los pasos perdidos,* Carpentier intentará sustituir la Hispanoamérica que descubre entre libros en París con otra experimentada de primera mano. Ese esfuerzo tal vez sea, junto con el de definirse culturalmente, la médula de la vida espiritual y artística de Carpentier.

En 1930 Carpentier fundó en París una revista, con el apoyo financiero de Elvira de Alvear, una millonaria suramericana de la que parece fue secretario, en la que publicó a sus amigos franceses e hispanoamericanos. Llamada *Imán,* por el esfuerzo que le animaba de cohesionar el mundo intelectual de París, sobre todo el de habla española, la revista sólo duró un número. En ese número anticipó Carpentier un fragmento de la novela que escribía desde su encarcelamiento en La Habana en 1927 —*¡Ecue-Yamba-O! (Loado sea el Señor,* en lucumí, una de las lenguas africanas habladas en Cuba). Entretanto, Carpentier seguía trabajando en Foniric, adaptando obras de teatro a la radio. Los dos mundos de su niñez se repetían en París: su hogar francés, mantenido por un empleo regular; la calle, donde hablaba español con sus amigos hispanoamericanos. La biblioteca es el lugar donde ambos mundos convergen; el intelecto francés, el ansia hispanoamericana por conocer su origen.

En París, Carpentier continuó también la labor de creación que había empezado en Cuba. A poco de llegar a la capital francesa, terminó *¡Yamba-O!*, poema musical que realizó en colaboración con el compositor François Gaillard. También colaboró con Gaillard en la composición de *Poèmes des Antilles, suite* de poemas afrocubanos escritos directamente en francés, de mucho más mérito de lo que el silencio de su autor años más tarde podría indicar. En *Cahiers du Sud,* Carpentier publicó en 1930 un relato, «Histoire de Lunes», que es su primera obra narrativa de envergadura, y que ya anticipa algunas de las características de la obra madura de Carpentier. El relato, como *Poèmes des Antilles,* también fue redactado en francés, como lo fueron las colaboraciones a *Bifur,* revista de vanguardia, uno de cuyos consejeros era James Joyce. Pero la obra mayor de Carpentier en estos primeros años en París fue *¡Ecue-Yamba-O!*, novela que la Editorial España de Madrid publicó en 1933. La novela no fue un gran éxito. Años más tarde, Carpentier renegó de ella, y no hubo edición autorizada de *¡Ecue-Yamba-O!* hasta pocos años antes de su muerte. Juan Marinello, uno de los intelectuales más descollantes de la vanguardia cubana, le dedicó una reseña penetrante y negativa, que es uno de los primeros trabajos importantes sobre Carpentier.

Marinello apuntó con gran tino que *¡Ecue-Yamba-O!* era una mezcla torpe de modas artísticas, que pretendía sin lograrlo dar una visión profunda del mundo de los negros cubanos. Por un lado, la novela buscaba dar una descripción bastante convencional de la vida de los negros en los centrales azucareros y la ciudad, por otro, se empeñaba en capturar la fe religiosa que animaba a los negros mediante los procedimientos de la literatura de vanguardia —sobre todo mediante la confección de audaces metáforas de estirpe vanguardista, la reducción del paisaje a las formas primarias, como en el cubismo, y la creación de un lenguaje onomatopéyico que reprodujera la música de los rituales africanos. A esto se sumaba uno de los aspectos más innovadores de la novela; la inclusión de fotografías de rituales e instrumentos litúrgicos, que le daban al libro un aire de estudio antropológico, o de libro-objeto surrealista. Lo que la novela quería demostrar era que la coherencia entre doctrina religiosa, arte y modo de vida entre los negros, le daba a ese sector de la sociedad cubana una resistencia capaz de salvarlo de la despiadada explotación económica a que estaba sometido. *¡Ecue-Yamba-O!* compartía con novelas —las llamadas *novelas de la tierra*— de la época, como *Doña Bárbara* (1928), de Rómulo Gallegos, y *La vorágine* (1924), de José Eustaquio Rivera, un interés por el mundo natural latinoamericano. Pero a diferencia de éstas, incorporaba el arsenal de procedimientos vanguardistas ya visto, y la perspectiva antropológica. Era demasiado, y *¡Ecue-Yamba-O!* fue ignorada por el público lector, y a la postre repudiada por su propio autor, que sólo rescataba la escena del «rompimiento ñáñigo», es decir, de la iniciación a una de las asociaciones de negros.

Ni *¡Ecue-Yamba-O!*, ni los ballets, poemas, canciones o cuentos publicados por Carpentier en los años 20 y 30 lo convirtieron en un autor conocido; además, su producción literaria después de 1933 es casi inexistente hasta mediados de los 40. Las primeras obras de ficción publicadas por Carpentier después de *¡Ecue-Yamba-O!* son «Oficio de tinieblas», cuento que sale en 1944, y el relato *Viaje a la semilla*, publicado en edición privada de 100 ejemplares ese mismo año. El siguiente libro de ficción tendrá que esperar hasta 1949, año en que se publica *El reino de este mundo*. Lo que sí mantiene a Carpentier a la luz pública en Cuba son sus artículos desde París para *Carteles*.

En estos años Carpentier seguía leyendo sobre Hispanoamérica, sobre todo a los cronistas del descubrimiento y conquista, así como a autores contemporáneos suyos. A través de *Imán* Carpentier casi tuvo la oportunidad de ser el editor de *Residencia en la tierra* de Neruda, y testimonios suyos indican que era lector ávido de Borges desde el comienzo de la carrera del argentino. Estas lecturas iban a cristalizar en una nueva etapa de la obra de Carpentier; la etapa madura en la que empiezan a salir las obras que lo convirtieron en uno de los principales escritores hispanoamericanos. Esa etapa iba a tener lugar a su regreso a Cuba, con la realización de su anhelo de afirmar su identidad americana, no ya a través de libros, sino mediante un contacto vital. El conflicto entre un conocimiento adquirido a través de libros y el conocimiento derivado del contacto directo con la cultura hispanoamericana es uno de los motivos principales de ese regreso y uno de los temas principales de *Los pasos perdidos*.

La situación en Europa se hacía tensa hacia 1939. La guerra civil había terminado en España con la derrota de la República, y la inminencia de otra guerra mundial era clara. Muchos españoles amigos de Carpentier se habían ido al exilio, muchos a Hispanoamérica. Mientras tanto la situación en Cuba se hacía más prometedora. Batista había pactado con la izquierda, la economía cubana, que se beneficia siempre de los conflictos europeos, estaban en alza. El pacto de la izquierda con Batista habría de llevar al gobierno a compañeros de Carpentier de los años de la vanguardia, como Juan Marinello, que formó parte del gabinete del dictador. Nicolás Guillén estaba también de vuelta en Cuba. Había dinero para hacer emisiones de radio de tipo cultural. ¿Quién mejor que Carpentier para realizarlas? El escritor regresó a La Habana en 1939 con su esposa francesa. Se iniciaba para él una vida nueva.

En La Habana, Carpentier encontró un grupo de amigos ávidos de sus conocimientos del mundillo artístico europeo. Con ellos se reunía en las afueras de la capital, en una casa que llamaron *El Topo Azul,* para conversar de arte. Pero el matrimonio con Eva no resistió el trasplante al trópico, y los artistas e intelectuales seguían divididos por la política. La participación de Carpentier fue mínima en estas actividades. En octubre de 1939 Carpentier se divorcia de Eva (modelo probable de Mouche en *Los pasos perdidos*), y ya el 26 de mayo de 1941 se vuelve a casar, esta vez con una cubana, Lilia Esteban Hierro, perteneciente a una familia pudiente, con fortuna hecha en el azúcar. Con Lilia Carpentier habría de encontrar una estabilidad doméstica que duró hasta el día de su muerte; a ella le dedica sistemáticamente todos los libros publicados después de su matrimonio, que son los más importantes de su obra. No sería exagerado decir que la obra de Carpentier puede dividirse en dos periodos, uno antes y otro después de Lilia. Con su trabajo en la radio, sus publicaciones en revistas y periódicos y el matrimonio con Lilia, Carpentier alcanza, no sólo estabilidad, sino el tipo de comodidad económica y social a que su familia aspiraba desde que llegaron a Cuba.

La división en el mundo artístico e intelectual cubano de la época se manifestaba en las revistas que se publicaban. Por un lado estaba el grupo liderado por José Lezama, que habría de llegar a llamarse el *Grupo Orígenes*, por la revista del mismo nombre que publicaban. Por otro, un grupo de orientación más propiamente política, cuyos líderes eran Nicolás Guillén, por esta fecha ya miembro del Partido Comunista, y Juan Marinello, también miembro del Partido. Guillén logró publicar *La Gaceta del Caribe,* tabloide en el que Carpentier anticipó un fragmento de lo que llegaría a ser *El reino de este mundo.* Pero Carpentier también colaboró en *Orígenes,* y aunque no se le puede considerar miembro del grupo, porque ya para el verano de 1945 Carpentier había abandonado nuevamente el país, de todos modos su obra madura comparte elementos fundacionales con las de Lezama y sus seguidores.

Además, Carpentier publicó relatos muy importantes en la revista de Lezama y Rodríguez Feo: «Oficio de tinieblas», «Semejante a la noche», y fragmentos de *El acoso*. No hay que dejarse engañar por el hecho de que Carpentier no compartiera con Lezama y sus discípulos el catolicismo que los caracterizaba. En 1949, en un ensayo importantísimo publicado en Caracas, Carpentier hace un elogio del muy católico Paul Claudel, y pronto veremos que, en el famoso prólogo a *El reino de este mundo*, Carpentier le exige al artista hispanoamericano que tenga fe, no ya religiosa, sino en la cultura y el arte de su continente. Esta posición de Carpentier no dista mucho de la de *Orígenes*. Pero lo que más acerca a Carpentier al grupo de Lezama es su interés por lo cubano, no exclusivamente lo negro, sino lo cubano entendido en términos más amplios.

*La música en Cuba,* que Carpentier publica en México en 1946, es un libro que se concibe al calor de lo que pudiéramos llamar la estética de *Orígenes*. Es decir, el esfuerzo que hace Carpentier por trazar los orígenes de la música cubana y aquello que la hace peculiar, está animado por el mismo deseo de conocer la esencia de lo cubano que movía a Lezama y su grupo. Los relatos publicados por Carpentier en *Orígenes* tienen como ambiente la región azucarera cercana a La Habana, en el siglo XIX, donde pugnan los elementos más importantes de lo que será la cultura nacional; la investigación llevada a cabo para rehacer ese ambiente proviene de las pesquisas de Carpentier para escribir *La música en Cuba*. Es más, la mayoría de los relatos que luego se recogerán bajo el título *Guerra del tiempo* provienen de esas investigaciones, y lo mismo puede decirse de *El reino de este mundo*. (Una versión más científica, pero no menos inspirada de estos orígenes de la cultura, la dará años más tarde el sociólogo e historiador cubano Manuel Moreno Fraginals, en su espléndido libro *El ingenio.*) Los artistas de *Orígenes,* sobre todo Lezama, practicaban una suerte de trascendentalismo telúrico, una búsqueda de raíces que le infundieran al arte precisamente el tipo de aura religiosa que Carpentier pide en su prólogo a *El reino de este mundo*. En *La música en Cuba,* mediante un proceso de investigación cuya práctica había aprendido en París, Carpentier se remonta al siglo XVI, a las primeras tonadas que, con letra de romance, cantaron los marineros españoles en la isla, a la música de los rituales indígenas, a la música ritual de los africanos.

Pero Carpentier descubre un origen más reciente de la música cubana, que lo lleva a Haití y a la Revolución Haitiana, tema de *El reino de este mundo*. Lo que da comienzo a lo que se conoce en el mundo entero por música cubana es la simbiosis de elementos traídos a Cuba por los exiliados de Haití, que llegan, sobre todo, a Santiago de Cuba, y elementos cubanos. La importación principal fue la *contredance,* cuyo origen era la *country dance,* que prohíja en Cuba la *contradanza,* origen de la *habanera,* que se hace notoria en la ópera de Bizet, da a su vez el danzón, de donde derivan las formas contemporáneas de la música cubana. Aparte de la importancia que tiene para el estudio de la música cubana esta teoría, para Carpentier representó dar con un comienzo de la historia cubana, un comienzo cuyo componente principal es la presencia negra en la isla, y cuyo primer motor es una revuelta de esclavos.

Ahora bien, si Carpentier podía postular un nuevo comienzo para el desenvolvimiento de la historia de Cuba y del Caribe en general, ¿qué es lo que le daba coherencia a esa historia, qué es lo que concatenaba los incidentes que la componían? Este es el problema que Carpentier se impone en su ficción de los años 40. En los años del Movimiento Afro-Cubano, Carpentier se había enfrentado a problemas similares, pero ahora éstos habían adquirido una dimensión histórica que lo llevaría de vuelta a la novela. Hay un lapso de once años entre *¡Ecue-Yamba-O!* y *Viaje a la semilla* (1944). Durante esos años, como ya se ha visto, Carpentier ha pasado innumerables horas en la Bibliothèque Nationale de París, en la Biblioteca de la Sociedad de Amigos del País de La Habana, en los archivos de parroquias por toda la isla, pero sobre todo en Santiago de Cuba. Carpentier no regresará en su ficción al presente hasta *Los pasos perdidos,* cuando la problemática que la historia le presenta le hace repensar de nuevo la cuestión del origen, del principio, y cuando trata de escapar de la biblioteca en que el mundo se le ha convertido.

Los seis años que Carpentier pasa en Cuba entre 1939 y 1945, cuando se traslada con su esposa a Caracas, son de gran actividad. Sus programas de radio constituyen un gran éxito, se codea con los mejores escritores y pintores de la isla. En 1943, el actor francés Louis Jouvet hace una gira que lo lleva a Cuba, y allí convence a Carpentier a acompañarlo a Haití. Carpentier hace el viaje, y queda maravillado por las ruinas de la revolución haitiana: La Ferrière, Sans Souci. Éstas lo impulsan, basándose en sus investigaciones, a escribir *El reino de este mundo*. Viaja a México, donde firma el contrato con Fondo de Cultura Económica para la publicación de *La música en Cuba*. Viaja también a Nueva York, donde la Columbia Broadcasting Company le propone hacer programas de radio para América Latina. Carpentier y Lilia se hospedan en el elegante Warwick Hotel, en el centro de Manhattan, y ponderan el futuro. Carpentier se imaginaba lo que será su vida en la gran ciudad, viviendo en los suburbios, viajando diariamente en tren y subterráneo a su trabajo, anónimo en la inmensa masa humana de Nueva York. Deciden regresar a Cuba, y pronto aceptan una oferta de Carlos Frías, amigo de los años de París, que fundaba en esos años Publicidad Ars, que llegaría a convertirse en una de las agencias publicitarias más importantes de Venezuela, precisamente en los años en que la influencia del capital norteamericano y el petróleo iban a transformar la economía venezolana. Los conocimientos de radio y su comprobada habilidad empresarial, hacían de Carpentier un candidato ideal para el puesto que le proponía Frías.

En Caracas, Carpentier llegó a convertirse en uno de los escritores más conocidos y respetados de América Latina, pero no fue nada fácil. Aunque el Fondo de Cultura Económica de México publicó en 1946 su *La música en Cuba*, no había posibilidades de publicación para novelas latinoamericanas. Carpentier le reveló al autor que tuvo que sufragar de su pecunio los gastos de publicación de *El reino de este mundo* (1949) y *Los pasos perdidos*, las dos novelas que le hicieron famoso en los años 50. La primera obra de ficción suya publicada por una casa editora de alcance continental fue *El acoso*, editada por Losada de Buenos Aires en 1956. Ya para esa fecha Carpentier ha ganado dos premios literarios en Francia: en 1954 la versión francesa de *El reino de este mundo* es seleccionada como uno de los 25 libros más notables del año en Francia, mientras que en 1956 la versión francesa de *Los pasos perdidos* recibe en París el premio del mejor libro extranjero del año. Carpentier tenía ya cincuenta y dos años cuando Losada se decide a lanzar *El acoso*. Dos años más tarde, en 1958, la Compañía General de Ediciones, en México, recoge los relatos publicados por Carpentier en los 40 y principios de los 50, y junto con *El acoso*, saca el volumen *Guerra del tiempo*, que habría de tener gran éxito. Un año más tarde, la misma compañía publica una segunda edición de *Los pasos perdidos*, que fue, sin duda, la primera en circular ampliamente en el mundo de habla española, ya que de la primera, abonada por Carpentier, se habían tirado sólo 2.000 ejemplares (de ésta se hicieron 3.000). En el umbral mismo de la Revolución Cubana, Carpentier se convertía en uno de los principales novelistas de Hispanoamérica.

30

Carpentier ha dicho con frecuencia que Venezuela ensanchó su visión de Hispanoamérica por su variedad de paisajes y la composición racial de su pueblo. Venezuela tiene todos los elementos que componen el Nuevo Continente: enormes montañas, llanos, ríos caudalosos, selva, mar, y una población compuesta de blancos, negros e indios. Pero Venezuela también le permitió a Carpentier repensar sus experimentos sobre la historia americana y sus teorías sobre los orígenes y características de esa historia. Esto lo lleva a cabo en el proceso que le conduce a escribir *Los pasos perdidos,* que detallaremos en la próxima sección. Anticipemos, sin embargo, lo siguiente: Carpentier, en su trabajo de publicista para una compañía con fuertes lazos con los Estados Unidos, vive en Caracas parte de la existencia que había rechazado en Nueva York. Caracas, por las razones ya indicadas, está sufriendo una transformación profunda que pone a Carpentier en contacto con una sociedad posindustrial, y en contacto directo con los medios de comunicación masiva que la caracterizan. Publicidad Ars produce anuncios de televisión y radio, además de programas para ambos. Al mismo tiempo, Venezuela le permite a Carpentier hacer, durante sus vacaciones de verano, viajes a la selva que le dan la oportunidad de experimentar la sensación de escape y de regreso al origen que tales expediciones implican en la tradición occidental. Carpentier, en dos palabras, experimenta la América Latina del futuro y la del pasado más remoto. Todo esto le facilita el tipo de meditación que encontramos en *Los pasos perdidos.*

Carpentier llevó en Caracas una vida múltiple: publicista, periodista, escritor, a veces profesor y conferenciante, promotor de festivales de música. Su éxito como publicista fue rotundo. Como periodista, «Letra y Solfa», la columna casi diaria que escribió para *El Nacional,* mantuvo al público caraqueño al tanto de lo último en música, literatura, artes plásticas, las últimas novedades europeas, etc. Si pensamos que además terminó o escribió *El reino de este mundo,* «El camino de Santiago», *El acoso, Los pasos perdidos* y *El siglo de las luces,* nos daremos cuenta de la disciplina y capacidad de trabajo de Carpentier.

Carpentier traía esta última obra en su equipaje cuando regresó a Cuba en 1959, después del triunfo de la Revolución. La obra habría de publicarse en 1962, en México, y se convertiría en una de las novelas del llamado *boom* de la narrativa hispanoamericana.

Carpentier regresó a La Habana en julio de 1959. En diciembre de ese año, cuando la Revolución habría de estar al cumplir un año, el autor de *Los pasos perdidos* tenía cincuenta y cinco. Para regresar a Cuba, Carpentier tuvo que desmontar su casa de Caracas y abandonar la posición segura y acomodada que tenía en el mundo de los negocios en Venezuela. En Caracas, Carpentier tenía el prestigio, el dinero y la posición social por la que tanto se afanó a lo largo de su vida. La relación de Carpentier con el gobierno revolucionario cubano es algo que le convirtió en figura controvertida de la política cultural hispanoamericana, sobre todo una vez que muchos artistas e intelectuales se desilusionaron con la Revolución como resultado de la política represiva de la misma y su progresiva dependencia de la Unión Soviética. Carpentier le fue siempre fiel a la Revolución; firmó todos los manifiestos, apoyó la política del régimen, negó a los amigos que se apartaron de él, participó en todos los rituales, se abstuvo de toda crítica. La Revolución, a su vez, a través de sus organismos culturales, premió a Carpentier con una posición privilegiada, no ya en lo visible —Carpentier pasó desde 1968 hasta el final de su vida en Francia como agregado cultural para asuntos europeos—, sino con prebendas como la de poder percibir derechos de autor cuando Cuba no los reconocía, y otros escritores cubanos no sólo no podían recibir pagos del extranjero, sino que ni siquiera podían publicar fuera de Cuba (ni tampoco dentro, como es el caso de Miguel Barnet, Nancy Morejón, José Triana y otros que caían en desgracia por diversas razones). Carpentier podía viajar con todas las comodidades y garantías de su estatus diplomático, mientras que a Lezama se le negaba el permiso de asistir a congresos sobre su obra en el extranjero. No tenemos conocimiento de que Carpentier protestara por esto. En París, Carpentier retomó su vida de funcionario bien remunerado, y aunque prestó su ayuda al régimen con comparecencias ante el Tribunal Russell, que denunciaba las actividades norteamericanas en Vietnam, también gozaba de las ventajas de su estatus diplomático viajando por toda Europa. Estas contradicciones distanciaron a Carpentier de algunos de los escritores del *boom,* con los que tuvo una relación siempre un poco tensa, que tenían un concepto de la rebeldía más al estilo de lo que se llamó en los 60 la *contracultura,* que la dócil y solícita relación de Carpentier con el régimen cubano. De 1952 a 1958 Carpentier vivió imperturbable en Venezuela la dictadura de Pérez Jiménez; de 1959 hasta su muerte en 1980 vivió bajo el régimen de Fidel Castro. Bajo Pérez Jiménez, Carpentier organizó festivales de música, publicó su columna en *El Nacional*, escribió sus relatos y novelas, viajó a Francia a recibir sus premios literarios. No tuvo contacto con los revolucionarios cubanos, que después de la caída de Pérez Jiménez celebraron el Pacto de Caracas en la capital venezolana con el propósito de consolidar sus fuerzas para derrocar a Batista. Bajo Fidel Castro, Carpentier dirigió con éxito la Editorial Nacional de 1962 a 1966, publicó novelas y relatos, viajó por todo el mundo, participó en jurados literarios. Son casi treinta años de vida bajo regímenes liderados por hombres fuertes latinoamericanos, en los que Carpentier prospera, y durante los cuales escribe su gran obra.

Carpentier probablemente veía en la Revolución Cubana el final de una especie de teodicea similar a la presente en muchas de sus obras, la integración al fin del mundo de la política y el del arte, del deseo de la utopía y su realización en la historia. Inspirado en parte por esta sensación de que la vida al fin imitaba al arte, Carpentier, como Don Quijote con la celada, no tenía ganas de poner a prueba la coherencia de la política en la práctica. Además, justo es reconocer también que una ruptura suya con el régimen cubano habría sido un golpe de propaganda enorme, no ya en contra de Fidel Castro, sino en favor de fuerzas en su mayoría opuestas o indiferentes al progreso social en Hispanoamérica.

Sería tonto censurar a Carpentier por los privilegios que su enorme obra le merecieron, pero resulta pueril querer hacerlo pasar por activista político, como pretenden algunos críticos que creen hacerle así un beneficio a la Revolución, o que trabajan bajo su férula. Y es por lo menos deshonesto pensar que su vida fue de una coherencia y rectitud políticas dignas del ditirambo más que del análisis y la comprensión. Más honesto resulta observar, en toda su complejidad, las decisiones de Carpentier en los años de la Revolución, inclusive la de hacerse, o dejarse hacer, miembro del Partido Comunista de Cuba. Cuando Carpentier regresa a Cuba en 1959, lo hace impelido probablemente por el deseo de unirse a un movimiento político triunfante cuyos orígenes se encontraban en la Revolución de 1933, que había marcado su juventud. A los cincuenta y cuatro años, la «ambigüedad» de que lo había acusado Marinello, la «neutralidad» de que habría de acusarlo años más tarde Neruda en sus memorias, de seguro agobiaban a Carpentier, para quien la pugna entre vida contemplativa y vida de acción eran una angustia visible en toda su obra, particularmente en *Los pasos perdidos*. Una vez hecho el compromiso con la Revolución, difícil habría sido dar marcha atrás, aun cuando la situación política de la isla se deteriorara. Adherirse a la Revolución en 1959, cuando todo el mundo la vitoreaba, no era difícil; romper con la Revolución en 1968, ó 1971, o durante cualquiera de las crisis con los intelectuales, sí lo era. El segundo habría sido un verdadero acto político con enormes riesgos, y Carpentier no era precisamente hombre dado a actos políticos que conllevaran grandes riesgos. Carpentier, que había denunciado la literatura comprometida en los 40 y 50, y que sólo la practicó, con muy poco éxito, en *La consagración de la primavera*, cuando no le resultaba peligroso hacerlo, aceptaba con tranquilidad las exigencias del régimen para otros, mientras que él producía obras llenas de barroquismo. En privado hacía el elogio de Borges, pero en público no protestaba porque la obra del argentino no estuviese al alcance de los lectores cubanos. Continuó su amistad con Carlos Fuentes en privado, pero no dijo nada públicamente sobre la ruptura del escritor mexicano con la Revolución Cubana.

Lo peor de estas contradicciones no se halla en la obra narrativa de Carpentier, excepto en *La consagración de la primavera*, sino en declaraciones y ensayos en los que de pronto manifiesta una rusofilia nueva en él, o una aplicación del marxismo, que resulta claro que es de muy reciente y hasta precipitada adquisición. Sus discursos durante los festejos de sus setenta años en 1974, sus homilías sobre el Partido, suenan falsas, porque el marxismo de Carpentier no tiene nada que ver con su obra, ni con lo que ésta aporta ideológicamente a la literatura y el pensamiento hispanoamericanos. La disyuntiva entre la acción y la literatura, entre las armas y las letras, no se resuelve con la adhesión de Carpentier al régimen cubano, sino que se plantea en términos diferentes. Carpentier, como en Caracas en los años 50, prefiere no alterar el equilibrio con gestos atrevidos, que puedan poner en peligro su posición.

Lo anteriormente dicho no excluye que la obra de Carpentier contenga protesta social, ni que sea progresista, en el sentido de estar en favor de los oprimidos en América Latina, lo que quiere decir es que su obra no hace esa crítica social a partir de una doctrina dada. La obra de Carpentier es una reivindicación del legado negro en Hispanoamérica, sobre todo en el Caribe, y es ineludible en ella toda la historia de iniquidades que vertebra la historia del Nuevo Continente desde la Conquista. No hay literatura latinoamericana sin protesta social. Pero sería forzar la obra de Carpentier pretender ver en ésta la historia hispanoamericana en términos de la lucha de clases, aunque él mismo lo intentó sin gran éxito en una memorable conferencia pronunciada en Yale University un año antes de su muerte. Los indios, los negros, no constituyen clases sociales en los términos en que Marx plantea el concepto, con la Europa industrial en mente.

*El siglo de las luces* (1962), la novela que Carpentier traía en su maleta al llegar a La Habana en 1959, habría de suscitar muchos debates sobre las cuestiones que hemos venido viendo. Para algunos la novela era una especie de *roman à clef* de la Revolución Cubana, lo cual era absurdo si pensamos que la novela se había escrito en Caracas, antes de la Revolución. Otros trataron de ver qué cambios le había hecho Carpentier una vez que se unió a la Revolución. Mientras que otros se daban cuenta de que la novela de Carpentier no sólo tenía poco de marxista, sino que parecía estar completamente reñida con el marxismo. La novela fue un éxito de librerías. Carpentier no sólo se beneficiaba de su fama de escritor, sino que su asociación con Cuba lo hacía aún más cotizado. *El siglo de las luces* tuvo un impacto inmediato sobre escritores como Gabriel García Márquez y Carlos Fuentes, en gran medida porque resolvía los dilemas que Carpentier se había planteado en *Los pasos perdidos,* y daba pautas sobre cómo escribir ficción en América Latina que estuviese basada en la historia del Nuevo Mundo.

Los relatos de los años 40, inclusive *El reino de este mundo,* buscaban una confluencia o paralelismo entre la naturaleza del Nuevo Mundo y su historia; la ficción habría de ser el resultado de la fusión de ambos, de ahí las circularidades, repeticiones y reiteraciones. En *Los pasos perdidos,* según veremos en detalle en seguida, Carpentier pone a prueba esta ideología romántica; el resultado es que no hay tal continuidad entre naturaleza e historia, sino que la historia tiene como punto de partida incidentes políticos. La cultura —en esto Carpentier se acerca a Vico— no posee la fatalidad de la naturaleza; la cultura la hace la humanidad, como sus fábulas. La búsqueda del origen no es la de un tiempo perdido en la selva, sino la de los actos de fundación llevados a cabo por el hombre. En *El siglo de las luces* Carpentier, armado consciente o subconscientemente con esta nueva concepción de la historia, regresa al periodo en que elaboró *El reino de este mundo* para re-escribir esa novela, en términos mucho más amplios y ambiciosos. Ahora lo importante ha de ser cómo los ecos de la Revolución Francesa ponen en movimiento una serie de incidentes políticos que no están ligados a la naturaleza, como en el caso de las revueltas de Mackandal y Bouckman, sino que forman parte de una enorme combinatoria de signos que abarcan tanto la política como la escritura, la arquitectura, o toda manifestación cultural. *El siglo de las luces* es una obra hecha de sistemas de símbolos como la cábala hebrea, en la que se da énfasis a la creación de códigos ocultos no basados en la razón que proclaman los filósofos y revolucionarios dieciochescos, sino en una especie de *sobrerazón* universal que une a todas las culturas. El título de la obra alude, pues, irónicamente a las luces de la razón, ya que las luces también se refieren al *Zohar*, o libro de los esplendores, el texto principal de la cábala, escrito por cierto en España por Moisés de León en el siglo XIV. La obra, que empieza en La Habana a fines del siglo XVIII, termina en Madrid, después de los sucesos del 2 de mayo (las últimas escenas de la novela se basan en cuadros de Goya). *El siglo de las luces* es una obra de una riqueza verbal y alusiva extraordinaria, hecha a base de innumerables fuentes documentales sobre los sucesos y culturas que describe. Aparte de su valor como novela, es uno de los estudios más penetrantes sobre la transición de la Ilustración al Romanticismo en Hispanoamérica.

Después de *El siglo de las luces* hay un hiato de doce años en la producción novelística de Carpentier, similar al que hubo entre *¡Ecue-Yamba-O!* y *Viaje a la semilla*. Sin embargo, en 1963 Carpentier publicó un libro de ensayos que tuvo un impacto enorme en la literatura hispanoamericana: *Tientos y diferencias*. El libro recogía trabajos recientes de Carpentier, pero también rescataba otros de la época de Caracas, sobre todo el prólogo a *El reino de este mundo,* que había sido publicado originalmente en *El Nacional* en 1948. En aquel prólogo, que ni aún al ser publicado en la novela había recibido mucha atención, Carpentier había propuesto una teoría que, al aparecer en *Tientos y diferencias*, en medio del *boom* de la narrativa, y con el auge de la Revolución Cubana, haría estragos entre críticos de la novela hispanoamericana: lo que Carpentier denominó «lo real maravilloso americano». En realidad, para la época en que Carpentier publica *Tientos y diferencias* ni su obra, ni mucho menos su postura política, compaginaban con las teorías del prólogo. Las teorías de Carpentier, que veremos en mayor detalle en la sección siguiente, provenían del surrealismo, de Spengler, de una *lebensphilo-*

*sophie,* en fin, que lo llevaban a postular que el arte hispanoamericano provenía de un acto de fe mediante el cual el artista se confundía con la naturaleza. En realidad, como vimos al hablar de *El reino de este mundo,* tenía que existir una ruptura entre el ámbito americano pre-moderno y la perspectiva moderna del artista, lo cual equivale a decir que perdura en la novela una perspectiva irónica. Esto es lo que ocurre en *El siglo de las luces,* donde el origen que se persigue no es natural, sino político, es decir, cultural. Las teorías del ensayo sobre lo «real maravilloso americano» no corresponden a *El siglo de las luces,* y la porción de ese ensayo que consiste en el prólogo a *El reino de este mundo* no compagina con lo añadido después de 1959, sobre un viaje de Carpentier que incluyó China y la Unión Soviética.

Más coherentes son las teorías de Carpentier sobre el barroco americano, que también aparecen en *Tientos y diferencias,* y que sí corresponden a su producción novelística del momento. Carpentier entiende por Barroco la mezcla de estilos en una misma obra, mezcla que corresponde a los diversos orígenes de cada estilo. El arte americano, que tiende siempre hacia el Barroco, exhibe esa mezcla de estilos, que es a la vez una especie de desfase temporal; lo neoclásico convive en la arquitectura de nuestras ciudades con vestigios mudéjares y el *modern style.* La mezcla desjerarquizada hace imposible que cada obra esté centrada en una idea que domine las demás. No es una amalgama cuya base metafórica sea la naturaleza, una especie de caos genésico de origen romántico, sino una convivencia de formas cuyo origen son las diversas culturas que ocupan el espacio americano. De ahí la aparente desproporción permanente del arte americano, no sólo en cuanto al tamaño, sino en cuanto a la falta de equilibrio de las diversas partes. El *Canto general* de Neruda, con su desmesurado anhelo de abarcar toda la historia de América, sería un buen ejemplo de esta falta de proporción. El relato de Carpentier «Los elegidos», en que los Noés de varias tradiciones se encuentran durante el diluvio que toda mitología parece contener, es otro ejemplo: orden en la diversidad, mesura en la desproporción, multiplicidad de orígenes que sólo se tachan unos a otros, estas son las características del Barroco americano, según Carpentier. *Cien años de soledad* es evidentemente una obra cuya concepción debe mucho a estas ideas de Carpentier.

En 1974, como para marcar sus setenta años, Carpentier, al fin, publica dos novelas: *Concierto barroco* y *El recurso del método. Concierto barroco* es un retorno al Movimiento Afro-

Antillano, ya que uno de sus protagonistas es negro, y la puesta en práctica de las ideas sobre el Barroco que acabamos de ver. El momento culminante de esta breve obra es una *jam session* en el Ospedale della Pietà, donde todos los personajes contribuyen con los elementos musicales de sus tradiciones. La obra da saltos cronológicos siempre medidos (el número de años es significativo en cada caso): empieza en el siglo XVIII hispanoamericano, y termina en el siglo XX, en Europa, cuando Filomeno, el negro cubano, abandona a su amo para irse a París a un concierto de Louis Armstrong.

*El recurso del método* es una novela de dictador, que toma lugar en un país hispanoamericano que es una síntesis de varios, y cuyo personaje central está hecho a base de un gran número de dictadores (el más importante es Gerardo Machado). El dictador, figura, o mejor, figurón tragicómico que quiere aparecer culto y pasa la mitad de su vida en Europa, es una parodia del caudillo como producto de fuerzas telúricas, a la manera en que Sarmiento lo presenta en *Facundo*. Al dictador de Carpentier lo rodean, no elementos naturales, sino siempre productos artificiales, de visible y falsa factura: escenario para mítines políticos hechos de cartón madera y palmas artificiales que le dan a todo un aspecto de decorado operístico. *El recurso del método,* cuyo título es una distorsión de *El discurso del método* de Descartes, es una novela profundamente cómica, la única de Carpentier que manifiesta abiertamente esta característica. Como en *Concierto barroco*, lo principal de esta obra es la mezcla de elementos de diversas tradiciones culturales, que se revelan artificiales al entrar en contacto unos con otros y que, juntos, son una especie de suma barroca de lo artificial. El dictador, en el centro de esa proliferante artificialidad, resulta no tener control sobre nada; su propia figura es artificial, hueca, el punto de intersección de las varias tradiciones. Esto constituye no sólo una crítica de la autoridad política, sino de la autoridad del autor, pequeño dictador que controla, suponemos, su universo ficticio. El dictador de Carpentier, melómano, afrancesado, que divide su vida entre Hispanoamérica y Francia, es una figura del propio Carpentier.

Las últimas dos novelas de Carpentier son muy diferentes la una de la otra. *La consagración de la primavera* (1978), cuyo título remite por supuesto a Stravinsky, es una larga novela autobiográfica en la que Carpentier, entre otras cosas, re-escribe *Los pasos perdidos.* Aquí el hombre moderno, en busca de sentido a su vida, lo encuentra no en el pasado remoto, sino en el futuro. La novela organiza la historia de forma teleológica: empieza con la guerra civil en España, que se ve como resultado de la Revolución de Octubre, y culmina con la Revolución Cubana. Carpentier escribe su vida según quiso haberla vivido: un personaje es arquitecto, otro escritor, otro músico. El más autobiográfico de todos es publicista, pero termina como activista revolucionario, herido en la batalla de Bahía de Cochinos. La novela es melodramática, aleccionadora, aburrida, y fue un fracaso crítico y editorial. *El arpa y la sombra* (1979) es, en mi opinión, algo diferente. Escrita cuando Carpentier ya se sabía herido de muerte, es una especie de balance irónico de su obra. Carpentier se proyecta aquí en la figura de Cristóbal Colón, el primer narrador americano, como último recurso por encontrar el origen de la escritura americana. El pretexto es la investigación que se lleva a cabo en el siglo XIX, cuando se pensó canonizar al descubridor, y el juicio que se celebra a ese efecto en el Vaticano. En ese juicio se sabe que Colón convence a Isabel la Católica a ayudarlo seduciéndola, por lo que toda la empresa americana parte de un amorío monumentalmente ilícito. Colón, por supuesto, no es canonizado, y el fallo negativo, sin duda, alude a las veces que Carpentier no ganó el Premio Nobel. Toda la novela gira en torno a las fuentes documentales que se utilizan para reconstruir la vida de Colón, como si Carpentier quisiera mostrarnos la mano, es decir, el artificio. El resultado es casi más una miniatura rococó que una obra barroca. El final de la obra carpenteriana es este refinado chiste, esta magnífica muestra de habilidad técnica, y esta visión irónica de su propia empresa literaria: la historia no es movida por grandes acontecimientos, sino por algo más humano, como lo puede ser un desliz amoroso. El origen es ese amorío, no está en lo profundo de la selva, en el seno de una naturaleza misteriosa y prometeica.

El fin de Carpentier llegó en París, en un día como otro cualquiera, en que se había levantado temprano para escribir, y había asistido a una función oficial en su calidad de diplomático. Murió en su hogar, acompañado de Lilia, el 24 de abril de 1980.

## 3. Una selva de libros

Cuando, en *El reino de este mundo*, los negros rebeldes se reúnen en Bois Caiman para planear el levantamiento general de los esclavos, el rugido del trueno se confunde con la voz de Bouckman, que arenga a sus hermanos de raza a la lucha. Este pasaje culminante de la novela de Carpentier revela con dramatismo y precisión los resortes principales de su obra hasta *Los pasos perdidos*. La coincidencia de trueno y voz, que hasta *El reino de este mundo* significará la fusión, o por lo menos la complicidad entre naturaleza e historia, y entre naturaleza y acto de creación, será rota en *Los pasos perdidos*, en la cual se pondrá de manifiesto su artificialidad como recurso, y su pertenencia a una ideología de origen romántico. Si nos guiamos por los testimonios del propio Carpentier, sobre la creación de *Los pasos perdidos* no veremos esa ruptura; como todo creador, Carpentier noveliza los orígenes de sus obras. Pero si cotejamos los diversos pronunciamientos que hace al respecto con la novela misma, podremos observar que el proceso de composición de *Los pasos perdidos* marca una crisis; crisis de la cual saldrá renovada la obra de Carpentier, y cuyos efectos van a ser de gran importancia para la literatura hispanoamericana en general. Regresemos al periodo en que se forjó la novela —1945-1953— para, como puede hacerse con el fragmento de una fotografía panorámica, ampliarlo y examinarlo en detalle, junto con su producto principal: el texto de *Los pasos perdidos*.

Carpentier llega a Caracas con Lilia en el verano de 1945, para tomar posesión del cargo que Carlos Frías le ofrece en Publicidad Ars. El novelista trae consigo las investigaciones y el manuscrito de *La música en Cuba,* que se publicará en México al año siguiente. Trae sin duda también el manuscrito de lo que será *El reino de este mundo*, que no aparecerá hasta 1949. Entre su llegada a Caracas y la edición de *Los pasos perdidos*, Carpentier publicará cuatro textos importantes, además de los dos libros mencionados: en 1946 el relato «Los fugitivos», que provoca una polémica al terminar como finalista en un concurso auspiciado por el periódico caraqueño *El Nacional*; una serie de artículos que se publican en ese periódico, en 1947, bajo el título general de «Visión de América», que relatan un viaje de Carpentier al interior de Venezuela en el verano de ese año, y que aparecen como anticipo de un proyectado libro de viajes que se iba a intitular *El libro de la Gran Sabana;* en 1948, el ensayo que servirá de prólogo a *El reino de este mundo,* que tanto impacto tendrá años más tarde como manifiesto de «lo real maravilloso americano», y el ensayo *Tristán e Isolda en Tierra Firme,* que amplía considerablemente la temática del prólogo a *El reino de este mundo,* y que da el trasfondo romántico de *Los pasos perdidos.* La ruptura es observable en estos textos, que culminan con la novela que el lector tiene en sus manos.

Los detalles autobiográficos e históricos incorporados por Carpentier a *Los pasos perdidos* son numerosos. Durante estos años Carpentier se dedica de lleno a la publicidad, en un empleo que le exigía horas regulares de trabajo, como el protagonista de *Los pasos perdidos.* Como éste, Carpentier dedica sus vacaciones de verano a un viaje por la selva, y como éste quiere hacer arte a partir de ese viaje. Al llegar a Caracas en 1945, Carpentier y Lilia fueron sorprendidos por un golpe de estado, con tiroteos en las calles, que los fuerzan a permanecer refugiados en un hotel, como el protagonista y Mouche en la novela. Por esos años, el Orinoco y la búsqueda de sus fuentes, se pone de moda, y aparecen libros notables de exploración geográfica y antropológica del área, como los de Alain Gheerbrant, *Des hommes qu'on appelle sauvages* (1952), y sobre todo, su *L'Expedition Orénoque-Amazone* (1952), sin duda una de las fuentes más directas de *Los pasos perdidos.* Los artículos de *El Nacional* revelan que muchos de los personajes de la novela —el fraile, el minero, el Adelantado— están calcados de la realidad; en algunos casos hasta podemos darnos el lujo de ver fotografías de estos seres que iban a ser inmortalizados por la novela de Carpentier. Pero lo más profundamente autobiográfico de *Los pasos perdidos* no se encuentra en estos detalles, sino en la figura del innombrado protagonista-narrador, hombre perteneciente a dos culturas, que quiere redescubrir su raíz hispanoamericana mediante un viaje de regreso al origen, y cuyo empleo como publicista le condena a vender sus conocimientos y talento de musicólogo y compositor. El desarraigo causado por estos dos factores —el de su origen olvidado, y el de su profesión— es lo que marca a este personaje como evidente proyección autobiográfica de Carpentier. Pero, ¿cómo y por qué se convierte *El libro de la Gran Sabana* en *Los pasos perdidos?* La respuesta se encuentra en el desplazamiento del yo que firma el ensayo-prólogo de *El reino de este mundo* al yo ficcionalizado de *Los pasos perdidos.* En el plano de la historia de las ideas se tratará del desplazamiento de Spengler a Heidegger y Sartre, y del surrealismo al existencialismo. El relato «Los fugitivos» anuncia el cambio.

En «Los fugitivos» un negro cimarrón se hace cómplice de uno de los perros que lo persiguen, se refugia en el monte con él, y por un tiempo llevan una vida natural. Con el cambio de las estaciones tanto el negro como el perro, impelidos por el deseo sexual, regresan subrepticiamente a la población en busca de compañera. Pero, mientras que el perro, una vez pasada la época del celo no vuelve a arriesgarse lejos de la guarida, el hombre, no atado a los ritmos naturales, sí lo hace, lo cual le lleva a ser capturado y muerto por los blancos, a los que se suma el perro, que todavía responde al entrenamiento a que había sido sometido. La estructura de *Los pasos perdidos* está ya presente en el relato: escape a la naturaleza, regreso a la civilización, intento fallido de regreso al mundo natural. La voz y el trueno han comenzado a separarse. En los artículos de lo que iba a ser *El libro de la Gran Sabana,* Carpentier narra su viaje a Santa Elena de Uairén, como un regreso a (nótese la interesante contradicción) las «entrañas virginales» de América. Inspirado por la majestuosa naturaleza de la selva y por los personajes que allí encuentra, Carpentier decide escribir algo que ponga de manifiesto la novedad. a la vez que la antigüedad, de este mundo perdido que lo retrotrae al Génesis. Se siente en el paisaje del origen, en el reino de las primeras formas de las que todo lo presente ha dimanado. Así como el cimarrón va más allá de los ritmos naturales, con el proyecto de escribir *El Libro de la Gran Sabana* Carpentier piensa salir de lo natural para re-presentarlo: la contradicción del origen lo abate. Lo más nuevo es lo más antiguo; para captar la novedad hay que ser parte del presente caído. Pero si se está fuera de ella, repetirla es siempre un acto condenado a ser algo retrasado, que no puede participar de su magia, que no puede captar el vigor de lo original en su atemporalidad creadora. En *El Libro de la Gran Sabana* estas contradicciones ya están presentes en el mero hecho de que a cada paso Carpentier cita textos que ya han intentado reflejar fielmente este mundo del Génesis, sobre todo los textos de viajeros científicos europeos como los hermanos Robert y Richard Schomburgk, cuya obra *Reise in British Guiana* se menciona y cita en varias ocasiones. La prosa romántica de Schomburgk reverbera a través de la de Carpentier en muchos pasajes que luego van a ser apenas retocados al incorporarse a *Los pasos perdidos.* Y los problemas a los que se enfrenta Carpen-

42

tier, como puede verse en *Tristán e Isolda en Tierra Firme*, son románticos, según veremos. Cuando en sus vacaciones de 1948 Carpentier regresa a la selva, esta vez haciendo un viaje Orinoco arriba, ya no continúa *El libro de la Gran Sabana*, tal vez perplejo ante los dilemas antes vistos —quizá sea entonces cuando decide escribir *Los pasos perdidos*, para explorarlos más profundamente. El yo ficcionalizado y distanciado de *Los pasos perdidos* le permitirá generalizar problemas y anhelos que en una narración autobiográfica habrían parecido excesivos. La novela le permite ser a la vez más sincero y menos personal. La magnitud de la meditación carpenteriana sobre los orígenes de la creación y sobre el papel de la conciencia individual en ellos, puede observarse en un texto que escribe por esa época, y que encarna los dilemas vistos: el prólogo a *El reino de este mundo*.

Aunque tuvo mayor circulación como ensayo independiente, es necesario leer el prólogo a *El reino de este mundo* en relación al texto novelístico que le sigue. En el prólogo, Carpentier escribe contra los surrealistas, afirmando que lo insólito para éstos ya se ha convertido en algo codificado, mientras que en América hay una proliferación de formas nuevas, producto de contigüidades inusitadas, que el artista percibe y es capaz de reflejar mediante un acto de fe. Carpentier no niega el surrealismo, sino a los surrealistas. No niega el surrealismo porque la teoría de la escritura automática, de la *ex-presión* como manera de manifestar formas nuevas que el artista no controla, tiene una sólida base romántica que está fuertemente vinculada a la teoría carpenteriana de «lo real maravilloso americano». En el Nuevo Mundo hay formas nuevas, que no repiten los códigos del surrealismo. Así, dice él, el relato que sigue —*El reino de este mundo*— revela una soprendente serie de repeticiones y reiteraciones dadas por la historia americana, en las que no ha intervenido la mano del creador. El texto de *El reino de este mundo*, en otras palabras, obedece a ciertos ciclos naturales, de los que el autor-prologuista sólo ha sido vehículo. Así como la boca de Bouckman se abre para emitir su voz y lo que retumba es el trueno, la de Carpentier, al relatar episodios de la Revolución Haitiana, va a manifestar una trabazón de hechos, fechas y números cuya coherencia es de origen natural.

La fuente principal de las afirmaciones de Carpentier en este prólogo es *La decadencia de Occidente,* de Oswald Spengler, libro que en la traducción de Manuel García Morente auspiciada por Ortega, tuvo un impacto enorme sobre todo en el mundo de habla española, especialmente en Hispanoamérica. En resumen, Spengler proponía que las culturas eran entidades que evolucionaban según ciclos homólogos a los naturales: el universo estaba hecho de múltiples culturas en diferentes momentos de un proceso de evolución que todas sufrían. El momento de plenitud cultural llegaba cuando había una adecuación inconsciente entre paisaje e individuo, ya que la percepción del paraje en que les es dado vivir, determina la similaridad entre todos los individuos pertenecientes a un grupo cultural. La decadencia comienza cuando los valores culturales se hacen conscientes y, por lo tanto, reflejos. Para Carpentier y muchos otros artistas e intelectuales americanos, el Nuevo Mundo estaba en un momento de plenitud, mientras que el Occidente estaba en decadencia. De ahí que Carpentier distinga, por un lado, el surrealismo y, por otro, «lo real maravilloso americano». El artista americano es capaz de expresar la realidad americana libre de trabas y de mediaciones.

Como puede observarse, la teoría de Carpentier es esencialista: la percepción del artista depende de una situación dada por la cultura, que es superior a la conciencia individual. No puede escapársenos tampoco el fuerte substrato romántico de Spengler, para quien hay una continuidad implícita entre naturaleza e individuo que la expresa. Una vez más, el trueno que se confunde con la voz de Bouckman. Pero si observamos detenidamente las presuntas reiteraciones que producen las formas «maravillosas» de *El reino de este mundo,* veremos que no todas son históricamente comprobables, que en las repeticiones de fechas, números de capítulos y otras coincidencias es visible la mano del prologuista-autor. El prologuista es parte de la ficción. No puede, desde fuera, garantizar la realidad de «lo real maravilloso americano». La combinación prólogo-relato revela, no resuelve, el dilema en que se encuentra Carpentier al querer escribir *El Libro de la Gran Sabana.* En vez de formar parte del origen, de la naturaleza nueva y generadora de formas, Carpentier crea formas que se hacen pasar por esa naturaleza, pero que son copias tardías de un mundo que le es vedado, salvo como simulacro. Así como el negro va más allá de los ciclos naturales, lo que Carpentier añade a la historia haitiana es un suplemento que está fuera del origen en el que sólo puede permanecer como algo escincido de él. Lo mismo ocurrirá a su protagonista-narrador en *Los pasos perdidos*, que no podrá crear sin papel en lo más profundo de la selva; la escritura lo distancia de una naturaleza que no tiene memoria porque vive en formas atemporales que se repiten idénticas en un presente sin historia.

En *Tristán e Isolda en Tierra Firme* Carpentier propone que el arte hispanoamericano es eminentemente romántico, aun o sobre todo en sus manifestaciones populares. Carpentier apela en este ensayo a sus vastísimos conocimientos de música y de las literaturas europeas —la francesa y alemana en particular— para demostrar la vigencia de lo romántico en la Hispanoamérica en que vive. En español el romanticismo fue débil en su producción, pero la influencia del romanticismo europeo en los países hispanoamericanos a través de la música, especialmente la ópera, y cierta literatura popular, como Dumas y Hugo, fue profunda y amplia. En *Los pasos perdidos* el ambiente romántico de la capital hispanoamericana se hace visible sobre todo en la noche en que el protagonista-narrador y Mouche van a la ópera. El romanticismo permanece vigente en Hispanoamérica porque ésta se enfrenta tardíamente a la modernidad que lo hizo posible en Europa. A partir de este ensayo de Carpentier y de *Los pasos perdidos*, podemos derivar una formulación más satisfactoria de «lo real maravilloso americano». Éste resulta de la presencia simultánea en Hispanoamérica de lo moderno y lo premoderno. Esto es, al nivel más abstracto lo que tenemos en *Los pasos perdidos*. La posibilidad de considerar lo premoderno como insólito existe sólo desde el momento en que lo pensamos desde lo moderno, como descubre con amargura el protagonista-narrador de *Los pasos perdidos* —el arte hispanoamericano incluye ambas cosas, y la tensión entre ellas. La ficcionalización del yo autobiográfico de *El Libro de la Gran Sabana* al convertirse éste en *Los pasos perdidos* es una especie de defensa contra esa amargura, contra lo que resulta ser la más dolorosa de las revelaciones del proyecto de Carpentier de examinarse a sí mismo y su arte de la manera más rigurosa posible: que la biblioteca de su padre lo persigue hasta los más recónditos parajes de la selva americana.

En los grandes románticos europeos es donde Carpentier encuentra mejor expresados los dilemas a que se enfrenta: en Goethe, en Schiller, en Shelley, en Blake, y también en Beethoven y Wagner. La angustia romántica por conocer el origen del ser y el arte, por desentrañar el secreto de la creación en la naturaleza y el hombre, la búsqueda de las formas prístinas del ser y su expresión le llevan al *Prometeo desencadenado* de Shelley, uno de los textos más citados a lo largo de la novela, que informa el proyecto de composición del protagonista-narrador. El ansia de fundir el origen del lenguaje con la música en un poema cantado —el treno— revela ese deseo de dar con el momento antes de la fragmentación del lenguaje, antes de la escisión entre el signo y su contenido, que la articulación misma del idioma conlleva. Sólo en una obra como la de Shelley puede Carpentier hallar ese anhelo de decir la primera palabra y emitir la primera nota, junto con la rabia de que todo parece haber sido ya dicho por Dios, o su cómplice, la naturaleza. ¿Qué libertad puede haber para el creador si todo está ya contenido en la naturaleza? El creador ha de ser un rebelde que quiere robarle el fuego de la creación a Dios mismo, que lucha por su originalidad contra fuerzas avasalladoras: la naturaleza y sus formas siempre renovadas, los libros fundacionales de cada cultura, como los poemas homéricos, la Biblia, donde todo ya ha sido escrito. ¿Qué intersticio hay para escribir, para crear, ante esos petroglifos de la selva que parecen ser la escritura de un titán? Y si no podemos competir contra esas fuerzas empequeñecedoras, ¿cómo podemos reflejar fielmente su originalidad en lo nuestro? ¿Es posible regresar al origen, o el tiempo ya nos tiene condenados al retraso, al tiempo caído de la historia? ¿Cómo se puede ser en ese tiempo? Carpentier emplaza a su protagonista-narrador en una tesitura existencial.

Entre 1949 y 1953, Capentier escribe y re-escribe *Los pasos perdidos*, cogido sin duda en la misma situación de su protagonista-narrador; es decir, ávido de crear algo original, pero abrumado por las fuentes que se le revelan a cada paso. El problema de la originalidad y las fuentes no es trivial, ni lo falsifica la metáfora fluvial que en este caso es casi demasiado literal, ya que buscar las fuentes del Orinoco fue una actividad febril de esos años, y el viaje de Carpentier en 1948 fue en esa dirección (además de la expedición de Gheerbrant, en 1951 una expedición franco- venezolana viajó Orinoco arriba y dio con las fuentes del gran río). La originalidad, la *origen*-alidad, es un problema central de *Los pasos perdidos*, como hemos venido observando. Como ocurre a su protagonista-narrador, Carpentier descubre que la selva está hecha de libros. Todo alude al libro, a los libros, tanto en las más insignificantes como en las más importantes aventuras. Como el lector de esta edición podrá comprobar, las alusiones librescas en la novela son innumerables. No pretendemos haber dado aquí el catálogo completo de la biblioteca carpenteriana, pero sí sus tomos más manoseados. La selva americana en la que se interna el protagonista-narrador fue descrita por los cronistas del descubrimiento y conquista de América, por la infinidad de viajeros europeos que la atravesaron en el siglo pasado en busca de los orígenes de los fenómenos naturales —Darwin buscó los orígenes de las especies en la naturaleza del Nuevo Mundo. La selva también aparece en los libros sagrados de los nativos del Continente, y en los poderosos versículos del Génesis que afloran a los labios del protagonista-narrador y de Carpentier. La selva, el mundo natural, está allí en todas las teorías, en todas las fábulas de origen. Grandes libros, tan grandes como los enormes árboles de la selva, se yerguen frente a Carpentier: *El Orinoco ilustrado,* de José Gumilla, el mencionado *Reise in British Guiana,* de Schomburgk, el *Viaje a las regiones equinocciales del Nuevo Mundo,* del Barón Alejandro de Humboldt. A éstos se suman grandes novelas: *Lost World,* de sir Arthur Conan Doyle, *Green Mansions,* de Hudson, *La vorágine,* de José Eustasio Rivera, *Canaima,* de Rómulo Gallegos, *Heart of Darkness,* de Joseph Conrad, y muchas más. ¿Cómo dejar huella en tan vasta selva de libros? ¿Cómo pisar en lo no hollado? La solución que Carpentier encuentra es convertir esta pregunta en el tema central de la novela. *Los pasos perdidos* no sólo narra el viaje a la selva del protagonista-narrador, sino su viaje por esta selva textual en busca de un relato que los contenga a todos, que necesariamente ha de ser el relato en que se narra ese mismo proceso. Carpentier sube o intenta subir una colina textual desde la cual poder otear todas las historias, todos los textos que le salen al camino. Carpentier persigue lo que me gustaría llamar una perspectiva antropológica. Veamos cómo y por qué se lanza Carpentier a esa aventura observando más de cerca la novela misma.

*Los pasos perdidos* es una novela con una temática que rebasa, con mucho, el ámbito hispanoamericano. Escrita poco tiempo después del final de la Segunda Guerra Mundial, cuya presencia en la memoria del protagonista-narrador es casi obsesiva, *Los pasos perdidos* sopesa, con no poco pesimismo, el presente y el futuro de la civilización occidental. Hay una preocupación que no podemos sino denominar ecológica en la novela, que se manifiesta sobre todo en las escenas en la ciudad, descrita en el último capítulo en términos apocalípticos. La civilización occidental se erige sobre las ruinas de la naturaleza domada y saqueada; la violencia destructora del Apocalipsis se cierne sobre ella. En el mundo urbano todo es decadencia, nítido reflejo del gran libro de Spengler. Nada posee valores fijos. Todo es producto del artificio. El protagonista-narrador asocia ese mundo con la memoria de su padre, que siempre le habló del refinamiento europeo como la más grande realización de la humanidad. Su viaje a la selva es un esfuerzo por escapar de ese mundo y de encontrar el origen donde pueda ser uno con el universo, donde su cuerpo y su espíritu se fundan, y donde, abandonando las multiplicaciones engañosas de la urbe, el lenguaje recobre su sentido. Una vez hallado ese origen, el protagonista-narrador podrá entregarse de nuevo a la creación musical pura. El reflejo «científico» de esa empresa es su teoría sobre el origen mimético de la música, que mucho recuerda, en su base ideológica, la teoría carpenteriana de «lo real maravilloso americano.» En su origen, la música imita el sonido del canto de los pájaros, como acto propiciatorio de posesión. A medida que avanza la novela, la armazón de esta ideología va cediendo bajo la presión de las contradicciones que le dan cohesión, y que el fracaso del protagonista-narrador revela. En la mejor tradición de las confesiones, el texto traiciona a cada paso a su autor, que pretende develar verdades sobre sí, pero que sólo lo logra indirectamente; esta traición del texto también revela, a un nivel biográfico, un amargo autodesprecio que es también típico de las confesiones, y que manifiesta hasta qué punto esta novela es importante para entender a Carpentier. En esta lacerante sinceridad radica el gran éxito de *Los pasos perdidos* como obra literaria. Mediante este proceso, también esta novela de Carpentier hace una crítica severa del mundonovismo en que se fundaba toda una tradición literaria e ideológica hispanoamericana en la que se formó su propio autor. Este desarrollo se revela en lo que pudiéramos llamar la multiplicidad del protagonista como origen del texto.

La primera oración de *Los pasos perdidos* dice: «Hacía cuatro años y siete meses que no había vuelto a ver la casa de columnas blancas, con su frontón de severas molduras que le daba una severidad de palacio de justicia, y ahora, ante muebles y trastos colocados en su lugar invariable, tenía la casi penosa sensación de que el tiempo se hubiera revertido.» ¿Quién *hacía?* ¿Yo? ¿Él? No sabemos sino hasta varias oraciones más tarde, que se trata de alguien que «habla» en primera persona. Esta ambigüedad pronominal y verbal encierra ya la multiplicidad del protagonista-narrador como origen de donde mana la coherencia del discurso. No es casual que el tema de esa primera oración sea el tiempo y la memoria. El protagonista-narrador es siempre otro en el tiempo y la memoria; otro con el que quiere *re-unirse,* pero del que a la vez tiene que distanciarse para fundamentar su individualidad presente, el yo desde el que escribe. Pero, ¿qué es el presente? ¿No está ausente el protagonista-narrador por el mismo hecho de escribir? ¿No decimos en realidad siempre él o ella al decir yo? La forma de diario o confesión que asume la novela condena al protagonista-narrador (para no hablar de Carpentier) a este distanciamiento de sí. Si *Los pasos perdidos* es una confesión, es decir, el recuento de una conversión, la retórica de la conversión condena al narrador a la multiplicidad: para describir al pecador o iluso que fui, tengo que hacerlo desde el otro que ahora soy. El yo que nos nombra a ambos es un convencionalismo gramatical. Esto es lo que la vacilación entre primera y tercera persona significa en esa primera oración.

Esta ausencia de límites entre personas se repite en la relación entre el protagonista y los demás personajes de la novela, sobre todo Mouche. El protagonista-narrador le atribuye a Mouche lo peor de la tradición occidental. Todo para Mouche remite a una referencia cultural, mientras más de moda mejor. Así ve el mundo hispanoamericano con lentes europeos, como en la escena del rastro, donde inmediatamente compra un hipocampo por la alusión a Rimbaud. Sin embargo, si Mouche mira el Nuevo Mundo a través de lentes calibrados en París, el protagonista-narrador lo percibe a través de lentes cuadriculados, que lo someten todo a las clasificaciones culturales e históricas de la civilización occidental. En casa del Curador, el protagonista-narrador observa el museo y ve cómo los artefactos de la civilización han sido encasillados según conocidas periodizaciones; pero cuando él mismo llega a Los Altos, los focos del alumbrado municipal se le revelan como una alegoría de la historia de Hispanoamérica, según la más común periodización. De igual manera, todo su viaje al interior de la selva es descrito en términos de la historia según ésta se concibe a partir de la cultura europea: tierra del caballo, tierra del perro, etc. Hay, por lo tanto, un contraste marcado entre lo que el protagonista-narrador dice de sí y lo que hace, y gran semejanza entre lo que otros dicen que él censura, y lo que luego él dice. La fragmentación o multiplicidad es irónica y socava la autoridad del narrador. No podemos fiarnos de la coherencia ideológica de su discurso, empedrado como está de una enorme cantidad de alusiones librescas, y que a veces imita el estilo mismo de los libros a que alude, o que están apenas bajo la superficie del texto. Las notas a esta edición deben dar amplio testimonio de ello. Si el discurso occidental, en lo que tiene de libresco, es el lastre que debemos soltar para acercarnos a la verdad sobre la historia, sobre el protagonista-narrador o sobre nosotros mismos y el mundo presente, el saturado texto de la novela nos fuerza, mediante la lectura misma, a darnos cuenta de la dificultad de tal empresa. La presencia simultánea del deseo de despojarse del fardo de la civilización y el enorme peso de éste en la novela misma, es la ironía más persistente y reveladora en *Los pasos perdidos*.

Nada más revelador en cuanto a esta ironía desautorizadora que el error en la fecha del diario que se incluye en la novela, sobre cuyo significado Eduardo G. González ha escrito elocuentes páginas. En *Los pasos perdidos* podemos seguir con relativa facilidad las fechas en que se desarrolla la acción, al principio por las alusiones que hay en los primeros capítulos a fechas precisas, y luego mediante las fechas que encabezan capítulos escritos en forma de diario. Si nos fijamos con cuidado en esas fechas, nos damos cuenta de que el protagonista-narrador se salta un lunes (ver detalles en la nota 30 del Capítulo Tercero). El significado de este «error», y de la omisión precisamente de un lunes, es vasto: el lunes significa trabajo, comienzo de la semana, rutina del mundo civilizado. Pero hay más. Este error nos lleva a percatarnos de toda una alternancia de domingos y lunes (la novela empieza un domingo), que alude a la importancia ritual y litúrgica de aquél. Más aún, como demuestra González, *Los pasos perdidos* «ocurre» en 1950, año que divide el siglo, y termina el sábado 31 de diciembre, con el personaje abocado a un domingo que renovará el año —un domingo que, como el que da inicio a la novela, puede ser el comienzo de otras aventuras. Como ha escrito González:

La ficción de *Los pasos perdidos* ocurre en el año de 1950, año que divide al siglo por la mitad de la misma manera en que junio, mes del inicio de la ficción, divide al año. La ficción cubre treinta de los últimos treinta y un domingos del año, dejando sólo de cubrir el último domingo que es, también, el último día del año. Los cuatro primeros domingos sirven de marco para los hechos más cruciales de la aventura en busca de los pasos perdidos; en todos ellos se ingresa en algo, se inicia algo o se construye algo que tiene que ver con esa «otra dimensión» o apertura, representada por el domingo mismo como ámbito de lo mágico. La aventura asume la *semana* como unidad básica para organizar su contenido, que nos refiere a la posibilidad de transitar, o de no poder transitar, de un tiempo y de un espacio a otros tiempos y espacios. De los días de la semana es el domingo el que adquiere el valor mágico como puerta de salida o de entrada a la «otra orilla». Al principio de la aventura el domingo es el «aprovechado», pero al final, cuando parece que la aventura terminará con su recuperación, es cuando se hace inalcanzable. La distancia que media entre el deseo y su objeto se repite entre el sábado y el domingo. Dicha distancia es la que posibilita a su vez la ficción de ahora y la del futuro. Las semanas y los años se sucederán los unos a los otros y un sábado siempre se disolverá en domingo, pero en la ficción, la semana y el año siempre permanecerán abiertos. La ficción consiste en la persistente ilusión de tratar de cerrarlos.

Todo este orden quiere decir y dice mucho más de lo que el protagonista-narrador se percata. En *El reino de este mundo* las reiteraciones y periodicidad de ciertas fechas, y la trabazón numerológica se revelan a fin de cuentas como algo suplido subrepticiamente por el prologuista-autor que lo niega; aquí es un error, una falla en la coherencia de las fechas lo que descubre lo suplido a espaldas del protagonista-narrador. Suma o resta, lo que el autor detrás del autor añade es lo de mayor significación en el texto. En *Los pasos perdidos* el texto se trama alrededor de esa falla que significa tal vez el vacío de ese autor detrás del autor —la *x* de *Extieich,* el nombre-no-suplido del protagonista-narrador, la conciencia desnuda, naciente que, como el Prometeo de Shelley, quiere fundar el lenguaje.

Tal des-*autor*ización queda reforzada por el hecho de que *Los pasos perdidos* se nos ofrece como algo incompleto. Si la cubierta del libro no dijera «novela», ¿qué pensaríamos que fuera este libro? Hay partes del libro que parecen un diario de viaje, otras, en que parece una confesión, otras aun en que más parece una autobiografía. Si nos atenemos a lo que dice el protagonista-narrador, el libro puede ser la novela que quiso escribir, o los artículos que publicó sobre su viaje para ganarse algún dinero. Sea lo que fuere, el caso es que el texto que leemos es lo que el protagonista-narrador logró crear, en vez del treno que se proponía componer. Gustavo Pérez Firmat, en un agudo artículo, ha sugerido que no sabemos ni en qué idioma redactó, en el ámbito de la ficción, el protagonista-narrador la obra; que tal vez ésta tenga que ser una traducción del inglés, que es, al parecer, el idioma que mejor maneja el personaje. La mejor hipótesis sobre todo esto es que, como el domingo al que no logra tener acceso, el texto es una obra inconclusa a la que los lectores *suplen* el final, traduciéndola cada uno a su propio lenguaje. Sólo los petroglifos, la Biblia, el *Chilam-Balam,* o cualquiera de los otros textos fundacionales pueden estar determinados: lo que escribe, siempre con retraso, el protagonista-narrador, tiene que quedar inconcluso.

El balance del viaje del protagonista-narrador es el siguiente: no puede permanecer en el origen porque no puede suprimir su conciencia histórica; no puede crear allí porque necesita papel, es decir, no puede abandonar la escritura que lo distancia de sí; no puede regresar a la selva porque el tiempo es irrepetible; no puede terminar el treno, sino el texto que leemos, plagado de «errores» e incompleto, porque, como su autor, está sujeto a la temporalidad. La única dimensión que puede recorrer es el futuro, no un futuro avalado por la cultura, o apuntalado por la tradición, sino el futuro erecto sobre las negaciones que ha descubierto en su viaje por la selva —el ser bogando sobre la nada de las ficciones creadas por la humanidad, entre las que se encuentra el viaje en busca de los orígenes.

La existencia de esas ficciones es lo que se salva en *Los pasos perdidos.* La exhuberante capacidad fabuladora de la humanidad asoma por todas partes en la novela, no sólo en los libros fundacionales constantemente mencionados en ella, o en los mitos primitivos, sino en las obras literarias, las óperas, las leyendas medievales, los libros de exploradores, las crónicas de viajeros, y el relato mismo del protagonista. Como un don Quijote moderno, el protagonista-narrador a veces (tal vez siempre) imita personajes tomados de esas fábulas, leyendas y obras literarias, como cuando juega a ser conquistador. Como Freud, Jung, Frazer y otros maestros del pensamiento moderno, Carpentier desmonta la mentalidad humana hasta llegar a esos relatos irreductibles en los que parece estar contenido el secreto último del espíritu, mucho más que en las especulaciones filosóficas. Como el protagonista-narrador de su novela, Carpentier quisiera estar más allá de toda cultura, de toda fuente de fabulación, para ver el diseño global, la combinatoria completa de esa facultad humana. Su viaje por la selva lo convence de su no-pertenencia al origen, de que su ser es como algo suspenso «del aire al aire como una red vacía», para describirlo con un verso de Neruda; red vacía con la que puede recoger los relatos de otras culturas y contenerlos en sí. Pero su propio relato es tal vez el más tradicional, el más enraizado en un anhelo de regreso frustrado al origen que es rito de paso para enfrentarse al destino; de ahí que jalone su viaje con las pruebas que los iniciados sufren en su trayecto al comienzo, que lo liberan del deseo del comienzo. Ulises y los versos de la *Odisea* resuenan tras la prosa de Carpentier, como puede comprobarse en las anotaciones. La perspectiva antropológica que persigue el protagonista-narrador se revela como manifestación ideológica de la cultura occidental que enmascara el viaje mítico al origen.

Es en este lugar, donde se amontonan los relatos, las historias, las fábulas, los argumentos de óperas, de leyendas medievales, de teogonías, donde la novela de Carpentier coloca el origen de la literatura, no es una fuente prístina anterior a todas estas ficciones; la búsqueda de esa fuente es una de las ficciones. Es en este paraje donde la nueva novela hispanoamericana, que Carpentier hace posible, se sitúa, el claro del monte donde los personajes de García Márquez fundan Macondo. Todas las historias se dan cita allí, sin que haya una que las contenga y ordene, de ahí el choque irónico y desautorizador entre fábulas que se saben tardías, y en competencia con otras que pretenden cancelarlas o contenerlas. La leyenda de Genoveva de Brabante que Rosario lee en edición pupular es tan genuina como la de Osaín-de-un-solo-pie, deidad yoruba del monte, a la que alude. Aun los exploradores científicos que han recorrido Sudamérica han sido incorporados a esta *confusión* de historias; por eso aparece en la novela el relato de algunos que, perdidos en los picachos de la sierra, están preservados como seres de leyenda por el hielo. Inclusive la historia americana, que tan insistentemente aparecerá en la obra de García Márquez, Fuentes y Vargas Llosa, ya ha pasado a este ámbito, a este archivo inagotable de relatos; por eso en *Cien años de soledad* se confunden personajes sacados de novelas hispanoamericanas con otros fabulosos, y aun con otros históricos, o sacados de la mitología clásica o de la Biblia.

*Los pasos perdidos*, con sus seis capítulos, posee la forma de la semana del Génesis, anunciando así de la forma más concreta la existencia de un séptimo capítulo-día, que será ese domingo fabuloso de la ficción. La nueva novela hispanoamericana se escribe en ese domingo augurado por Carpentier.

# Esta edición

La presente edición ha sido hecha de una copia xerox del ejemplar de la primera que Carpentier envió a Emir Rodríguez Monegal, cuya dedicatoria reza: «A Emir Rodríguez Monegal, muy cordialmente, Alejo Carpentier. Caracas-Mayo 1954.» Salvo la corrección de dos o tres erratas evidentes, el texto ha sido reproducido íntegro.

En noviembre de 1978, el editor hizo una brevísima visita a la Biblioteca Nacional José Martí, en La Habana, donde le fue permitido hojear varios manuscritos de las novelas de Carpentier, entre ellas *Los pasos perdidos*. Pude tomar, un poco a vuelo de pluma, las siguientes notas que creo de interés. En una hoja suelta de lo que se rubrica «Original Primero», hay una nota de Carpentier que dice:

Mitos=

Prometeo
Edipo– (rey de Tebas)
Orfeo– (inventa la música)
Jasón y Medea— (el amor que destruye a sus hijos)

En la página 86 del mismo «Original Primero» se lee lo siguiente, evidentemente eliminado de la versión final. Es el momento de la revolución en la capital hispanoamericana:

> Mi cónsul me había advertido que las gentes de América Latina, cuando llega el momento de pelear, siempre se juntan contra los de mi país. Y yo, fruto de tantas sangres mezcladas, tan distinto de la mayor parte de mis compatriotas por saber otros idiomas, por gustar de otras cocinas, por haber pasado mi in-

fancia en países de tradición hispánica, no podía olvidar, sin embargo, que tenía un águila estampada en la cubierta de mi pasaporte.

En una versión todavía intitulada *Visión de América,* como los capítulos del inconcluso *Libro de la Gran Sabana,* se lee lo siguiente en la página 2:

> Antes de descubrir las ruinas de Troya, Enrique Schliemann se interesó por los ferrocarriles de Cuba. Así, en 1829, Robert Hermann Schomburgk llega a los Estados Unidos en calidad de comerciante. Pero América del Sur lo atrae poderosamente. En 1835 se le confía la exploración de la Guayana inglesa.

El pasaje está tachado, pero aparece, re-escrito, en la página 4:

> Antes de descubrir la ruinas de Troya, [y de exhumar las joyas de los *Doridas*]. Enrique Schliemann se interesó por los ferrocarriles de Cuba [al margen —trabajando muy seriamente en el ramo del riel]. Así, en 1829, Robert Hermann Schomburgk llega a los Estados Unidos en calidad de simple comerciante. Pero Humboldt no ha hablado en vano, a los hombres de su tiempo, de esa América que añorará hasta los últimos días de su existencia. En 1835 (el hombre del «debe» y el «haber») [tachado-el agente viajero-ilegible], se transforma en explorador, internándose en la Guayana Británica. Poco a poco, en (esfuerzos sucesivos) [tachado-en jornadas cada vez más rigurosas], se aproxima a la Gran Sabana por la vertiente brasileña, ascendiendo al «monte de los cristales», camino del Roraima, donde los arekunas cantaban a la «Madre de las Aguas». Fascinado [tachado-maravillado] por su descubrimiento, Robert Hermann regresa a Amelania [sic], revelando a su hermano Ricardo [todo] un mundo de plantas nuevas. Richard Schomburgk —como Goethe [tachado- Chamissol]— es apasionado observador de flores y de árboles. Llamado por las orquídeas de la selva virgen, rompe con lo cotidiano, yendo hacia una liberación que hará de él un auténtico ciudadano del mundo, a la manera de Schliemann. Y comienza, en 1842, una maravillosa [tachado-estupenda] aventura. Richard y Robert Schomburgk serán los grandes viajeros románticos de la Guayana.

Es evidente que lo que fascinó a Carpentier, por motivos personales, fue la transformación de Robert Schomburgk de comerciante en explorador. Es sin duda uno de sus modelos principales.

Con más tiempo y con los originales, podría trazarse con nitidez la evolución del texto de *Los pasos perdidos,* desde *El libro de la Gran Sabana* a la novela.

# Bibliografía

## Obras de Carpentier

1. *Dos poemas afro-cubanos (deux poèmes afro-cubaines),* música de Alejandro García Caturla, texto de A. C., París, Maurice Senart, 1930.
2. «Histoire de Lunes», *Cahiers du Sud,* núm. 157, París, 1933, páginas 747-759. (Relato.)
3. *Poèmes des Antilles,* Neuf Chants sur des Textes de A. C., musique de Marius François Gaillard, París, Copywright M-F. Gaillard, 1931.
4. *¡Ecue-Yamba-O! Historia afro-cubana,* Madrid, Editorial España, 1933.
5. *Viaje a la semilla,* La Habana, Ucar y García, 1944.
6. «Oficio de tinieblas», *Orígenes,* La Habana, Año 1, núm. 4, 1944, págs. 32-38. (Relato.)
7. *La música en Cuba,* México, Fondo de Cultura Económica, 1946.
8. «Los fugitivos», *El Nacional,* 4 de agosto de 1946, Caracas, pág. 8. (Relato.)
9. «Lo real maravilloso de América», *El Nacional,* 8 de abril de 1948, pág. 8. (Prólogo a *El reino de este mundo.)*
10. *Tristán e Isolda en Tierra Firme,* Caracas, Imprenta Nacional, 1949. (Ensayo.)
11. *El reino de este mundo,* México, Distribución Ibero Americana de Publicaciones, S. A., 1949. (Relato.)
12. «Semejante a la noche», *Orígenes,* 9, núm. 31, 1952, págs. 3-11.

13. *Los pasos perdidos.*

## Ediciones

*Los pasos perdidos* (Novela), México, Distribución Ibero Americana de Publicaciones, 1953, México, Compañía General de Ediciones, 1959 (vuelta a editar en 1966, 1967, 1968). La Habana, Organización Continental de los Festivales del Libro, 1960. Montevideo, Arca, 1966. Buenos Aires, Andina, 1969. La Habana, Unión Nacional de Escritores y Artistas de Cuba, 1969. Barcelona, Barral, 1971. La Habana, Instituto Cubano del Libro-Editorial Arte y Literatura, 1976.

## Traducciones

(Francés) *Le Partage des eaux.,* tr. René L. F. Durand, París, Gallimard, 1956; (inglés) *The Lost Steps,* tr. Harriet de Onís, Nueva York, Alfred A. Knopf, 1956; segunda edición con prólogo de J. B. Priestly, 1967; (alemán) *Die Flucht nach Manoa,* tr. Janheiz Jahn y Hans Platschek, Munich, Piper & Co. Verlag, 1958, y *Die Verloren Spuren,* tr. Anneliese Botond, Frankfurt, Suhrkamp Verlag, 1982; (noruego) *De tapte skritt,* tr. Trfggue Norum, Oslo, Gydendal Norsk Forlag, 1958; (italiano) *I passi perduti,* tr. Maria Vasta Dazzi, Milán, Longanesi, 1960; (holandés) *Heimwee naar de jungle,* tr. J. G. Rijmans, Amsterdam, J. M. Muelenhoff, 1960; (sueco) *Den Forlorade porten,* tr. Jan Sjogren, Estocolmo, Bonniers, 1963; (danés) *De tabte spor,* tr. Michael Tjn, Kobenhavn, g y Indendals Bekkansiboger, 1964.

14. «Guerra del tiempo» [Fragmento del relato «El camino de Santiago»], *Papel Literario de El Nacional,* 22, de julio de 1954, Caracas, pág. 1.
15. *El acoso,* Buenos Aires, Losada, 1956.
16. *Guerra del tiempo. Tres relatos y una novela,* México, Compañía General, 1958. (Contiene *El acoso,* «Semejante a la noche», «Viaje a la semilla», y «El camino de Santiago».)
17. *El siglo de las luces,* México, Compañía General, 1952.
18. *Tientos y diferencias. Ensayos,* México, Universidad Nacional Autónoma de México, 1964.
19. *El recurso del método,* México, Siglo XXI, 1974.
20. *Concierto barrocco,* México, Siglo XXI, 1974.
21. *Crónicas,* 2 vols., La Habana, Instituto Cubano del Libro-Editorial Arte y Literatura, 1976. Vol. I contiene todos los artículos publicados en *Social,* con la excepción de los firmados «Jacqueline». El vol. II contiene una selección de los publicados en *Carteles.*
22. *Razón de ser (conferencias),* Caracas, Universidad Central de Venezuela, 1976.
23. *La consagración de la primavera,* México, Siglo XXI, 1979.
24. *El arpa y la sombra,* México, Siglo XXI, 1979.
25. *Bajo el signo de La Cibeles. Crónicas sobre España y los españoles, 1925-1937.* Compilador, Julio Rodríguez Puértolas, Madrid,

Nuestra Cultura, 1979. (Crónicas tomadas en su mayoría de *Carteles.)*

26. *La novela latinoamericana en vísperas de un nuevo siglo y otros ensayos,* México, Siglo XXI, 1981. (Recopilación póstuma que empieza con lo que erróneamente se dice ser la conferencia en Yale University en 1979, cuando se trata de los apuntes no leídos por Carpentier en aquella ocasión. Contiene los ensayos más importantes de Carpentier en sus últimos años —«Martí y Francia» es el mejor—, y algunos que datan de mucho antes. Libro desigual pero importante.)

## Hacia *Los pasos perdidos,* y despúes

1. «La Gran Sabana: mundo del Génesis», *El Nacional,* 19, de octubre, 1947, pág. 10.
2. «El Salto del Ángel en el reino de las aguas», *El Nacional,* 25 de octubre, 1947, pág. 13.
3. «La Biblia y la ojiva en el ámbito del Roraima», *El Nacional,* 9 de noviembre, 1947, pág. 8.
4. «El último buscador de El Dorado», *El Nacional,* 7 de diciembre, 1947, pág. 11.
5. «El mundo del tiempo detenido», «Letra y Solfa», *El Nacional,* 16 de enero, 1952, pág. 4. Sobre instrumentos musicales en el Alto Orinoco. Habla de José Gumilla, Richard Schomburgk, y la jarra de dos embocaduras mencionada en *Los pasos perdidos.*
6. «Poesía del Orinoco», *Ibíd.,* 26 de enero, 1952, pág. 4. Habla del descubrimiento de las fuentes del Orinoco en 1951, por una expedición franco-venezolana. Meditación sobre el tema del origen.
7. «Julio Verne y el Orinoco», *Ibíd.,* 23 de abril, 1952, pág. 16. Sobre el libro de Verne *El soberbio Orinoco,* en que se describe la región de las Guayanas por la que Carpentier viajó en 1947. Verne basa sus descripciones en libros de viajeros, como el de los Schomburgk, que Carpentier conocía.
8. «El gran libro de la selva», *Ibíd.,* 14 de mayo, 1952, pág 16. Sobre los descubrimientos de Alain Gheerbrant en la región del Guaviare, sobre todo los petroglifos que se mencionan en la novela.
9. «Los hombres llamados salvajes», *Ibíd.,* 24 de mayo, 1952, página 16. Comentario del libro Gheerbrant de ese título.
10. «La lección de la selva», *Ibíd.,* 26 de junio, 1952, pág. 16. Meditación sobre los indios del Orinoco y los orígenes del arte.
11. «Éxito de un documental», *Ibíd.,* 14 de septiembre, 1952, pág. 34. Comenta el documental de Gheerbrant sobre su viaje.
12. «Una edición del Museo del Hombre», *Ibíd.,* 23 de mayo, 1954,

página 42. Sobre grabaciones de música primitiva hecha por Pierre Gaisseau, miembro de la expedición Gheerbrant.

13. «Una página de Humboldt», *Ibíd.*, 31 de julio, 1956, pág. 12. Sobre el gran explorador alemán y sus viajes a regiones descritas en *Los pasos perdidos.*

14. «El kodrachrome y la etnografía», *Ibíd.*, 30 de octubre, 1956, página 12. Sobre *Tristes Tropiques,* la obra de Claude Lévi-Strauss que tanto tiene en común con *Los pasos perdidos.*

BIBLIOGRAFÍA SELECTA SOBRE CARPENTIER
Y *Los pasos perdidos*

LIBROS GENERALES

*Asedios a Carpentier. Once ensayos críticos sobre el novelista cubano.* Selección y nota preliminar de Klaus Müller-Bergh, Santiago de Chile, Universitaria, 1972.

CHIAMPI, Irlemar, *O realismo maravilloso. Forma e ideologia no romance hispano-americano,* São Paulo, Perspectiva, 1980. Ver también de la misma autora, «Alejo Carpentier y el surrealismo», *Revista de la Universidad de México,* vol. 37, nueva época, número 5, 1981, págs. 2-10.

GONZÁLEZ, Eduardo G., *Alejo Carpentier: el tiempo del hombre,* Caracas, Monte Ávila, 1978.

GONZÁLEZ ECHEVARRÍA, Roberto, *Alejo Carpentier: The Pilgrim at Home,* Ithaca-Londres, Cornell University Press, 1977. De próxima aparición en español, *Alejo Carpentier: el peregrino en su patria,* Caracas, Monte Ávila.

— *Isla a su vuelo fugitiva: ensayos críticos sobre literatura hispanoamericana,* Madrid, Porrúa, 1983. Dos ensayos sobre Carpentier. Ver también *Relecturas. Estudios de literatura cubana,* Caracas, Monte Ávila, 1976, que contiene tres ensayos sobre Carpentier.

MÜLLER-BERGH† Klaus, *Alejo Carpentier: estudio biográfico-crítico,* Long Island City, Nueva York, Las Américas Publishing Co., 1972.

ARTÍCULOS CON INFORMACIÓN BIOGRÁFICA

BARNET, Miguel, «Alejo», *Areíto,* vol. 6, núm. 23, Nueva York, 1980, págs. 51-52.

Bueno, Salvador, «Alejo Carpentier, novelista antillano y universal», en su *La letra como testigo,* La Habana, Universidad Central de Las Villas, 1957, págs. 153-79.

Fernández Retamar, Roberto, «Alejo: siempre el domingo», *Casa de las Américas,* 1983, La Habana, Año 23, núm. 37, páginas 114-120.

Leante, César, «Confesiones sencillas de un escritor barroco», *Cuba,* Año 3, núm. 24, La Habana, abril 1964, págs. 30-33.

Pineda, Rafael, «Alejo Carpentier en la ciudad de las maquetas», *Imagen,* núm. 37, 14 de marzo, Caracas, 1972, págs. 2-3.

Vázquez, Carmen, «Alejo Carpentier en París 1928-1939», *Culturas,* vol. 7, núm. 2, UNESCO-París, 1980, págs. 172-84. Ver también de la misma autora, «La revue *Imán», Melusine (Cahiers du Centre de Recherches sur le Surréalisme),* núm. 3, 1980, págs. 115-21.

### Artículos de interés general

García Castro, Ramón, «La pintura en Alejo Carpentier», *Tlaloc,* núm. 7, Nueva York, 1975, págs. 6-10. Ver también del mismo autor, «Notas sobre la pintura en tres obras de Alejo Carpentier: *Los convidados de plata, Concierto barroco* y *El recurso del método» Revista Iberoamericana,* vol. 46, núms 110-111, Instituto Internacional de Literatura Iberoamericana, Universidad de Pittsburgh, 1980, págs. 67-84.

González Echevarría, Roberto, «Alejo Carpentier», en *Narrativa y crítica de nuestra América,* ed. Joaquín Roy, Madrid, Castalia, 1978, págs. 127-60.

Lastra, Pedro, «Notas sobre la narrativa de Alejo Carpentier», *Anales de la Universidad de Chile,* 120, núm. 125, 1962, págs. 94-101.

Magnarelli, Sharon, «"El camino de Santiago" y la picaresca», *Revista Iberoamericana* (vid. *supra),* vol. 40, núm. 86, 1974, páginas 65-86.

Marinello, Juan, «Una novela cubana», en su *Literatura hispanoamericana,* México, Universidad de México, 1937, págs. 167-68.

Méndez, Adriana, «Carpentier en la actual generación de escritores cubanos», *Plural,* núm. 114, México, 1981, págs. 20-25.

Rodríguez Monegal, Emir, «Trayectoria de Alejo Carpentier», en su *Narradores de esta América,* vol. 1, Montevideo, Alfa, 1969, págs. 270-87. Ver también del mismo autor, «Alejo Carpentier: lo real y lo maravilloso en *El reino de este mundo»,* en *Narradores de esta América,* Buenos Aires, Alfa, 1974, vol. 2, págs. 64-98.

Sarduy, Severo, «El barroco y el neobarroco», en *América Latina en su literatura,* ed. César Fernández Moreno, México, Siglo XXI UNESCO, 1972, págs. 167-84.

WEBER, Frances Wyers, «*El acoso,* Alejo Carpentier's War on Time», *Publications of the Modern Language Association of America,* volumen 78, Nueva York, 1963, págs. 440-48. Versión española en *Asedios* (vid. *supra).*

## Sobre *Los pasos perdidos*

ACOSTA, Leonardo, «El doctor Fausto se interna en la selva», *Casa de las Américas,* Año 19, núm. 109, 1978, págs. 93-102.

CHIAMPI, Irlemar, «A poética do realismo maravilloso: *Los pasos perdidos»,* Tesis de doctorado, Universidade de São Paulo, Brasil, 1976.

GONZÁLEZ, Eduardo, «*Los pasos perdidos,* el azar y la aventura», *Revista Iberoamericana* (vid. *supra),* vol. 38, núm. 81, 1972, páginas 585-613.

GONZÁLEZ ECHEVARRÍA, Roberto, «Ironía y estilo en *Los pasos perdidos* de Alejo Carpentier», *Nueva Narrativa Hispanoamericana,* vol. 1, núm. 1, 1971, págs. 117-25. Recogido en *Asedios* y *Relecturas* (vid. *supra).* Ver también «The Parting of the Waters», *Diacritics,* vol. 4, núm. 4, Cornell University, 1974, págs. 8-17.

GONZÁLEZ ECHEVARRÍA, Roberto, y Klaus MÜLLER-BERGH, *Alejo Carpentier: Bibliographical Guide / Guía Bibliográfica,* Westport, Connecticut, U.S.A., The Greenwood Press, 1983.

MACDONALD, Ian R., «Magical Eclecticism: *Los pasos perdidos* and Jean Paul Sartre», *Forum for Modern Language Studies,* vol. 15, núm. 2, Escocia, 1979, págs. 97-113.

MOCEGA-GONZÁLEZ, Esther, «*Los pasos perdidos:* a propósito de la estructura mística del viaje», *Texto Crítico,* núm. 9, Universidad Veracruzana, 1978, págs. 71-82.

MÜLLER-BERGH, Klaus, «En torno al estilo de Alejo Carpentier en *Los pasos perdidos»,* *Cuadernos Hispanoamericanos,* número 219, Madrid, 1968, págs. 554-69.

PÉREZ FIRMAT, Gustavo, «El lenguaje secreto de *Los pasos perdidos»,* *Modern Language Notes,* vol. 99, núm. 2, Baltimore, Maryland, The Johns Hopkins University, 1984, págs. 342-57.

SILVA CÁCERES, Raúl, «Una novela de Carpentier», *Mundo Nuevo,* núm. 17, París, 1967, págs. 33-37.

TAYLOR, Karen, «La creación musical en *Los pasos perdidos»,* *Nueva Revista de Filología Hispánica,* vol. 26, Colegio de México, 1977, págs. 141-53.

*Los pasos perdidos*

## Capítulo primero

> Y tus cielos que están sobre tu cabeza serán de metal; y la tierra que está debajo de ti, de hierro. Y palparás al mediodía, como palpa el ciego en la oscuridad.
>
> (Deuteronomio, 28-23-28[1])

---

[1] La Biblia es uno de los libros más frecuentemente mencionados en la obra de Carpentier. El sentido de estas líneas del Deuteromio en relación al primer capítulo de *Los pasos perdidos* es que el hombre, al no escuchar la voz de Dios, ha traído sobre sí los horrores de la ciudad moderna en que vive el protagonista-narrador. Hay, por cierto, error en la cita, que debe ser capítulo 28, versículos 23 y 29, no 28. El versículo 23 describe la urbe moderna, y el 29 la condición del hombre en ella. En un artículo de la época en que se publicaba *Los pasos perdidos*, Carpentier escribía lo siguiente: «Hoy la Biblia, con su ritmo versicular, sus frases que parecen medidas por la propia respiración del hombre, con sus giros, sus elipsis, su afán de expresar lo esencial, lo necesario, en cada frase, nos parece precisamente el colmo del buen estilo. Independientemente del hecho de que el libro se deba a muchos autores, y que la relativa pobreza de expresiones de un Jeremías se distingue netamente de la agreste poesía del Libro de Ruth, del sinfonismo sombrío del Eclesiastés, o de la suntuosidad verbal del Cantar de los Cantares; independientemente de una evolución de actitudes que cubre varios siglos, encontramos a todo lo largo de la Biblia un estilo general tan propio, tan inconfundible, tan maravillosamente expresivo, que todo hombre medianamente culto es capaz, en cualquier momento, por nociones adquiridas, de remedar el estilo bíblico.» En «La Biblia y el estilo», *El Nacional,* Caracas, 1 de abril de 1953, página 26. La Biblia también interesa a Carpentier como arquetipo del Libro, del cual dimanan todos los demás libros, por lo tanto se relaciona al tema de las Formas.

Todas las citas de la Biblia utilizadas en esta edición provienen de la *Sagrada Biblia*, versión directa de las lenguas originales por Eloíno Nácar Fuster y Alberto Colunga, O. P., vigésima séptima edición, Madrid, Biblioteca de Autores Cristianos, 1958.

I

Hacía cuatro años y seis meses que no había vuelto a ver la casa de columnas blancas, con su frontón de ceñuda moldura que le daba una severidad de palacio de justicia, y ahora, ante muebles y trastos colocados en su lugar invariable, tenía la casi penosa sensación de que el tiempo se hubiera revertido[2]. Cerca del farol, la cortina de color vino; donde trepaba el rosal, la jaula vacía. Más allá estaban los olmos que yo había ayudado a plantar en los días del entusiasmo primero, cuando todos colaborábamos en la obra común; junto al tronco escamado, el banco de piedra que hice sonar a madera de un tacoñazo. Detrás, el camino del río, con sus magnolias enanas, y la verja enrevesada en garabatos, al estilo de la Nueva Orléans. Como la primera noche, anduve por el soportal, oyendo la misma resonancia hueca bajo mis pasos y atravesé el jardín para llegar más pronto a donde se movían, en grupos, los esclavos marcados al hierro, las amazonas de faldas enrolladas en el brazo y los soldados heridos, harapientos, mal vendados, esperando su hora en sombras hediondas a mastic, a fieltros viejos, a sudor resudado en las mismas levitas.

---

[2] El protagonista-narrador se desplaza por sobre el escenario de un teatro donde su esposa trabaja en una tragedia situada en el sur de los Estados Unidos, durante la Guerra de Secesión (1861-65). De ahí el ambiente sureño de la casa de las columnas, las magnolias y la reja de estilo Nueva Orléans, y también el actor haciendo el papel de John Booth (1838-1865), asesino del presidente Lincoln. Booth era, por cierto, actor, lo cual está a tono con toda la escena, en la cual el tema principal es si la vida es siempre desempeñar papeles, como si se estuviese en el teatro. Unido a este tema está el del tiempo, presente desde la primera oración: ¿hay un tiempo fuera de la repetición implícita en el desempeño de un papel teatral? Es decir, ¿hay un tiempo en que el hombre pueda ser libre? Estos dos temas, el de la representación, y el del tiempo, son centrales en toda la obra.

A tiempo salí de la luz, pues sonó el disparo del cazador y un pájaro cayó en escena, desde el segundo tercio de bambalinas. El miriñaque de mi esposa voló por sobre mi cabeza, pues me hallaba precisamente donde le tocara entrar, estrechándole el ya angosto paso. Por molestar menos fui a su camerino, y allá el tiempo volvió a coincidir con la fecha, pues las cosas bien pregonaban que cuatro años y siete meses no transcurrían sin romper, deslucir y marchitar. Los encajes del desenlace estaban como engrisados; el raso negro de la escena del baile había perdido la hermosa tiesura que lo hiciera sonar, en cada reverencia, como un revuelo de hojas secas. Hasta las paredes de la habitación se habían ajado, al ser tocadas siempre en los mismos lugares, llevando las huellas de su larga convivencia con el maquillaje, las flores trasnochadas y el disfraz. Sentado ahora en el diván que de verde mar había pasado a verde moho, me consternaba pensando en lo dura que se había vuelto, para Ruth[3], esta prisión de tablas y artificio, con sus puentes volantes, sus telarañas de cordel y árboles de mentira. En los días del estreno de esa tragedia de la Guerra de Secesión, cuando nos tocara ayudar al autor joven servido por una compañía recién salida de un teatro experimental, vislumbrábamos a lo sumo una aventura de veinte noches. Ahora llegábamos a las mil y quinientas representaciones, sin que los personajes, atados por contratos siempre prorrogables, tuvieran alguna posibilidad de evadirse de la acción, desde que los empresarios, pasando el generoso empeño juvenil al plano de los grandes negocios, habían acogido la obra en su consorcio. Así, para Ruth, lejos de ser una puerta abierta sobre el vasto mundo del Drama —un medio de evasión— este teatro era la Isla del

---

[3] Ruth, el nombre de la esposa del protagonista-narrador, es tan preciso en su referencia como los de Porcia e Ifigenia, heroínas clásicas cuyos papeles le hubiera gustado hacer. Ruth, viuda fiel, en el Antiguo Testamento, prefigura la actuación de Ruth cuando el protagonista-narrador desaparece en la selva, y ella pone en movimiento su rescate. Una vez más, como ocurre con tanta frecuencia en *Los pasos perdidos*, se sugiere que toda manifestación, que todo incidente, cosa o persona remite a un arquetipo. La teatralidad de su nombre crea en el caso de Ruth, como en el de Booth, la posibilidad de la regresión infinita de las copias, de representaciones sin realidad inicial que reflejar. Casi al final de la novela, cuando el protagonista-narrador cree haberse despojado de todas las falsedades del mundo, dice: «vuelvo a ella [a Rosario] más consciente que antes de amarla, por cuanto he pasado por nuevas pruebas; por cuanto he visto el teatro y el fingimiento por todas partes».

Diablo. Sus breves fugas, en funciones benéficas que le eran permitidas, bajo el peinado de Porcia o los drapeados de alguna Ifigenia, le resultaban de muy escaso alivio, pues debajo del traje distinto buscaban los espectadores el rutinario miriñaque y en la voz que quería ser de Antígona, todos hallaban las inflexiones acontraltadas de la Arabella, que ahora, en el escenario, aprendía del personaje Booth —en situación que los críticos tenían por portentosamente inteligente— a pronunciar correctamente el latín, repitiendo la frase: *Sic semper tyrannis*[4]. Hubiera sido menester el genio de una trágica impar, para deshacerse de aquel parásito que se alimentaba de su sangre; de aquella huésped de su propio cuerpo, prendida de su carne como un mal sin remedio. No le faltaban ganas de romper el contacto. Pero tales rebeldías se pagaban, en el oficio, con un largo desempleo, y Ruth, que había comenzado a decir el texto a la edad de treinta años, se veía llegar a los treinta y cinco, repitiendo los mismos gestos, las mismas palabras, todas las noches de la semana, todas las tardes de domingos, sábados y días feriados —sin contar las actuaciones de las giras de estío—. El éxito de la obra aniquilaba lentamente a los intérpretes, que iban envejeciendo a la vista del público dentro de sus ropas inmutables, y cuando uno de ellos hubiera muerto de un infarto, cierta noche, a poco de caer el telón, la compañía, reunida en el cementerio a la mañana siguiente, había hecho —tal vez sin advertirlo— una ostentación de ropas de luto que tenían un no sé qué de daguerrotipo. Cada vez más amargada, menos confiada en lograr realmente una carrera que, a pesar de todo, amaba por instinto profundo, mi esposa se dejaba llevar por el automatismo del trabajo impuesto, como yo me dejaba llevar por el automatismo de mi oficio. Antes, al menos, trataba de salvar su temperamento en un continuo repaso de los grandes papeles que aspirara a interpretar alguna vez. Iba de Norah a Judith, de Medea a Teresa, con una ilusión de renuevo; pero esa ilusión había quedado vencida, al fin, por la tristeza de los monólogos declamados frente al espejo. Al no hallar un modo normal de hacer coincidir nuestras vidas —las horas de la actriz no son las horas del empleado—, acabamos por dormir cada cual por su lado. El domingo, al fin de la mañana, yo solía pasar un

---

[4] «Así ocurre siempre a los tiranos», es decir, «Así mueren o morirán siempre los tiranos.» Al asesinar a Lincoln en un teatro, Booth exclamó: «sic semper tyrannis. The South is a avenged!»: «El Sur se ha vengado.»

momento en su lecho, cumpliendo con lo que consideraba un deber de esposo, aunque sin acertar a saber si, en realidad, mi acto respondía a un verdadero deseo por parte de Ruth. Era probable que ella, a su vez, se creyera obligada a brindarse a esa hebdomadaria práctica física en virtud de una obligación contraída en el instante de estampar su firma al pie de nuestro contrato matrimonial. Por mi parte, actuaba impulsado por la noción de que no debía ignorar la posibilidad de un apremio que me era dable satisfacer, acallando con ello, por una semana, ciertos escrúpulos de conciencia. Lo cierto era que ese abrazo, aunque resultaba desabrido, volvía a apretar, cada vez, los vínculos aflojados por el desemparejamiento de nuestras actividades. El calor de los cuerpos restablecía una cierta intimidad, que era como un corto regreso a lo que hubiera sido la casa en los primeros tiempos. Regábamos el geranio olvidado desde el domingo anterior; cambiábamos un cuadro de lugar; sacábamos cuentas domésticas. Pero pronto nos recordaban las campanas de un carillón cercano que se aproximaba la hora del encierro. Y al dejar a mi esposa en su escenario al comienzo de la función de tarde, tenía la impresión de devolverla a una cárcel donde cumpliera una condena perpetua. Sonaba el disparo, caía el falso pájaro del segundo tercio de bambalinas, y se daba por terminada la Convivencia del Séptimo día.

Hoy, sin embargo, se había alterado la regla dominical, por culpa de aquel somnífero tragado en la madrugada para conseguir un pronto sueño —que no me venía ya como antes, con sólo poner sobre mis ojos la venda negra aconsejada por Mouche. Al despertar, advertí que mi esposa se había marchado, y el desorden de ropas medio sacadas de las gavetas de la cómoda, los tubos de maquillaje de teatro tirados en los rincones, las polveras y frascos dejados en todas partes, anunciaban un viaje inesperado. Ruth me volvía del escenario, ahora, seguida por un rumor de aplausos, zafando presurosamente los broches de su corpiño. Cerró la puerta de un taconazo que, de tanto repetirse, había desgastado la madera, y el miriñaque, arrojado por sobre su cabeza, se abrió en la alfombra de pared a pared. Al salir de aquellos encajes, su cuerpo claro se me hizo novedoso y grato, y ya me acercaba para poner en él alguna caricia, cuando la desnudez se vistió de terciopelo caído de lo alto que olía como los retazos que mi madre guardaba, cuando yo era niño, en lo más escondido de su armario de caoba. Tuve como una fogarada de ira contra el estúpido oficio de fingimiento que siempre se interponía entre nuestras personas como la espada del ángel de las hagiografías; contra aquel drama que había dividido nuestra casa, arrojándome a la otra —aquella cuyas paredes se adornaban de figuraciones astrales—, donde mi deseo hallaba siempre un ánimo propicio al abrazo. ¡Y era por favorecer esa carrera en sus comienzos desafortunados, por ver feliz a la que entonces mucho amaba, que había torcido mi destino, buscando la seguridad material en el oficio que me tenía tan preso como lo estaba ella! Ahora, de espaldas a mí, Ruth me hablaba a través del espejo, mientras ensuciaba su inquieto rostro con los colores grasos del maquillaje: me explicaba que al terminarse la función, la compañía debía emprender, de inmediato, una gira a la otra costa del país y que por ello había traído sus maletas al teatro. Me preguntó distraídamente por la película presentada la víspera. Iba a contarle de su éxito, recordándole que el fin de ese trabajo significaba el comienzo de mis vacaciones, cuando tocaron a la puerta. Ruth se puso de pie, y me vi ante quien dejaba una vez de ser mi esposa para transformarse en protagonista; se prendió una rosa artificial en el talle y, con un leve gesto de excusa, se encaminó al escenario, cuyo telón a la italiana acababa de abrirse removiendo un aire oliente a polvo y a maderas viejas. Todavía se volvió hacia mí, en ademán de despedida, y tomó el sendero de las magnolias enanas... No me sentí con ánimo para esperar el otro entreacto, en que el terciopelo sería trocado por el raso, y un maquillaje distinto se espesaría sobre el anterior. Regresé a nuestra casa, donde el desorden de la partida presurosa era todavía presencia de la ausente. El peso de su cabeza estaba moldeado por la almohada; había, en el velador, un vaso de agua medio bebido, con un precipitado de gotas verdes, y un libro quedaba abierto en un fin de capítulo. Mi mano encontraba húmeda todavía la mancha de una loción derramada. Una hoja de agenda, que no había visto al entrar antes en el cuarto, me informaba del viaje inesperado: Besos. Ruth. P. S. *Hay una botella de Jerez en el escritorio.* Tuve una tremenda sensación de soledad. Era la primera vez, en once meses, que me veía solo, fuera del sueño, sin una tarea que cumplir de inmediato, sin tener que correr hacia la calle con el temor de llegar tarde a algún lugar. Estaba lejos del aturdimiento y la confusión de los estudios, en un silencio que no era roto por música mecánica ni voces agigantadas. Nada me apuraba y, por lo mismo, me sentía el objeto de una vaga amenaza. En este cuarto desertado por la persona de perfumes todavía presentes, me hallaba como desconcertado por la posibilidad de dialogar conmigo mismo. Me sorprendía hablándome a media voz. Nuevamente acostado, mirando al cielo raso, me representaba los últimos años transcurridos, y los veía correr de otoño a pascuas, de cierzos a asfaltos blandos, sin tener el tiempo de vivirlos —sabiendo, de pronto, por los ofrecimientos de un restaurante nocturno, del regreso de los patos salvajes, el fin de la veda de ostras, o la reaparición de las castañas. A veces, también, debíase mi información sobre el paso de las estaciones a las campanas de papel rojo que se abrían en las vitrinas de las tiendas, o a la llegada de camiones cargados de pinos cuyo perfume dejaba la calle como transfigurada durante unos segundos[5]. Había grandes lagunas de semanas y semanas en la crónica de mi propio existir; temporadas que no me dejaban un recuerdo válido, la huella de una sensación excepcional, una emoción duradera; días en que todo gesto me producía la obsesionante impresión de haberlo hecho antes en

---

[5] Esta alusión a los árboles de navidad es una de las que sugieren que la ciudad moderna aquí descrita es Nueva York, aunque no se mencione su nombre en el texto. Desde luego, la ciudad es aquí la ciudad, es decir, el arquetipo de ciudad moderna, lo más lejano posible del mundo natural que el protagonista-narrador persigue en su viaje por la selva. En una crónica periodística de la época en que escribía *Los pasos perdidos*, Carpentier dice: «En las ciudades "tentaculares" —como las llamaba el poeta Verhaeren—, Nueva York, Filadelfia, pongamos por caso, se produce un tipo de hombre, hijo de los tiempos modernos, que me inspira una lástima infinita. Es aquel que pasa once meses del año sin tener contacto alguno con la naturaleza. Abre los ojos a toque de despertador. Desayuna con la mirada puesta en el reloj, sin paladear, siquiera, lo que traga de prisa. Corre a hacer la cola en la entrada del "subway". Luego, es el viaje subterráneo; la salida a su oficina, generalmente por el túnel que lo deja en el sótano del edificio donde trabaja. A mediodía, como no tiene el tiempo de ir hasta su hogar, engulle un sandwich, traga un batido, en la cafetería más próxima. Y, terminada la faena, vuelve a los túneles y subterráneos, para llegar a su casa cuando ya ha caído la noche. Ese desventurado personaje no ha visto un árbol, no ha aspirado la brisa del mar, no ha contemplado un árbol, una planta, en toda una jornada. Llega el sábado, y, después de la única siesta que le está permitida en la semana, es la obscuridad de los cines. Luego, tal vez, algún cabaret bajo la tierra, aneblado por el humo del tabaco. Después de la trasnochada, una mañana vivida en dormir, o leer los periódicos. Por la tarde, hará cola en la puerta de algún teatro. Y se acostará dando cuerda al despertador, para empezar una nueva semana, camino de la muerte. Y así, durante unos trescientos cuarenta días al año...» «Presencia de la naturaleza», *El Nacional*, 23 de agosto de 1952, pág. 16.

circunstancias idénticas —de haberme sentado en el mismo rincón, de haber contado la misma historia, mirando al velero preso en el cristal de un pisapapel. Cuando se festejaba mi cumpleaños en medio de las mismas caras, los mismos lugares, con la misma canción repetida en coro, me asaltó invariablemente la idea de que esto sólo difería del cumpleaños anterior en la aparición de una vela más sobre un pastel cuyo sabor era idéntico al de la vez pasada. Subiendo y bajando la cuesta de los días, con la misma piedra en el hombro[6], me sostenía por obra de un impulso adquirido a fuerza de paroxismos —impulso que cedería tarde o temprano, en una fecha que acaso figuraba en el calendario del año en curso. Pero evadirse de esto, en el mundo que me hubiera tocado en suerte, era tan imposible como tratar de revivir, en estos tiempos, ciertas gestas de heroísmo o de santidad. Habíamos caído en la era del Hombre-Avispa, del Hombre-Ninguno, en que las almas no se vendían al Diablo, sino al Contable o al Cómitre. Por entender que era vano rebelarse, luego de un desarraigo que me hiciera vivir dos adolescencias —la que quedaba del otro lado del mar y la que aquí se había cerrado— no veía donde hallar alguna libertad fuera del desorden de mis noches, en que todo era buen pretexto para entregarme a los más reiterados excesos. Mi alma diurna estaba vendida al Contable —pensaba en burla de mí mismo—; pero el Contable ignoraba que, de noche, yo emprendía raros viajes por los meandros de una ciudad invisible para él, ciudad dentro de la ciudad, con moradas para olvidar el día, como el *Venusberg*[7]

---

[6] La alusión es el mito de Sísifo, hijo de Eolo y rey de Corinto, condenado en los Infiernos a subir una enorme piedra a la cima de una montaña, de donde volvía a caer sin cesar. Conviene recordar que Albert Camus escribió en 1942 *El mito de Sísifo*, ensayo filosófico referente a la condición del hombre en la sociedad moderna. También se debe tener presente que Carpentier remite figuras y temas de su obra a mitos clásicos, bíblicos o americanos prehispánicos o de origen africano. Hay un trabajo sobre Sísifo en un relato de Carpentier: Ray Verzasconi, «Juan and Sisyphus in Carpentier's "El camino de Santiago"», *Hispania* (American Association of Teachers of Spanish and Portuguese), vol. 48, núm. 1 (marzo 1965), págs. 70-75.

[7] *Venusberg*, en la mitología medieval alemana, era una montaña en la región central de Alemania donde Venus tenía su corte. El protagonista alude aquí a lugares de licencia sexual donde iba solo o en compañía de Mouche, su amante, que habita la Casa de las Constelaciones.

y la Casa de las Constelaciones, cuando un vicioso antojo, encendido por el licor, no me llevaba a los apartamentos secretos, donde se pierde el apellido al entrar. Atado a mi técnica, entre relojes, cronógrafos, metrónomos, dentro de salas sin ventanas, revestidas de fieltros y materias aislantes, siempre en luz artificial, buscaba, por instinto, al hallarme cada tarde en la calle ya anochecida, los placeres que me hacían olvidar el paso de las horas. Bebía y me holgaba de espaldas a los relojes, hasta que lo bebido y holgado me derribara al pie de un despertador, con un sueño que yo trataba de esperar poniendo sobre mis ojos un antifaz negro que debía darme, dormido, un aire de Fantomas[8] al descanso... La chusca imagen me puso de buen humor. Apuré un gran vaso de Jerez, resuelto a aturdir al que demasiado reflexionaba dentro de mi cráneo, y habiendo despertado los calores del alcohol de la víspera con el vino presente, me asomé a la ventana del cuarto de Ruth, cuyos perfumes comenzaban a retroceder ante un persistente olor de acetona. Tras de las grisallas entrevistas al despertar, había llegado el verano, escoltado por sirenas de barco que se respondían de río a río por encima de los edificios. Arriba, entre las evanescencias de una bruma tibia, eran las cumbres de la ciudad: las agujas sin pátina de los templos cristianos, la cúpula de la iglesia ortodoxa, las grandes clínicas donde oficiaban Eminencias Blancas, bajo los entablamentos clásicos, demasiado escorados por la cultura, de aquellos arquitectos que, a comienzos del siglo, hubieran perdido el tino ante una dilatación de la verticalidad. Maciza y silenciosa, la funeraria de infinitos corredores parecía una réplica en gris —sinagoga y sala de conciertos por el medio— del inmenso hospital de maternidad, cuya fachada, huérfana de todo ornamento, tenía una hilera de ventanas todas iguales, que yo solía contar los domingos, desde la cama de mi esposa, cuando los temas de conversación escaseaban. Del asfalto de las calles se alzaba un bochorno azuloso de gasolina, atravesado por vahos químicos, que demoraba en patios olientes a desperdicios, donde algún perro jadeante remedaba estiramientos de conejo desollado para hallar vetas de frescor en la tibieza del piso. El carrillón martilleaba un Avemaría. Tuve la insólita curiosidad de saber qué santo honrábase en la fecha de hoy: *4 de junio, San Francisco Carraciolo*[9] —decía el tomo de edición vaticana donde yo es-

---

[8] *Fantomas,* héroe de los comics que usa una especie de antifaz.
[9] *San Francisco Caracciolo* (1563-1608), nacido en Santa María

tudiaba antaño los himnos gregorianos. Absolutamente desconocido para mí. Busqué el libro de vidas de santos, impreso en Madrid, que mucho me hubiera leído mi madre, allá, durante las dichosas enfermedades menores que me libraban del colegio. Nada se decía de Francisco Carraciolo. Pero fui a dar a unas páginas encabezadas por títulos píos: *Recibe Rosa visitas del cielo; Rosa pelea con el diablo; El prodigio de la imagen que suda.* Y una orla festoneada en que se enredaban palabras latinas: *Sanctae Rosae Limanae, Virginis. Patronae principalis totius Americae Latinae.* Y esta letrilla de la santa, apasionadamente elevada al Esposo:

> *¡Ay de mí! ¿A mi querido*
> *quién le suspende?*
> *Tarda y es mediodía,*
> *pero no viene*[10].

Un doloroso amargor se hinchó en mi garganta al evocar, a través del idioma de mi infancia, demasiadas cosas juntas. Decididamente, estas vacaciones me ablandaban. Tomé lo que quedaba del Jerez y me asomé nuevamente a la ventana. Los niños que jugaban bajo los cuatro abetos polvorientos del

---

(Abruzos), fundó en 1588 la orden de los clérigos regulares menores. Su fiesta se celebra el 4 de junio, lo cual nos permite fechar el inicio de la acción en la novela. Ésta comienza un domingo 4 de junio de un año que debe ser 1950, como ha determinado Eduardo G. González (ver bibliografía).

[10] *Santa Rosa de Lima* (1586-1617). Religiosa nacida en Lima, canonizada en 1671, patrona de Lima, América y Filipinas. Su fiesta se celebra el 30 de agosto. La alusión a Santa Rosa prefigura el viaje del protagonista por América Latina. El hecho de que la precisión de la fecha dé un sentido que rebasa el conocimiento del protagonista-narrador, así como que este augurio de su viaje salga de un libro, sirve para destacar un tema presente también en las alusiones a la Biblia: el que sugiere que todo está contenido en el libro por anticipado. Este tema, de claras resonancias cabalísticas, es, además, eco o contrapartida de la conocida frase de Mallarmé de que todo existe para terminar en el libro. Aparte del sentido de este tema respecto a las aventuras del protagonista, toda la obra de Carpentier, llena de alusiones librescas, es una lucha por encontrar aquello que no ha sido escrito, para descubrir siempre que ya lo ha sido. El viaje del protagonista-narrador en busca de una vida auténtica, no codificada por la civilización occidental, es paralelo al deseo del autor de buscar un origen de la escritura anterior a la escritura.

Parque Modelo dejaban a ratos sus castillos de arena gris para envidiar a los pillos metidos en el agua de una fuente municipal, que nadaban entre jirones de periódicos y colillas de cigarros. Esto me sugirió la idea de ir a alguna piscina para hacer ejercicio. No debía quedarme en la casa en compañía de mí mismo. Al buscar el traje de baño, que no aparecía en los armarios, se me ocurrió que fuera más sano tomar un tren y bajarme donde hubiera bosques, para respirar aire puro. Y ya me encaminaba hacia la estación del ferrocarril, cuando me detuve ante el Museo donde se inauguraba una gran exposición de arte abstracto, anunciada por móviles colgados de pértigas, cuyos hongos, estrellas y lazos de madera, giraban en un aire oliente a barniz. Iba a subir por la escalinata cuando vi que paraba, muy cerca, el autobús del Planetarium, cuya visita me pareció muy necesaria, de repente, para sugerir ideas a Mouche acerca de la nueva decoración de su estudio. Pero como el autobús tardaba demasiado en salir, acabé por andar tontamente, aturdido por tantas posibilidades, entreteniéndome en la primera esquina para seguir los dibujos que sobre la acera trazaba, con tizas de colores, un lisiado con muchas medallas militares en el pecho. Roto el desaforado ritmo de mis días, liberado, por tres semanas, de la empresa nutricia que me había comprado ya varios años de vida, no sabía cómo aprovechar el ocio. Estaba como enfermo de súbito descanso, desorientado en calles desconocidas, indeciso ante deseos que no acababan de serlo. Tenía ganas de comprar aquella *Odisea*, o bien las últimas novelas policiacas, o bien esas *Comedias Americanas* de Lope[11] que se ofrecían en la vitrina de Brentano's, para volverme a encontrar con el idioma que nunca usaba, aunque sólo podía multiplicar en español y sumar con el «llevo tanto». Pero ahí estaba también

---

[11] La *Odisea* ofrece otro modelo clásico, o arquetipo, que el protagonista-narrador repite en su aventura, y reaparece en la obra una vez que los personajes se adentran en la selva, por lo que pudiera considerarse su mención aquí como otra prefiguración de su destino. Las «comedias americanas» de Lope fascinaron a Carpentier, en parte porque son un compendio de mitos sobre América, como, por ejemplo, el que proponía que el Demonio habitaba en el Nuevo Continente. En *El reino de este mundo* Carpentier utiliza un epígrafe tomado de una de estas comedias de Lope que se refiere a este mito, y otro le sirve de inspiración para el título de su colección de relatos *Guerra del tiempo*. Carpentier era gran conocedor de la literatura española, muy en especial de la picaresca y el teatro del Siglo de Oro.

el *Prometheus Unbound,* que me apartó prestamente de los libros, pues su título estaba demasiado ligado al viejo proyecto de una composición que, luego de un preludio rematado por un gran coral de metales, no había pasado, en el recitativo inicial de Prometeo, del soberbio grito de rebeldía: «*...regard this Earth — Made multitudinous with thy slaves, whom thou — requitest for knee-worship, prayer, and praise, — and toil, and hecatombs of broken heart, — with fear and self-contempt and barren hope»* [12]. La verdad era que, al tener tiempo para detenerme ante ellas, al cabo de meses de ignorarlas, las tiendas me hablaban demasiado. Era, aquí, un mapa de islas rodeadas de galeones y Rosas de los Vientos; más adelante, un tratado de organografía; más allá, un retrato de Ruth, luciendo diamantes de prestado, para propaganda de un joyero. El recuerdo de su viaje me produjo una repentina irritación: era ella,

---

[12] Percy Bysshe Shelley (1792-1822), poeta inglés, autor de *Queen Mab* (1813), *Alastor,* (1816), *The Revolt of Islam* (1817), *The Cenci* (1820), «Ode to the West Wind» (1820), *Adonais* (1821) y *Hellas* (1822), además de *Prometheus Unbound* (1820) —es decir, *Prometeo desencadenado* —de donde proceden estos versos. De espíritu revolucionario, Shelley ansiaba la liberación del género humano, rechazando toda restricción social o religiosa. El tono apocalíptico de su poesía, su búsqueda de la libertad en una gozosa fusión de la imaginación y la naturaleza, alcanzan su cenit en el *Prometeo desencadenado.* En este poema, Prometeo es puesto en libertad por Zeus, que lo había tenido encadenado por miles de años. Prometeo, cuya libertad es celebrada por los elementos en versos que para el oído español son calderonianos, logra su más perfecta liberación cuando perdona al tirano por su encierro. Los versos citados por Carpentier son, apropiadamente, dado que se encuentran en el capítulo inicial de la novela, del principio del poema. Prometeo, todavía encadenado, impreca a Zeus: «Mira esta Tierra / hecha multitudinaria por tus esclavos, cuya recompensa es venerarte, orarte, y alabarte / de hinojos / y trabajar, y hacer hecatombes de corazones despedazados, / llenos de miedo y desprecio propio y esperanzas perdidas.» Mientras la multitud sufre, él, a pesar de su prisión, no se deja subyugar. Los ideales del protagonista-narrador de *Los pasos perdidos* sobre la creación son reflejo de esta figura del individuo rebelde, que ansía la libertad y la originalidad artística. Hay mucha afinidad entre la tendencia alegorizante de Shelley y la de Carpentier, para no hablar del interés de ambos por la música —la poesía del inglés es de las más melódica producida en su lengua. Carpentier sintió gran afición por los poemas dramáticos como el *Prometeo,* y hasta ensayó escribir música para algunos de ellos. *¡Yamba-O!,* escrito en colaboración con el compositor François Gaillard, es un poema dramático, y una de las primeras obras escritas por Carpentier.

realmente, a la que yo estaba persiguiendo ahora; la única persona que deseaba tener a mi lado, en esta tarde sofocante y aneblada, cuyo cielo se ensombrecía tras de la monótona agitación de los primeros anuncios luminosos. Pero otra vez un texto, un escenario, una distancia, se interponía entre nuestros cuerpos, que no volvían a encontrar ya, en la Convivencia del Séptimo Día, la alegría de los acoplamientos primeros. Era temprano para ir a casa de Mouche. Hastiado de tener que elegir caminos entre tanta gente que andaba en sentido contrario, rompiendo papeles plateados o pelando naranjas con los dedos, quise ir hacia donde había árboles. Y me había librado ya de quienes regresaban de los estadios mimando deportes en la discusión, cuando unas gotas frías rozaron el dorso de mis manos. Al cabo de un tiempo cuya medida escapa, ahora, a mis nociones —por una aparente brevedad de transcurso en un proceso de dilatación y recurrencia que entonces me hubiera sido insospechable—, recuerdo esas gotas cayendo sobre mi piel en deleitosos alfilerazos, como si hubiesen sido la advertencia primera —ininteligible para mí, entonces— del encuentro. Encuentro trivial, en cierto modo, como son, aparentemente, todos los encuentros cuyo verdadero significado sólo se revelará más tarde, en el tejido de sus implicaciones... Debemos buscar el comienzo de todo, de seguro, en la nube que reventó en lluvia aquella tarde, con tan inesperada violencia que sus truenos parecían truenos de otra latitud.

## II

Había reventado, pues, la nube en lluvia, cuando andaba yo detrás de la gran sala de conciertos, en aquella acera larga que no ofrecía el menor resguardo al transeúnte. Recordé que cierta escalera de hierro conducía a la entrada de los músicos, y como algunos de los que ahora pasaban me eran conocidos, no me fue difícil llegar al escenario, donde los miembros de una coral famosa se estaban agrupando por voces para pasar a las gradas. Un timbalero interrogaba con las falanges sus parches subidos de tono por el calor. Sosteniendo el violín con la barbilla, el concertino hacía sonar el *la* de un piano, mientras las trompas, los fagotes, los clarinetes, seguían envueltos en el confuso hervor de escalas, trinos y afinaciones, anteriores a la ordenación de las notas. Siempre que yo veía colocarse los instrumentos de una orquesta sinfónica tras de sus atriles, sentía una aguda expectación del instante en que el tiempo dejara de acarrear sonidos incoherentes para verse encuadrado, organizado, sometido a una previa voluntad humana, que hablaba por los gestos del Medidor de su Transcurso. Este último obedecía, a menudo, a disposiciones tomadas un siglo, dos siglos antes. Pero bajo las carátulas de las particellas se estampaban en signos los mandatos de hombres que aún muertos, yacentes bajo mausoleos pomposos o de huesos perdidos en el sórdido desorden de la fosa común, conservaban derechos de propiedad sobre el tiempo, imponiendo lapsos de atención o de fervor a los hombres del futuro. Ocurría a veces —pensaba yo— que esos póstumos poderes sufrieran alguna merma o, por el contrario, se acrecieran en virtud de la mayor demanda de una generación. Así, quien hiciera un balance de ejecuciones, podría llegar a la evidencia de que, este u otro año, el máximo usufructuario del tiempo hubiese sido Bach o Wagner, junto al magro haber de Telemann o Cherubini. Hacía tres años, por lo menos, que yo no asistía a un concierto sinfónico: cuando salía de los estudios estaba tan saturado de mala música o de buena música usada con fines detestables, que me resultaba absurda la idea de sumirme en un tiempo hecho casi objeto por el sometimiento a encuadres de fuga, o de forma sonata. Por lo mismo, hallaba el placer de lo inhabitual al verme traído, casi por sorpresa, al rincón oscuro de las cajas de los contrabajos, desde donde podía observar lo que en el escenario ocurría en esta tarde de lluvia cuyos truenos, aplacados, parecían rodar sobre los charcos de la calle cercana. Y tras el silencio roto por un gesto, fue una leve quinta de trompas, aleteada en tresillos por los segundos violines y violoncellos, sobre la cual pintáronse dos notas en descenso, como caídas de los arcos primeros y de las violas, con un desgano que pronto se hizo angustia, apremio de huida, ante la tremenda acometida de una fuerza de súbito desatada... Me levanté con disgusto. Cuando mejor dispuesto me encontraba para escuchar alguna música, luego de tanto ignorarla, tenía que brotar *esto* que ahora se hinchaba en *crescendo* a mis espaldas. Debí suponerlo, al ver entrar a los coristas al escenario. Pero también podía haberse tratado de un oratorio clásico. Porque de saber que era la *Novena Sinfonía* lo que presentaban los atriles, hubiera seguido de largo bajo el turbión[13]. Si

---

[13] Ludwing van Beethoven (1770-1827) forma parte de la galaxia de artistas románticos a que se alude en la novela, que, como Shelley y

no toleraba ciertas músicas unidas al recuerdo de enfermedades de infancia, menos podía soportar el *Freunde, Schöner Gotterfunken, Tochter aus Elysium!* que había esquivado, desde entonces, como quien aparta los ojos, durante años, de ciertos objetos evocadores de una muerte. Además, como muchos hombres de mi generación, aborrecía cuanto tuviera un aire «sublime». La *Oda* de Schiller me era tan opuesta como la Cena de Montsalvat y la Elevación del Graal[14]... Ahora me veo en la calle nuevamente, en busca de un bar. Si tuviera que andar mucho para alcanzar una copa de licor, me vería invadido muy pronto por el estado de depresión que he conocido algunas veces, y me hace sentirme como preso en un ámbito sin salida, exasperado de no poder cambiar nada en mi existencia, regida siempre por voluntades ajenas, que apenas si me dejan la libertad, cada mañana, de elegir la carne o el cereal que prefiero para mi desayuno. Echo a correr porque la lluvia arrecia. Al doblar la esquina doy de cabeza en un paraguas abierto: el viento lo arranca de las manos de su dueño y queda triturado bajo las ruedas de un auto, de tan cómica manera que largo una carcajada. Y cuando creo que me responderá el insulto, una voz cordial me llama por mi nombre: «Te buscaba —dice—, pero había perdido tus señas.» Y el Curador, a quien yo no veía desde hacía más de dos años, me dice que tiene un regalo para mí —un extraordinario regalo— en aquella vieja casa de comienzos del siglo, con los cristales muy sucios, cuya platabanda de grava se intercala en este barrio como un anacronismo.

Los resortes de la butaca, disparejamente vencidos, se incrustaron ahora en mi carne con rigores de cilicio, imponiéndome una compostura de actitud que no me es habitual. Me veo con la tiesura de un niño llevado a visitas en la luna del

---

Schiller, suscitan preguntas fundamentales sobre la creación artística. La meditación del protagonista-narrador, motivada por el inicio de la sinfonía, es aplicable también a la literatura. La *Novena* es también una prefiguración del viaje del protagonista, ya que vuelve a oírla por radio en la selva, lo cual le hace pensar, como en este momento, en la relación entre el orden del arte y el desorden real o aparente del mundo. La *Novena* es, además, un posible modelo para el proyecto de composición del protagonista-narrador, ya que está basada en la «Oda a la alegría» de Schiller.

[14] Johann Christoph Friedrich von *Schiller* (1759-1805), poeta y dramaturgo alemán en cuya «Oda a la alegría» se basó Beethoven para componer parte de la *Novena*, de donde proceden los versos citados: «Goza, bella chispa de Dios, hija del Elíseo.»

conocido espejo que encuadra un espeso marco rococó, cerrado por el escudo de los Esterhazy[15]. Renegando de su asma, apagando un cigarrillo de tabaco que lo asfixia para encender uno de estramonio que le hace toser, el Curador del Museo Organográfico anda a pasos cortos por la pequeña estancia atestada de címbalos y panderos asiáticos, preparando las tazas de un té que, por suerte, será acompañado de ron martiniqueño. Entre dos estantes cuelga una quena[16] incaica; sobre la mesa de trabajo, esperando la redacción de una ficha, yace un sacabuche[17] de la Conquista de México, preciosísimo instrumento, cuyo pabellón es una cabeza de tarasca ornada de escamas plateadas y ojos de esmalte, con fauces que alargan hacia mí una doble dentadura de cobre. «Fue de Juan de San Pedro, trompeta de cámara de Carlos V y jinete famoso de Hernán Cortés», me explica el Curador, mientras comprueba el punto de la infusión. Luego vierte el licor en las copas con la previa advertencia —cómica si se piensa en quien la escucha— de que un poco de alcohol, de cuando en cuando, es cosa que el organismo agradece por atavismo, ya que el hombre, en todas las épocas y latitudes, se las arregló siempre para inventar bebidas que le procuraran alguna embriaguez. Como resulta que mi regalo no se hallaba aquí, en este piso, sino donde fue a buscarlo una sirvienta sorda que camina despacio, miro mi reloj para fingir una repentina alarma ante el recuerdo de una cita ineludible. Pero mi reloj, al que no he dado cuerda anoche —me percato de ello ahora— para acostumbrarme mejor a la realidad del comienzo de mis vacaciones, se ha parado a las tres y veinte. Pregunto por la hora, con tono urgido, pero me responden que no importa; que la lluvia

---

[15] *Esterhazy,* antigua familia noble de Hungría. Paul Anton Esterhazy, Fürst Esterhazy von Galantha (1714-1790) nombró a Joseph Haydn compositor de su capilla privada (es decir, de su orquesta), sita en Eisenstadt, ahora parte de Austria. Haydn compuso para su hermano, Nikolaus Joseph Esterhazy, la mayor parte de su música de cámara, así como numerosas sinfonías y óperas. El espejo, en cuya luna se ve reflejado el protagonista-narrador, refleja además el acto de verse a sí mismo, implícito en la narración autobiográfica.

[16] La *quena* es una flauta que tocan los indios peruanos para acompañar el canto del yaraví.

[17] El *sacabuche* era un instrumento de viento que se alargaba y acortaba, como el trombón, para producir la diferencia de sonido. Carpentier o cita directamente de una crónica de la conquista, o remeda su estilo.

ha oscurecido prematuramente esta tarde de junio, que es de las más largas del año. Llevándome de una *Pangelingua* de los monjes de St. Gall a la edición príncipe de un *Libro de Cifra* para tañer la vihuela, pasando, acaso, por una rara impresión del *Oktoechos* de San Juan Damasceno, trata el Curador de burlar mi impaciencia, hostigada por el enojo de haberme dejado atraer a este piso donde nada tengo que hacer ya, entre tantas guimbardas, rabeles, dulzainas, clavijas sueltas, mástiles, entablillados, organitos con los fuelles rotos, que veo, revueltos, en los rincones oscuros[18]. Ya voy a decir, con tono tajante, que vendré otro día por el regalo, cuando regresa la sirvienta, quitándose los chanclos de goma. Lo que trae para mí es un disco a medio grabar, sin etiqueta, que el Curador coloca en un gramófono, eligiendo con cuidado una aguja de punta muelle. Al menos —pienso yo— el engorro será breve: unos dos minutos, a juzgar por el ancho de la zona de espiras. Me vuelvo para llenar mi copa cuando suena a mis espaldas el gorjeo de un ave. Sorprendido, miro al anciano que sonríe con aire suavemente paternal, como si acabara de hacerme un presente inestimable. Voy a preguntarle, pero él reclama mi silencio con un gesto del índice hacia la placa que gira. Algo distinto va a escucharse ahora, sin duda. Pero no. Ya andamos por la mitad de lo grabado y sigue ese gorjeo monótono, cortado por breves silencios, que parecen de una duración siempre idéntica. No es siquiera el canto de un pájaro muy musical, pues ignora el trino, el portamento, y sólo produce tres notas, siempre las mismas, con un timbre que tiene la sonoridad de un alfabeto Morse sonando en la cabina de un telegrafista. Casi va terminando el disco y no acabo de comprender dónde está el regalo tan pregonado por quien fuera un tiempo mi maestro, ni me imagino qué tengo yo que ver con un documento interesante, a lo sumo, para un ornitólogo. Termina la audición absurda y el Curador, transfigurado por un inexplicable júbilo, me pregunta: «¿Te das cuenta? ¿Te das

---

[18] *Pangelingua,* del latín *pange lingua* —canta lengua—, himno de Corpus Christi compuesto por Santo Tomás de Aquino. *San Juan Damasceno,* doctor de la iglesia griega nacido en Damasco, muerto hacia el año 749. El *Oktoechos,* estudio de estas fórmulas melódicas, cuya mención más antigua es siria, pero que predominó en la música de la iglesia griega. Los *echoi* son una clasificación melódica que toma el lugar de la escala. La *guimbarda* o arpa judía, consiste en una banda flexible de metal, en una de cuyas puntas va pegada un marco en forma de herradura de madera o metal. No he podidio dar con el *Libro de Cifra.*

cuenta?» Y me explica que el gorjeo no es de pájaro, sino de un instrumento de barro cocido con que los indios más primitivos del continente imitan el canto de un pájaro antes de ir a cazarlo, en rito posesional de su voz, para que la caza les sea propicia. «Es la primera comprobación de su teoría», me dice el anciano, abrazándome casi, con un acceso de tos. Y por lo mismo que ahora comprendo demasiado lo que quiere decirme, ante el disco que suena nuevamente me invade una creciente irritación que dos copas, apuradas de prisa, vienen a enconar. El pájaro que no es pájaro, con su canto que no es canto, sino mágico remedo, halla una intolerable resonancia en mi pecho, recordándome los trabajos realizados por mí hace tanto tiempo —no me asustaban los años, sino la inútil rapidez de su transcurso— acerca de los orígenes de la música y la organografía primitiva. Eran los días en que la guerra había interrumpido la composición de mi ambiciosa cantata sobre el *Prometheus Unbound.* A mi regreso me *sentía* tan distinto, que el preludio terminado y los guiones de la escena inicial habían quedado empaquetados dentro de un armario, mientras me dejaba derivar hacia las técnicas y sucedáneos del cine y de la radio. En el engañoso ardor que ponía en defender esas artes del siglo, afirmando que abrían infinitas perspectivas a los compositores, buscaba probablemente un alivio al complejo de culpabilidad ante la obra abandonada y una justificación a mi ingenio en una empresa comercial, luego de que Ruth y yo hubiéramos destrozado, con nuestra fuga, la existencia de un hombre excelente. Cuando agotamos los tiempos de la anarquía amorosa me convencí muy pronto de que la vocación de mi mujer era incompatible con el tipo de convivencia que yo anhelaba. Por ello había tratado de hacerme menos ingratas sus ausencias en funciones y temporadas, orientándome hacia una tarea que pudiera llevarse a cabo los domingos y días de asueto, sin la continuidad de propósitos exigida por la creación. Así, me había orientado hacia la casa del Curador, cuyo Museo Organográfico era orgullo de una venerable universidad. Bajo este mismo techo había trabado yo conocimiento con los percutores elementales, troncos ahuecados, litófonos, quijadas de bestias, zumbadores y tobilleras, que el hombre hiciera sonar en los largos primeros días de su salida a un planeta todavía erizado de osamentas gigantescas, al emprender un camino que lo conducía a la *Misa del Papa Marcelo* y *El Arte de la Fuga*[19]. Impelido por esa forma

---

[19] La *Misa del Papa Marcelo,* o *Missa Papae Marcelli,* misa pales-

peculiar de la pereza que consiste en darse con briosa energía
a tareas que no son precisamente las que debieran ocuparnos,
me apasioné por los métodos de clasificación y el estudio
morfológico de esas obras de la madera, del barro cocido, del
cobre de calderería, de la caña hueca, de la tripa y de la piel
de chivo, madres de modos de producir sonidos que perduran,
con milenaria vigencia, bajo el prodigioso barniz de los factores de Cremona[20] o en el suntuoso caramillo teológico del órgano. Inconforme con las ideas generalmente sustentadas
acerca del origen de la música, yo había empezado a elaborar
una ingeniosa teoría que explicaba el nacimiento de la expresión rítmica primordial por el afán de remedar el paso de los
animales o el canto de las aves. Si teníamos en cuenta que las
primeras representaciones de renos y de bisontes, pintados en
las paredes de las cavernas, se debían a un mágico ardid de
caza —el hacerse dueño de la presa por la previa posesión
de su imagen—, no andaba muy desacertado en mi creencia
de que los ritmos elementales fueran los del trote, el galope, el
salto, el gorjeo y el trino, buscados por la mano sobre un
cuerpo resonante, o por el aliento, en la oquedad de los jun-
cos[21].

Ahora me sentía casi colérico frente al disco que giraba, al
pensar que mi ingeniosa —y tal vez cierta— teoría se relega-

---

trina (polifónica y *a capella*), que según la tradición tuvo gran impacto
en el Concilio de Trento. Fue compuesta después de la muerte del
Papa Marcelo, cuyo pontificado duró sólo tres semanas en 1555, pero
lleva ese nombre porque Marcelo instruyó a los cantantes del Vaticano para cantar de manera que la letra fuese claramente entendida. La
*Misa del Papa Marcelo* fue compuesta por Giovanni Pierluigi Palestrina (1525-1594), figura destacada de la música polifónica. *El arte de
la fuga (Die Kunst der Fuge)*, última obra de Bach, escrita en la cuarta
década del siglo XVIII y publicada póstumamente en 1751. Contiene
en su última versión catorce fugas, llamadas *contrapuntici*, y cuatro
cánones, basados todos en el mismo tema. Tanto la *Misa* como el
*Arte* son aquí ejemplos de arte complejo.

[20] *Cremona*, ciudad italiana (Lombardía), conocida por las familias
dedicadas a la fabricación de violines: los Amati, los Guarneri y los
Stradivarius.

[21] Existe una relación evidente entre la teoría del protagonista-
narrador, que él mismo denominará más abajo «teoría del *mimetismo-mágico-rítmico*», y las de Carpentier, conocidas por «lo real maravilloso americano», o «realismo mágico». En ambos casos se trata
del origen de la representación como impulso del hombre por con-
quistar la naturaleza.

La jarra de dos embocaduras, según el *Album de l'expedition Oré-noque-Amazone,* de Alain Gheerbrant, París, Robert Martin, 1952.

ba, como tantas otras cosas, a un desván de sueños que la época, con sus cotidianas tiranías, no me permitía realizar. De pronto, un gesto levanta el diafragma del surco. Deja de cantar el ave de barro. Y se produce lo que yo más temía: el Curador, acorralándome afectuosamente en un rincón, me pregunta por el estado de mis trabajos, advirtiéndome que dispone de mucho tiempo para escucharme y discutir. Quiere saber de mis búsquedas, conocer mis nuevos métodos de investigación, examinar mis conclusiones acerca del origen de la música —tal como pensé buscarlo alguna vez, a base de mi ingeniosa teoría del *mimetismo-mágico-rítmico.* Ante la imposibilidad de escapar, empiezo a mentirle, inventando escollos que hubieran diferido la elaboración de mi obra. Pero, por falta de hábito en su uso, es evidente que cometo risibles errores en el manejo de los términos técnicos, enredo las clasificaciones, no doy con los datos esenciales que, sin embargo, tenía por muy sabidos. Trato de apoyarme en bibliografías, para enterarme —por irónica rectificación de quien me escucha— de que ya están desechadas por los especialistas. Y cuando me voy a asir de la supuesta necesidad de reunir ciertos cantos de primitivos recién grabados por exploradores, me parece que mi voz me es devuelta con tales resonancias de mentira por el cobre de los gongs, que me varo sin remedio, en la mitad de una frase, sobre el olvido inexcusable de una desinencia organológica. El espejo me muestra la cara lamentable, de tramposo agarrado con naipes marcados en las mangas, que es mi cara en este segundo. Tan feo me encuentro que, de súbito, mi vergüenza se vuelve ira, e increpo al Curador con un estallido de palabras gruesas, preguntándole si cree posible que muchos puedan vivir, en este tiempo, del estudio de los instrumentos primitivos. Él sabía cómo yo había sido desarraigado en la adolescencia, encandilado por falsas nociones, llevado al estudio de un arte que sólo alimentaba a los peores mercaderes del Tin-Pan-Alley[22], zarandeado luego a través de un mundo en ruinas, durante meses, como intérprete militar, antes de ser arrojado nuevamente al asfalto de una ciudad donde la miseria era más dura de afrontar que en cualquier otra parte[23]. ¡Ah! Por haberlo vivido, yo conocía el terrible tránsito de los que lavan la

---

[22] *Tin Pan Alley,* distrito o calle en una ciudad o pueblo, especialmente en Nueva York, donde están localizados casas editoras o compositores de música popular.

[23] Se alude, evidentemente, a la Segunda Guerra Mundial, y a Nueva York.

camisa única en la noche, cruzan la nieve con las suelas agujereadas, fuman colillas y cocinan en armarios, acabando por verse tan obsesionados por el hambre, que la inteligencia se les queda en la sola idea de comer. Tan estéril solución era aquélla, como la de vender, de sol a sol, las mejores horas de la existencia. «Además —gritaba yo ahora—, ¡estoy vacío! ¡Vacío! ¡Vacío!»... Impasible, distante, el Curador me mira con sorprendente frialdad, como si esta crisis repentina fuese para él una cosa esperada. Entonces vuelvo a hablar, pero con voz sorda, en ritmo atropellado, como sostenido por una exaltación sombría. Y así como el pecador vuelca ante el confesionario el saco negro de sus iniquidades y concupiscencias —llevado por una suerte de euforia de hablar mal de sí mismo que alcanza el anhelo de execración—, pinto a mi maestro, con los más sucios colores, con los más feos betunes, la inutilidad de mi vida, su aturdimiento durante el día, su inconsciencia durante la noche. A tal punto me hunden mis palabras, como dichas por otro, por un juez que yo llevara dentro sin saberlo y se valiera de mis propios medios físicos para expresarse, que me aterro, al oírme, de lo difícil que es volver a ser hombre cuando se ha dejado de ser hombre. Entre el Yo presente y el Yo que hubiera aspirado a ser algún día se ahondaba en tinieblas el foso de los años perdidos. Parecía ahora que yo estuviera callado y el juez siguiera hablando por mi boca. En un sólo cuerpo convivíamos, él y yo, sostenidos por una arquitectura oculta que era ya, en vida nuestra, en carne nuestra, presencia de nuestra muerte. En el saber que se inscribía dentro del marco barroco del espejo actuaban en este momento el Libertino y el Predicador, que son los personajes primeros de toda alegoría edificante, de toda moralidad ejemplar. Por huir del cristal, mis ojos fueron hacia la biblioteca. Pero allí, en el rincón de los músicos renacentistas, se estampaba, en lomo de becerro, junto a los volúmenes de *Salmos de la Penitencia,* el título, como puesto adrede, de la *Representazione di anima e di corpo*[24]. Hubo algo como un caer de

---

[24] *Salmos de la Penitencia-Representazione de anima e di corpo.* Los Salmos de la Penitencia o Penitenciales son siete, a saber: aquellos que, según la Vulgata, llevan los números 6, 31, 37, 50, 101, 129 y 142. Han sido llamados así por la penitencia que encierran, de suerte que a estos salmos los ha incluido la Iglesia en el Breviario junto con los salmos graduales y las letanías de los santos en su lugar correspondiente después del Oficio de Difuntos. No hemos podido dar con la *Representazione de anima e di corpo,* pero el sentido de estas alusio-

telón, un apagarse de luces, cuando volvió un silencio que el Curador dejó alargarse en amargura. De pronto esbozó un gesto raro que hizo pensar en un imposible poder de absolución. Se levantó lentamente y tomó el teléfono, llamando al rector de la Universidad en cuyo edificio se encontraba el Museo Organográfico, con creciente sorpresa, sin atreverme a alzar la mirada del piso, oí grandes alabanzas de mí. Se me presentaba como el colector indicado para conseguir unas piezas que faltaban a la galería de instrumentos de aborígenes de América —todavía incompleta, a pesar de ser única ya en el mundo, por su abundancia de documentos. Sin hacer hincapié en mi pericia, mi maestro subrayaba el hecho de que mi resistencia física, probada en una guerra, me permitiría llevar la búsqueda a regiones de un acceso harto difícil para viejos especialistas. Además, el español había sido el idioma de mi infancia. Cada razón expuesta debía hacerse crecer en la imaginación del interlocutor invisible, dándome la estatura de un Von Horbostel joven[25]. Y con miedo advertí que se confiaba en mí, firmemente, para traer, entre otros idiófonos[26] singula-

---

nes no tiene nada que ver con lo que designan los títulos que ve el protatonista-narrador, sino con el hecho que esos títulos parecen prefigurar la situación en que está: penitente por haber abandonado sus estudios, y viéndose encindido en el espejo, como las representaciones medievales de la lucha entre el alma y el cuerpo. Los títulos son escritura que anuncia lo que sucede al protagonista, como si éste cumpliera lo ya escrito de antemano.

[25] *Von Horbostel,* Erich M. (1877-1935), musicólogo alemán, autor de *African Negro Music* (Londres, 1929), separata de *International Institute of African Languages and Cultures,* Memorandum 4, y *Forschungen auf den Salomon-Inseln und dem Bismarck-Archipel,* mit Unterstützung der Baessler Stiftung, herausgegeben im Auftrage den General verwaltung der Koniglichen Museen zu Berlin, von Dr. Richard Tuhurwald (Berlín, D. Reimer-E. Vohsen, 1912). Se refiere el protagonista-narrador sin duda a las investigaciones de von Hornbostel en las Islas Salomón, aunque lo más probable es que Carpentier lo conociera por su obra sobre la música africana.

[26] *Idiófonos.* El estudio de los instrumentos musicales solía estar restringido a aquellos de la música europea, pero el campo de investigación se ensanchó considerablemente en los años 20 mediante la inclusión de instrumentos no-occidentales (orientales, africanos, americanos), que, por cierto, son mucho más numerosos que los anteriores. Los instrumentos occidentales se agrupan en tres categorías: instrumentos de cuerda, instrumentos de viento, e instrumentos de percusión. Los pertenecientes al primer grupo se llaman *cordófonos,* los del segundo *aerófonos,* y los terceros, muy numerosos entre los instru-

res, un injerto de tambor y bastón de ritmo que Schaeffner y Curt Sachs[27] ignoraban, y la famosa jarra con dos embocaduras de caña, usada por ciertos indios en sus ceremonias funerarias, que el Padre Servando de Castillejos hubiera descrito,

---

mentos no-occidentales, están divididos en dos clases, *idiófonos* y *membranófonos.* Los últimos producen el sonido golpeándose una membrana tensa, mientras que los primeros consisten únicamente en un material flexible (metal o madera) capaz de producir sonido por sí solo. El Curador, evidentemente, es un musicólogo interesado en instrumentos no-occidentales; su museo pretende contener toda la historia de la música.

[27] Curt *Sachs* (1881-1959), historiador alemán de la música, autor de entre muchas otras obras de un *Handbuch der Musikinstrumentenkunde,* mit 156 Abbildungen (Leipzig, Druk und Verlag von Breitkopf & Hartel, 1920), de *Die modernen Musikinstrumente* (Berlín, Max Hesses Verlag, 1923), y la obra que Carpentier probablemente leyó, *La signification, la tâche et la technique muséographique des collections d'instruments de musique* (París, Office International des Mussés, 1934). André Schaeffner (1895-?), musicólogo francés, autor de *Origine des instruments de musique. Introduction ethonologique à l'histoire de la musique instrumentale* (París, Payot, 1936). Carpentier escribió lo siguiente, un año después de publicar *Los pasos perdidos:* «...el correo de hoy me trae una carta del eminente musicólogo Andrés Schaeffner, acompañada de un hoja impresa, cuyo texto transcribo: "El Departamento de Etnología Musical del Museo del Hombre presenta una nueva colección de música india del Alto Orinoco. Dicha serie está constituida por un álbum de cinco discos, tomados de las grabaciones efectuadas por Pierre Gaisseau, durante los trabajos de la expedición Orinoco-Amazonas (1948-1950). Está acompañada de un folleto ilustrado, que contiene datos acerca de los indios piaroas, maquiritares, guharibos, puinaves y sus músicas. Por primera vez se revela, así, la existencia, entre los indios de América, de una música instrumental polifónica, ejecutada durante sus ceremonias religiosas. Éstas aparecen acompañadas, también, de una música vocal que puede apreciarse en los discos. Otro disco de esta colección presenta ejemplares de música profana, tales como conciertos de caramillos... La edición original ha sido limitada a cien ejemplares numerados." Después del libro, el disco. Y confieso que, en este terreno, me asombra de sobremanera la mención de una "polifonía" hallada en un tipo de música que se caracteriza, generalmente, por lo monódico. Pero Andrés Schaeffner no puede equivocarse. El autor de la obra monumental que se titula *El origen de los instrumentos musicales,* es uno de los máximos especialistas de esta época, en materia de músicas primitivas. Sus trabajos al respecto son altamente apreciados por los técnicos, habiendo establecido un método de clasificación organográfica que aventaja en mucho la de Curt Sachs —harto elemental, en su mera agrupación de los instrumentos por familias de "idiófonos", "mem-

en 1651, en su tratado *De barbarorum Novi Mundi moribus*[28], y no figuraba en ninguna colección organográfica, aunque la pervivencia del pueblo que la hiciera bramar ritualmente, según testimonio del fraile, implicaba la continuidad de un hábito señalado en fechas recientes por exploradores y tratantes. «El Rector nos espera», dijo mi maestro. De repente, la idea me pareció tan absurda, que tuve ganas de reír. Quise buscar una salida amable, invocando mi ignorancia presente, mi alejamiento de todo empeño intelectual. Afirmé que desconocía los últimos métodos de clasificación, basados en la evolución morfológica de los instrumentos y no en la manera de resonar y ser tocados. Pero el Curador parecía tan empeñado en enviarme a donde en modo alguno quería ir, que apeló

---

branófonos", "cordófonos" y "aerófonos". Schaeffner considera, por ejemplo, que un rabel cuya caja de resonancia está constituida por un parche tenso, sobre ser considerado como el estado final de un "membranófono" que pudo ser, en su origen, un tambor. Por lo tanto, su clasificación se basa en la evolución morfológica de los instrumentos, y no en el aspecto exterior que éstos pueden ofrecer en el momento actual.» «Una edición del Museo del Hombre», *El Nacional,* 23 de mayo de 1954, pág. 42.

[28] *Servando de Castillejos.* Fray Servando es un compendio de varios cronistas. Su modelo más cercano es el padre José Gumilla (1686-1750), jesuita que publicó en 1745 *El Orinoco ilustrado y defendido, historia natural, civil y geográfica de este gran río.* Dice Carpentier en una crónica periodística sobre un libro de fotografías de los indios del Orinoco, publicado por el explorador Alain Gheerbrant: «Una orquesta de grandes trompas de madera y varias flautas acompañan este drama-ballet, en tanto que dos músicos hacen bramar siniestramente la jarra con dos embocaduras que el padre Gumilla nos mostraba en su viejo libro misionero.» «Los hombres llamados salvajes», *El Nacional,* 24 de mayo de 1952, pág. 16. Unos meses antes, Carpentier había visto otra fotografía de la jarra en una exposición en Caracas: «Contemplando las espléndidas fotografías documentales tomadas por el doctor Johann M. Baumgärtner —organizador de esta exposición— en los ritos tribales de los indios piaroas o sálivas, nos topamos con una jarra musical que se hace sonar por medio de dos cañas huecas, con bronca sonoridad. Y de pronto, tenemos la emoción de advertir que el instumento es el mismo que aparece en uno de los grabados de *El Orinoco ilustrado,* del padre José Gumilla.» «El mundo del tiempo detenido», *El Nacional,* 16 de enero de 1952, pág. 4. Carpentier, evidentemente, tomó la jarra de Gumilla. El libro de Gheerbrant es *Des hommes qu'on appelle sauvages* (París, Robert Martin, 1952). El libro se presenta como *Album de l'expedition Orenoque-Amazone.* Para más detalles sobre el libro, ver nota 67 del Capítulo III.

a un argumento al que nada podía oponer razonablemente: la tarea encomendada podía ser llevada a buen término en el tiempo de mis vacaciones. Era cuestión de saber si me iba a privar de la posibilidad de remontar un río portentoso por apego al aserrín de los bares. La verdad era que no me quedaba una razón válida para rehusar la oferta. Engañado por un silencio que le pareció aquiescente, el Curador fue a buscar su abrigo a la habitación contigua, pues la lluvia, ahora, percutía recio en los cristales. Aproveché la oportunidad para escapar de la casa. Tenía ganas de beber. Sólo me interesaba, en este momento, llegar a un bar cercano, cuyas paredes estaban adornadas con fotografías de caballos de carrera.

## III

Había un papel sobre el piano, en que Mouche me dejaba dicho que la esperara. Por hacer algo me puse a jugar con las teclas, combinando acordes sin objeto, con un vaso puesto al borde de la última octava. Olía a pintura fresca. Al cabo, de la caja de resonancia, en la pared del fondo, comenzaban a definirse las esbozadas figuraciones de la Hidra, el Navío Argos, el Sagitario y la Cabellera de Berenice, que pronto darían una útil singularidad al estudio de mi amiga. Después de mucho mofarme de su competencia astrológica, yo había tenido que inclinarme ante el rendimiento del negocio de horóscopos que ella manejaba por correspondencia, dueña de su tiempo, otorgando una que otra consulta personal como favor ya bastante solicitado, con la más regocijante gravedad. Así, de Júpiter en Cáncer a Saturno en Libra, Mouche, adoctrinada por curiosos tratados, sacaba de sus pocillos de aguada, de sus tinteros, unos Mapas de Destinos que viajaban a remotas localidades del país, con el adorno de signos del Zodíaco que yo le había ayudado a solemnizar con *De Coeleste Fisonomiea, Prognosticum supercoeleste* y otros latines de buen ver. Muy asustados por su tiempo debían estar los hombres —pensaba yo a veces— para interrogar tanto a los astrólogos, contemplar con tal aplicación las líneas de sus manos, las hebras de su escritura, angustiarse ante las borrajas de negro signo, remozando las más viejas técnicas adivinatorias, a falta de tener modo de leer en las entrañas de bestias sacrificadas o de observar el vuelo de las aves con el cayado de los auríspices. Mi amiga, que mucho creía en las videntes de rostros velado y se había formado intelectualmente en el gran baratillo surrealista, encontraba placer, además de provecho, en comtemplar el cielo por el espejo de los libros, barajando los bellos nombres de las constelaciones[29]. Era su manera actual de hacer poesía, ya que sus únicos intentos de hacerla con palabras, dejados en una *plaquette* ilustrada con fotomontajes de monstruos y estatuas, la habían desengañado —pasada la sobreestimación primera debida al olor de la tinta de imprenta— en cuanto a la originalidad de su inspiración. La había conocido dos años antes, durante una de las tantas ausencias profesionales de Ruth, y aunque mis noches se iniciaran o terminaran en su lecho, entre nosotros se decían muy pocas frases de cariño. Reñíamos, a veces, de tremenda manera, para abrazarnos luego con ira, mientras las caras, tan cercanas que no podían verse, intercambiaban injurias que la reconciliación de los cuerpos iba transformando en crudas alabanzas del placer recibido. Mouche, que era muy comedida y hasta parsimoniosa en el hablar, adoptaba en esos momentos un idioma de ramera, al que había que responder en iguales términos para que de esa hez del lenguaje surgiera, más agudo, el deleite. Me era difícil saber si era amor real lo que a ella me ataba. A menudo me exasperaba por su dogmático apego a ideas y actitudes conocidas en las cervecerías de Saint-Germain-des-Prés, cuya estéril discusión me hacía huir de su casa con el ánimo de no volver[30]. Pero a la noche siguiente me enternecía con sólo pensar en sus desplantes, y regresaba a su carne que me era necesaria, pues hallaba en su hondura la exigente y egoísta animalidad que tenía el poder de modificar el carácter de mi perenne fatiga, pasándola del plano nervioso al plano físico. Cuando esto se lograba, conocía a veces el género de sueño tan raro y tan apetecido que me cerraba los ojos al regreso de un día de campo —esos muy escasos días del año en que el olor de los árboles, causando una distensión de todo mi ser,

---

[29] El propio Carpentier tuvo gran afición a las ciencias ocultas, frecuentando librerías parisinas dedicadas al género. El tema recurre en su obra, particularmente en *El siglo de las luces.*

[30] *Saint-Germain-des-Prés,* barrio de París donde se han reunido en este siglo los grupos de vanguardia más influyentes: los surrealistas, los existencialistas y los estructuralistas, Tres cafés —el Flore, el Deux Magots y el Bonaparte— han sido los lugares de reunión de estos grupos. Carpentier convivió con los surrealistas en esta zona de París, así como también en el café de la Rotonde. Mouche, tanto como el protagonista-narrador, es una proyección autobiográfica de Carpentier.

me dejaba como atontado. Hastiado de la espera, ataqué con furia los acordes iniciales de un gran concierto romántico; pero en eso se abrieron las puertas, y el apartamento se llenó de gente. Mouche, cuya cara estaba sonrosada como cuando había bebido un poco, llegaba de cenar con el pintor de su estudio, dos de mis asistentes, a quienes no esperaba ver aquí, la decoradora del piso bajo, que siempre andaba fisgoneando en torno a las demás mujeres, y la danzarina que preparaba, en aquellos días, un ballet sobre meros ritmos de palmadas. «Traemos una sorpresa», anunció mi amiga, riendo. Y pronto quedó montado el proyector con la copia de la película presentada la víspera, cuya calurosa aceptación había determinado el comienzo inmediato de mis vacaciones. Ahora, apagadas las luces, renacían las imágenes ante mis ojos: la pesca del atún, con el ritmo admirable de las almadrabas y el exasperado hervor de los peces cercados por barcas negras; las lampreas asomadas a las oquedades de sus torres de roca; el envolvente desperezo del pulpo; la llegada de las anguilas y el vasto viñedo cobrizo del Mar de los Sargazos. Y luego, aquellas naturalezas muertas de caracoles y anzuelos, la selva de corales y la alucinante batalla de los crustáceos, tan hábilmente agrandada, que las langostas parecían espantables dragones acorazados. Habíamos trabajado bien. Volvían a sonar los mejores momentos de la partitura, con sus líquidos arpegios de celesta, los portamenti flúidos del Martenot[31], el oleaje de las arpas y el desenfreno de xilófono, piano y percusión, durante la secuencia del combate. Aquello había costado tres meses de discusiones, perplejidades, experimentos y enojos, pero el resultado era sorprendente. El texto mismo, escrito por un joven poeta, en colaboración con un oceanógrafo, bajo la vigilancia de los especialistas de nuestra empresa, era digno de figurar en una antología del género. Y en cuanto al montaje y la supervisión musical, no hallaba crítica que hacerme a mí mismo. «Una obra maestra», decía Mouche en la oscuridad. «Una obra maestra», coreaban los demás. Al encenderse las luces, todos me congratularon pidiendo que se pasara nuevamente el *film*. Y después de la segunda proyección, como llegaban invitados, se me rogó por una tercera. Pero cada vez

---

[31] *Martenot*, Maurice, inventor francés nacido en París en 1898, a quien se le debe el instrumento que lleva su nombre. Este instrumento electrónico de teclado oscilante, que data de 1928, produce vibraciones sonoras al menor gesto del intérprete.

que mis ojos, a la vuelta de una nueva revisión de lo hecho, alcanzaban al «fin» floreado de algas que servía de colofón a aquella labor ejemplar, me hallaba menos orgulloso de lo hecho. Una verdad envenenaba mi satisfacción primera: y era que todo aquel encarnizado trabajo, los alardes de buen gusto, de dominio del oficio, la elección y coordinación de mis colaboradores y asistentes, habían parido, en fin de cuentas, una película publicitaria, encargada a la empresa que me empleaba por un Consorcio Pesquero, trabado en lucha feroz con una red de cooperativas[32]. Un equipo de técnicos y artistas se había extenuado durante semanas y semanas en salas oscuras para lograr esa obra del celuloide, cuyo único propósito era atraer la atención de cierto público de Altas Alacenas sobre los recursos de una actividad industrial capaz de promover, día tras día, la multiplicación de los peces. Me pareció oír la voz de mi padre, tal como le sonaba en los días grises de su viudez, cuando era tan dado a citar las Escrituras: «Lo torcido no se puede enderezar y lo falto no puede contarse.» Siempre andaba con esa sentencia en la boca, aplicándola en cualquier oportunidad. Y amarga me sabía ahora la prosa del Eclesiastés al pensar que el Curador, por ejemplo, se hubiera encogido de hombros ante ese trabajo mío, considerando, tal vez, que podía equipararse a trazar letras con humo en el cielo, o a provocar, con un magistral dibujo, la salivación meridiana de quien contemplara un anuncio de corruscantes hojaldres. Me consideraría como un cómplice de los afeadores de paisaje, de los empapeladores de murallas, de los pregoneros del Orvietano[33]. Pero también —rabiaba yo— el Curador era hombre de una generación atosigada por «lo sublime», que iba a amar a los palcos de Bayreuth[34], en sombras olientes a viejos terciopelos rojos... Llegaba gente, cuyas cabezas se atravesaban en la luz del proyector. «¡Donde evolucionan las técnicas es en la publicidad!», gritó a mi lado, como adivinando mi pensamiento, el pintor ruso que había dejado poco antes el óleo por

---

[32] Conviene recordar aquí que Carpentier trabajó en una agencia publicitaria de Caracas (Publicidad Ars) de 1945 a 1959. Es muy probable que hiciese películas de este tipo, o que pusiera a la disposición de la firma sus vastos conocimientos de música y radiofonía.

[33] *Orvietano,* o Elixir de Orvieto, curativo medieval originario de la ciudad cuyo nombre toma. Carpentier lo menciona también en su relato «Semejante a la noche».

[34] *Bayreuth,* ciudad de Alemania (Baviera) donde se celebra desde 1876 un festival de obras de Wagner.

la cerámica. «Los mosaicos de Ravena no eran sino publicidad», dijo el arquitecto que tanto amaba lo abstracto. Y eran voces nuevas las que ahora emergían de la sombra: «Toda pintura religiosa es publicidad.» «Como ciertas cantatas de Bach.» «La *Gott der Herr, est Sonn und Schild* parte de un auténtico *slogan*.» «El cine es trabajo de equipo; el fresco debe ser hecho por equipos; el arte del futuro será un arte de equipos.» Como llegaban otros más, trayendo botellas, las conversaciones comenzaban a dispersarse. El pintor mostraba una serie de dibujos de lisiados y desollados que pensaba pasar a sus bandejas y platos, como «planchas anatómicas con volumen», que simbolizarían el espíritu de la época. «La música verdadera es una mera especulación sobre frecuencias», decía mi asistente grabador, arrojando sus dados chinos sobre el piano, para mostrar cómo podía conseguir un tema musical por el azar. Y a gritos hablábamos todos cuando un «¡Halt!» enérgico, arrojado desde la entrada, por una voz de bajo, inmovilizó a cada cual, como figura de museo de cera, en el gesto esbozado, a la media palabra pronunciada, en el aliento de devolver una bocanada de humo. Unos estaban detenidos en el arsis de un paso; otros tenían su copa en el aire, a medio camino entre la mesa y la boca. («Yo soy yo. Estoy sentado en un diván. Iba a rascar un fósforo sobre el esmeril de la caja. Los dados de Hugo me habían recordado el verso de Mallarmé[35]. Pero mis manos iban a encender un fósforo sin mandato de mi conciencia. Luego, estaba dormido como todos los que me rodean.») Sonó otro mandato del recién llegado, y cada cual concluyó la frase, el ademán, el paso que hubiera quedado en suspenso. Era uno de los tantos ejercicios que X. T. H —nunca lo llamábamos sino por sus iniciales, que el hábito de pronunciación había transformado en el apellido *Extieich*— solía imponernos para «despertarnos», según decía, y ponernos en estado de conciencia y análisis de nuestros actos presentes, por nimios que éstos fueran. Invirtiendo, para su uso propio, un principio filosófico que nos era común, solía decir que quien actuaba de «modo automático era *esencia* sin *existencia*»[36]. Mouche, por vocación, se había entu-

---

[35] *Mallarmé,* Stephane (1842-1898), poeta francés, uno de los iniciadores del simbolismo. Se alude aquí a su poema «Un coup des dès ne jamais abolira le hasard», es decir: «Una tirada de los dados no abolirá jamás el azar.»

[36] *Extieich* somete a los invitados a una prueba existencialista, es decir, al demostrar que no están conscientes de lo que hacen, los con-

siasmado con los aspectos astrológicos de su enseñanza, cuyos planteamientos eran muy atrayentes, pero luego se enredaban demasiado, a mi juicio, en místicas orientales, el pitagorismo, los tantras tibetanos y no sabría decir cuántas cosas más. El caso era que Extieich había logrado imponernos una serie de prácticas emparentadas con los asamas yogas, haciéndonos respirar de ciertas maneras, contando el tiempo de las inspiraciones y espiraciones por «matras». Mouche y sus amigos pretendían llegar con ello a un mayor dominio de sí mismos y adquirir unos poderes que siempre me resultaban problemáticos, sobre todo en gente que bebía diariamente para defenderse contra el desaliento, las congojas del fracaso, el descontento de sí mismos, el miedo al rechazo de un manuscrito, o la dureza, simplemente, de aquella ciudad del perenne anonimato dentro de la multitud, de la eterna prisa, donde los ojos sólo se encontraban por casualidad, y la sonrisa, cuando era de un desconocido, siempre ocultaba una proposición. Extieich procedía ahora a curar a la bailarina de una súbita jaqueca, por la imposición de las manos. Aturdido por el entrecruzamiento de conversaciones, que iban del *da-sein*[37] al boxeo, del marxismo al empeño de Hugo de modificar la sonoridad del piano poniendo trozos de vidrio, lápices, papeles de seda, tallos de flores, bajo las cuerdas, salí a la terraza, donde la lluvia de la tarde había limpiado los tilos enanos de Mouche del inevitable hollín veraniego de una fábrica cuyas chimeneas se alzaban en la otra orilla del río. Siempre me había divertido mucho en esas reuniones con el desaforado tornasol de ideas que, de repente, pasaban de la Kábala a la Angustia[38], por el cami-

---

currentes se dejan existir. La escena demuestra hasta dónde calan las modas de pensamiento, llegando a convertirse en juegos. El nombre de *Extieich* es sugestivo, sobre todo porque Carpentier vuelve a utilizar la *x* para designar al personaje del dictador en *El recurso del método* —cuando ha sido depuesto se le llama «el ex.» La *x* significa el anonimato, la falta de nombre que distinga al individuo de otros. *Extieich*, jefe de la empresa publicitaria, vive entregando a la vida alienante de la gran ciudad. El protagonista-narrador también carece de nombre.

[37] *Dasein,* literalmente «estar ahí» en alemán, pero concepto clave en la filosofía de Martin Heidegger, expuesta sobre todo en su *El ser y el tiempo* (1927), uno de los libros de mayor influencia en el mundo de lengua española, a través de la labor de interpretación y difusión del mismo llevada a cabo por Ortega y Gasset y sus discípulos. José Gaos tradujo el libro al español en 1948.

[38] La *Kabala* hebrea es una manera heterodoxa de leer la escritura

no de los proyectos del que pretendía instalar una granja en el Oeste, donde el arte de unos cuantos iba a ser salvado por la cría de gallinas *Leghorn* o *Rod-Island Red*[39]. Siempre había amado esos saltos de lo trascendental a lo raro, del teatro isabelino a la Gnosis, del platonismo a la acupuntura. Tenía el propósito, incluso, de grabar algún día, por medio de un dispositivo oculto debajo de un mueble, esas conversaciones, cuya fijación demostraría cuán vertiginoso es el proceso elíptico del pensamiento y del lenguaje. En esas gimnasias mentales, en esa alta acrobacia de la cultura, encontraba yo la justificación, además, de muchos desórdenes morales que, en otra gente, me hubiera sido odiosa. Pero la elección entre hombres y hombres no era muy problemática. Por un lado estaban los mercaderes, los negociantes, para los cuales trabajaba durante el día, y que sólo sabían gastar lo ganado en diversiones tan necias, tan exentas de imaginación, que me sentía, por fuerza, un animal de distinta lana. Por el otro estaban los que aquí se encontraban, felices por haber dado con algunas botellas de licor, fascinados por los Poderes que les prometía Extieich, siempre hirvientes de proyectos grandiosos. En la implacable ordenación de la urbe moderna, cumplían con una forma de ascetismo, renunciando a los bienes materiales, padeciendo hambre y penurias, a cambio de un problemático encuentro de sí mismos en la obra realizada. Y, sin embargo, esta noche me cansaban tanto estos hombres como los de cantidad y beneficio. Y es que, en el fondo de mí mismo, estaba impresionado por la escena en la casa del Curador, y no me dejaba engañar por el entusiasmo que había acogido la película publicitaria que tanto trabajo me hubiera costado realizar. Las para-

---

entre los judíos. Los grandes cabalistas medievales, Moisés de León y Moisés Cordovero, fueron españoles. La *Kábala* estuvo muy de moda entre artistas modernos, entre ellos el propio Carpentier, que se valió de algunos de su preceptos en la redacción de *El siglo de las luces*. El más interesante es en el que se sostiene que Dios creó primero el alfabeto, de donde dimanan luego todos los elementos que componen el mundo: por lo tanto, que la escritura precede a la realidad, no a la inversa. Como se verá en las notas siguientes, éste es un tema importante en *Los pasos perdidos*. Borges también ha acudido a la *Kabala* en algunos de sus cuentos.

La angustia es un tema clave del existencialismo. La angustia proviene de la nada, es decir, al darse cuenta el individuo de que su existencia se proyecta contra la nada.

[39] *Leghorn* y *Rhode Island Red* son marcas de gallina. Hay error en el texto *(Rod* por *Rhode).*

dojas emitidas acerca de la publicidad y del arte por equipos, no eran sino maneras de zarandear el pasado, buscando una justificación a lo poco alcanzado en la propia obra. Tan poco me dejaba satisfecho, por lo irrisorio de su finalidad, lo recién realizado, que cuando Mouche se me acercó con el elogio presto, cambié abruptamente la conversación, contándole mi aventura de la tarde. Con gran sorpresa mía se me abrazó, clamando que la noticia era *formidable*, pues corroboraba el vaticinio de un sueño reciente en que se viera volando junto a grandes aves de plumaje azafrán, lo que significaba inequívocamente: *viaje y éxito, cambio por traslado.* Y sin darme tiempo para enderezar el equívoco, se entregó a los grandes tópicos del anhelo de evasión, la llamada de lo desconocido, los encuentros fortuitos, en un tono que algo debía a los Sirgadores Flechados y las Increíbles Floridas del *Barco Ebrio*[40]. Pronto la atajé, contándole cómo me había escapado de la casa del Curador sin aprovechar la oferta. «¡Pero eso es absolutamente cretino!», exclamó. «¡Pudiste haber pensado en mí!» Le hice notar que no disponía del dinero suficiente para pagarle un viaje a regiones tan remotas; que, por otra parte, la Universidad sólo hubiera sufragado, en todo caso, los gastos de una sola persona. Después de un silencio desagradable, en que sus ojos cobraron una fea expresión de despecho, Mouche se echó a reír. «¡Y teníamos aquí al pintor de la Venus de Cranach!»... Mi amiga me explicó su repentina ocurrencia: para llegar adonde vivían los pueblos que hacían sonar el tambor-bastón y la jarra funeraria, era menester que fuéramos, de primer intento, a la gran ciudad tropical, famosa por la hermosura de sus playas y el colorido de su vida popular; se trataba simplemente de permanecer allá, con alguna excursión a las selvas que decían cercanas, dejándonos vivir gratamente hasta donde alcanzara el dinero. Nadie estaría presente para saber si yo seguía el itinerario impuesto a mi labor de colección. Y, para quedar con honra, yo entregaría a mi regreso unos instrumentos «primitivos» —cabales, científicos, fidedignos— irreprochablemente ejecutados, de acuerdo con mis bocetos y medidas, por el pintor amigo, gran aficionado a las ar-

---

[40] *Barco ebrio,* título del poema más conocido de Arthur Rimbaud (1854-1891). Rimbaud, cuya obra ejerció gran influencia sobre los simbolistas, abandonó la poesía a los veinte años para dedicarse a un vida de viajes y aventuras. La vida de Rimbaud es uno de los modelos del protagonista-narrador.

tes primitivas, y tan diabólicamente hábil en trabajos de artesanía, copia y reproducción, que vivía de falsificar estilos maestros, tallaba vírgenes catalanas del siglo XIV con desdorados, picadas de insectos y rajaduras, y había logrado su faena máxima con la venta al Museo de Glasgow de una *Venus* de Cranach, ejecutada y envejecida por él en algunas semanas. Tan sucia, tan denigrante me resultó la proposición, que la rechacé con asco. La Universidad se irguió en mi mente con la majestad de un templo sobre cuyas columnas blancas me invitaran a arrojar inmundicias. Hablé largamente, pero Mouche no me escuchaba. Regresó al estudio, donde dio la noticia de nuestro viaje, que fue recibida con gritos de júbilo. Y ahora, sin hacerme caso, iba de cuarto en cuarto, en alegre ajetreo, arrastrando maletas, envolviendo y desenvolviendo ropas, haciendo un recuento de cosas por comprar. Ante tal desenfado, más hiriente que una burla, salí del apartamento dando un portazo. Pero la calle me fue particularmente triste, en esta noche de domingo, ya temerosa de las angustias del lunes, con sus cafés desertados por quienes pensaban en la hora de mañana y buscaban las llaves de sus puertas a la luz de focos que ponían coladas de estaño sobre el asfalto llovido. Me detuve indeciso. En mi casa me esperaba el desorden dejado por Ruth en su partida; la mera huella de su cabeza en la almohada; los olores del teatro. Y cuando sonara un timbre sería el despertar sin objeto, y el miedo a encontrarme con un personaje, sacado de mí mismo, que solía esperarme cada año en el umbral de mis vacaciones. El personaje lleno de reproches y de razones amargas que yo había visto aparecer horas antes en el espejo barroco del Curador para vaciarme de cenizas. La necesidad de revisar los equipos de sincronización y de acomodar nuevos locales revestidos de materias aislantes propiciaba, al comienzo de cada verano, ese encuentro que promovía un cambio de carga, pues donde arrojaba mi piedra de Sísifo se me montaba el otro en el hombro todavía desollado, y no sabía decir si, a veces, no llegaba a preferir el peso del basalto al peso del juez. Una bruma surgida de los muelles cercanos se alzaba sobre las aceras, difuminando las luces de la calle en irisaciones que atravesaban, como alfilerazos, las gotas caídas de nubes bajas. Cerrábanse las rejas de los cines sobre los pisos de largos vestíbulos, espolvoreados de *tickets* rotos. Más allá tendría que atravesar la calle desierta fríamente iluminada, y subir la acera en cuesta, hacia el oratorio en sombras, cuya reja rozaría con los dedos, contando cincuenta y dos barrotes. Me adosé a un poste, pensando en el vacío de tres semanas hueras, demasiado breves para emprender algo, y que serían amargadas, mientras más corrieran las fechas, por el sentimiento de la posibilidad desdeñada. Yo no había dado un paso hacia la misión propuesta. Todo me había venido al encuentro, y yo no era responsable de una exagerada valoración de mis capacidades. El Curador, en fin de cuentas, nada desembolsaría, y en lo que miraba la Universidad, difícil sería que sus eruditos, envejecidos entre libros, sin contacto directo con los artesanos de la selva, se percataran del engaño. Al fin y al cabo, los instrumentos descritos por Fray Servando de Castillejos no eran obras de arte, sino objetos debidos a una técnica primitiva presente. Si los museos atesoraban más de un Stradivarius sospechoso, bien poco delito habría, en suma, en falsificar un tambor de salvajes. Los instrumentos pedidos podían ser de una factura antigua o actual... «Este viaje estaba escrito en la pared», me dijo Mouche, al verme regresar, señalando las figuras del Sagitario, el Navío Argos y la Cabellera de Berenice, más dibujados en sus trazos ocre, ahora que habían atenuado la luz[41].

Por la mañana, mientras mi amiga corría con los trámites consulares, fui a la Universidad, donde el Curador, levantado desde muy temprano, trabajaba en la reparación de una viola de amor, en compañía de un *luthier* de delantal azul. Me vio llegar sin sorpresa, mirándome por encima de sus gafas. «¡Enhorabuena!», dijo, sin que yo supiera a ciencia cierta si quería felicitarme por mi decisión, o adivinaba que si en aquel momento podía hilar dos ideas era gracias a una droga que Mouche me había administrado al despertar. Pronto fui llevado al despacho del Rector, que me hizo firmar un contrato, dándome el dinero de mi viaje junto a un pliego donde se detallaban los puntos principales de la tarea confiada. Algo aturdido por la rapidez del arreglo, sin tener todavía una idea muy clara de lo que me esperaba, me vi después en una larga sala desierta donde el Curador me suplicó que lo aguardara un momento, mientras iba a la Biblioteca, para saludar al Decano de la Facultad de Filosofía, recién llegado del Congreso de Amsterdam. Observé con agrado que aquella galería era un museo de reproducciones fotográficas y de vaciados en yeso, destinado a

---

[41] La frase, en apariencia casual, de Mouche tiene otro sentido, vinculado en temas centrales en la novela: si el viaje ya estaba escrito, la vida del protagonista-narrador no es más que la repetición de lo que ya estaba cifrado de antemano. ¿Es o no libre para elegir su destino? ¿Puede escaparse de la escritura?

los estudiantes de Historia del Arte. De súbito, la universalidad de ciertas imágenes, una Ninfa impresionista, una familia de Manet, la misteriosa mirada de Madame Rivière, me llevó a los días ya lejanos en que había tratado de aliviar una congoja de viajero decepcionado, de peregrino frustrado por la profanación de Santos Lugares, en el mundo —casi sin ventanas— de los museos. Eran los meses en que visitaba las tiendas de artesanos, los palcos de ópera, los jardines y cementerios de las estampas románticas, antes de asistir con Goya a los combates del Dos de Mayo, o de seguirlo en el Entierro de la Sardina, cuyas máscaras inquietantes más tenían de penitentes borrachos, de mengues de auto sacramental, que de disfraces de jolgorio. Luego de un descanso entre los labriegos de Le Nain, iba a caer en pleno Renacimiento, gracias a algún retrato de condottiero, de los que cabalgan caballos más mármol que carne, entre columnas afestivadas de banderolas. Agradábame a veces convivir con los burgueses medievales, que tan abundosamente tragaban su vino de especias, se hacían pintar con la Virgen donada —para constancia de la donación—, trinchaban lechones de tetas chamuscadas, echaban sus gallos flamencos a pelear, y metían la mano en el escote de ribaldas de ceroso semblante que, más que lascivas parecían alegres mozas de tarde de domingo, puestas en venia de pecar nuevamente por la absolución de un confesor. Una hebilla de hierro, una bárbara corona erizada de púas martilladas, me llevaban luego a la Europa merovingia, de selvas profundas, tierras sin caminos, migraciones de ratas, fieras famosas por haber llegado espumajeantes de rabia, en día de feria, hasta la Plaza Mayor de una ciudad. Luego, eran las piedras de Micenas, las galas sepulcrales, las alfarerías pesadas de una Grecia tosca y aventurera, anterior a sus propios clasicismos, toda oliente a reses asadas a la llama, a cardadas y boñigas, a sudor de garañones en celo. Y así, de peldaño en peldaño, llegaba a las vitrinas de los rascadores, hachas, cuchillos de sílex, en cuya orilla me detenía, fascinado por la noche del magdaleniense, solutrense, prechelense, sintiéndome llegado a los confines del hombre, a aquel límite de lo posible que podía haber sido, según ciertos cosmógrafos primitivos, el borde de la tierra plana, allí donde asomándose la cabeza al vértigo sideral del infinito, debía verse el cielo *también abajo*[42]... El

---

[42] El protagonista-narrador prefigura su viaje en esta meditación, provocada por la galería de reproducciones de arte. Es evidente que su

*Cronos* de Goya me devolvió a la época, por el camino de vastas cocinas ennoblecidas de bodegones. Encendía su pipa el síndico con una brasa, escaldaba la fámula una liebre en el hervor de un gran caldero, y por una ventana abierta, veíase el departir de las hilanderas en el silencio del patio sombreado por un olmo. Ante las conocidas imágenes me preguntaba si, en épocas pasadas, los hombres añorarían las épocas pasadas, como yo, en esta mañana de estío, añorada —como por haberlos conocido— ciertos modos de vivir que el hombre había perdido para siempre.

visión de la historia coincide con el orden de este museo, que institucionaliza un concepto occidental de la historia de la cultura que es precisamente el que quiere abandonar. Hay que tener presente, además, que se trata de reproducciones, no de originales.

## Capítulo segundo

*Ha! I scent life!*
(SHELLEY[1])

---

[1] «¡Ah, huelo la vida!», verso del *Prometeo desencadenado*.

## IV

*(Miércoles, 7 de junio)*[2]

Desde hacía algunos minutos, nuestros oídos nos advertían que estábamos descendiendo. De pronto las nubes quedaron arriba, y el volar del avión se hizo vacilante, como desconfiado de un aire inestable que lo soltaba inesperadamente, lo recogía, dejaba un ala sin apoyo, lo entregaba luego al ritmo de olas invisibles. A la derecha se alzaba una cordillera de un verde de musgo, difuminada por la lluvia. Allí, en pleno sol, estaba la ciudad. El periodista que se había instalado a mi lado —pues Mouche dormía en toda la anchura del asiento de atrás—, me hablaba con una mezcla de sorna y cariño de aquella capital dispersa, sin estilo, anárquica en su topografía, cuyas primeras calles se dibujaban ya debajo de nosotros. Para seguir creciendo a lo largo del mar, sobre una angosta faja de arena delimitada por los cerros que servían de asiento a las fortificaciones construidas por orden de Felipe II, la población había tenido que librar una guerra de siglos a las marismas, la fiebre amarilla, los insectos y la inconmovilidad de peñones de roca negra que se alzaban, aquí y allá, inescalables, solitarios, pulidos, con algo de tiro de aerolito salido de una mano celestial. Esas moles inútiles, paradas entre los edificios, las torres de las iglesias modernas, las antenas, los campanarios antiguos, los cimborrios de comienzos del siglo, falseaban las realidades de la escala, estableciendo otra nueva, que no era la del hombre, como si fueran edificaciones destinadas a un uso desconocido, obra de una civilización inimaginable, abismada en noches remotas. Durante centenares de años

---

[2] Primera fecha del diario. La novela empezó el domingo 4 de junio, el protagonista-narrador y Mouche se embarcan tres días después.

se había luchado contra raíces que levantaban los pisos y resquebrajaban las murallas; pero cuando un rico propietario se iba por unos meses a París, dejando la custodia de su residencia a servidumbres indolentes, las raíces aprovechaban el descuido de canciones y siestas para arquear el lomo en todas partes, acabando en veinte días con la mejor voluntad funcional de Le Corbusier[3]. Habían arrojado las palmeras de los suburbios trazados por eminentes urbanistas, pero las palmeras resurgían en los patios de las casas coloniales, dando un columnal empaque de guardarrayas[4] a las avenidas más céntricas —las primeras que trazaran, a punta de espada, en el sitio más aproximado, los fundadores de la primitiva villa. Dominando el hormigueo de las calles de Bolsas y periódicos, por sobre los mármoles de los Bancos, la riqueza de las Lonjas, la blancura de los edificios públicos, se alzaba bajo un sol en perenne canícula el mundo de las balanzas, caduceos, cruces, genios alabados, banderas, trompetas de la Fama, ruedas dentadas, martillos y victorias, con que se proclaman, en bronce y piedra, la abundancia y prosperidad de la urbe ejemplarmente legislada en sus textos. Pero cuando llegaban las lluvias de abril nunca eran suficientes los desagües, y se inundaban las plazas céntricas con tal desconcierto del tránsito, que los vehículos, conducidos a barrios desconocidos, derribaban estatuas, se extraviaban en callejones ciegos, estrellándose a veces, en barrancas que no se mostraban a los forasteros ni a los visitantes ilustres, porque estaban habitadas por gente que se pasaban la vida a medio vestir, templando el guitarrico, aporreando el tambor y bebiendo ron en jarros de hojalata. La luz eléctrica penetraba en todas partes y la mecánica trepidaba bajo el techo de los goterones. Aquí las técnicas eran asimiladas con soprendente facilidad, aceptándose como rutina cotidiana ciertos métodos que eran cautelosamente experimentados, todavía por los pueblos de vieja historia. El progreso se reflejaba en la lisura de los céspedes, en el fausto de las embajadas, en la multiplicidad de los panes y de los vinos, en el contento de los mercaderes, cuyos decanos habían alcanzado a conocer el terrible tiempo de los anofeles[5]. Sin embargo, ha-

---

[3] Edouard Jeanneret-Gris, llamado *Le Corbusier* (1887-1965), arquitecto y urbanista suizo, naturalizado francés.

[4] En las Antillas, sobre todo en Cuba, *guardarraya* es el camino que se traza entre diferentes partes de un campo de caña de azúcar para dar acceso a carros y trabajadores.

[5] La hembra de este mosquito transmite el paludismo. Fue el médi-

bía algo como un polen maligno en el aire —polen duende, carcoma impalpable, moho volante— que se ponía a actuar, de pronto, con misteriosos designios, para abrir lo cerrado y cerrar lo abierto, malear lo garantizado. Una mañana, las ampolletas de suero de un hospital amanecían llenas de hongos; los aparatos de precisión se desajustaban; ciertos licores empezaban a burbujear dentro de las botellas; el Rubens del Museo Nacional era mordido por un parásito desconocido que desafiaba los ácidos; la gente se lanzaba a las ventanillas de un banco en que nada había ocurrido, llevada al pánico por los decires de una negra vieja que la policía buscaba en vano. Cuando esas cosas ocurrían, una sola explicación era aceptada por buena entre los que estaban en los secretos de la ciudad: «¡Es el Gusano!» Nadie había visto al Gusano. Pero el Gusano existía, entregado a sus artes de confusión, surgiendo donde menos se le esperaba, para desconcertar la más probada experiencia. Por lo demás, las lluvias de rayos en tormenta seca eran frecuentes y, cada diez años, centenares de casas eran derribadas por un ciclón que iniciaba su danza circular en algún lugar del Océano. Como ya volábamos muy bajo, enfilando la pista del aterrizaje, pregunté a mi compañero por aquella casa tan vasta y amable, toda rodeada de jardines en terrazas, cuyas estatuas y surtidores descendían hasta la orilla del mar. Supe que allí vivía el nuevo Presidente de la República[6], y que, por muy pocos días, me había faltado de asistir a los festejos populares, con desfiles de moros y romanos, que acompañaran su solemne investidura. Pero ya desaparece la hermosa residencia bajo el ala izquierda del avión. Y es luego el placentero regreso a la tierra, el rodar en firme, y la salida de los sordos a la oficina de los cuños, donde se responde a las preguntas con cara de culpable. Aturdido por un aire distinto, esperando a los que, sin darse prisa, habrán de examinar el

---

co e investigador cubano Carlos J. Finlay (1833-1915) quien demostró experimentalmente este hecho.

[6] Aunque la geografía del país latinoamericano a que llega el protagonista-narrador es sobre todo la de Venezuela, esta capital no puede ser Caracas, aunque también tiene mucho de la capital venezolana, porque ésta no se encuentra sobre el mar. La descripción de la capital tiene mucho de La Habana, y el lector puede encontrar en varios ensayos de Carpentier, recogidos en *Tientos y diferencias* (ver bibliografía), meditaciones del autor sobre el urbanismo latinoamericano. Es de especial interés su idea de que el barroquismo americano surge de la mezcla de estilos de diversa procedencia visible en las ciudades del continente.

contenido de nuestras maletas, pienso que aun no me he acostumbrado a la idea de hallarme tan lejos de mis caminos acostumbrados. Y a la vez hay como una luz recobrada, un olor a espartillo caliente, a un agua de mar que el cielo parece calar en profundidad, llegando a lo más hondo de sus verdes —y también cierto cambio de la brisa que trae el hedor de crustáceos podridos en algún socavón de la costa. Al amanecer, cuando volábamos entre nubes sucias, estaba arrepentido de haber emprendido el viaje; tenía deseos de aprovechar la primera escala para regresar cuanto antes y devolver el dinero a la Universidad. Me sentía preso, secuestrado, cómplice de algo execrable, en este encierro del avión, con el ritmo en tres tiempos, oscilante, de la envergadura empeñada en lucha contra un viento adverso que arrojaba, a veces, una tenue lluvia sobre el aluminio de las alas. Pero ahora, una rara voluptuosidad adormece mis escrúpulos. Y una fuerza me penetra lentamente por los oídos, por los poros: el idioma. He aquí, pues, el idioma que hablé en mi infancia; el idioma en que aprendí a leer y a solfear; el idioma enmohecido en mi mente por el poco uso, dejado de lado como herramienta inútil, en país donde de poco pudiera servirme. *Esto, Fabio, ¡ay dolor!, que ves agora.* Esto Fabio... Me vuelve a la mente, tras de largo olvido, ese verso dado como ejemplo de interjección en una pequeña gramática que debe estar guardada en alguna parte con un retrato de mi madre y un mechón de pelo rubio que me cortaron cuando tenía seis años[7]. Y es el idioma de ese verso el que ahora se estampa en los letreros de los comercios que veo por los ventanales de la sala de espera; ríe y se deforma en la jerga de los maleteros negros; se hace caricatura en un *¡Biva el Presidente!,* cuyas faltas de ortografía señalo a Mouche, con orgullo de quien, a partir de ese instante, será su guía e intérprete en la ciudad desconocida. Esta repentina sensación de superioridad sobre ella vence mis últimos escrúpulos. No me pesa haber venido. Y pienso en una posibilidad que hasta ahora no había imaginado; en algún lugar de la ciudad deben

---

[7] Versos iniciales de la «Canción a las ruinas de Itálica», de Rodrigo Caro (1573-1647): «Estos, Fabio, ¡ay dolor! que ves agora / campos de soledad, mustio collado / fueron un tiempo Itálica famosa.» El tema de las ruinas, vinculado siempre al de la ciudad, es muy común en Carpentier. No es casual, por lo tanto, que después de la meditación sobre la capital latinoamericana evoque estos versos como recuerdo de su niñez. Como podrá observarse, en vez de «Éstos» el protagonista-narrador recuerda «Esto». Su memoria contiene también «ruinas».

estar en venta los instrumentos cuya colección me fue encomendada. Sería increíble que alguien —un vendedor de objetos curiosos, un explorador cansado de andanzas— no hubiese pensado en sacar provecho de cosas tan estimadas por los forasteros. Yo sabría encontrar a ese alguien, y entonces acallaría al aguafiestas que dentro de mí llevaba. Tan buena me pareció la idea que, cuando ya rodábamos hacia el hotel por calles de barrios populares, hice que nos detuviéramos ante un rastro que tal vez fuera ya la providencia esperada. Era una casa de rejas muy enrevesadas, con gestos viejos en todas las ventanas, en cuyos balcones dormitaban unos loros plumiparados, como polvorientos, que parecían una vegetación musgosa nacida en la verdosa fachada. Nada sabía el baratilleroanticuario de los instrumentos que me interesaban y, por llamar mi atención sobre otros objetos, me mostró una gran caja de música en que unas mariposas doradas, montadas en martinetes, tocaban valses y redowas en una especie de salterio. Sobre mesas cubiertas de vasos sostenidos por manos de cornalina había retratos de monjas profesas coronadas de flores. Una Santa de Lima, saliendo del cáliz de una rosa en un alboroto revuelo de querubines, compartía una pared con escenas de tauromaquia. Mouche se antojó de un hipocampo hallado entre camafeos y dijes de coral, aunque le hice observar que podría encontrarlos iguales en cualquier parte. «¡Es el hipocampo negro de Rimbaud!», me respondió, pagando el precio de aquella polvorienta y literaria cosa. Yo hubiera querido comprar un rosario filigranado, de hechura colonial, que estaba en una vitrina; pero me resultó demasiado costoso porque la cruz se adornaba de piedras verdaderas. Al salir de aquel comercio, bajo la enseña misteriosa de *Rastro de Zoroastro*[8], mi mano rozó una albahaca plantada en un tiesto. Me detuve,

---

[8] A pesar de que el protagonista-narrador le achaca a Mouche su manía literaria al comprar el «hipocampo de Rimbaud», él mismo no puede dejar de notar, aunque sea indirectamente, el sesgo intelectual que tiene el nombre del comercio donde están. Zoroastro, Zaratustra, evoca sin duda a Nietzsche, máxime cuando el establecimiento en que se encuentran es un baratillo, un rastro, donde se encuentran los restos dispersos de la civilización —como el descubierto por Mouche. El encuentro de Rimbaud y Nietzsche en este rastro latinoamericano, umbral del viaje de evasión del protagonista, no podía ser más sugestivo. Ambos significaban el desastre de la civilización occidental, pero también auguran el fracaso del intento del protagonistanarrador de escaparse de ella.

removido a lo hondo, al hallar el perfume que encontraba en la piel de una niña —María del Carmen, hija de aquel jardinero...— cuando jugábamos a los casados en el traspatio de una casa que sobrepasaba un ancho tamarindo, mientras mi madre probaba en el piano alguna habanera de reciente edición.


# V

*(Jueves, 8)*

Mi mano sobresaltada busca, sobre el mármol de la mesa de noche, aquel despertador que está sonando, si acaso, muy arriba en el mapa, a miles de kilómetros de distancia. Y necesita de alguna reflexión, echando una larga ojeada a la plaza, entre persianas, para comprender que mi hábito —el de cada mañana, allá— ha sido burlado por el triángulo de un vendedor ambulante. Óyese luego el caramillo de un amolador de tijeras, extrañamente concertado sobre el melismático pregón de un gigante negro que lleva una cesta de calamares en la cabeza. Los árboles, mecidos por la brisa temprana, nievan de blancas pelusas una estatua de prócer que tiene algo de Lord Byron por el tormentoso encrespamiento de la corbata de bronce, y algo también de Lamartine, por el modo de presentar una bandera a invisibles amotinados[9]. A lo lejos repican las campanas de una iglesia con uno de esos ritmos parroquiales, conseguido en el guindarse de las cuerdas, que ignoran los carrillones eléctricos de las falsas torres góticas de mi país. Mouche, dormida, se ha atravesado en la cama de modo que no queda lugar para mí. A veces, molesta por un calor inhabitual, trata de quitarse la sábana de encima, enredando más las piernas en ella. La miro largamente, algo resquemado por el chasco de la víspera: aquella crisis de alergia, debida al perfu-

---

[9] *Byron* y *Lamartine* se unen a la pléyade de artistas románticos a que se alude en *Los pasos perdidos.* Lord George Gordon Byron, poeta inglés (1788-1824), fue autor de, entre otras obras famosas, un *Don Juan;* llevó una vida tormentosa como su obra, y se considera prototipo del artista romántico. De ahí que influya sobre las estatuas de próceres latinoamericanos de la independencia.
Alphonse de Lamartine, poeta francés (1790-1869), fue autor de las *Meditaciones,* entre otras obras. Ambos poetas fueron muy admirados en el mundo de habla española.

me de un naranjo cercano, que nos alcanzó en este cuarto piso, acabando con los grandes júbilos físicos que yo hubiera prometido para aquella primera noche de convivencia con ella en un clima nuevo. Yo la había calmado con un somnífero, recurriendo luego a la venda negra para hundir más pronto mi despecho en el sueño. Vuelvo a mirar entre persianas. Más allá del Palacio de los Gobernadores, con sus columnas clásicas sosteniendo un cornisamento barroco, reconozco la fachada Segundo Imperio del teatro donde anoche, a falta de espectáculos de un color más local, nos acogieran, bajo grandes arañas de cristal, los mármoles drapeados de las Musas custodiadas por bustos de Meyerbeer, Donizetti, Rossini y Herold[10]. Una escalera con curva y floreos de rococó en el pasamano nos había conducido a la sala de terciopelos encarnados, con dentículos de oro al borde de los balcones, donde se afinaban los instrumentos de la orquesta, cubiertos por las alborotosas conversaciones de la platea. Todo el mundo parecía conocerse. Las risas se encendían y corrían por los palcos, de cuya penumbra cálida emergían brazos desnudos, manos que ponían en movimiento cosas tan rescatadas del otro siglo como gemelos de nácar, impertinentes y abanicos de plumas. La carne de los escotes, la atadura de los senos, los hombres, tenían una cierta abundancia muelle y empolvada que invitaba a la evolución del camafeo y del cubrecorsé de encajes. Pensaba divertirme con los ridículos de la ópera que iba a representarse dentro de las grandes tradiciones de la bravura, la coloratura, la fioritura. Pero ya se había alzado el telón sobre el jardín del castillo de Lamermoore, sin que lo desusado de una escenografía de falsas perspectivas, mentideros y birlibirloques estuviese aguzando mi ironía[11]. Me sentía dominado

---

[10] Giacomo *Meyerbeer* (1791-1864), compositor alemán, autor de óperas de gran éxito en su época, como *Roberto el Diablo* (1831); Gaetano *Donizetti* (1797-1848), autor de óperas como *Lucia de Lamermoor;* Gioacchino Antonio *Rossini* (1792-1868), compositor italiano conocido por su ópera *El barbero de Sevilla,* basada en la obra de Beaumarchais; Louis Joseph Ferdinand *Herold* (1791-1833), compositor francés, cuyas óperas, como *Zampa* (1831), gozaron de gran fama en su época. Compositores todos pertenecientes a un romanticismo popular, los bustos de estos hombres sirven para señalar el impacto que dicho movimiento tuvo en América más allá de las esferas puramente artísticas. Este es el tema de un ensayo importante de Carpentier, terminado poco antes de publicar *Los pasos perdidos: Tristán e Isolda en tierra firme* (Caracas, 1949).

[11] Se representa, evidentemente, *Lucia de Lamermoor* de Donizetti.

más bien por un indefinible encanto, hecho de recuerdos imprecisos y de muy remotas y fragmentadas añoranzas. Esta gran rotonda de terciopelo, con sus escotes generosos, el pañuelo de encajes entibiado entre los senos, las cabelleras profundas, el perfume a veces excesivo; ese escenario donde los cantantes perfilaban sus arias con las manos llevadas al corazón, en medio de una portentosa vegetación de telas colgadas; ese complejo de tradiciones, comportamientos, maneras de hacer, imposible ya de remozar en una gran capital moderna, era el mundo mágico del teatro, tal como pudo haberlo conocido mi ardiente y pálida bisabuela, la de ojos a la vez sensuales y velados, toda vestida de raso blanco, del retrato de Madrazo que tanto me hiciera soñar en la niñez, antes de que mi padre tuviera que vender el óleo en días de penuria[12]. Una tarde en que estaba solo en la casa, yo había descubierto en el fondo de un baúl el libro con cubiertas de marfil y cerradura de plata donde la dama del retrato hubiera llevado su diario de novia. En una página, bajo pétalos de rosa que el tiempo había vuelto de color tabaco, encontré la maravillada descripción de una *Gemma di Vergy* cantada en un teatro de La Habana, que en todo debía corresponder a lo que contemplaba esta noche[13]. Ya no esperaban afuera los cocheros negros de

---

[12] Federico de *Madrazo*, pintor español (1815-1894). Carpentier lo vuelve a mencionar en *Los convidados de plata* y *La consagración de la primavera*. Ver los trabajos de Ramón García Castro sobre la pintura en Carpentier (bibliografía).

[13] *Gemma di Vergy*, ópera de Donizetti, cantada por primera vez en la Scala de Milán, el 26 de diciembre de 1834. Gabriela Vergy, personaje probablemente imaginario, más conocido en la Edad Media con el nombre de Dama de Fayel. La tradición poética cuenta que Raúl de Coucy, muerto en la primera cruzada, encargó a su escudero antes de expirar que llevase su corazón a su amada, la Dama de Fayel; pero habiendo sorprendido al escudero el ultrajado esposo de ésta, hizo servir a su mujer el corazón de su amante, y la dama se dejó morir de hambre. Carpentier localiza esta abuela del protagonista-narrador en la Habana del siglo XIX. Dice en *La música en Cuba:* «Atento al ruego general, el Ayuntamiento contrata una excelente compañía italiana, que debuta en enero de 1834. Bellini, Donizetti, Mercadante y Meyerbeer hacen su aparición, en espera del joven Verdi, barriendo a los compositores del siglo XVIII, que tanto habían contribuido a formar la cultura musical del criollo. Pero esto no significó, para el gusto colectivo, un alzamiento de nivel. Por el contrario. Los programas de la *Sociedad Filarmónica de Santa Cecilia*, en que ya habían figurado *sinfonías* de Haydn y de Mozart, se vieron invadidos por la ópera. A fragmentos de *La flauta mágica*, al delicioso barro-

altas botas y chisteras con escarapela; no se mecerían en el puerto los fanales de las corbetas, ni habría tonadilla en fin de fiesta. Pero eran, en el público, los mismos rostros enrojecidos de gozo ante la función romántica; era la misma desatención ante lo que no cantaban las primeras figuras, y que, apenas salido de páginas muy sabidas, sólo servía de fondo melodioso a un vasto mecanismo de miradas intencionadas, de ojeadas vigilantes, cuchicheos detrás del abanico, risas ahogadas, noticias que iban y venían, discreteos, desdenes y fintas, juego cuyas reglas me eran desconocidas, pero que yo observaba con envidia de niño dejado fuera de un gran baile de disfraces.

Llegado el intermedio, Mouche se había declarado incapaz de soportar más, pues aquello —decía— era algo así como «la *Lucía* vista por Madame Bovary en Rouen»[14]. Aunque la observación no carecía de alguna justeza, me sentí irritado, súbitamente, por una suficiencia muy habitual en mi amiga, que la ponía en posición de hostilidad apenas se veía en contacto con algo que ignorara los santos y señas de ciertos ambientes artísticos frecuentados por ella en Europa. No despreciaba la ópera, en este momento, porque algo chocara realmente su muy escasa sensibilidad musical, sino porque era consigna de su generación despreciar la ópera. Viendo que de nada servía la argucia de evocar la Opera de Parma en días de Stendhal para conseguir que volviera a su butaca, salí del teatro muy contrariado[15]. Sentía necesidad de discutir con ella agriamente, para anticiparme a un tipo de reacciones que podía aguarme los mejores placeres de este viaje. Quería neutralizar de antemano ciertas críticas previsibles para quien conocía las conversaciones —siempre prejuiciadas en lo intelectual— que en su casa se llevaban. Pero pronto nos vino al encuentro una noche más honda que la noche del teatro: una noche que se nos impuso por sus valores de silencio, por la solemnidad de su presencia cargada de astros. Podía desgarrarla momentá-

---

quismo rossiniano, sucedieron arias de *Puritanos,* de *Gemma de* [sic] *Vergy,* de *Parisina,* o la obertura de *El pirata.*» *La música en Cuba,* México, Fondo de Cultura Económica, 1946, pág. 129.

[14] Es decir, la misma ópera de Donizetti, vista por Enma Bovary, la protagonista de *Madame Bovary* (1857), la conocida novela de Gustave Flaubert (1821-1880). Madame Bovary, influida por lecturas literarias, desprecia el ambiente provinciano en que vive.

[15] *Stendhal,* pseudónimo de Henri Beyle (1783-1842), novelista francés, autor de, entre otras obras, *Rojo y negro* (1831), y *La Cartuja de Parma* (1839). A esta última se refiere el protagonista-narrador.

neamente cualquier estridencia del tránsito. Volvía luego a
hacerse entera, llenando los zaguanes y portones, espesándose
en casas de ventanas abiertas que parecían deshabitadas, pe-
sando sobre las calles desiertas, de grandes arcadas de piedra.
Un sonido nos hizo detenernos, asombrados, teniendo que caminar varias veces para comprobar la maravilla: nuestros pasos resonaban en la acera del frente. En una plaza, frente a
una iglesia sin estilo, toda en sombras y estucos, había una
fuente de tritones en la que un perro velludo, parado en las
patas traseras, metía la lengua con deleitoso somormujo. Las
saetas de los relojes no mostraban prisa, marcando las horas
con criterio propio de campanarios vetustos a frontis municipales. Cuesta abajo, hacia el mar, se adivinaba la agitación de
los barrios modernos; pero por más que allá parpadearan, en
caracteres luminosos, las invariables enseñas de los estableci-
mientos nocturnos, era bien evidente que la verdad de la urbe,
su genio y figura, se expresaba aquí en signos de hábitos y de
piedras. Al fin de la calle nos encontramos frente a una casona de anchos soportales y musgoso tejado, cuyas ventanas se
abrían sobre un salón adornado por viejos cuadros con marcos dorados. Metidos las caras entre las rejas, descubriendo
que junto a un magnífico general de ros y entorchados, al lado
de una pintura exquisita que mostraba tres damas paseando
en una volanta, había un retrato de Taglioni[16], con pequeñas
alas de libélula en el tallo. Las luces estaban encendidas en
medio de cristales tallados y no se advertía, sin embargo, una
presencia humana en los corredores que conducían a otras estancias iluminadas. Era como si un siglo antes se hubiera dispuesto todo para un baile al que nadie hubiera asistido nunca.
De pronto, en un piano al que el trópico había dado sonoridad de espineta, sonó la pomposa introducción de un vals tocado a cuatro manos. Luego, la brisa agitó las cortinas y el salón entero pareció esfumarse en un revuelo de tules y encajes.
Roto el sortilegio, Mouche declaró que estaba fatigada. Cuanto más me iba dejando llevar por el encanto de esa noche que
me revelaba el significado exacto de ciertos recuerdos borro-
sos, mi amiga rompía la fruición de una paz olvidada de la
hora que hubiera podido conducirme al alba sin cansancio.
Allá, más arriba del tejado, las estrellas presentes pintaban tal

---

[16] Filippo *Taglioni* (1777-1871), compositor italiano y maestro de
ballet, preparó a su hija como bailarina, y ésta tuvo gran éxito en
Francia. Uno de sus ballets, *La Sylphide,* la hizo famosa en París.

vez los vértices de la Hidra, el Navío Argos, el Sagitario y la Cabellera de Berenice, con cuyas figuraciones se adornaría el estudio de Mouche. Pero hubiera sido inútil preguntarle, pues ella ignoraba como yo —fuera de las Osas— la exacta situación de las constelaciones. Al advertir ahora lo burlesco de ese desconocimiento en quien vivía de los astros, me eché a reír, volviéndome hacia mi amiga. Ella abrió los ojos sin despertarse, me miró sin verme, suspiró profundamente y se volvió hacia la pared. Me dieron ganas de acostarme de nuevo; pero pensé que fuera bueno aprovecharse de su sueño para iniciar la búsqueda de los instrumentos indígenas —la idea me obsesionaba— tal como lo había pensado la víspera. Sabía que al verme tan empeñado en el propósito me trataría, por lo menos, de ingenuo. Por lo mismo, me vestí apresuradamente y salí sin despertarla.

El Sol, metido de lleno en las calles, rebotando en los cristales, tejiéndose en hebras inquietas sobre el agua de los estanques, me resultó tan extraño, tan nuevo, que para comparecer ante él tuve que comprar espejuelos de cristales oscuros. Luego traté de orientarme hacia el barrio de la casona colonial, en cuyos alrededores debía haber baratillos y tiendas raras. Remontando una calle de aceras estrechas me detenía, a veces, para contemplar las muestras de pequeños comercios, cuya apostura evocaba artesanías de otros tiempos: eran las letras floreadas de Tutilimundi, la Bota de Oro, el Rey Midas y el Arpa Melodiosa, junto al Planisferio colgante de una librería de viejo, que giraba al azar de la brisa. En una esquina, un hombre abanicaba el fuego de una hornilla sobre la que se asaba un pernil de ternero, hinchado de ajos, cuyas grasas reventaban en humo acre, bajo una rociada de orégano, limón y pimienta. Más allá ofrecíanse sangrías y garapiñas, sobre los aceites rezumos del pescado frito. De súbito, un calor de hogazas tibias, de masa recién horneada, brotó de los respiraderos de un sótano, en cuya penumbra se afanaban, cantando, varios hombres, blancos de pelo a zuecos. Me detuve con deleitosa sorpresa. Hacía mucho tiempo que tenía olvidada esa presencia de la harina en las mañanas, allá donde el pan, amasado no se sabía dónde, traído de noche en camiones cerrados, como materia vergonzosa, había dejado de ser el pan que se rompe con las manos, el pan que reparte el padre luego de bendecirlo, el pan que debe ser tomado con gesto deferente antes de quebrar su corteza sobre el ancho cuenco de sopa de puerros o de asperjarlo con aceite y sal, para volver a hallar un sabor que, más que sabor a pan con aceite y sal, es el gran sabor mediterráneo que ya llevaban pegado a la lengua los compañeros de Ulises. Este reencuentro con la harina, el descubrimiento de un escaparate que exhibía estampas de zambos bailando la marinera me distraía del objeto de mi vagar por calles desconocidas. Aquí me detenía ante un fusilamiento de Maximiliano[17], allá hojeaba una vieja edición de *Los Incas* de Marmontel[18], cuyas ilustraciones tenían algo de la estética masónica de *La Flauta Mágica*[19]. Escuchaba un *Mambrú* cantado por los niños que jugaban en un patio oloroso a natillas. Y así, atraído ahora por la mañanera frescura de un viejo cementerio, andaba a la sombra de sus cipreses, entre tumbas que estaban como olvidadas en medio de yerbas y campánulas. A veces, tras de un cristal empañado por los hongos, se ostentaba el daguerrotipo de quien yacía bajo el mármol: un estudiante de ojos afiebrados, un veterano de la Guerra de Fronteras, una poetisa coronada de laurel. Yo contemplaba el monumento a las víctimas de un naufragio fluvial, cuando el aire fue desgarrado, en alguna parte, como papel encerado, por una descarga de ametralladoras. Eran los alumnos de una escuela militar, sin duda, que se adiestraban en el manejo de las armas. Hubo un silencio y volvieron a enredarse los arrullos de palomas que hinchaban el buche en torno a los vasos romanos.

> *Esto[s], Fabio, ¡ay dolor!, que ves agora,*
> *campos de soledad, mustio collado,*
> *fueron un tiempo Itálica famosa.*

---

[17] *Maximiliano* de Habsburgo, nacido en Schönbrunn (1832-1867), hermano del emperador Francisco José I. Cuando los franceses ocuparon la ciudad de México, Maximiliano fue nombrado emperador, pero fue derrotado por las fuerzas de Benito Juárez en Querétaro. Fue juzgado y fusilado, a pesar de las peticiones de clemencia de varios gobiernos. Figura trágica, su fusilamiento constituye un hito importante en la historia de México, frecuentemente llevado a la pintura y la literatura.

[18] Jean François Marmontel (1723-1799), crítico, dramaturgo y novelista francés, colaborador en la Enciclopedia, y autor de novelas épicas como *Los Incas*.

[19] *La flauta mágica,* ópera de Mozart, representada por primera vez en Viena en 1791. Se ha visto en la ópera una alegoría masónica —tanto Mozart como Schikinander, autor del libreto, eran masones—, que incluye una crítica de toda autoridad autocrática. La relación entre magia, masonería y crítica social interesó a Carpentier, y la convirtió en tema importante de *El siglo de las luces.*

Repetía y volvía a repetir estos versos que me regresaban a jirones desde la llegada, y por fin se habían reconstruido en mi memoria, cuando se oyó nuevamente, con más fuerza, el tableteo de las ametralladoras. Un niño pasó a todo correr, seguido de una mujer despavorida, descalza, que llevaba una batea de ropas mojadas en brazos, y parecía huir de un gran peligro. Una voz gritó en alguna parte, detrás de las tapias: «¡Ya empezó! ¡Ya empezó!» Algo inquieto salí del cementerio y regresé hacia la parte moderna de la ciudad. Pronto pude darme cuenta de que las calles estaban vacías de transeúntes y los comercios habían cerrado sus puertas y cortinas metálicas con una prisa que nada bueno anunciaba. Saqué mi pasaporte, como si los cuños estampados entre sus tapas tuvieran alguna eficacia protectora, cuando una grita me hizo detener, realmente asustado, al amparo de una columna. Una multitud vociferante, hostigada por el miedo, desembocó de una avenida, derribándolo todo por huir de una recia fusilería. Llovían cristales rotos. Las balas topaban con el metal de los postes del alumbrado, dejándolos vibrantes como tubos de órgano que hubieran recibido una pedrada. El latigazo de un cable de alta tensión acabó de despejar la calle, cuyo asfalto se encendió a trechos. Cerca de mí, un vendedor de naranjas se desplomó de bruces, echando a rodar las frutas que se desviaban y saltaban al ser alcanzadas por un plomo a ras del suelo. Corrí a la esquina más próxima, para guarecerme en un soportal de cuyas pilastras colgaban billetes de lotería dejados en la fuga. Sólo un mercado de pájaros me separaba ya del fondo del hotel. Decidido por el zumbar de una bala que, luego de pasar sobre mi hombro, había agujereado la vitrina de una farmacia, emprendí la carrera. Saltando por encima de las jaulas, atropellando canarios, pateando colibríes, derribando posaderos de cotorras empavorecidas, acabé por llegar a una de las puertas de servicio que había permanecido abierta. Un tucán, que arrastraba un ala rota, venía saltando detrás de mí, como queriendo acogerse a mi protección. Detrás, erguido sobre el manubrio de un velocípedo abandonado, un soberbio guacamayo permanecía en medio de la plaza desierta, solo, calentándose al sol. Subí a nuestra habitación. Mouche seguía durmiendo, abrazada a una almohada, con la camisa por las caderas y los pies enredados entre sábanas. Tranquilizado en cuanto a ella respectaba, bajé al *hall* en busca de explicaciones. Se hablaba de una revolución. Pero esto poco significaba para quien, como yo, ignoraba la historia de aquel país en todo lo que fuera ajeno al Descubrimiento, la Conquista y los viajes de algunos frailes que hubieran hablado de los instrumentos musicales de sus primitivos pobladores. Me puse, pues, a interrogar a cuantos, por mucho comentar y acalorarse, parecían tener una buena información. Pero pronto observé que cada cual daba una versión particular de los acontecimientos, citando los nombres de personalidades que, desde luego, eran letra muerta para mí. Traté entonces de conocer las tendencias, los anhelos de los bandos en pugna, sin hallar más claridad. Cuando creía comprender que se trataba de un movimiento de socialistas contra conservadores o radicales, de comunistas contra católicos, se barajaba el juego, quedaban invertidas las posiciones, y volvían a citarse los apellidos, como si todo lo que ocurría fuese más una cuestión de personas que una cuestión de partidos. Cada vez me veía devuelto a mi ignorancia por la relación de hechos que parecían historias de güelfos y gibelinos[20], por su sorprendente aspecto de ruedo familiar, de querella de hermanos enemigos, de lucha entablada entre gente ayer unida. Cuando me acercaba a lo que podía ser, según mi habitual manera de razonar, un conflicto político propio de la época, caía en algo que más se asemejaba a una guerra de religión. Las pugnas entre los que parecían representar la tendencia avanzada y la posición conservadora se me representaban, por el increíble desajuste cronológico de los criterios, como una especie de batalla librada, por encima del *tiempo* entre gentes que vivieran en siglos distintos. «Muy justo —me respondía un abogado de levita, chapado a la antigua, que parecía aceptar los acontecimientos con sorprendente calma—; piense que nosotros, por tradición, estamos acostumbrados a ver convivir Rousseau con el Santo Oficio, y los pendones al emblema de la Virgen con *El Capital...*» En eso apareció Mouche, muy angustiada, pues había sido sacada del sueño por las sirenas de ambulancias que pasaban, ahora, cada vez más numerosas, cayendo en pleno mercado de pájaros, donde, al encontrar de súbito el falso obstáculo de las jaulas amontonadas, los conductores frenaban brutalmente, aplastando de un bandazo a los últimos sinsontes y turpiales que quedaban. Ante la ingrata perspectiva del encierro forzoso, mi amiga se irritó grandemente contra los acontecimientos que transformaban sus planes. En el bar,

---

[20] *Güelfos y gibelinos,* dos partidos que se disputaron el poder en Italia de los siglos XII al XV. En sus luchas se vieron implicadas figuras como Dante, que consigna en *La divina comedia* sus afiliaciones.

los forasteros habían armado sus malhumoradas partidas de naipes y de dados, entre copas, rezongando contra los estados mestizos que siempre tenían un zafarrancho en reserva. En eso supimos que varios mozos del hotel habían desaparecido. Los vimos pasar, poco después, bajo las arcadas del frente, armados de mausers, con varias cartucheras terciadas. Al ver que habían conservado las chaquetas blancas del servicio, hicimos chistes del marcial empaque. Pero, al llegar a la esquina más próxima, los dos que marchaban delante se doblaron, de repente, alcanzados en el vientre por un pase de metralla. Mouche dio un grito de horror, llevando las manos a su propio vientre. Todos retrocedimos en silencio hacia el fondo del *hall*, sin poder quitar los ojos de aquella carne yacente sobre el asfalto enrojecido, insensible ya a las balas que en ella se encajaban todavía, poniendo nuevos marchamos de sangre en la claridad del dril. Ahora, los chistes hechos un poco antes me parecieron abyectos. Si en estos países se moría por pasiones que me fueran incomprensibles no por ello era la muerte menos muerte. Al pie de ruinas contempladas sin orgullo de vencedor, yo había puesto el pie, más de una vez, sobre los cuerpos de los hombres muertos por defender razones que no podían ser peores que las que aquí se invocaban. En ese momento pasaron varios carros blindados —desechos de nuestra guerra—, y al cabo del trueno de sus cremalleras pareció que el combate de calle hubiera cobrado una mayor intensidad. En las inmediaciones de la fortaleza de Felipe II, las descargas se fundían por momentos en un fragor compacto que no dejaba oír ya el estampido, estremeciendo el aire con una ininterrumpida deflagración que acudía o se alejaba, según soplara el viento, con embates de mar de fondo. A veces, sin embargo, se producía una pausa repentina. Parecía que todo hubiera terminado. Se escuchaba el llanto de un niño enfermo en el vecindario, cantaba un gallo, golpeaba una puerta. Pero, de pronto, irrumpía una ametralladora y volvíase al estruendo, siempre apoyado por el desagarrado ulular de las ambulancias. Un mortero acababa de abrir fuego cerca de la Catedral antigua, en cuyas campanas topaba a veces una bala con sonoro martillazo. *«Eh, bien, c'est gai!»*[21], exclamó a nuestro lado una mujer de voz cantarina y grave, con acento algo engolado, que se nos presentó como canadiense y pintora, divorciada de un diplomático centroamericano. Aproveché la

---

[21] «Pues bien, esto está animado.»

oportunidad para dejar a Mouche en conversación con alguien, para apurar un alcohol fuerte que me hiciese olvidar la presencia, tan cercana, de los cadáveres que acababan de atiesarse ahí, junto a la acera. Luego de un almuerzo de fiambres que no anunciaba banquetes futuros, transcurrieron las horas de la tarde con increíble rapidez, entre lecturas deshilvanadas, partidas de cartas, conversaciones llevadas con la mente puesta en otra cosa, que mal disimulaban la general angustia. Cuando cayó la noche, Mouche y yo nos dimos a beber desaforadamente, encerrados en nuestra habitación, por no pensar demasiado en lo que nos envolvía; al fin, hallada la despreocupación suficiente para hacerlo, nos dimos al juego de los cuerpos, hallando una voluptuosidad aguda y rara en abrazarnos, mientras otros, en torno nuestro, se entregaban a juegos de muerte. Había algo del frenesí que anima a los amantes de danzas macabras en el afán de estrecharnos más —de llevar mi absorción a un grado de hondura imposible— cuando las balas zumbaban ahí mismo, detrás de las persianas, y se incrustaban, con rotura del estuco, en el domo que coronaba el edificio. Al fin quedamos dormidos sobre la alfombra clara del piso. Y fue esa la primera noche, en mucho tiempo, que dio descanso sin antifaz ni drogas.

## VI

*(Viernes, 9)*

Al día siguiente, impedidos de salir, tratamos de acomodarnos a la realidad de burgo sitiado, de nave en cuarentena, que nos imponían los acontecimientos. Pero, lejos de inducir a la pereza, la trágica situación que reinaba en las calles se había traducido, entre estas paredes que nos defendían del exterior, en una necesidad de hacer algo. Quien tenía un oficio trataba de armar taller u oficina, como para demostrar a los demás que en las situaciones anormales era necesario afincarse en la permanencia de un empeño. En el estrado de música del comedor, un pianista ejecutaba los trinos y mordentes de un rondó clásico, buscando sonoridades de clavicémbalo bajo las teclas demasiado duras. Las segundas partes de una compañía de *ballet* hacían barras a lo largo del bar, mientras la estrella perfilaba lentos arabescos sobre el encerado del piso, entre mesas arrimadas a las paredes. Sonaban máquinas de escribir en todo el edificio. En el salón de correspondencia, los negociantes revolvían el contenido de grandes carteras de becerro. Frente al espejo de su habitación, el Kappelmeister austriaco, invitado por la Sociedad Filarmónica de la ciudad, dirigía el *Réquiem* de Brahms con gestos magníficos, dando las entradas fugadas a un vasto coro imaginario. No quedaba una revista, una novela policiaca, una lectura distrayente, en el puesto de periódicos y publicaciones. Mouche fue en busca de su traje de baño, pues se habían abierto las puertas de un patio resguardado, donde unos pocos inactivos tomaban baños de sol en torno a una fuente de mosaicos, entre arecas en tiestos y ranas de cerámica verde. Noté con alguna alarma que los huéspedes precavidos habían hecho provisión de tabaco, vaciando de cigarrillos el expendio del hotel. Me acerqué a la entrada del *hall*, cuya reja de bronce estaba cerrada. Afuera, el tiroteo había disminuido en intensidad. Parecía más bien que hubiera como pequeños grupos, guerrillas, que se enfrentaban en distintos barrios, librando batallas cortas, pero implacables, a juzgar por la precipitación con que las armas eran disparadas. En los techos y azoteas sonaban tiros aislados. Había una gran incendio en la parte norte de la ciudad: algunos afirmaban que era un cuartel lo que así ardía. Ante la inexpresividad que tenían para mí los apellidos que parecían dominar los acontecimientos, renuncié a hacer preguntas. Me sumí en la lectura de periódicos viejos, hallando cierta diversión en las informaciones de localidades lejanas, que a menudo se referían a tormentas, cetáceos arrojados a las playas, sucesos de brujería. Dieron las once —hora que yo esperaba con cierta impaciencia— y observé que las mesas del bar seguían arrimadas a las paredes. Se supo entonces que los últimos sirvientes fieles se habían marchado, poco después del alba, para sumarse a la revolución. Esta noticia, que no me pareció mayormente alarmante, tuvo el efecto de producir un verdadero pánico entre los huéspedes. Abandonando sus ocupaciones, acudieron todos al *hall*, donde el gerente trataba de aplacar los ánimos. Al saber que no habría pan ese día, una mujer rompió a llorar. En eso, un grifo abierto escupió una gárgara herrumbrosa, aspirando luego una suerte de tirolesa que corrió por todos los caños del edificio. Al ver caer el chorro que brotaba de la boca del tritón, en medio de la fuente, comprendimos que desde aquel instante sólo podríamos contar con nuestras reservas de agua, que eran pocas. Se habló de epidemias, de plagas, que serían acrecentadas por el clima tropical. Alguien trató de comunicarse con su Consulado: los teléfonos no tenían corriente, y su mudez los hacía tan inútiles, mancos como estaban, con el derecho colgándoles del gancho de las reclamaciones, que muchos, irritados, los zarandeaban, los golpeaban sobre las mesas, para hacerlos hablar. «Es el Gusano», decía el gerente, repitiendo el chiste que, en la capital, había acabado por ser la explicación de todo lo catastrófico. «Es el Gusano.» Y yo pensaba en lo mucho que se exaspera el hombre, cuando sus máquinas dejan de obedecerle, en tanto que andaba en busca de una escalera de mano, para alzarme hasta la ventanilla de un baño del cuarto piso, desde la cual podía mirarse afuera sin peligro. Cansado de otear un panorama de tejados, advertí que algo sorprendente ocurría al nivel de mis suelas. Era como si una vida subterránea se hubiera manifestado, de pronto, sacando de las sombras una multitud de bestezuelas extrañas. Por las cañerías sin agua, llenas de hipos remotos, llegaban raras liendres, obleas grises que andaban, cochinillas de carapachos moteados, y, como engolosinados por el jabón, unos ciempiés de poco largo, que se ovillaban al menor susto, quedando inmóviles en el piso como una diminuta espiral de cobre. De las bocas de los grifos surgían antenas que avizoraban, desconfiadas, sin sacar el cuerpo que las movía. Los armarios se llenaban de ruidos casi imperceptibles, papel roído, madera rascada, y quien hubiera abierto una puerta, de súbito, habría promovido fugas de insectos todavía inhábiles en correr sobre maderas enceradas, que de un mal resbalón quedaban de patas arriba, haciéndose los muertos. Un pomo de poción azucarada, dejado sobre un velador, atraía una ascensión de hormigas rojas. Había alimañas debajo de las alfombras y arañas que miraban desde el ojo de las cerraduras. Unas horas de desorden, de desatención del hombre por lo edificado, habían bastado, en esta ciudad, para que las criaturas del humus, aprovechando la sequía de los caños interiores, invadieran la plaza sitiada. Una explosión cercana me hizo olvidar los insectos. Volví al *hall,* donde la nerviosidad llegaba a su colmo. El Kappelmeister apareció en lo alto de la escalera, batuta en mano, atraído por las discusiones gritadas de los presentes. Ante su cabeza desmelenada, su mirada severa y cejuda, se hizo el silencio. Lo mirábamos con esperanzada expectación, como si hubiera sido investido de extraordinarios poderes para aliviar nuestra angustia. Usando de una autoridad a que lo tenía acostumbrado su oficio, el maestro afeó la pusilanimidad de los alarmistas, y exigió el nombramiento inmediato de una comisión de huéspedes que rindiera exacta cuenta de la situación, en cuanto a la existencia de alimentos en el edificio; en caso necesario, él, habituado a mandar hombres, impondría el racionamiento. Y para templar los ánimos, terminó invocando el sublime ejemplo del *Testamento de Heiligenstadt* [22]. Algún cadáver, algún animal muerto, se estaba pudriendo al sol, cerca del hotel, pues un hedor de carroña se colaba por los tragalucess del bar, únicas ventanas exteriores que podían tenerse abiertas sin peligro, en la planta baja, por estar más arriba de la ménsula que remataba el revestimiento de caoba. Además, desde la media mañana, parecía que las moscas se hubieran multiplicado, volando con exasperante insistencia en torno a las cabezas. Cansada de estar en el patio, Mouche entró en el *hall*, anudando el cordón de su bata de felpa, quejándose de que apenas si le han dado medio balde de agua para bañarse, luego de tomar el sol. La acompañaba la pintora canadiense de voz cantarina y grave, casi fea y sin embargo atractiva, que se nos hubiera presentado la víspera. Conocía el país y tomaba los acontecimientos con una despreocupación que tenía la virtud de aplacar la contrariedad de mi amiga, afirmando que pronto se produciría el desenlace de la situación. Dejé a Mouche con su nueva amiga y, respondiendo a la llamada del Kappelmeister, bajé al sótano con los de la comisión para proceder a un recuento de las subsistencias. Pronto vimos que era posible resistir el asedio durante unas semanas, a condición de no abusar de lo existente. El agente, auxiliado por el personal extranjero del hotel, se comprometía a preparar para cada comida un guisado sencillo que nosotros mismos iríamos a servirnos en las cocinas. Pisábamos un serrín húmedo y fresco, y la penumbra que reinaba en esa dependencia subterránea, con sus gratos perfumes larderos, invitaba a la molicie. Puestos de buen humor fuimos a inspeccionar la bodega de licores, donde había botellas y toneles para mucho tiempo... Al ver que no regresábamos tan pronto, los demás bajaron a los corredores del sótano, hasta encontrarnos al pie de las canillas, bebiendo en cuanta vasija teníamos a la mano. Nuestro informe promovió una alegría contagiosa. Con un general trasiego de botellas, el licor fue subiendo al edificio, del basamento al piso cimero, sustituyendo las máquinas de escribir por los gramófonos. La tensión de las últimas horas se había transformado, para los más, en un desaforado afán de beber mientras el hedor de la carroña se ha-

---

[22] *El Testamento de Heiligenstadt* es un documento dirigido por Beethoven a sus hermanos sobre su sordera, en el que dice resignarse a su enfermedad y a la vida a que ésta lo condena sólo por amor a su arte, y a la sociedad.

cía más penetrante, y los insectos estaban en todas partes. Sólo el Kappelmeister seguía de pésimo talante, imprecando contra los agitados que, con su revolución, habían malogrado los ensayos del *Requiem* de Brahms. En su despecho evocaba una carta en que Goethe cantaba la naturaleza domada, «por siempre librada de sus locas y febriles conmociones». «¡Aquí selva!», rugía, estirando sus larguísimos brazos, como cuando arrancaba un *fortissimo* a su orquesta. La palabra «selva» me hizo mirar hacia el patio de las arecas en tiestos, que tenían algo de palmeras grandes cuando se las veía así, desde la penumbra, en la reverberación de paredes cerradas, arriba, por un cielo sin nubes que surcaba, a veces, el vuelo de un buitre atraído por la carroña cercana. Creía que Mouche hubiera regresado a su silla de extensión; al no verla allí, pensé que se estaría vistiendo. Pero tampoco estaba en nuestro cuarto. Luego de esperarla un momento, el licor bebido tan de mañana, en vasos cargados, me impuso la voluntad de buscarla. Partí del bar, como quien acomete una importante empresa, tomando la escalera que arrancaba del *hall,* entre dos cariátides, con un solemne empaque marmóreo. La añadidura de un aguardiente local, de sabor amelazado, a los alcoholes conocidos, me tenía el rostro como insensible, súbitamente ebrio, yendo del pasamanos a la pared con manos de ciego que tienta en la oscuridad. Cuando me vi en peldaños más angostos, sobre una especie de escagliola[23] amarilla, comprendí que estaba más arriba del cuarto piso, después de muchísimo andar, sin tener mayor idea de dónde estaba mi amiga. Pero proseguía la ruta, sudoroso, obstinado, con una tenacidad que no distraía el gesto de quienes se apartaban burlonamente para dejarme pasar. Recorría interminables corredores sobre una alfombra encarnada con anchura de camino, ante puertas numeradas —intolerablemente numeradas— que iba contando, al paso, como si esto fuese parte del trabajo impuesto. De pronto, una forma conocida me hizo detenerme, titubeando, con la sesación extraña de que no había viajado, de que siempre estaba *allá,* en algunos de mis tránsitos cotidianos, en alguna mansión de lo impersonal y sin estilo. Yo conocía este extinguidor de metal rojo con su placa de instrucciones; yo conocía, de largo tiempo también, la alfombra que pisaba, los

---

[23] *Escagliola* debe referirse a una especie de escalera de servicio estrecha. Carpentier emplea a menudo términos arquitectónicos aprendidos en sus años de estudiante de arquitectura, o de su padre arquitecto.

modillones del cielo raso, y esos guarismos de bronce detrás de los cuales estaban los mismos muebles, enseres, objetos dispuestos de idéntica manera, junto a algún cromo que representaba la Jungfrau, el Niágara o la Torre Inclinada. Esa idea de no haberme movido pasó el calambre de mi rostro al cuerpo. Vuelto a una noción de colmena, me sentí oprimido, comprimido, entre estas paredes paralelas, donde las escobas abandonadas por la servidumbre parecían herramientas dejadas por galeotes en fuga. Era como si estuviera cumpliendo la atroz condena de andar por una eternidad entre cifras, tablas de un gran calendario empotradas en las paredes —cronología de laberinto que podía ser la de mi existencia, con su perenne obsesión de la hora, dentro de una prisa que sólo servía para devolverme, cada mañana, al punto de partida de la víspera. No sabía ya a quien buscaba, en aquel alineamiento de habitaciones, donde los hombres no dejaban recuerdo de su paso. Me agobiaba la realidad de los peldaños que habría de subir, todavía, hasta llegar al piso donde el edificio se desnudaba de yesos y acantos, hecho de cemento gris con remiendos de papel engomado en los cristales, para guarecer de la intemperie a los criados. El absurdo de este andar a través de lo superpuesto me recordó la Teoría del Gusano, única explicación del trabajo de Sísifo, con peña hembra cargada en el lomo, que yo estaba cumpliendo. La risa que me produjo esta ocurrencia arrojó de mi mente el empeño de buscar a Mouche. Yo sabía que cuando ella bebía se tornaba particularmente vulnerable a toda solicitud de los sentidos, y aunque esto no significaba una voluntad real de vilipendiarse, podía llevarla al lindero de las curiosidades más equívocas. Pero esto dejaba de importarme ante la pesadez de odre que arrastraban mis piernas. Volví a nuestra habitación en penumbras y me dejé caer en la cama, de bruces, sumiéndome en un sueño que pronto se atormentó de pesadillas que divagaban en torno a ideas de calor y de sed.

Tenía la boca seca, en efecto, cuando oí que me llamaban. Mouche estaba de pie, a mi lado, junto a la pintora canadiense que habíamos conocido el día anterior. Por tercera vez volvía a encontrarme con esa mujer de cuerpo un tanto anguloso, cuyo rostro de nariz recta bajo una frente tozuda tenía una cierta impavidez estatuaria que contrastaba con una boca a medio hacer, golosa, de adolescente. Pregunté a mi amiga dónde había estado durante aquel mediodía. «Se terminó la revolución», dijo, a modo de respuesta. Parecía, en efecto, que las estaciones de radio estaban anunciando la victoria del partido vencedor y el encarcelamiento de los miembros del anterior gobierno, pues aquí, según me habían dicho, el tránsito del poder a la prisión era muy frecuente. Iba yo a alegrarme del fin de nuestro encierro, cuando Mouche me avisó que durante un tiempo indefinido regiría el toque de queda, dado a las seis de la tarde, con severísimas sanciones para quien fuera hallado en las calles después de esa hora. Ante el engorro que restaba toda diversión a nuestro viaje, hablé de un regreso inmediato que, además, me permitiría presentarme ante el Curador con las manos vacías, providencialmente eximido de devolver lo gastado en la vana empresa. Pero mi amiga sabía ya que las compañías de aviación, excedidas en solicitud semejantes, no podían darnos pasajes antes de una semana, por lo menos. Por lo demás, no me pareció que estuviera mayormente contrariada y atribuía esa conformidad frente a los hechos a la impresión de alivio que produce, por fuerza, el desenlace de cualquier situación convulsiva. Fue entonces cuando la pintora, respondiendo a una palabra de ella, me pidió que pasáramos algunos días en su casa de Los Altos, apacible población de veraneo, muy favorecida por los extranjeros, a causa de su clima y de sus talleres de platería, en la que, por lo mismo, se aplicaban blandamente las disposiciones policiales. Allí tenía su estudio, en una casa del siglo XVII, conseguida por una bagatela, cuyo patio principal parecía una réplica del patio de la Posada de la Sangre, de Toledo[24]. Mouche había

---

[24] *Posada de la Sangre de Toledo.* En una crónica de Carteles del 1 de diciembre de 1934, Carpentier relata una visita suya a Toledo, evidentemente no la primera, en la que se pregunta: «¿No habrá algo cambiado en el Cobertizo de los Frailes, en los establos de la *Posada de la Sangre*, en las casas del Callejón de los Bautizados?» Cito por *Crónicas,* II pág. 190. Dos años después de la visita de Carpentier, gran parte de la famosa posada sería destruida por un incendio, el segundo, por cierto, ya que otro, en 1585 ó 1589, hizo que Felipe II le encargara a Herrera la reconstrucción de toda la zona. Herrera reconstruyó únicamente la parte exterior de la Puerta de la Sangre, la parte que queda en la plaza de Zocodover, quedando intacta la fachada interior, la árabe, por no haber sido afectada. Frente a esta fachada se encontraba la Posada de la Sangre. Según la tradición, esta posada es uno de los escenarios de «La ilustre fregona» de Cervantes, y en ella se hospedó el autor del *Quijote*. El patio de la posada, reza una guía turística, «es característico en alto grado; perfecto ejemplar y reproducción fiel de lo que era un mesón de Castilla hace tres centurias». En cuanto al nombre, en los *Apuntamientos para la II parte de la «Descripción de la Imperial civdad de Toledo»,* de Francisco de Pisa, terminados en 1612, se lee: «En esta parroquia (la de María Magdalena) cae la capilla y cofradía de la Preciosa Sangre de Xpto., cuyos cofrades

aceptado ya la invitación, sin consultarme, y hablaba de paseos florecidos de hortensias silvestres, de un convento que tenía altares barrocos, magníficos artesonados, y una sala donde se flagelaban las profesas al pie de un Cristo negro, frente a la horripilante reliquia de la lengua de un obispo, conservada en alcohol para recuerdo de su elocuencia. Permanecí indeciso, sin responder, menos por falta de ganas que un tanto ardido por el desenfado de mi amiga, y, como había cesado el peligro, abrí la ventana sobre un atardecer que ya pasaba a ser noche. Noté entonces que las dos mujeres se habían puesto del más lucido atuendo para bajar al comedor. Iba a hacer mofa de ello cuando advertí en la calle algo que mucho me interesó: una tienda de víveres, que me había llamado la atención por su raro nombre de *La Fe en Dios,* con ristras de ajos colgadas de las vigas, abría su puerta más pequeña para dar entrada a un hombre que se acercaba rasando las paredes, con una cesta colgada del brazo. A poco volvía a salir, cargando panes y botellas, con un veguero[25] recién prendido. Como me había despertado con una lacerante necesidad de fumar y no quedaba tabaco en el hotel, señalé aquello a Mouche, que estaba ya en trance de aprovechar colillas. Bajé las escaleras y, urgido por el temor de que se cerrara aquel comercio, crucé la plaza a todo correr. Ya tenía veinte paquetes de cigarrillos en las manos cuando se abrió una recia fusilería en la bocacalle más próxima. Varios francotiradores, apostados sobre la vertiente interior de un tejado, respondiendo con rifles y pistolas por sobre la crestería. El dueño de la tienda cerró apresuradamente la puerta, pasando gruesas trancas detrás de los batientes. Me senté en un escabel, cariacontecido, dándome cuenta de la imprudencia cometida por confiar en las palabras de mi amiga. La revolución había terminado, tal vez, en lo que se refería a la toma de los centros vitales de la ciudad; pero seguía la persecución de grupos rebeldes. En la trastienda, varias voces femeninas abejeaban el rosario. Un olor a salmuera de

---

tienen costumbre y cargo de acompañar a los que llevan a ajusticiar a pena de muerte hasta el lugar del suplicio con cruz y clérigos y candelas encendidas, y el delincuente lleva vestida una ropa colorada que le pone la cofradía...» Los *Apuntamientos* fueron publicados, según la copia manuscrita de don Francisco de Santiago de Palmares, con notas originales autógrafas, por la Diputación Provincial de Toledo, en 1976.
[25] *Veguero,* tipo de cigarro habano, hecho de una sola hoja. De *vegas,* o campo donde se cultiva el tabaco.

abadejo se me atravesó en la garganta. Volteé unos naipes sobre el mostrador, reconociendo los bastos, copas, oros y espadas de los juegos españoles, cuya pinta había olvidado. Ahora, los disparos se hacían más espaciados. El tendero me miraba en silencio, fumando una breva[26], bajo la litografía de la miseria de quien vendió al crédito y la feliz opulencia de quien vendió de contado. La calma que dentro de esta casa reinaba, el perfume de los jazmines que crecían bajo un granado en el patio interior, la gota de agua que filtraba un tinajo antiguo, me sumieron en una suerte de modorra: un dormir sin dormir, entre cabeceadas que me devolvían a lo circundante por unos segundos. Dieron las ocho en el reloj de pared. Ya no se oían tiros. Entreabrí la puerta y miré hacia el hotel. En medio de las tinieblas que lo rodeaban brillaba por todos los tragaluces del bar y las arañas del *hall* que se divisaban a través de las rejas de la puerta de marquesina. Sonaban aplausos. Al oír en seguida los primeros compases de *Les Barricades Mystereiuses*[27], comprendí que el pianista estaba ejecutando algunas de las piezas estudiadas aquella mañana en el piano del comedor, y con muchas copas bebidas, sin duda, pues a menudo los dedos se le descarrilaban en los ornamentos y *appogiaturas*. En el entresuelo, detrás de las persianas de hierro, se bailaba. Todo el edificio estaba de fiesta. Estreché la mano al almacenista y me dispuse a correr, cuando sonó un tiro —uno solo— y una bala zumbó a pocos metros, a una altura que pudo ser la de mi pecho. Retrocedí, con un miedo atroz. Yo había conocido la guerra, ciertamente; pero la guerra, vivida como intérprete de Estado Mayor, era cosa distinta: el riesgo se repartía entre varios y el retroceder no dependía de uno. Aquí, en cambio, la muerte había estado a punto de darme la zancadilla por mi propia culpa. Más de diez minutos transcurrieron sin que un estampido rasgara la noche. Pero cuando me preguntaba si iba a salir nuevamente, se oyó otro disparo. Había como un atalayador solitario, apostado en alguna par-

---

[26] *Breva*, otro tipo de cigarro habano. Tanto veguero como breva, se usan indistintamente en Cuba para designar un cigarro habano, llamado comúnmente «un tabaco» en la isla.

[27] *Les Barricades Mysterieuses*. Sólo encontramos una ópera intitulada únicamente *Les Barricades*, compuesta por Jean François Eugene Gautier en 1848, en colaboración con Ausguste Pilati. No es casual, desde luego, que lo que ensaye el pianista haya sido inspirado por la Revolución de 1848, cuando los personajes se ven de pronto rodeados por una revolución.

te, que, de cuando en cuando, vaciaba su arma —un arma vieja, de vaqueta, sin duda— para tener la calle despejada. Unos segundos nada más tardaría yo en llegar a la acera del frente; pero esos segundos bastarían para que yo librara un terrible juego de azar. Pensaba, por inesperada asociación de ideas, en el jugador de Buffon que arroja una varilla sobre un tablado, con la esperanza de que no se cruce con las paralelas del tablado[28]. Aquí las paralelas eran esas balas disparadas sin blanco ni tino, ajenas a mis designios, que cortaban el espacio externo cuando menos se esperaba, y me aterraba la evidencia de que yo pudiera ser la varilla del jugador, y que, en un punto, en un ángulo de incidencia posible, mi carne se encontraría sobre la trayectoria del proyectil. Por otra parte, la presencia de una fatalidad no intervenía en ese cálculo de posibilidades, ya que de mí dependía arriesgarme a perderlo todo por no ganar nada. Yo debía reconocer, al fin y al cabo, que no era el deseo de volver al hotel lo que me tenía exasperado en una banda de la calle. Repetíase lo que me había impulsado horas antes, dentro de mi borrachera, a viajar a través de aquel edificio de tantos corredores. Mi impaciencia presente se debía a mi poca confianza en Mouche. Pensándola desde aquí, en este lado del foso, del aborrecible tablado de las posibilidades, la creía capaz de las peores perfidias físicas, aunque nunca hubiera podido formular un cargo concreto contra ella, desde que nos conocíamos. Yo no tenía en qué fundar mi suspicacia, mi eterno recelo; pero demasiado sabía que su formación intelectual, rica en ideas justificadoras de todo, en razonamientos-pretextos, podían inducirla a prestarse a cualquier experiencia insólita, propiciada por la anormalidad del medio que esta noche la envolvía. Me decía que, por lo mismo, no valía la pena arrostrar la muerte por quitarme una mera duda de encima. Y, sin embargo, no podía tolerar la idea de saberla allí, en aquel edificio habitado por la ebriedad, libre del peso de mi vigilancia. Todo era posible en aquella casa de la confusión, con sus bodegas oscuras y sus incontables habitaciones, acostumbradas a los acoplamientos que no dejan huella. No sé por qué se insinuó en mi mente la idea de que este cauce de la calle que cada tiro ensanchaba, ese foso, esa hondura que cada bala hacía más insalvable, era como una adverten-

---

[28] Georges Louis Leclerc, comte de *Buffon* (1707-1788), naturalista francés y escritor. Autor de una *Historia natural* en 44 volúmenes, y un *Discurso sobre el estilo*. No sabemos a qué pasaje de sus obras alude Carpentier aquí.

cia, como una prefiguración de acontecimientos por venir. En aquel instante ocurrió algo raro en el hotel. Las músicas, las risas, se quebraron a un tiempo. Sonaron gritos, llantos, llamadas, en todo el edificio. Se apagaron las luces, se encendieron otras. Había como una sorda conmoción allí dentro; un pánico sin fuga. Y de nuevo se abrió la fusilería en la bocacalle más cercana. Pero esta vez vi aparecer varias patrullas de infantería con armas largas y ametralladoras. Los soldados empezaron a progresar lentamente, tras de las columnas de los soportales, alcanzando el lugar en donde estaba la tienda. Los francotiradores habían abandonado el tejado y las tropas regulares cubrían ahora el tramo de calle que me tocaba atravesar. Haciéndome acompañar por un sargento llegué por fin al hotel. Cuando abrieron la reja y entré en el *hall* me detuve estupefacto: sobre una gran mesa de nogal transformada en túmulo, yacía el Kappelmeister, con un crucifijo entre las solapas de su frac. Cuatro candelabros de plata, con adornos de pámpanos, sostenían —a falta de otros más apropiados— las velas encendidas: el maestro había sido derribado por una bala fría, recibida en la sien, al acercarse imprudentemente a la ventana de su cuarto. Miré las caras que lo rodeaban: caras sin rasurar, sucias, estiradas por una borrachera que había pasmado la muerte. Los insectos seguían entrando por los caños y los cuerpos olían a sudor agrio. En el edificio entero reinaba un hedor de letrinas. Flacas, macilentas, las bailarinas parecían espectros. Dos de ellas, vestidas aún con los tules y mallas de un adagio bailado poco antes, se hundieron sollozantes en las sombras de la gran escalera de mármol. Las moscas, ahora, estaban en todas partes zumbando en las luces, corriendo por las paredes, volando a las cabelleras de las mujeres. Afuera, la carroña crecía. Hallé a Mouche desplomada en la cama de nuestra habitación, con una crisis de nervios. «La llevaremos a Los Altos en cuanto amanezca», dijo la pintora. Los gallos empezaron a cantar en los patios. Abajo, sobre la acera de granito, los candelabros de pompas fúnebres eran bajados de un camión negro y plata por hombres vestidos de negro.

# VII

Habíamos llegado a Los Altos, poco después de mediodía, en el pequeño tren de carrilera estrecha, parecido a un ferrocarril de parque de diversiones, y tanto me agradaba el lugar que, por tercera vez en la tarde, me había acodado al puentecillo del torrente para contemplar en su conjunto lo que ya había recorrido palmo a palmo, asomándome indiscretamente a las casas, en mis anteriores paseos. Nada de lo que se ofrecía a la mirada era monumental ni insigne; nada había pasado aún a la tarjeta postal, ni se alababa en guías de viajeros. Y, sin embargo, en este rincón de provincias, donde cada esquina, cada puerta claveteada, respondía a un modo particular de vivir, yo encontraba un encanto que habían perdido, en las poblaciones-museos, las piedras demasiado manoseadas y fotografiadas. Vista de noche, la ciudad se hacía aleluya de ciudad adosada en una sierra, con estampas de edificación y estampas del infierno sacadas de las tinieblas por los focos del alumbrado municipal. Pero aquellos quince focos, siempre aleteados por los insectos, tenían la función aisladora de las luminarias de retablos, de los reflectores de teatros, mostrando en plena luz las estaciones del sinuoso camino que conducía al Calvario de la Cumbre. Como los malos siempre arden abajo en toda alegoría de la vida recta y la vida pródiga, el primer foco alumbraba la pulpería de los arrieros, la de piscos, charandas y aguardientes de berro y mora, lugar de envites y mal ejemplo, con borrachos dormidos sobre los barriles del soportal. El segundo foco se mecía sobre la casa de la Lola, donde Carmen, Ninfa y Esperanza aguardaban, en blanco, rosa y azul, bajo faroles chinos, sentadas en el diván de terciopelo raído que había sido de un Oidor de Reales Audiencias[29]. En el ámbito del tercer foco giraban los camellos, leones y avestruces de un tíovivo, en tanto que los asientos colgantes de una estrella giratoria ascendían hacia las sombras

---

[29] La *Audiencia* fue una de las instituciones más importantes en la administración colonial española, capaz de fiscalizar a los virreyes. Los oidores de audiencias eran altos personajes, por lo tanto, en la jerarquía social de la colonia, que ansiaban siempre vivir con gran lujo. De ahí la prosapia de este diván.

y regresaban de ellas —puesto que la luz no alcanzaba a tales alturas— en lo que duraba en plegarse el cartón perforado del *Vals de los Patinadores.* Como caída del cielo de la Fama, la claridad del cuarto foco blanqueaba la estatua del Poeta, hijo preclaro de la ciudad, autor de un laureado *Himno a la Agricultura,* quien seguía versificando sobre una cuartilla de mármol con pluma que destilaba el verdín, guiado por el índice de una Musa manca del otro brazo[30]. Bajo el quinto foco no había cosa notable, fuera de dos burros dormidos. El sexto era el de la Gruta de Lourdes, trabajosa construcción de cemento y piedras traídas de muy lejos, obra tanto más notable si se piensa que, para hacerla, había sido necesario tapiar una gruta verdadera que existiera en aquel lugar. El séptimo foco pertenecía al pino verdinegro y al rosal que trepaba sobre un pórtico siempre cerrado. Luego, era la catedral de espesos contrafuertes acusados en oscuridades por el octavo foco, que, por estar colgado de un alto poste, alcanzaba el disco del reloj, cuyas saetas estaban dormidas, desde hacía cuarenta años, sobre lo que, según la voz de las beatas y santurronas, eran las siete y media de un próximo Juicio Final en el que rendirían cuentas las mujeres desvergonzadas del vecindario. El noveno foco correspondiente al Ateneo de actos culturales y conmemoraciones patrióticas, con su pequeño museo que guardaba una argolla a que había estado colgada, por una noche, la hamaca del héroe de la Campaña de los Riscos, un grano de arroz sobre el que se habían copiado varios párrafos del *Quijote,* un retrato de Napoleón hecho con las $x$ de una máquina de escribir y una colección completa de las serpientes venenosas de la región, conservadas en pomos. Cerrado, misterioso, encuadrado por dos columnas salomónicas de color gris negro que sostenían un Compás abierto de capitel a capitel, el edificio de la Logia ocupaba todo el campo del décimo foco. Luego, era el Convento de las Recoletas, con su arboleda mal definida por el onceno foco, demasiado lleno de insectos muertos. Enfrente era el cuartel, que compartía la luz siguiente con la glorieta dórica, cuya cúpula había sido abierta por un rayo, pero servía aún para retretas de verano, con paseo de la juventud, varones a un lado, mujeres al otro. En el cono del décimotercer foco se encabritaba un caballo verde, jineteado por un caudi-

---

[30] Este poeta es sin duda Andrés Bello (1781-1865), el escritor, filólogo y político venezolano, autor de una *Silva a la agricultura en la zona tórrida.*

llo de bronce muy llovido, cuya espada en claro solía cortar la neblina en dos corrientes lentas. Después, era la faja negra, temblequeante de velas y anafes, de los conucos[31] indios, con sus pequeñas estampas de nacimientos y de velorios. Más arriba, en el penúltimo foco, un pedestal de cemento esperaba el gesto sagitario del Bravo Flechero, matador de conquistadores, que los francmasones y comunistas habían encargado en talla de piedra para molestar a los curas. Luego, era la noche cerrada. Y al cabo de ella, tan arriba que parecía de otro mundo, la luz cimera que iluminaba tres cruces de madera, plantadas en montículos de guijarros, donde más batía el viento. Ahí terminaba la aleluya urbana, con fondo de estrellas y de nubes, salpicada de luces menores que apenas si se advertían. Todo el resto era barro de tejados, que se iba haciendo uno, en sombras, con el barro de la montaña[32].

Sobrecogido por el frío que bajaba de las cumbres, yo regresaba ahora, andando por calles tortuosas, hacia la casa de la pintora. Debo decir que ese personaje, al que no había prestado mayor atención en los días anteriores —aceptando el azar de esta convivencia como hubiera aceptado cualquier otra—, se me estaba haciendo cada vez más irritante, desde la salida de la capital, a causa de su crecimiento en la estimación de Mouche. Quien me pareciera una figura incolora al principio, se me iba afirmando, de hora en hora, como una fuerza contrariante. Cierta lentitud estudiada, que daba peso a sus palabras, orientaba las menudas decisiones que nos afectaban a los tres con una autoridad, apenas afirmada y sin embargo tenaz, que mi amiga acataba con una mansedumbre impropia de su carácter. Ella, tan afecta a hacer ley de sus antojos, daba siempre la razón a quien nos albergaba, aunque minutos antes hubiera estado de acuerdo conmigo en desistir o de lo que ahora emprendía con ostentoso gusto. Era un continuo salir cuando quería quedarme, y un descansar cuando yo hablaba de subir hasta las brumas de la montaña, que denotaban el deseo

---

[31] Conuco es palabra de origen taíno que designa un pequeño lote de tierra donde se cultivan vegetales.

[32] Es de notar que el protagonista-narrador, que ha alabado la belleza de Los Altos porque todavía no ha pasado a las guías de viajeros, porque su encanto es el que han perdido las poblaciones-museo, somete el pueblo a una ordenación (la de los quince focos) análoga a la que encuentra en el museo de arte en la galería del Curador. Esta *aleluya urbana* representa una síntesis, un modelo espacial, de Hispanoamérica.

de complacer constantemente a la otra, observando sus reacciones y halagándolas. Estaba claro que Mouche concedía a esa nueva amistad una importancia reveladora de cuanto echaba de menos —al cabo de tan pocos días—, un cierto orden de realidades que habíamos dejado atrás. Mientras los cambios de altitud, la limpidez del aire, el trastorno de las costumbres, el reencuentro con el idioma de mi infancia, estaban operando en mí una especie de regreso, aún vacilante pero ya sensible, a un equilibrio perdido hacía mucho tiempo, en ella se advertían —aunque no lo confesara todavía— indicios de aburrimiento. Nada de lo visto por nosotros hasta ahora correspondía, evidentemente, a lo que ella hubiera querido encontrar en este viaje, en caso de que hubiese querido encontrar algo, en realidad. Y, sin embargo, Mouche solía hablar inteligentemente del recorrido que hiciera por Italia, antes de nuestro encuentro. Por lo mismo, al observar cuán falsas o desafortunadas eran sus reacciones ante este país que nos agarraba de sorpresa, indocumentados, sin saber de su pasado, sin formación libresca al respecto, empezaba yo a preguntarme si, en el fondo, sus agudas observaciones acerca de la misteriosa sensualidad de las ventanas del Palacio Barberini, la obsesión de los querubines en los cielos de San Juan de Letrán, la casi femenina intimidad de San Carlos de las Cuatro Puertas, con su claustro todo en curvas y penumbras, no eran sino citas oportunas, puestas al ritmo del día, de cosas leídas, oídas, tomadas a sorbos en las fuentes de uso más generalizado[33]. Por lo pronto, sus juicios siempre respondían a una consigna estética del momento. Iba a lo musgoso y umbroso cuando se tenía por nuevo hablar de musgos y de sombras y, por lo mismo, puesta ante un objeto que le fuera ignorado, un hecho difícilmente asociable, un tipo de arquitectura que no le hubiese sido anunciado por algún libro, yo la veía, de pronto, como desconcertada, vacilante, incapaz de formular una opinión válida, comprando un hipocampo polvoriento, por literatura, donde hubiera podido adquirir una tosca miniatura religiosa de Santa Rosa con su palma florecida. Como la pintora canadiense había sido la amante de un poeta muy conocido por sus ensayos sobre Lewis y Ana Radcliff[34], Mouche,

---

[33] Lugares comúnmente visitados por los turistas en Italia: San Juan de Letrán en Roma, el Palacio Barberini en Florencia y San Carlos de las Cuatro Puertas en Milán.

[34] *Ann Radcliff* (1764-1823), escritora inglesa de novelas góticas (de horror); Matthew Gregory Lewis (1775-1818), también inglés, imita-

alborozada, volvía a moverse en terrenos de surrealismo, astrología, interpretación de los sueños, con todo lo que esto acarreaba consigo. Cada vez que se encontraba —y no era frecuente, sin embargo— con una mujer que, según decía en tales casos, «hablaba su mismo idioma», se entregaba a esa nueva amistad con una dedicación de cada hora, un lujo de atenciones, un desasosiego, que llegaban a exasperarme. No le duraban largo tiempo esas crisis efusivas; concluían el día menos pensado, tan repentinamente como hubieran empezado. Pero mientras transcurrían, llegaban a despertar en mí las más intolerables sospechas. Ahora, como otras veces, era una mera corazonada, una inquietud, una duda; nada me demostraba que hubiera nada culpable. Pero la idea lacerante se había apoderado de mí la tarde anterior, después del entierro del Kappelmeister. Al regreso del cementerio, adonde había ido con una comisión de huéspedes, todavía quedaban pétalos de flores mortuorias —demasiado olorosas en este país— en el piso del *hall*. Los barrenderos de calles procedían a llevarse la carroña cuyo hedor se hiciera sentir tan abominablemente durante nuestro encierro, y como las patas del caballo, descarnadas por los buitres, no cabían en el carro, las cortaban a machetazos, haciendo volar los cascos, con huesos y herraduras, en los enjambres de moscas verdes que revoloteaban sobre el asfalto. Adentro, vueltos de la revolución como de un tránsito normal, los sirvientes colocaban los muebles en su lugar y bruñían los picaportes con gamuzas. Mouche, al parecer, había salido con su amiga. Cuando ambas reaparecieron, pasado el toque de queda, afirmando que habían estado caminando por las calles, extraviadas en la multitud que celebraba el triunfo del partido victorioso, me pareció que algo raro les ocurría. Las dos tenían un no sé qué de indiferencia fría ante todo, de suficiencia —como de gente que regresara de un viaje a dominios vedados—, que no les era habitual. Yo las había observado tenazmente para sorprender alguna mirada entendida; pesaba cada frase dicha por una u otra, buscándoles un sentido oculto o revelador; trataba de sorprenderlas con preguntas desconcertantes, contradictorias, sin el menor resultado. Mi prolongada frecuentación de ciertos ambientes, mis alardes de cinismo, me decían que ese proceder era grotesco.

---

dor de Radcliff, conocido por *El Monje,* por su relato del mismo nombre. Ambos escritores fueron admirados por los surrealistas, que veían en ellos una agresión contra el buen gusto.

Y, sin embargo, sufría por algo mucho peor que los celos: la insoportable sensación de haber sido dejado fuera de un juego tanto más aborrecible por ello mismo. No podía tolerar la perfidia presente, la simulación, la representación mental de ese «algo» oculto y deleitoso que podía urdirse a mis espaldas por convenio de hembras. De súbito, mi imaginación daba una forma concreta de las más odiosas posibilidades físicas, y, a pesar de haberme repetido mil veces que era un hábito de los sentidos y no amor lo que me unía a Mouche, me veía dispuesto a comportarme como un marido de melodrama. Yo sabía que cuando hubiera pasado la tormenta y confiara esas torturas a mi amiga, ella se encogería de hombros, afirmando que era demasiado ridículo para provocar su enojo, y atribuía la *animalidad* de tales reacciones a mi primera educación, transcurrida en un ámbito hispanoamericano. Pero, una vez más, en la quietud de estas calles desiertas, me habían asaltado sospechas. Apreté el paso para llegar cuanto antes a la casa, con el temor y el anhelo, a la vez, de una evidencia. Pero allá me aguardaba lo inesperado: había un tremendo alboroto en el estudio, con mucho trasiego de copas. Tres artistas jóvenes habían llegado de la capital un momento antes, huyendo, como nosotros, de un toque de queda que les obligaba a encerrarse en sus casas desde el crepúsculo. El músico era tan blanco, tan indio el poeta, tan negro el pintor, que no pude menos que pensar en los Reyes Magos al verles rodear la hamaca en que Mouche, perezosamente recostada, respondía a las preguntas que le hacían, como prestándose a una suerte de adoración. El tema era uno solo: París. Y yo observaba ahora que estos jóvenes interrogaban a mi amiga como los cristianos del Medioevo podían interrogar al peregrino que regresaba de los Santos Lugares. No se cansaban de pedir detalles acerca de cómo era el físico de tal jefe de escuela que Mouche se jactara de conocer; querían saber si determinado café era frecuentado aún por tal escritor; si otros dos se habían reconciliado después de una polémica acerca de Kierkegaard[35]; si la pintura no figurativa seguía teniendo los mismos defensores. Y cuando su conocimiento del francés y del inglés no alcanzaba para entender todo lo que les contaba mi amiga, eran miradas implorantes a la pintora para que se dignara traducir alguna anécdota, alguna frase cuya preciosa esencia podía perderse para

---

[35] *Soren Kierkegaard* (1813-1855), filósofo danés, autor de un *Concepto de la angustia*, que tuvo mucho impacto sobre los existencialistas, a los que sin duda se refiere aquí el protagonista-narrador.

ellos. Ahora que, habiendo irrumpido en la conversación con el maligno propósito de quitar a Mouche sus oportunidades de lucimiento, yo interrogaba a esos jóvenes sobre la historia de su país, los primeros balbuceos de su literatura colonial, sus tradiciones populares, podía observar cuán poco grato les resultaba el desvío de la conversación. Les pregunté entonces, por no dejar la palabra a mi amiga, si habían ido hacia la selva. El poeta indio respondió, encogiéndose de hombros, que nada había que ver en ese rumbo, por lejos que se anduviera, y que tales viajes se dejaban para los forasteros ávidos de coleccionar arcos y carcajes. La cultura —afirmaba el pintor negro— no estaba en la selva. Según el músico, el artista de hoy sólo podía vivir donde el pensamiento y la creación estuvieran más activos en el presente, regresándose a la ciudad cuya topografía intelectual estaba en la mente de sus compañeros, muy dados, según propia confesión, a soñar despiertos ante una *Carte Taride,* cuyas estaciones de «metro» estaban figuradas en espesos círculos azules: *Solférino, Oberkampf, Corvisard, Mouton-Duvernet*[36]. Entre esos círculos, por sobre el dibujo de las calles, cortando varias veces la arteria clara del Sena, se pintaban las vías mismas, entretejidas como los cordeles de una red. En esa red caerían pronto los jóvenes Reyes Magos, guiados por la estrella encendida sobre el gran pesebre de Saint-Germain-des-Près. Según el color de los días, les hablarían del anhelo de evasión, de las ventajas del suicidio, de la necesidad de abofetear cadáveres o de disparar sobre el primer transeúnte[37]. Algún maestre de delirios les haría abrazar el culto de un Dyonisos, «dios del éxtasis y del espanto, de la salvajada y la liberación; dios loco cuya sola aparición pone a los seres vivos en estado de delirio», aunque sin decirles que el invocador de ese Dyonisos, el oficial Nietzsche se hubiera hecho retratar cierta vez luciendo el uniforme de la Reichsweher, con un sable en la mano y el casco puesto sobre un velador de estilo muniquense, como agorera prefiguración del dios del espanto que habría de desatarse, en realidad , sobre la Eu-

[36] *Carte Taride.* Se trata, evidentemente, de un mapa del subterráneo de París con una guía de estaciones. Taride es el nombre de una editorial que los publicaba.
[37] La última frase fue uno de los desplantes más conocidos de André Breton, poeta francés, jefe del grupo surrealista de París en la década de los 20 y 30, autor de varios manifiestos. Carpentier publicó una nota en el libelo *Un Cadavre,* que el grupo disidente surrealista, capitaneado por Robert Desnos, publicó contra Breton en 1930.

ropa de cierta *Novena Sinfonía*[38]. Los veía yo enflaquecer y empalidecer en sus estudios sin lumbre —oliváceo el indio, perdida la risa el negro, maleado el blanco—, cada vez más olvidados del Sol dejado atrás, tratando desesperadamente de hacer lo que bajo la red se hacía por derecho propio. Al cabo de los años, luego de haber perdido la juventud en la empresa, regresarían a sus países con la mirada vacía, los arrestos quebrados, sin ánimo para emprender la única tarea que me pareciera oportuna en el medio que ahora me iba revelando lentamente la índole de sus valores: la tarea de Adán poniendo nombre a las cosas[39]. Yo percibía esta noche, al mirarlos, cuánto daño me hiciera un temprano desarraigo de este medio que había sido el mío hasta la adolescencia; cuánto había contribuido a desorientarme el fácil encandilamiento de los hombres de mi generación, llevados por teorías a los mismos laberintos intelectuales para hacerse devorar por los mismos Minotauros. Ciertas ideas me cansaban, ahora, de tanto haberlas llevado, y sentía un obscuro deseo de decir algo que no fuera lo cotidianamente dicho aquí, allá, por cuanto se consideraban «al tanto» de cosas que serían negadas, aborrecidas, dentro de quince años. Una vez más me alcanzaban aquí las discusiones que tanto me hubieran divertido, a veces, en la casa de Mouche. Pero acodado en este balcón, sobre el torrente que bullía sordamente al fondo de la quebrada, sorbiendo un aire cortante que olía a henos mojados, tan cerca de las criaturas de la tierra que reptaban bajo las alfalfas rojiverdes con la muerte contenida en los colmillos; en este momento, cuan-

---

[38] Friedrich Wilhelm Nietzsche (1844-1900), en su *El nacimiento de la tragedia* (1872), ensalza el culto a Dionisio en contra del de Apolo. Lo dionisiaco es lo fuerte, lo poético, lo apegado a los instintos, al paso que lo apolíneo es lo ordenado, lo débil, lo social. El protagonista-narrador se refiere aquí a que la filosofía de Nietzsche influyó en la formación de la ideología nazi. A Carpentier le fascinó la figura de Nietzsche, en gran medida por la importancia que éste le dio a la música en toda su obra.

[39] Este es uno de los lugares comunes más repetidos en la obra de Carpentier, probablemente tomado de la obra de William Blake. En resumen, lo que Carpentier anhela es poder crear un arte que se escape de la influencia europea, donde las cosas ya tienen nombre. La dificultad de esta empresa comienza por el hecho de que la misma noción de escapar de Europa tiende a ser, como en este lugar común mismo, europea. El drama del protagonista-narrador de la novela se encuentra en este deseo que le resulta imposible satisfacer, y que lo traiciona a cada paso.

do la noche se me hacía singularmente tangible, ciertos temas de la «modernidad» me resultaban intolerables. Hubiera querido acallar las voces que hablaban a mis espaldas para hallar el diapasón de las ranas, la tonalidad aguda del grillo, el ritmo de una carreta que chirriaba por sus ejes, más arriba del Calvario de las Nieblas. Irritado contra Mouche, contra todo el mundo, con ganas de escribir algo, de componer algo, salí de la casa y bajé hacia las orillas del torrente, para volver a contemplar las estaciones del retablillo urbano. Arriba, en el piano de la pintora, se inició un tanteo de acordes. Luego, el joven músico —la dureza de la pulsación revelaba la presencia del compositor tras de los acordes— empezó a tocar. Por juego conté doce notas, sin ninguna repetida, hasta regresar al *mi bemol* inicial de aquel crispado andante. Lo hubiera apostado: el atonalismo había llegado al país; ya eran usadas sus recetas en estas tierras[40]. Seguí bajando hasta la taberna para tomar un aguardiente de moras. Arrebujados en sus ruanas, los arrieros hablaban de árboles que sangraban cuando se les hería con el hacha en Viernes Santo, y también de cardos que nacían del vientre de las avispas muertas por el humo de cierta leña de los montes. De pronto, como salido de la noche, un arpista se acercó al mostrador. Descalzo, con su instrumento terciado en la espalda, el sombrero en la mano, pidió permiso para hacer un poco de música. Venía de muy lejos, de un pueblo del Distrito de las tembladeras, donde fuera a cumplir, como otros años, la promesa de tocar frente a la iglesia el día de la Invención de la Cruz. Ahora sólo pretendía encontrarse, a cambio de arte, con un buen alcohol de maguey. Hubo un silencio, y con la gravedad de quien oficia un rito, el arpista colocó las manos sobre la cuerda, entregándose a la inspiración de preludiar, para desentumecerse los dedos, que me llenó de admiración. Había en sus escaleras, en sus recitativos de grave diseño, interrumpidos por acordes majestuosos y amplios, algo que evocaba la festiva grandeza de los *preámbulos* de órgano de la Edad Media. A la vez, por la afinación arbitraria del instrumento aldeano, que obligaba al ejecutante a mantenerse dentro de una gama exenta de ciertas notas, se tenía la impresión de que todo obedecía a un magistral manejo

---

[40] El atonalismo, es decir, música que no se guía por los principios de relación armónica de los siglos XVIII y XIX, empezó en la obra de Arnold Schönberg alrededor de 1906. Es música compuesta a base de doce notas, y puede considerarse paralela a la literatura de vanguardia por su experimentación formal.

de los modos antiguos y los tonos eclesiásticos, alcanzándose, por los caminos de un primitivismo verdadero, las búsquedas más válidas de ciertos compositores de la época presente. Aquella improvisación de gran empaque evocaba las tradiciones del órgano, la vihuela y el laúd, hallando un nuevo pálpito de vida en la caja de resonancia, de cónico diseño, que se afianzaba entre los tobillos escamosos del músico. Y luego, fueron danzas. Danzas de un vertiginoso movimiento, en que los ritmos binarios corrían con increíble desenfado bajo compases a tres tiempos, todo dentro de un sistema modal que jamás se hubiera visto sometido a semejantes pruebas. Me dieron ganas de subir a la casa y traer al joven compositor arrastrado por una oreja, para que se informara provechosamente de lo que aquí sonaba. Pero en eso llegaron las capas de hule y linternas de la ronda, y la policía ordenó el cierre de la taberna. Fui informado de que aquí también se iba a observar, durante varios días, el toque de queda a la puesta del sol. Esa desagradable evidencia que vendría a estrechar más aún nuestra —para mí ingrata— convivencia con la canadiense, se me tradujo, de súbito en una decisión que venía a culminar todo un proceso de reflexiones y recapacitaciones. De Los Altos partían precisamente los autobuses que conducían al puerto desde el cual había modo de alcanzar, por río, la gran Selva del Sur. No seguiríamos viviendo la estafa imaginada por mi amiga, puesto que las circunstancias la contrariaban a cada paso. Con la revolución, mis dineros habían subido mucho al cambio con la moneda local. Lo más sencillo, lo más limpio, lo más interesante, en suma, era emplear el tiempo de vacaciones que me quedaba cumpliendo con el Curador y con la Universidad, llevando a cabo, honestamente, la tarea encomendada. Por no darme el tiempo de volver sobre lo resuelto, compré al tabernero dos pasajes para el autobús de la madrugada. No me importaba lo que pensara Mouche: por vez primera me sentía capaz de imponerle mi voluntad.

## Capítulo tercero

...será el tiempo en que tome camino, en que desate su rostro y hable y vomite lo que tragó y suelte su sobrecarga.

(El Libro de Chilam-Balam[1].)

---

[1] Los *Libros del Chilam-Balam* son crónicas anónimas escritas en lengua maya después de la Conquista.

# CAPÍTULO TERCERO

*...de la...*

# VII

La discusión duró hasta más allá de la medianoche, Mouche, de pronto, se sintió resfriada; me hizo tocar su frente, que estaba más bien fresca, quejándose de escalofríos; tosió hasta irritarse la garganta y toser de verdad. Cerré las maletas sin hacerle caso, y no eran las del alba todavía cuando nos instalamos en el autobús, lleno ya de gente envuelta en mantas, con toallas de felpa apretadas al cuello a modo de bufandas. Hasta el último instante estuvo mi amiga hablando con la canadiense, disponiendo encuentros en la capital para cuando regresáramos del viaje, que duraría, a lo sumo, unas dos semanas. Al fin empezamos a rodar sobre una carretera que se adentraba en la sierra por una quebrada tan llena de nieblas que sus chopos apenas eran sombras en el amanecer. Sabiendo que Mouche se fingiría enferma durante varias horas, pues era de las que pasaban de fingir a creer lo fingido, me encerré en mí mismo, resuelto a gozar solitariamente de cuanto pudiera verse, olvidado de ella, aunque se estuviera adormeciendo sobre mi hombro con lastimosos suspiros. Hasta ahora, el tránsito de la capital a Los Altos había sido, para mí, una suerte de retroceso del tiempo a los años de mi infancia —un remontarme a la adolescencia y a sus albores— por el reencuentro con modos de vivir, sabores, palabras, cosas, que me tenían más hondamente marcado de lo que yo mismo creyera. El granado y el tinajero, los oros y bastos, el patio de las albahacas y la puerta de batientes azules habían vuelto a hablarme. Pero ahora empezaba un más allá de las imágenes que no propusieran a mis ojos, cuando hubiera dejado de conocer el mundo tan sólo por el tacto. Cuando saliéramos de la bruma opalescente que se iba verdeciendo de alba, se iniciaría, para

143

mí, una suerte de Descubrimiento. El autobús trepaba; trepaba con tal esfuerzo, gimiendo por los ejes, espolvoreando el cierzo, inclinado sobre los precipicios, que cada cuesta vencida parecía haber costado sufrimientos indecibles a toda su armazón desajustada. Era una pobre cosa, con techo pintado de rojo, que subía y subía, agarrándose con las ruedas, afincándose en las piedras, entre las vertientes casi verticales de una barranca; una cosa cada vez más pequeña, en medio de las montañas que crecían. Porque las montañas crecían. Ahora que el sol aclaraba sus cumbres, esas cumbres se sumaban, de un lado y de otro, cada vez más estiradas, más hoscas, como inmensas hachas negras, de filos parados contra el viento que se colaba por los desfiladeros con un bramido inacabable. Todo lo circundante dilataba sus escalas en una aplastante afirmación de proporciones nuevas. Al cabo de aquella subida de las cien vueltas, cuando creíamos haber llegado a una cima se descubría otra cuesta, más abrupta, más enrevesada, entre picachos helados que ponían sus alturas magnas sobre las alturas anteriores. El vehículo, en ascensión tenaz, se minimizaba en el fondo de los desfiladeros, más hermano de los insectos que de las rocas, empujándose con las redondas patas traseras. Era de día ya, y entre las cimas adustas, con asperezas de silex tallado, se atorbellinaban las nubes en un cielo trastornado por el soplo de las quebradas. Cuando, por sobre las hachas negras, los divisores de ventiscas y los peldaños de más arriba, aparecieron los volcanes, cesó nuestro prestigio humano, como había cesado, hacía tiempo, el prestigio de lo vegetal. Éramos seres ínfimos, mudos, de caras yertas, en un páramo donde sólo subsistía la presencia foliácea de un cacto de fieltro gris, agarrado como un liquen, como una flor de hulla, al suelo ya sin tierra. A nuestras espaldas, muy abajo, habían quedado las nubes que daban sombra a los valles; y menos abajo, otras nubes que jamás verían, por estar más arriba de las nubes conocidas, los hombres que andaban entre cosas a su escala. Estábamos sobre el espinazo de las Indias fabulosas, sobre una de sus vértebras, allí donde los filos andinos, medialunados entre sus picos flanqueantes, con algo de boca de pez sorbiendo las nieves, rompían y diezmaban los vientos que trataban de pasar de un Océano al otro[2]. Ahora llegábamos al borde de los cráteres llenos de escombros geológicos, de pavorosas negruras o erizados de peñas tristes como animales pe-

---

[2] Se trata, por supuesto, de la cordillera de los Andes.

trificados. Un temor silencioso se había apoderado de mí ante
la pluralidad de las cimas y simas. Cada misterio de niebla,
descubierto a un lado y otro del increíble camino, me sugería
la posibilidad de que, bajo su evanescente consistencia hubiera un vacío tan hondo como la distancia que nos separaba de
nuestra tierra. Porque la tierra, pensada desde aquí, desde el
hielo inconmovible y entero que blanquecía los picos, parecía
algo distinto, ajeno a esto, con sus bestias, sus árboles y sus
brisas: un mundo hecho para el hombre, donde no bramarían,
cada noche en garganta y abismos, los órganos de las tormentas. Un tránsito de nubes separaba este páramo de guijarros
negros del verdadero suelo nuestro. Agobiado por la sorda
amenaza telúrica que toda forma entrañaba, en estas faldas de
lava, de limalla de cumbres, observé con inmenso alivio que
la pobre cosa en que rodábamos penaba un poco menos, do-
blando hacia la primera bajada que yo hubiera visto en varias
horas. Ya estábamos en la otra vertiente de la cordillera cuando un frenazo brutal nos detuvo en medio de un pequeño
puente de piedra tendido sobre un torrente de tan hondo lecho que no se veían sus aguas, si bien resultaban atronadores
los borbollones de su caída. Una mujer estaba sentada en un
contén de piedra, con un hato y un paraguas dejados en el
suelo, envuelta en una ruana azul. Le hablaban y no respondía, como estupefacta, con la mirada empañada y los labios
temblorosos, meciendo levemente la cabeza mal cubierta por
un pañuelo rojo cuyo nudo, bajo la barba, estaba suelto. Uno
de los que con nosotros viajaban se acercó a ella y le puso en
la boca una tableta de melaza, apretando firmemente, para
obligarla a tragar. Como entendiendo, la mujer empezó a
mascar con lentitud, y volvieron sus ojos, poco a poco, a tener alguna expresión. Parecía regresar de muy lejos descubriendo el mundo con sorpresa. Me miró como si mi rostro le
fuese conocido, y se puso de pie, con gran esfuerzo, sin dejar
de apoyarse en el contén. En aquel instante, un alud lejano re-
tumbó sobre nuestras cabezas, arremolinando las brumas que
empezaron a salir, como despedidas a empellones, del fondo
de un cráter. La mujer pareció despertar repentinamente; dio
un grito y se agarró de mí, implorando, con voz quebrada por
el aire delgado, que no la dejaran morir de nuevo. Había sido
traída hasta aquí, imprudentemente, por gentes de otro rumbo, que la creían conocedora de los peligros de cualquier somnolencia a tal altitud, y sólo ahora comprendía que había estado casi muerta. Con pasos torpes se dejó llevar hacia el au-

tobús, donde acabó de tragar la melaza. Cuando bajamos un poco más y el aire cobró más cuerpo, le dieron un sorbo de aguardiente que pronto deshizo su angustia en chanzas. El autobús se llenó de anécdotas de emparamados, de gente muerta en ese mismo paso, sucedidos que eran narrados placenteramente, como quien hablara de percances de la vida diaria. Alguien llegaba a afirmar que cerca de la boca de aquel volcán que iban ocultando cimas menores se encontraban, desde hacía medio siglo, metidos en su propio hielo como dentro de vitrinas, los ocho miembros de una misión científica, sorprendidos por el mal. Allí estaban, sentados en círculo, con el gesto de la vida en suspenso, tal como los inmovilizara la muerte, fijas las miradas bajo el cristal que les cubría las caras como transparentes máscaras funerarias. Ahora descendíamos rápidamente. Las nubes que hubiéramos dejado abajo en la ascensión estaban nuevamente encima de nosotros, y la niebla se desgarraba en flecos, despejando la visión de los valles todavía distantes. Se regresaba al suelo de los hombres y la respiración cobraba su ritmo normal después de haber conocido la hincada de agujas frías. De pronto apareció un pueblo, puesto sobre una pequeña meseta redonda, rodeada de torrentes, que me pareció de un sorprendente empaque castellano, a pesar de la iglesia muy barroca, por sus tejados enracimados alrededor de la plaza, en la que desembocaban, rematando vericuetos, tortuosas calles de recuas. El rebuzno de un asno me recordó una vista de El Toboso —con asno en primer plano— que ilustraba una lección de mi tercer libro de lectura, y tenía un raro parecido con el caserón que ahora contemplaba. *En un lugar de la Mancha, de cuyo nombre no quiero acordarme, no ha mucho que vivía un hidalgo de los de lanza en astillero, adarga antigua, rocín flaco y galgo corredor...* Estaba orgulloso de recordar lo que con tanto trabajo nos enseñara a recitar, a los veinte rapaces que éramos, el maestro de la clase. Sin embargo, había sabido de memoria el párrafo completo, y ahora no lograba pasar más allá del *galgo corredor.* Me enojaba ante este olvido, volviendo y volviendo al *lugar de la Mancha* para ver si resurgía la segunda frase en mi mente, cuando la mujer que habíamos rescatado de las nieblas señaló una ancha curva, al flanco de la montaña que íbamos a recorrer, afirmando que su ámbito se llamaba *La Hoya. Una olla de algo más vaca que carnero, salpicón las más noches, duelos y quebrantos los sábados, lentejas los viernes y algún palomino de añadidura los domingos consumían las tres partes de su* *hacienda*³... No podía pasar de allí. Pero mi atención se fijaba ahora en la que había pronunciado tan oportunamente la palabra *Hoya*, llevándome a mirarla con simpatía. Desde donde me hallaba sólo acertaba a ver algo menos de la mitad de su semblante, de pómulo muy marcado bajo un ojo alargado hacia la sien, que se ahondaba en profunda sombra bajo la voluntariosa arcada de la ceja. El perfil era de un dibujo muy puro, desde la frente a la nariz; pero, inesperadamente, bajo los rasgos impasibles y orgullosos, la boca se hacía espesa y sensual, alcanzando una mejilla delgada, en fuga hacia la oreja, que acusaba en fuertes valores el modelado de aquel rostro enmarcado por una pesada cabellera negra, recogida, aquí y allá, por peinetas de celuloide. Era evidente que varias razas se encontraban mezcladas en esa mujer, india por el pelo y los pómulos, mediterránea por la frente y la nariz, negra por la sólida redondez de los hombros y una peculiar anchura de la cadera, que acababa de advertir al verla levantarse para poner el hato de ropa y el paraguas en la rejilla de los equipajes. Lo cierto era que esa viviente suma de razas tenía raza. Al ver sus sorprendentes ojos sin matices de negrura evocaba las figuras de ciertos frescos arcaicos, que tanto y tan bien miran, de frente y de costado, con un círculo de tinta pintado en la sien. Esa asociación de imágenes me hizo pensar en la *Parisiense de Creta*⁴, llevándome a notar que esa viajera surgida del páramo y de la niebla no era de sangre más mezclada que la que durante siglos se había mestizado en la cuenca mediterránea. Más aún: llegaba a preguntarme si ciertas amalgamas de razas menores, sin transplante de las cepas, eran muy preferibles a los formidables encuentros habidos en los grandes lugares de reunión de América, entre celtas, negros, latinos, indios y hasta «cristianos nuevos», en la primera hora⁵. Porque aquí no se

³ El protagonista-narrador evoca su pasado mediante el recuerdo de textos literarios. El principio del *Quijote* lo retrotrae a su niñez de escolar hispanoamericano, como la «Canción a las ruinas de Itálica» antes, y las vidas de santos que le leía su madre.
⁴ *Parisiense de Creta.* Una de las figuras más célebres de los frescos de Cnossos en Creta.
⁵ *Cristianos nuevos,* es decir, judíos conversos en la España del siglo XVI. El tema de mezcla de razas fue debatido por los intelectuales latinoamericanos de los años 20 y 30, en libros como *La raza cósmica* (1925), del mexicano José Vasconcelos. Contra los que pedían la europeización de Hispanoamérica —como Sarmiento—, muchos intelectuales de la época mencionada veían la mezcla de razas como la posibilidad de una renovación cultural negada a Europa.

habían volcado, en realidad, pueblos consanguíneos, como los que la historia malaxara[6] en ciertas encrucijadas del mar de Ulises, sino las grandes razas del mundo, las más apartadas, las más distintas, las que durante milenios permanecieron ignorantes de su convivencia en el planeta.

La lluvia empezó a caer de repente, con monótona intensidad, empañando los cristales. El regreso a una atmósfera casi normal había sumido a los viajeros en una suerte de modorra. Después de comer alguna fruta, me dispuse a dormir también, notando de paso que al cabo de una semana de emprendido este viaje recuperaba la facultad de dormir a cualquier hora, que recordaba haber tenido en la adolescencia. Cuando desperté, al caer de la tarde, nos encontrábamos en una aldea de casas calizas, adosadas a la cordillera, bajo una vegetación oscura, de bosques fríos, en la que claros conseguidos para la labranza parecían como parados en la espesura. De las copas de los árboles colgaban gruesas lianas que se mecían sobre los caminos, asperjándolos de un agua de niebla. Traída por las sombras largas de las montañas, la noche subía ya a las cumbres. Mouche se prendió de mi brazo, toda desmadejada, afirmando que la jornada le había resultado extenuante a causa de los cambios de altitud. Tenía dolor de cabeza, se sentía febril y quería acostarse en el acto, luego de tomar algún remedio. La dejé en una habitación enjalbegada con cal, cuyo lujo se reducía a un aguamanil y una jofaina, y me fui al comedor de la posada, que no era sino una prolongación y dependencia de la cocina, donde ardía, en gran chimenea, un fuego de leña. Luego de comer una sopa de maíz y un recio queso montañés con olor a chivo, me sentía perezoso y feliz al claror de la hoguera. Contemplaba el juego de las llamas, cuando una silueta hizo sombra frente a mí, sentándose del otro lado de la mesa. Era la rescatada de aquella mañana, y como ahora nos llegaba muy arreglada, me divertí en detallar su gracioso atavío de buen ver. No estaba bien vestida ni mal vestida. Estaba vestida fuera de la época, fuera del tiempo, con aquella intrincada combinación de calados, fruncidos y cintas, en crudo y azul, todo muy limpio y almidonado, tieso como baraja, con algo de costurero romántico y de arca de prestidigitador. Llevaba un lazo de terciopelo, de un azul más oscuro, prendido en el corpiño. Pidió platos cuyos nombres me eran desconocidos, y empezó a comer lentamente, sin hablar, sin alzar los ojos del hule,

---

[6] *Malaxar,* es decir, amasar, sobar, mezclar.

como dominada por una preocupación penosa. Al cabo de un rato me atreví a interrogarla, y supe entonces que le tocaría hacer un buen trecho de camino con nosotros, llevada por un piadoso deber. Venía del otro extremo del país, cruzando desiertos y páramos, atravesando lagos de muchas islas, para llevar a su padre, muy enfermo, una estampa de los Catorce Santos Auxiliares, a cuya devoción debía la familia verdaderos milagros, y que había estado confiada hasta ahora a la custodia de una tía con medios para lucirla en altares mejor iluminados. Como habíamos quedado solos en el comedor, fue hacia una especie de armario con casillas, del que se desprendía un grato perfume a yerbas silvestres, cuya presencia, en un rincón, me tenían en curiosidad. Junto a frascos de maceraciones y vinagrillos, las gavetas ostentaban los nombres de plantas. La joven se me acercó y, sacando hojas secas, musgos y retamas, para estrujarlas en la palma de su mano, empezó a alabar sus propiedades, identificándolas por el perfume. Era la Sánila Serenada, para aliviar opresiones de pecho, y un Bejuco Rosa para ensortijar el pelo; era la Bretónica para la tos, la Albahaca para conjurar la mala suerte, y la yerba de Oso, el Angelón, la Pitahaya y el Pimpollo de Rusia, para males que no recuerdo. Esa mujer se refería a las yerbas como si se tratara de seres siempre despiertos en un reino cercano aunque misterioso, guardado por inquietantes dignatarios. Por su boca las plantas se ponían a hablar y pregonaban sus propios poderes. El bosque tenía un dueño, que era un genio que brincaba sobre un solo pie, y nada de lo que creciera a la sombra de los árboles debía tomarse sin pago[7]. Al entrar en la espesura para buscar el retoño, el hongo o la liana que curaban, había que saludar y depositar monedas entre las raíces de un tronco anciano, pidiendo permiso. Y había que volverse deferentemente al salir, y saludar de nuevo, pues millones de ojos vigilaban nuestros gestos desde las cortezas y las frondas. No

---

[7] Rosario alude a Osain, deidad africana (yoruba) que reina en el monte, es decir, en el bosque, que posee el conocimiento taxonómico de las plantas y sus propiedades. Carpentier alude a esta deidad en «De la novela llamada "intelectual"», cuando dice: «El negro de una isla del Caribe, que rinde tributo al espíritu de los bosques, y cree que "el monte" está regido por un dios llamado Osain-de-un-solo-pie es simplemente un hombre fiel a lo que tiene por una Verdad indiscutible.» El Nacional, 19 de marzo de 1955, pág. 16. Esta referencia sirve para destacar el componente africano de Rosario, ya que el indígena es el más fácilmente identificable.

sabía decir por qué esa mujer me pareció muy bella, de pronto, cuando arrojó a la chimenea un puñado de gramas acremente olorosas, y sus rasgos fueron acusados en poderoso relieve por las sombras. Iba yo a decir alguna elogiosa trivialidad cuando me dio bruscamente las buenas noches, alejándose de las llamas. Me quedé solo contemplando el fuego. Hacía mucho tiempo que no contemplaba el fuego.

## IX

*(Más tarde)*

A poco de quedar solo frente al fuego oí algo como pequeñas voces en un rincón de la sala. Alguien había dejado prendido un aparato de radio de viejísima estampa, entre las mazorcas y cohombros de una mesa de cocina. Iba a apagarlo cuando sonó, dentro de aquella caja maltrecha, una quinta de trompas que me era harto conocida. Era la misma que me hiciera huir de una sala de conciertos no hacía tantos días. Pero esta noche, cerca de los leños que se rompían en pavesas, con los grillos sonando entre las vigas pardas del techo, esa remota ejecución cobraba un misterioso prestigio. Los ejecutantes sin rostros, desconocidos, invisibles, eran como expositores abstractos de lo escrito. El texto, caído al pie de estas montañas, luego de volar por sobre las cumbres, me venía de no se sabía dónde con sonoridades que no eran de notas, sino de ecos hallados en mí mismo. Acercando la cara, escuché. Ya la quinta de trompas era aleteada en tresillos por los segundos violines y los violoncellos; pintáronse dos notas en descenso, como caídas de los arcos primeros y de las violas, con un desgano que pronto se hizo angustia, apremio de huida, ante una fuerza de súbito desatada. Y fue, en un desgarre de sombras tormentosas, el primer tema de la *Novena Sinfonía.* Creí respirar de alivio en una tonalidad afirmada, pero un rápido apagarse de las cuerdas, derrumbe mágico de lo edificado, me devolvió al desasosiego de la frase en gestación. Al cabo de tanto tiempo sin querer saber de su existencia, la ola musical me era devuelta con el caudal de recuerdos que en vano trataba de apartar del *crescendo* que ahora se iniciaba, vacilante aún y como inseguro del camino. Cada vez que la sonoridad metálica de un corno apoyaba un acorde, creía ver a mi padre, con su barbita puntiaguda, adelantando el perfil para leer la música ante sus ojos, con esa peculiar actitud de cornista que parece ignorar cuando toca, que sus labios se adhieren a la embocadura de la gran voluta de cobre que da un empaque de capitel corintio a toda su persona. Con ese mimetismo singular que suele hacer flacos y enjutos a los oboístas, jocundos y mofletudos a los trombones, mi padre había terminado por tener una voz de sonoridad cobriza, que vibraba nasalmente cuando, sentándose en una silla de mimbre, a su lado, me mostraba grabados en que eran representados los antecesores de su noble instrumento: olifantes de Bizancio, buxines romanos, añafiles sarracenos y las tubas de plata de Federico Barbarroja. Según él, las murallas de Jericó sólo pudieron haber caído al llamado terrible del *horn*[8], cuyo nombre, pronunciado con rodada erre, cobraba un peso de bronce en su boca. Formado en conservatorios de la Suiza alemana, proclamaba la superioridad del corno de timbre bien metálico, hijo de la tromba de caza que había resonado en todas las Selvas Negras, oponiéndolo a lo que, con tono peyorativo, llamaba en francés *le cor*, pues estimaba que la técnica enseñada en París asimilaba su instrumento másculo a las femeninas maderas. Para demostrarlo volteaba el pabellón del instrumento y lanzaba el tema de Sigfrido por sobre las paredes medianeras del patio con un ímpetu de heraldo del Juicio Final[9]. Lo cierto era que a una escena de caza de la *Raymunda* de Glazounoff se debía mi nacimiento de este lado del Océano[10]. Mi padre había sido sorprendido por el atentado de Sarajevo[11] en lo mejor de una temporada wagneriana del Teatro Real de Madrid, y, encolerizado por el inesperado arresto bélico de los socialistas alemanes y franceses, había renegado del viejo continente podrido, aceptando el atril de primera trompa en una gira que Anna Pawlova llevaba a las Antillas[12]. Un matrimonio cuya

[8] *Federico I, Barbarroja,* emperador de Occidente de 1152 a 1190. *Jericó,* ciudad en Palestina que fue tomada, según la Biblia, por Josué.
[9] *Sigfrido,* drama musical de Richard Wagner. Es notable la presencia de la Biblia (Juicio Final, Jericó) en la evocación del padre. La Biblia representa el principio, el texto original (ver nota 1, Capítulo 1).
[10] *Glazounoff,* o *Glazunov,* Alejandro (1865-1936), compositor ruso, cuyas primeras obras son de un marcado nacionalismo.
[11] *Sarajevo,* Yugoeslavia, donde fue asesinado el 28 de junio de 1914 el archiduque heredero de Austria Francisco Fernando, lo cual dio comienzo a la Primera Guerra Mundial. No está claro en este pasaje cómo la escena de caza en la obra de Glazunov se vincula al asesinato del archiduque.
[12] *Ana Pavlova* (1885-1931), bailarina rusa de gran renombre, creadora de *La muerte del cisne.*

elaboración sentimental me resultaba obscura hizo que yo gateara mis primeras aventuras en un patio sombreado por un gran tamarindo, mientras mi madre, atareada con la negra cocinera, cantaba el cuento del Señor Don Gato, sentado en silla de oro, al que preguntan que si quiere ser casado con una gata montesa, sobrina de un gato pardo. La prolongación de la guerra, la escasa demanda de un instrumento que sólo se empleaba en temporadas de ópera, cuando soplaban los nortes del invierno, llevó mi padre a abrir un pequeño comercio de música. A veces, agarrado por la nostalgia de los conjuntos sinfónicos en que había tocado, sacaba una batuta de la vitrina, abría la partitura de la *Novena Sinfonía* y dábase a dirigir orquestas imaginarias, remedando los gestos de Nikisch o de Mahler[13], cantando la obra entera con las más tremebundas onomatopeyas de percusión, bajos y metales. Mi madre cerraba apresuradamente las ventanas para que no lo creyeran loco, aceptando, sin embargo, con vieja mansedumbre hispánica, que cuanto hiciera ese esposo, que no bebía ni jugaba, debía tomarse por bueno, aunque pudiera parecer algo estrafalario. Precisamente mi padre era muy aficionado a frasear noblemente, con su voz abaritonada, el movimiento ascendente, a la vez lamentoso, fúnebre y triunfal, de la coda que ahora se iniciaba sobre un temblor cromático en la hondura del registro grave. Dos rápidas escalas desembocaron en el unísono de un exordio arrancado a la orquesta como a puñetazos. Y fue el silencio. Un silencio pronto reconquistado por el alborozo de los grillos y el crepitar de las brasas. Pero yo esperaba, impaciente, el sobresalto inicial del *scherzo.* Y ya me dejaba llevar, envolver, por el endiablado arabesco que pintaban los segundos violines, ajeno a todo lo que no fuera la

---

[13] *Arthur Nikisch* (1855-1922), director de orquesta y violinista húngaro; *Gustav Mahler* (1860-1911), director de orquesta, violinista austriaco. Según Carpentier, «durante mi viaje al Territorio Amazonas (en 1947), durante el cual me vino la idea de escribir *Los pasos perdidos* —historia de la momentánea *resurrección* de un hombre muerto para su propio espíritu—, un tema me persiguió durante varios días, a todas horas, sin que yo recordara en qué partitura podía hallarse [...] De vuelta a Caracas, buscando en mi biblioteca, encontré lo que buscaba: era el segundo motivo del primer movimiento de la *Segunda sinfonía* de Mahler... Y esa sinfonía se titula, muy precisamente, *Resurrección...* Desde entonces, el tema ha quedado, para mí, unido a la novela escrita, como un elemento inseparable del contexto». Nota en página sin numerar al principio de *La novela hispanoamericana en vísperas de un nuevo siglo* (ver bibliografía).

música, cuando el «doblado» de trompas, de tan peculiar sonoridad, impuesto por Wagner a la partitura beethoveniana por enmendar un error de escritura, volvió a sentarme al lado de mi padre en los días en que no estuviera ya junto a nosotros, con su costurero de terciopelo azul, la que tanto me había cantado la historia del Señor Don Gato, el romance de Mambrú y el llanto de Alfonso XII por la muerte de Mercedes: *Cuatro duques la llevaban, por las calles de Aldaví.* Pero entonces las veladas se consagraban a la lectura de la vieja Biblia luterana que el catolicismo de mi madre tuviera oculta, por tantos años, en el fondo de un armario. Ensombrecido por la viudez, amargado por una soledad que no sabía hallar remedios en la calle, mi padre había roto con cuanto le atara a la ciudad cálida y bulliciosa de mi nacimiento, marchando a América del Norte, donde volvió a iniciar su comercio con muy escasa fortuna. La meditación del Eclesiastés, de los Salmos, se asociaban en su mente a inesperadas añoranzas. Fue entonces cuando comenzó a hablarme de los obreros que escuchaban la *Novena Sinfonía.* Su fracaso en este continente se iba traduciendo, cada vez más, en la saudade de una Europa contemplada en cimas y alturas, en apoteosis y festivales. Esto, que llamaban el Nuevo Mundo, se había vuelto para él un hemisferio sin historia, ajeno a las grandes tradiciones mediterráneas, tierra de indios y de negros, poblado por los desechos de las grandes naciones europeas, sin olvidar las clásicas rameras embarcadas para la Nueva Orleáns por gendarmes de tricornio, despedidas por marchas de pífano —detalle, este último, que me parecía muy debido al recuerdo de una ópera del repertorio. Por contraste evocaba las patrias del continente viejo con devoción, edificando ante mis ojos maravillados una Universidad de Heidelberg que sólo podía imaginarme verdecida de yerbas venerables. Iba yo, por la imaginación, de las tiorbas del concierto angélico a las insignes pizarras de la Gewandhause[14], de los concursos de minnesangers[15] a los conciertos de Potsdam, aprendiendo los nombres de ciu-

---

[14] Los conciertos de la *Gewandhausen* Leizpig son tal vez los más antiguos, ya que datan de la época en que Bach era cantor de la Thomasschule. Los conciertos adquirieron fama bajo la dirección de Mendelssohn (1835-1843). Entre otros, han sido dirigidos por Niels Gade (1844-1848), K. Reinecke (1860-1895), Arthur Nikisch (1895-1922), y W. Fürtwangler.
[15] *Minnesängers,* cantantes de canciones folklóricas, equivalentes a los trovadores medievales.

dades cuya mera gráfica promovía en mi mente espejismos en ocre, en blanco, en bronce —como Bonn—, en vellón de cisne —como Siena. Pero mi padre, para quien la afirmación de ciertos principios constituía el haber supremo de la civilización, hacía hincapié, sobre todo, en el respeto que allá se tenía por la sagrada vida del hombre. Me hablaba de escritores que hicieron temblar una monarquía, desde la calma de un despacho, sin que nadie se atreviera a importunarlos. Las evocaciones del *Yo Acuso*[16], de las campañas de Rathenau[17], hijas de la capitulación de Luis XVI ante Mirabeau, desembocaban siempre en las mismas consideraciones acerca del progreso irrefrenable, de la socialización gradual, de la cultura colectiva, llegándose al tema de los obreros ilustrados que allá, en su ciudad natal, junto a una catedral del siglo XIII↑ pasaban sus ocios en las bibliotecas públicas y los domingos, en vez de embrutecerse en misas —pues allá el culto de la ciencia estaba sustituyendo a las supersticiones— llevaban sus familias a escuchar la *Novena Sinfonía*. Y así los había visto yo, desde la adolescencia, con los ojos de la animación, esos obreros vestidos de blusa azul y pantalón de pana, noblemente conmovidos por el soplo genial de la obra beethoveniana, escuchando tal vez este mismo trío, cuya frase tan cálida, tan envolvente, ascendía ahora por las voces de los violoncellos y de las violas. Y tal había sido el sortilegio de esa visión que, al morir mi padre, consagré el escaso dinero de su magra herencia, el fruto de una subasta de sonatas y partitas, al empeño de conocer mis raíces. Atravesé el Océano, un buen día, con el convencimiento de no regresar. Pero, al cabo de un aprendizaje del asombro que yo hubiera calificado más tarde, en broma, de adoración de las fachadas, fue el encuentro con realidades que contrariaban singularmente las enseñanzas de mi padre. Lejos de mirar hacia la *Novena Sinfonía*, las inteligencias estaban como ávidas de marcar el paso en desfiles que pasaban bajo arcos de triunfo de carpintería y mástiles totémicos ornados de viejos símbolos solares. La transformación del mármol

---

[16] *J'accuse,* de Emile Zola (1840-1902), panfleto en el que se defiende la causa de Dreyfus, oficial judío del ejército francés acusado de traición. Vicente Blasco Ibáñez hizo una traducción de este panfleto que tuvo gran circulación en España e Hispanoamérica.

[17] Walter *Rathenau* (1867-1922), industrialista, teórico social y estadista alemán, asesinado por grupos anti-semitas. Rathenau escribió en contra de la mecanización de la civilización, en favor de una aristocracia intelectual.

y el bronce de las antiguas apoteosis en gigantescos despilfarros de pinotea, tablas de un día, y emblemas de cartón dorado, hubiera debido hacer más desconfiados a quienes escuchaban palabras demasiado amplificadas por los altavoces, pensaba yo. Pero no parecía que así fuera. Cada cual se creía tremendamente investido, y había muchos que se sentaban a la derecha de Dios para juzgar a los hombres del pasado por el delito de no haber adivinado lo futuro. Yo había visto ya, ciertamente, a un metafísico de Heidelberg haciendo de tambor mayor de una parada de jóvenes filósofos que marchaban, sacándose el tranco de la cadera, para votar por quienes hacían escarnio de cuanto pudiera calificarse de intelectual[18]. Yo había visto a las parejas ascender, en noches de solsticios, al Monte de las Brujas para encender viejos fuegos votivos, desprovistos ya de todo sentido. Pero nada me había impresionado tanto como esa citación a juicio, esa resurrección para castigo y profanación de la tumba de quien hubiera rematado una sinfonía con el coral de la Confesión de Augsburgo[19], o de aquel otro que había clamado, con una voz tan pura, ante las olas verdigrises del gran Norte: ¡«Amo el mar como mi alma!»[20]. Cansado de tener que recitar el *Intermezzo* en voz baja y de oír hablar de cadáveres recogidos en las calles, de terrores

---

[18] Evoca el protagonista-narrador los comienzos del nazismo en Alemania. El «metafísico de Heidelberg» no es otro que Heidegger, quien, en efecto, participó en manifestaciones en favor de los nazis.

[19] *Confesión de Augsburgo,* documento redactado por Melanchton, que contenía, en 28 artículos, la profesión de fe de los luteranos. Fue presentado en la Dieta de Augsburgo en 1530. La referencia aquí es a la *Sinfonía de la Reforma* de Felix Mendelssohn (1809-1847), compositor y pianista, autor de oratorios, sinfonías y oberturas. Fundó el Conservatorio de Leizpig, y revivió el interés por la obra de Bach. Los nazis prohibieron su obra.

[20] Se alude aquí a *Heinrich Heine* (1797-1856), poeta asociado al grupo de la Joven Alemania, que escribió críticas severas de su país, y que desde París escribió elogios de Francia y su civilización. De aquí que fuese resucitado por los nazis, para ser vilipendiado. Fue también autor de poemas sobre el Mar del Norte —*Die Nordsee*— a los que se refiere aquí el protagonista narrador, y de un famoso *Lyrisches Intermezzo,* también mencionado. Carpentier, sin duda, leyó los textos de Heine sobre Francia en una traducción diseminada por la *Revista de Occidente,* y no podía escapársele que su situación, en sus ensayos desde París, era parecida a la del poeta. Hay también un detalle sugestivo en la vida de Heine: su más fiel acompañante en sus últimos años fue la escritora Camile Selden, cuyo verdadero nombre era Elise von Krientnitz, pero a quien llamaba *Mouche.*

próximos, de éxodos nuevos, me refugié, como quien se acoge a sagrado, en la penumbra consoladora de los museos, emprendiendo largos viajes a través del tiempo. Pero cuando salí de las pinacotecas las cosas marchaban de mal en peor. Los periódicos invitaban al degüello. Los creyentes temblaban, bajo los púlpitos, cuando sus obispos alzaban la voz. Los rabinos escondían la thorah, mientras los pastores eran arrojados de sus oratorios. Se asistía a la dispersión de los ritos y al quebrantamiento del verbo. De noche, en las plazas públicas, los alumnos de insignes Facultades quemaban libros en grandes hogueras. No podía darse un paso en aquel continente sin ver fotografías de niños muertos en bombardeos de poblaciones abiertas, sin oír hablar de sabios confinados en salinas, de secuestros inexplicados, de acosos y defenestraciones, de campesinos ametrallados en plazas de toros. Yo me asombraba —despechado, herido a lo hondo— de la diferencia que existía entre el mundo añorado por mi padre y el que me había tocado conocer. Donde buscaba la sonrisa de Erasmo, el Discurso del Método, el espíritu humanístico, el fáustico anhelo y el alma apolínea, me topaba con el auto de fe, el tribunal de algún Santo Oficio, el proceso político que no era sino ordalía de nuevo género[21]. Ya no podía contemplarse un tímpano ilustre, un campanil, gárgola o ángel sonriente sin oírse decir que ahí estaban previstas ya las banderías del presente y que los pastores de Nacimientos adoraban algo que no era, en suma, lo que cabalmente iluminaba el pesebre. La época me iba cansando. Y era terrible pensar que no había fuga posible, fuera de lo imaginario, en aquel mundo sin escondrijos, de naturaleza domada desde siglos, donde la sincronización casi total de las existencias hubiera centrado las pugnas en torno a dos o tres problemas puestos en carne viva. Los discursos habían sustituido a los mitos; las consignas a los dogmas. Hastiado del lugar común fundido en hierro, del texto expurgado y de la cátedra desierta, me acerqué nuevamente al Atlántico con el ánimo de pasarlo ahora en sentido inverso. Y, dos días antes de mi partida, me vi contemplando una olvidada danza macabra que desarrollaba sus motivos, sobre las vigas del osario de San Sinforiano, en Blois[22]. Era una suerte de patio de

---

[21] Los términos *fáustico* y *apolíneo* provienen de *La decadencia de Occidente* de Spengler: lo *fáustico* es lo lanzado al infinito, al absoluto, mientras que lo *apolíneo* es lo ordenado, lo clásico. Estos son estadios por los que pasan, según Spengler, las civilizaciones.

[22] Las *danzas macabras* o *de la muerte* eran a veces poemas con el

granja, invadido por las yerbas, de una tristeza de siglos, encima de cuyos pilares se conjugaba, una vez más, el inagotable tema de la vanidad de las pompas, del esqueleto hallado bajo la carne lujuriante, del costillar podrido bajo la casulla del prelado, del tambor atronado con dos tibias en medio de un xilofonante concierto de huesos. Pero aquí, la pobreza del establo que rodeaba el eterno Ejemplo, la proximidad del río revuelto y turbio, la cercanía de granjas y fábricas, la presencia de cochinos gruñendo como el cerdo de San Antón, al pie de las calaveras talladas en una madera engrisada por siglos de lluvias, daban una singular vigencia a ese retablo del polvo, la ceniza, la nada, situándolo dentro de la época presente. Y los timbales que tanto percuten en el *scherzo* beethoveniano cobraban una fatídica contundencia, ahora que los asociaba, en mi mente, a la visión del osario de Blois, en cuya entrada me sorprendieron las ediciones de la tarde con la noticia de la guerra.

Los leños eran rescoldos. En una ladera, más arriba del techo y de los pinos, un perro aullaba en la bruma. Alejado de la música por la música misma, regresaba a ella por el camino de los grillos, esperando la sonoridad de un *si* bemol que ya cantaba en mi oído. Y ya nacía, de una queda invitación de fagote y clarinete, la frase admirable del *Adagio,* tan honda dentro del pudor de su lirismo. Este era el único pasaje de la *Sinfonía* que mi madre —más acostumbrada a la lectura de habaneras y selecciones de ópera— lograba tocar a veces, por su tiempo pausado, en una transcripción para piano que sacaba de una gaveta de la tienda. Al sexto compás, plácidamente rematado en eco por las maderas, acabo de llegar del colegio, luego de mucho correr para resbalar sobre las pequeñas frutas de los álamos que cubren las aceras. Nuestra casa tiene un ancho soportal del columnas encaladas, situado como un peldaño de escalera, entre los soportales vecinos, uno más alto, el otro más bajo, todos atravesados por el plano inclinado de la calzada que asciende hacia la iglesia de Jesús del Monte, que se yergue allá, en lo alto de los tejados, con sus árboles plantados sobre un terraplén cerrado por barandales[23]. La casa fue antaño de gente señora; conserva grandes muebles de madera

---

mismo tema de la transitoriedad de la vida y de los placeres. *Blois* es una ciudad francesa sobre el Loira, con innumerables monumentos históricos.

[23] La calle y la iglesia corresponden a La Habana.

oscura, armarios profundos y una araña de cristales biselados que se llena de pequeños arcoiris al recibir un último rayo de sol bajado de las lucetas azules, blancas, rojas, que cierran el arco del recibidor con gran abanico de vidrio. Me siento de piernas tiesas en el fondo de un sillón de mecedora, demasiado alto y ancho para un niño, y abro el Epítome de Gramática de la Real Academia, que esta tarde tengo que repasar. *Estos, Fabio, ¡ay dolor!, que ves agora...* reza el ejemplo que ha poco regresó a mi memoria. *Estos, Fabio, ¡ay dolor!, que ves agora...* La negra, allá en el hollín de sus ollas, canta algo en que se habla de los tiempos de la Colonia y de los mostachos de la Guardia Civil. Ya se ha pegado la tecla del *fa* sostenido, como de costumbre, en el piano que toca mi madre. En lo último de la casa hay una habitación a cuya reja trepa un tallo de calabaza. Llamo a María del Carmen, que juega entre las arecas en tiestos, los rosales en cazuela, los semilleros de claveles, de calas, los girasoles del traspatio de su padre el jardinero. Se cuela por el boquete de la cerca de cardón y se acuesta a mi lado, en la cesta de lavandería en forma de barca que es la barca de nuestros viajes. Nos envuelve el olor a esparto, a fibra, a heno, de esta cesta traída, cada semana, por un gigante sudoroso, que devora enormes platos de habas a quien llaman Baudilio. No me canso de estrechar a la niña entre mis brazos. Su calor me infunde una pereza gozosa que quisiera alargar indefinidamente. Como se aburre de estar así, sin moverse, la aquieto diciéndole que estamos en el mar y que falta poco para llegar al muelle, que será aquel baúl de tapa redonda, cubierta de hojalata de muchos colores, a cuya agarradera se amarran las naves. En el colegio me han hablado de sucias posibilidades entre varones y hembras. Las he rechazado con indignación, sabiendo que eran porquerías inventadas por los grandes para burlarse de los pequeños. El día que me lo dijeron no me atreví a mirar a mi madre de frente. Pregunto ahora a María del Carmen si quiere ser mi mujer, y como responde que sí la aprieto un poco más, imitando con la voz, para que no se aparte de mí, el ruido de las sirenas de barcos. Respiro mal, me lleno de latidos, y este malestar es tan grato, sin embargo, que no comprendo por qué, cuando la negra nos sorprende así, se enoja, nos saca de la cesta, la arroja sobre un armario y grita que estoy muy grande para esos juegos. Sin embargo, nada dice a mi madre. Acaso por quejarme a ella, y me responde que es hora de estudiar. Vuelvo al Epítome de Gramática, pero me persigue el olor a fibra, a mimbre, a esparto. Ese olor cuyo recuerdo regresa del pasado, a veces, con tal realidad que me deja todo estremecido. Ese olor que vuelvo a encontrar esta noche; junto al armario de las yerbas silvestres, cuando el *Adagio* concluye sobre cuatro acordes *pianissimo,* el primero arpegiado, y un estremecimiento, perceptible a través de la transmisión, conmueve la masa coral cuya entrada se aproxima. Adivino el gesto enérgico del director invisible, por el cual se entra, de golpe, en el drama que prepara el advenimiento de la Oda de Schiller. La tempestad de bronces y de timbales que se desata para hallar, más tarde, un eco de sí misma, encuadra una recapitulación de los temas ya escuchados. Pero esos temas aparecen rotos, lacerados, hechos jirones, arrojados a una especie de caos que es gestión del futuro, cada vez que pretenden alzarse, afirmarse, volver a ser lo que fueron. Esa suerte de sinfonía en ruinas que ahora se atraviesa en la sinfonía total, serie de dramático acompañamiento —pienso yo, con profesional deformación— para un documental realizado en los caminos que me tocara recorrer como intérprete militar, al final de la guerra. Eran los caminos del Apocalipsis, trazado entre paredes rotas de tal manera que parecían los caracteres de un alfabeto desconocido; camino de hoyos rellenos con pedazos de estatuas, que atravesaban abadías sin techo, se jalonaban de ángeles decapitados, doblaban frente a una Última Cena dejada a la intemperie por los obuses, para desembocar en el polvo y la ceniza de lo que fuera, durante siglos, el archivo máximo del canto ambrosiano. Pero los horrores de la guerra son obra del hombre. Cada época ha dejado los suyos burilados en el cobre o sombreados por las tintas del aguafuerte. Lo nuevo aquí, lo inédito, lo moderno, era aquel antro del horror, aquella cancillería del horror, aquel coto vedado del horror que nos tocara conocer en nuestro avance: la Mansión del Calofrío, donde todo era testimonio de torturas, exterminios en masa, cremaciones, entre murallas salpicadas de sangre y de excrementos, montones de huesos, dentaduras humanas arrinconadas a paletadas, sin hablar de las muertes peores, logradas en frío, por manos enguantadas de caucho, en la blancura aséptica, neta, luminosa, de las cámaras de operaciones[24]. A dos pasos de aquí, una humanidad sensible y cultivada —sin hacer caso del humo abyecto de ciertas chimeneas, por las que habían brota-

---

[24] Se refiere, desde luego, a los campos de concentración alemanes durante la Segunda Guerra Mundial, donde fueron exterminados millones de judíos.

do, un poco antes, plegarias aulladas en yiddish— seguía coleccionando sellos, estudiando las glorias de la raza tocando pequeñas músicas nocturnas de Mozart, leyendo *La Sirenita* de Andersen a los niños. Esto otro también era nuevo, siniestramente moderno, pavorosamente inédito. Algo se derrumbó en mí la tarde en que salí del abominable parque de iniquidades que me esforzara en visitar para cerciorarme de su posibilidad, con la boca seca y la sensación de haber tragado un polvo de yeso. Jamás hubiera podido imaginar una quiebra tan absoluta del hombre de Occidente como la que se había estampado aquí en residuos de espanto. De niño me habían aterrorizado las historias que entonces corrían acerca de las atrocidades cometidas por Pancho Villa, cuyo nombre se asociaba en mi memoria a la sombra velluda y nocturnal de Mandinga[25]. «Cultura obliga», solía decir mi padre ante las fotos de fusilamientos que entonces difundía la prensa, traduciendo, con ese lema de una nueva caballería del espíritu, su fe en el ocaso de la iniquidad por obra de los Libros. Maniqueista a su manera, veía el mundo como el campo de una lucha entre la luz de la imprenta y las tinieblas de una animalidad original, propiciadora de toda crueldad en quienes vivían ignorantes de cátedras, músicas y laboratorios. El Mal, para él, estaba personificado por quien, al arrimar sus enemigos al paredón de las ejecuciones, remozaba, al cabo de los siglos, el gesto del príncipe asirio cegando a sus prisioneros con una lanza, o del feroz cruzado que emparedara a los cátaros en las cavernas del Mont Segur. El Mal, del que estaba ya librada la Europa de Beethoven, tenía su último reducto en el Continente-de-poca-Historia... Pero luego de haberme visto en la Mansión del Calofrío, en este campo imaginado, creado, organizado por gente que sabía de tantas cosas nobles, los disparos de los Charros de Oro[26], las ciudades tomadas a porfía, los trenes descarrilados entre cactos y chumberas, las balaceras en noche de mitote, me parecían alegres estampas de novela de aventura, llenas de sol, de cabalgatas, de viriles alardes, de muertes limpias sobre el cuero sudado de las monturas, junto al rebozo de las soldaderas recién paridas a orillas del camino.

---

[25] *Mandinga*. En Cuba dícese de los negros en general, y en particular de los de la región africana de ese nombre. En América en general, quiere decir también el Diablo o Demonio.

[26] *Charros de Oro*. Los jinetes que guerreaban con Pacho Villa eran conocidos por Los Dorados, debido a las monturas tan ornamentadas que usaban, con adornos de oro.

Y lo peor fue que la noche de mi encuentro con la más fría barbarie de la historia, los victimarios y guardianes, y también los que se llevaban los algodones ensangrentados en cubos, y los que tomaban notas en sus cuadernos forrados de hule negro, que estaban presos en un hangar, se dieron a cantar después del rancho. Sentado en mi camastro, sacado del sueño por el asombro, les oía cantar lo mismo que ahora, levantados por un lejano gesto del director, cantaban los del coro:

> *Freunde, schöner Götterfunken,*
> *Tochter aus Elysium!*
> *Wir betreten feuertrunken,*
> *Himlische, dein Heiligtum.*

Por fin había alcanzado la *Novena Sinfonía,* causa de mi viaje anterior, aunque no ciertamente donde mi padre la hubiera situado. *¡Alegría! El más bello fulgor divino, hija del Elíseo. Ebrios de tu fuego penetramos, ¡oh Celestial!, en tu santuario... Todos los hombres serán hermanos donde se cierne tu vuelo suave*[27]. Las estrofas de Schiller me laceraban a sarcasmos. Eran la culminación de una ascensión de siglos durante la cual se había marchado sin cesar hacia la tolerancia, la bondad, el entendimiento de lo ajeno, La *Novena Sinfonía* era el tibio hojaldre de Montaigne, el azur de la Utopía, la esencia del Elzevir, la voz de Voltaire en el proceso Calás[28]. Ahora crecía, henchido de júbilo el *alle Menschen werden bruder wo deir sanfter Flügel, weildt,* como la noche aquella en que perdí la fe en quienes mentían al hablar de sus principios, invocando textos cuyo sentido profundo estaba olvidado. Por pensar menos en la Danza Macabra que me envolvía cobré mentalidad de mercenario, dejándome arrastrar por mis compañeros de armas a sus tabernas y burdeles. Me di a beber como ellos, sumiéndome en una suerte de inconsciencia mantenida del lado de acá del traspié, que me permitió acabar la campaña sin entusiasmarme por palabras ni hechos. Nuestra victoria me dejaba vencido. No logró admirarme siquiera la

---

[27] Ver nota 14 del Capítulo primero.
[28] *Montaigne* y su relativismo, la *Utopía* de Moro, y el liberalismo de *Voltaire,* junto con la esencia de la imprenta, es decir, de *Elzevir,* vieja familia de impresores establecidos en los Países Bajos en los siglos XVI y XVII, son símbolos de la Europa ilustrada y benevolente que el padre del protagonista-narrador alababa, pero que ante los campos de concentración se viene abajo.

noche pasada en la utilería del teatro de Bayreuth, bajo una wagneriana zoología de cisnes y caballos colgados del cielo raso, junto a un Fafner deslucido por la polilla, cuya cabeza parecía buscar amparo bajo mi camastro de invasor. Y fue un hombre sin esperanza quien regresó a la gran ciudad y entró en el primer bar para acorazarse de antemano contra todo propósito idealista. El hombre que trató de sentirse fuerte en el robo de la mujer ajena, para volver, en fin de cuentas, a la soledad del lecho no compartido. El hombre llamado Hombre que, la mañana anterior, aceptaba todavía la idea de estafar con instrumentos de rastro a quien hubiera puesto en él su confianza... Y me aburre, de pronto, esta *Novena Sinfonía* con sus promesas incumplidas, sus anhelos mesiánicos, subrayados por el feriante arsenal de la «música turca» que tan popularmente se desata en el *prestissimo* final. No espero el maestoso *Tochter aus Elysium! Freude schöner Götterfunken* del exordio. Corto la transmisión, preguntándome cómo he podido escuchar la partida casi completa, con momentos de olvido de mí mismo, cuando las asociaciones de recuerdos no me absorbían demasiado. Mi mano busca un cohombro cuya frialdad parece salirle detrás de la piel; la otra sopesa el verdor de un ají que rompe el pulgar para bañarse el zumo que luego recoge la boca con deleite[29]. Abro el armario de las plantas y saco un puñado de hojas secas, que aspiro largamente. En la chimenea late aún, en negro y rojo, como alguien viviente, un último rescoldo. Me asomo a una ventana: los árboles más próximos se han perdido en la niebla. El ganso del traspatio desenvaina la cabeza de bajo el ala y entreabre el pico, sin acabar de despertarse. En la noche ha caído un fruto.


X


*(Martes, 12)*[30]

Cuando Mouche salió de la habitación, poco después del alba, parecía más cansada que la víspera. Habían bastado las incomodidades de un día de rodar por carreteras difíciles, el lecho duro, la necesidad de madrugar, de someter el cuerpo a

---

[29] El *cohombro* es un tipo de pepino, mientras que el *ají* es una suerte de pimiento.

[30] Si nos fijamos detenidamente en la cronología de la novela, este

una disciplina, para provocar una suerte de descoloramiento de su persona. Quien tan piafante y vivaz se mostraba en el desorden de nuestras noches *de allá*, era aquí la estampa del desgano. Parecía que se hubiera empañado la claridad de su cutis, y mal guardaba un pañuelo sus cabellos que se le iban en greñas de un rubio como verdecido. Su expresión de desagrado la avejentaba de modo sorprendente, adelgazando, con fea caída de las comisuras, unos labios que los malos espejos y la escasa luz no le permitían pintar debidamente. Durante el desayuno, por distraerla, le hablé de la viajera a quien había conocido la noche anterior. En eso llegó la aludida, toda temblorosa, riendo de su temblor; pues había ido a asearse a una fuente cercana con las mujeres de la casa. Su cabellera, torcida en trenzas en torno a la cabeza, goteaba todavía sobre su rostro mate. Se dirigió a Mouche con familiaridad, tuteándola como si la conociera de mucho tiempo, en preguntas que yo iba traduciendo. Cuando subimos al autobús, las dos mujeres habían concertado un lenguaje de gestos y palabras sueltas que les bastaba para entenderse. Mi compañera, nuevamente fatigada, descansó la cabeza sobre el hombro de la que —lo sabíamos ahora— llamábase Rosario, y escuchaba sus quejas por los quebrantos de tan incómodo viaje con una solicitud maternal en la que yo vislumbraba, sin embargo, un dejo de ironía. Contento por verme algo descargado de Mouche, emprendí alegremente la jornada solo en un ancho asiento. Esta misma tarde llegaríamos al puerto fluvial de donde salían embarcaciones para los linderos de la Selva del Sur, y de recodo en recodo, siguiendo laderas, descendiendo siempre, íbamos hacia horas más soleadas. Nos deteníamos a veces en pueblos apacibles, de pocas ventanas abiertas, rodeados por una vegetación cada vez más tropical. Aquí aparecían enredaderas florecidas, cactos, bambúes; allá una palmera brotaba de un patio, abriéndose sobre el tejado de una casa donde las zurcido-

---

día 12 tiene que ser un lunes, no un martes. La accción comienza, según se vio, el domingo 4 de junio, por lo que el próximo domingo es 11, y el lunes 12. El error no es casual. Si el lunes es el día de comenzar el trabajo en la urbe, la entrada al ámbito natural de la selva ha de omitirlo. Pero además, este error significativo, tanto como todas las alusiones cuyo sentido el protagonista parece desconocer, crean un segundo discurso irónico, en contraste con lo que dice y cree el personaje. Ver el artículo de Roberto González Echevarría, «Ironía y estilo en *Los pasos perdidos*», y de Eduardo G. González, *«Los pasos perdidos: el azar y la aventura»* (ver bibliografía).

ras trabajaban al fresco. Tan cerrada y continua fue la lluvia que rompió sobre nosotros a mediodía que, hasta el final de la tarde, no acerté a ver cosa alguna a través de los cristales engrisados por el agua. Mouche sacó un libro de su maleta. Rosario, por imitarle, buscó un tomo en su hato. Era un volumen impreso en papel malo, lleno de escorias, cuya portada en tricromía mostraba una mujer cubierta de pieles de oso o algo parecido, que era abrazada por un magnífico caballero en la entrada de una gruta, bajo la mirada complacida de una cierva de largo cuello: *Historia de Genoveva de Brabante*[31]. En mi mente se hizo al punto un chusco contraste entre tal lectura y cierta famosa novela moderna que estaba en las manos de Mouche, y que yo había dejado en el tercer capítulo, agobiado por una especie de vergüenza triste ante su caudal de obscenidad. Enemigo de toda continencia sexual, de toda hipocresía en lo que miraba el juego de los cuerpos, me irritaba, sin embargo, cualquier literatura o vocabulario que encanallara el amor físico, por vías de la burla, el sarcasmo o la grosería. Me parecía que el hombre debía guardar, en sus acoplamientos, la sencilla impulsividad, el espíritu de retozo que eran propios del celo de las bestias, dándose alegremente a su placentera actividad a sabiendas de que el aislamiento tras de cerrojos, la ausencia de testigos, la complicidad en la busca del deleite, excluían cuanto pudiera promover la ironía o la chanza —por el desajuste de los físicos, por la animalidad de ciertos machi-hembramientos— en las trabazones de una pareja que no po-

---

[31] *Genoveva de Brabante*, heroína de una leyenda medieval del siglo v ó vi. Su historia es un ejemplo típico de la difundida leyenda de la esposa casta, injustamente acusada y repudiada, generalmente basándose en lo dicho por un pretendiente rechazado. Genoveva de Brabante, esposa de Sigfrido de Treves, fue falsamente acusada por el mayordomo Golo. Condenada a muerte, el verdugo no la ejecutó, y logró escapar a unas cuevas en las Ardenas, donde vivió con su hijo, alimentada por un corzo. Sigfrido, que ya se había enterado de la maldad de Golo, andaba de caza cuando el corzo lo lleva a la guarida de Genoveva, a quien restablece a su lugar de honor. Se dice que la historia de Genoveva se basa en la de María de Brabant, esposa de Luis II, duque de Bavaria, decapitada el 18 de enero de 1256, por infidelidad, crimen que Luis tuvo que expiar más tarde. El cambio de nombre puede deberse al culto de Santa Genoveva, patrona de París. El relato adquirió popularidad primero en *L'Innocence reconnue ou vie de Sainte Geneviève de Brabant* (1638), del jesuita René de Cérisier (1603-1662). La novela que Mouche lee y que se contrasta con la leyenda es probablemente de Henry Miller.

día contemplarse a sí misma con ojos ajenos. Por lo mismo, la pornografía me era tan intolerable como ciertos cuentos verdes, ciertas desinencias sucias, ciertos verbos metafóricamente aplicados a la actividad sexual, y no podía considerar sin repulsión una determinada literatura, muy gustada en el presente, que parecía empeñada en degradar y afear cuanto podía hacer que el hombre, en momentos de tropiezos y desalientos, hallara una compensación a sus fracasos en la más fuerte afirmación de su virilidad, sintiendo en la carne por él dividida su presencia más entera. Yo leía por sobre los hombros de las dos mujeres, tratando de contrapuntear la prosa negra y la prosa rosa; pero pronto se me hizo imposible el juego, por la rapidez con que Mouche doblaba las páginas, y la lentitud de lectura de Rosario, que llevaba los ojos, pausadamente, del comienzo al extremo de los renglones, con el movimiento de labios de quien deletrea, hallando aventuras apasionantes en la sucesión de palabras que no siempre se ordenaban como ella hubiese querido. A veces se detenía ante una infamia hecha a la desventurada Genoveva, con un pequeño gesto de indignación; volvía a comenzar el párrafo, dudando de que tanta maldad fuese posible. Y pasaba nuevamente por sobre el penoso episodio, como consternada de su impotencia ante los hechos. Su rostro reflejaba una profunda ansiedad, ahora que se precisaban los sombríos designios de Golo. «Son cuentos de otros tiempos», le dije, por hacerla hablar. Sobresaltada se volvió hacia mí al saber que había estado leyendo por encima de su hombro. «Lo que los libros dicen es verdad», contestó. Miré hacia el tomo de Mouche, pensando que si era verdad lo que allí se contaba, en una prosa que el editor, aterrado, había tenido que amputar varias veces, no por ello se había alcanzado —con laboriosos alardes— una obscenidad que los escultores hindúes o los simples alfareros incaicos habían situado en un plano de auténtica grandeza. Ahora Rosario cerraba los ojos. «Lo que dicen los libros es verdad.» Es posible que, para ella, la historia de Genoveva fuera algo actual: algo que transcurría, al ritmo de su lectura, en un país del presente. El pasado no es imaginable para quien ignora el ropero, decorado y utilería de la historia. Así, debía imaginarse las castillos de Brabante como las ricas haciendas de acá, que solían tener paredes almenadas. Los hábitos de la caza y la monta se perpetuaban en estas tierras, donde el venado y el váquiro eran entregados al acoso de la jauría. Y en cuanto al traje, Rosario debía ver su novela como ciertos pintores del temprano Renacimiento veían el Evangelio, vistiendo a los personajes de la

Pasión a la manera de los notables del día, arrojando al infierno, cabeza abajo, algún Pilatos con atuendo de magistrado florentino... Cayó la noche y la luz se hizo tan escasa que cada cual se encerró en sí mismo. Hubo un prolongado rodar en la oscuridad, y de súbito, a la vuelta de un peñasco, salimos a la encendida vastedad del Valle de las Llamas.

Ya me habían hablado algunos, durante el viaje, de la población nacida allá abajo, en unas pocas semanas, al brotar el petróleo sobre una tierra encenagada. Pero esa referencia no me había sugerido la posibilidad del espectáculo prodigioso que ahora se ampliaba a cada vuelta del camino. Sobre una llanura pelada, era un vasto bailar de llamaradas que restallaban al viento como las banderas de algún divino asolamiento. Atadas al escape de gases de los pozos se mecían, tremolaban, envolviéndose en sí mismas, girando, a la vez libres y sujetas a corta distancia de los mechurrios —astas de ese fuego enjambre, de ese fuego árbol, parado sobre el suelo, que volaba sin poder volar, todo silbante de púrpuras exasperadas. El aire las transformaba, de súbito, en luces de exterminio, en teas enfurecidas, para reunirlas luego en un haz de antorchas en un solo tronco rojinegro que tenía fugaces esguinces de torso humano; pero pronto se rompía lo amasado y el ardiente cuerpo, sacudido de convulsiones amarillas, se enroscaba en zarza ardiente, hincada de chispas, sonora de bramidos, antes de estirarse hacia la ciudad, en mil latigazos zumbantes, como para castigo de una población impía. Junto a esas piras encadenadas proseguían su trabajo de extracción, incansables, regulares, obsesionantes, unas máquinas cuyo volante tenía el perfil de una gran ave negra, con pico que hincaba isócronamente la tierra, en movimiento de pájaro horadando un tronco. Había algo imposible, obstinado, maléfico, en esas siluetas que se mecían sin quemarse, como salamandras nacidas del flujo y reflujo de las fogaradas que el viento encrespaba, en marejadas, hasta el horizonte. Daban ganas de darles nombres que fuesen buenos para demonios y me divertía en llamarlas Flacocuervo, Buitrehierro o Maltridente, cuando terminó nuestro camino en un patio donde unos cochinos negros, enrojecidos por el resplandor de las llamas, chapaleaban en charcos cuyas aguas tenían costras jaspeadas y ojos de aceite. El comedor de la fonda estaba lleno de hombres que hablaban a gritos, como aneblados por el humo de las parrilladas. Con las máscaras antigases colgadas aún debajo de la barbilla, sin haberse quitado todavía las ropas del trabajo, parecía que sobre ellos se hubieran fijado, en coladas, borrones y pringues, las más negras exudaciones de la tierra. Todos bebían desaforadamente con las botellas empuñadas por el gollete, entre naipes y fichas revueltas sobre las mesas. Pero de pronto, las briscas quedaron en suspenso y los jugadores se volvieron hacia el patio en una grita de júbilo. Allí se producía un golpe de teatro: traídas por no sé qué vehículo, habían aparecido mujeres en traje de baile, con zapato de tacón y muchas luces en el pelo y el cuello, cuya presencia en aquel corral fangoso, orlado de pesebres, me pareció alucinante. Además la mostacilla, las cuentas, los abalorios que adornaban los vestidos, reflejaban a la vez las llamaradas que a cada cambio de viento daban nuevo rumbo a su ronda de resplandores. Esas mujeres rojas corrían y trajinaban entre los hombres oscuros, llevando fardos y maletas, en una algarabía que acababa de atolondrarse con el espanto de los burros y el despertar de las gallinas dormidas en las vigas de los sobradillos. Supe entonces que mañana sería la fiesta del patrón del pueblo, y que aquellas mujeres eran prostitutas que viajaban así todo el año, de un lugar a otro, de ferias a procesiones, de minas a romerías, para aprovecharse de los días en que los hombres se mostraban espléndidos. Así, seguían el itinerario de los campanarios, fornicando por San Cristóbal o por Santa Lucía, los Fieles Difuntos o los Santos Inocentes, a las orillas de los caminos, junto a las tapias de los cementerios, sobre las playas de los grandes ríos o en los cuartos estrechos, de palangana en tierra, que alquilaban en la trastienda de las tabernas. Lo que más me asombraba era el buen humor con que las recién llegadas eran acogidas por la gente de fundamento, sin que las mujeres honestas de la casa, la esposa, la joven hija del posadero, hicieran el menor gesto de menosprecio. Me parecía que se las miraba un poco como a los bobos, gitanos o locos graciosos, y las fámulas de cocina reían al verlas saltar, con sus vestidos de baile, por sobre los cochinos y los charcos, cargando sus hatos con ayuda de algunos mineros ya resueltos a gozarse de sus primicias. Yo pensaba que esas prostitutas errantes, que venían a nuestro encuentro metiéndose en nuestro tiempo, eran primas de las ribaldas del Medioevo, de las que iban de Bremen a Hamburgo, de Amberes a Gante, en tiempo de feria, para sacar malos humores a maestros y aprendices, aliviándose de paso a algún romero de Compostela, por el permiso de besar la venera de tan lejos traída[32]. Después de recoger sus cosas, las mujeres

_____

[32] Aunque sin duda lo que menciona el protagonista-narrador era

entraron en el comedor de la fonda con gran alboroto. Mouche, maravillada, me invitó a seguirlas, para observar mejor sus vestidos y peinados. Ella, que hasta ahora había permanecido indiferente y soñolienta, estaba como transfigurada. Hay seres cuyos ojos se encienden cuando sienten la proximidad del sexo. Insensible, quejosa desde la víspera, mi amiga parecía revivir en la primera atmósfera turbia que le salía al paso. Declarando ahora que esas prostitutas eran *formidables*, únicas, de un estilo que se había perdido, comenzó a acercarse a ellas. Al ver que se sentaba en uno de los bancos del fondo, junto a una mesa que ocupaban las recién llegadas, buscando conversación por gestos con una de las más vistosas, Rosario me miró con extrañeza, como queriendo decirme algo. Por eludir una explicación que probablemente no entendería, cargué con el equipaje y fui en busca de nuestro cuarto. Sobre las bardas del patio danzaba el resplandor de los fuegos. Estaba sacando cuentas de lo gastado últimamente cuando me pareció que Mouche me llamaba con voz angustiada. En el espejo del armario la vi pasar, al otro extremo del corredor, como huyendo de un hombre que la perseguía. Cuando llegué adonde estaban, el hombre la había agarrado por el talle y la empujaba dentro de una habitación. Al recibir mi puñetazo se volteó bruscamente y su golpe me arrojó sobre una mesa cubierta de botellas vacías que se estrellaron al caer. Me colgué de mi adversario y rodamos en el piso, sintiendo las hincadas de los vidrios en la manos y en los brazos. Al cabo de una rápida lucha, en que el otro me dejó sin fuerzas, me vi preso entre sus rodillas, de espaldas en el suelo, bajo la anchura de los puños que se levantaban para caer mejor, como una maza, sore mi cara. En aquel instante, Rosario entró en el cuarto, seguida del posadero. «¡Yannes! —gritó— ¡Yannes!» Agarrado por las muñecas, el hombre se levantó lentamente, como avergonzado de lo hecho. El posadero le explicaba algo que por mi excitación nerviosa no acertaba a oír. Mi adversario parecía humilde; ahora me hablaba con tono compungido: «Yo no sabía... Equivocación... Debió decir tenía marido.» Rosario me limpiaba la cara con un paño untado de ron: «La culpa fue de ella; estaba metida entre las otras.» Lo peor de todo era que yo no sentía verdadera cólera contra el que me había golpeado, sino contra Mouche, que, en efecto, por un

---

común, puede que sea también una referencia velada al relato de Carpentier «El camino de Santiago», donde ocurre una escena semejante.

alarde muy propio de su carácter, había ido a sentarse con las prostitutas. «No ha pasado nada... No ha pasado nada», proclamaba el posadero ante los curiosos que llenaban el corredor. Y Rosario, como si nada hubiera ocurrido, en efecto, me hizo dar la mano al que ahora se deshacía en excusas. Para acabar de aplacarme, me hablaba de él, afirmando que lo conocía de mucho tiempo, pues no era de este lugar, sino de Puerto Anunciación, el pueblo cercano a la Selva del Sur, donde la esperaba su padre enfermo con el remedio de la milagrosa estampa. El título de Buscador de Diamantes me hizo interesante, de pronto, al que poco antes me golpeara. Pronto nos vimos en la cantina, con media botella de aguardiente bebida, olvidados de la estúpida pelea. Ancho de pecho, espigado de cintura, con algo de ave de presa en la mirada, el minero movía un semblante sombreado por un filo de barba que podía haberse desprendido de un arco de triunfo por la decisión y el empaque del perfil. Al saber que era griego —explicándose así la tremenda eliminación de artículos que caracterizaba su manera de hablar— estuve a punto de preguntarle, por broma, si era uno de los Siete contra Tebas[33]. Pero en eso apareció Mouche, con aire indiferente, como si ignorara lo de la riña que nos había llenado las manos de cortaduras. Le hice algunos reproches a medias palabras que expresaban insuficientemente mi irritación. Ella se sentó del otro lado de la mesa, sin hacer caso, y se dio a examinar al griego —tan respetuoso ahora, que había apartado su escabel para no estar demasiado cerca de mi amiga— con un interés que me pareció un reto exasperante en semejante momento. A las excusas del Buscador de Diamantes, que se calificaba a sí mismo de «bruto idiota maldecido», respondió que el suceso no tenía importancia. Me volví hacia Rosario. Ella miraba soslayadamente, con cierta gravedad irónica que no sabía como interpretar. Quise iniciar una conversación cualquiera que nos alejara de lo presente, pero las palabras no me venían a la boca. Mouche, mientras tanto, se había acercado al griego con una sonrisa tan incitante y nerviosa que la ira me encendió las sienes. Apenas habíamos salido de un percance que hubiera podido tener consecuencias lamentables, se gozaba en aturdir al

---

[33] *Los siete contra Tebas,* tragedias de Esquilo y Eurípides se basan en este relato: a la muerte de Edipo, Etéocles excluye a su hermano Polinices. Éste atacó la ciudad de Tebas con siete héroes. En la batalla ambos hermanos murieron.

minero que la tratara media hora antes como una prostituta. Esa actitud era tan literaria, debía tanto al espíritu que había exaltado, en este tiempo, la taberna de marineros y los muelles de brumas, que la hallé increíblemente grotesca, de pronto, en su incapacidad de desasirse, ante cualquier realidad, de los lugares comunes de su generación. Tenía que elegir un hipocampo, por pensar en Rimbaud, donde vendían toscos relicarios de artesanía colonial; había de burlarse de la ópera romántica en el teatro que, precisamente, devolvía su fragancia al jardín de Lamermoore, y no veía que la prostituta de las novelas de la Evasión se había transformado aquí en una mezcla de feriante oportuna y de Egipciaca sin olor de santidad[34]. La miré de modo tan ambiguo que Rosario, creyendo tal vez que iba a pelear de nuevo, por celos, me salió al paso en maniobra de aplacamiento con una frase oscura que tenía de proverbio y de sentencia: «Cuando el hombre pelea, que sea por defender su casa.» No sé lo que entendía Rosario por «mi casa»; pero tenía razón si pretendía decir lo que quise comprender: Mouche no era «mi casa». Era, por el contrario, aquella hembra alborotosa y rencillosa de las Escrituras, cuyos pies no podían estar en la casa. Con la frase se tendía un puente por sobre el ancho de la mesa entre Rosario y yo, y sentí, en aquel momento, el apoyo de una simpatía que se hubiera dolido, tal vez, de verme vencido nuevamente. Por lo demás, la joven crecía ante mis ojos a medida que transcurrían las horas, al establecer con el ambiente ciertas relaciones que me eran cada vez más perceptibles. Mouche, en cambio, iba resultando tremendamente forastera dentro de un creciente desajuste entre su persona y cuanto nos circundaba. Un aura de exotismo se espesaba en torno a ella, estableciendo distancias entre su figura y las demás figuras; entre sus acciones, sus maneras, y los modos de actuar que aquí eran normales. Se tornaba, poco a poco, en algo ajeno, mal situado, excéntrico, que llamaba la atención, como llamaba la atención antaño, en las cortes cristianas, el turbante de los embajadores de la Sublime Puerta[35]. Rosario, en cambio, era como la Ceci-

---

[34] *Santa María Egipciaca,* llamada también *La Penitente,* nació en Egipto en 354, fue prostituta, luego se reformó y convirtió al cristianismo, haciendo penitencia 47 años en el desierto. Su leyenda fue muy popular en el Edad Media. Existe un poema castellano en su honor, *Vida de Madona Sancta María Egipciaca,* de comienzos del siglo XIII. Aquí es ejemplo de otra referencia libresca de Mouche.

[35] *Sublime Puerta,* es decir, del gobierno o de la corte de Turquía.

lia o la Lucía que vuelve a engastarse en sus cristales cuando termina de restaurarse un vitral. De la mañana a la tarde y de la tarde a la noche se hacía más auténtica, más verdadera, más cabalmente dibujada en un paisaje que fijaba sus constantes a medida que nos acercábamos al río. Entre su carne y la tierra que se pisaba se establecían relaciones escritas en las pieles ensombrecidas por la luz, en la semejanza de las cabelleras visibles, en la unidad de formas que daba a los talles, a los hombres, a los muslos que aquí se alababan, una factura común de obra salida de un mismo torno. Me sentía cada vez más cerca de Rosario, que embellecía de hora en hora, frente a la otra que se difuminaba en su distancia presente, aprobando cuanto decía y expresaba. Y, sin embargo, al mirar a la mujer como mujer, me veía torpe, cohibido, consciente de mi propio exotismo, ante una dignidad innata que parecía negada de antemano a la acometida fácil. No eran tan sólo botellas las que se alzaban ahí, en barrera de vidrio que imponía cuidado a las manos: eran los mil libros leídos por mí, ignorados por ella; eran creencias de ella, costumbres, supersticiones, nociones, que yo desconocía y que, sin embargo, alentaban razones de vivir tan válidas como las mías. Mi formación, sus prejuicios, lo que le habían enseñado, lo que sobre ella pesaba, eran otros tantos factores que, en aquel momento, me parecían inconciliables. Me repetía a mí mismo que nada de esto tenía que ver con el siempre posible acoplamiento de un cuerpo de hombre y un cuerpo de mujer, y, no obstante, reconocía que toda una cultura, con sus deformaciones y exigencias, me separaba de esa frente detrás de la cual no debía haber siquiera una noción muy clara de la redondez de la tierra, ni de la disposición de los países sobre el mapa. Eso pensaba yo al recordar sus creencias sobre el espíritu unípedo de los bosques. Y al ver la pequeña cruz de oro que le colgaba del cuello, observé que el único terreno de entendimiento que podíamos tener en común, el de la fe en Cristo, lo habían desertado mis antepasados paternos hacía mucho tiempo: desde que, hugonotes expulsados de la Saboya por la revolución del Edicto de Nantes, pasados a la Enciclopedia por un tatarabuelo mío, amigo del barón de Holbach, conservan Biblias en la familia, sin creer ya en las Escrituras, únicamente por aquello de que no estaban exentas de una cierta poesía[36]. La taberna

***

[36] El *Edicto de Nantes,* promulgado por Enrique IV en 1598 en favor de los protestantes (hugonotes), que fuera revocado por Luis XIV en 1685. Esto provocó el exilio de muchos hugones. Paul Henri Thi-

se vio invadida por los mineros de otro turno. Las mujeres rojas regresaban de los cuartos del patio, guardándose el dinero
de los primeros tratos. Por acabar con la situación falsa que
nos tenía desasosegados en torno a la mesa, propuse que anduviéramos hacia el río. El Buscador de Diamantes estaba
como cohibido ante la insinuante deferencia de Mouche, que
le hacía contar sus andanzas en la selva, aunque sin escucharlo, en un francés de tan pocas palabras que nunca lograba cerrar una frase. Ante mi propuesta de salir, compró botellas de
cerveza fría, como aliviado, y nos llevó a una calle recta que
se perdía en la noche, alejándose de los fuegos del valle. Pronto llegamos a la orilla del río que corría en la sombra, con un
ruido vasto, continuado, profundo, de masa de agua dividiendo las tierras. No era el agitado escurrirse de las corrientes
delgadas, ni el chapoteo de los torrentes, ni la fresca placidez
de las ondas de poco cauce que tantas veces hubiera oído de
noche en otras riberas: era el empuje sostenido, el ritmo genêsico de un descenso iniciado a centenares y centenares de lenguas más arriba, en las reuniones de otros ríos venidos de más
lejos aún, con todo su peso de cataratas y manantiales. En la
oscuridad parecía que el agua, que empujaba el agua desde
siempre, no tuviera otra orilla y que su rumor lo cubriera
todo, en lo adelante, hasta los confines del mundo. Andando
en silencio llegamos a una ensenada —un remanso más
bien— que era cementerio de viejos barcos abandonados, con
sus timones dejados al garete y los sollados llenos de ranas. En
medio, encallado en el limo, había un antiguo velero, de muy
noble estampa, con proa de mascarón que era una Anfitrite[37]
de madera tallada, cuyos senos desnudos surgían de velos
alargados hasta los escobenes, en movimiento de alas. Cerca
del casco nos detuvimos, casi al pie de la figura que parecía volar sobre nosotros cuando era enrojecida de súbito por
la llamarada tornadiza de un mechurrio. Emperezados por el
frescor de la noche y el ruido perenne del río en marcha, acabamos por recostarnos en la grava de la orilla. Rosario se soltó el pelo y empezó a peinarlo lentamente, con gesto tan ínti

---

ry, *Baron de Holbach,* miembro del grupo de los enciclopedistas (Voltaire, Diderot, Condorcet, Helvetius, Rousseau). Opuesto al cristianismo, de ideas naturalistas y materialistas. Creía que el hombre era originalmente moral, pero había sido corrompido por la sociedad.

[37] *Anfitrite* es una divinidad griega del mar, hija de Océano y mujer
de Poseidón. Hay anticipo en esta escena del galeón que los personajes
de *Cien años de soledad* encuentran en la selva.

mo, tan sabedor de la proximidad del sueño, que no me atreví a hablarle. Mouche, en cambio, contaba nimiedades, interrogaba al griego, celebraba sus respuestas con risas en diapasón agudo, sin advertir, al parecer, que estábamos en un lugar cuyos elementos componían una de esas escenografías inolvidables que el hombre encuentra muy pocas veces en su camino. El mascarón, las llamas, el río, los barcos abandonados, las constelaciones: nada de lo visible parecía emocionarla. Creo que fue ese el momento en que su presencia comenzó a pesar sobre mí como un fardo que cada jornada cargaría de nuevos lastres.

## XI

*(Miércoles, 13)*

*Silencio* es palabra de mi vocabulario. Habiendo trabajado la música, la he usado más que los hombres de otros oficios. Sé cómo puede especularse con el silencio; cómo se le mide y encuadra. Pero ahora, sentado en esta piedra, vivo el silencio; un silencio venido de tan lejos, espeso de tantos silencios, que en él cobraría la palabra un fragor de creación. Si yo dijera algo, si yo hablara a solas, como a menudo hago, me asustaría a mí mismo. Los marineros han quedado abajo, en la orilla, cortando pasto para los toros sementales que viajan con nosotros. Sus voces no me alcanzan. Sin pensar en ellos contemplo esta llanura inmensa, cuyos límites se disuelven en un leve oscurecimiento circular del cielo. Desde mi punto de vista de guijarro, de grama, abarco, en su casi totalidad, una circunferencia que es parte cabal, entera, del planeta en que vivo. No tengo ya que alzar los ojos para hallar una nube: aquellos cirros inmóviles, que parecen detenidos allá siempre, están a la altura de la mano que da sombra a mis párpados. De lejanía en lejanía se yergue un árbol copudo y solitario, siempre acompañado de un cacto, que es como un largo candelabro de piedra verde, sobre el cual descansan los gavilanes, impasibles, pesados, como pájaros de heráldica. Nada hace ruido, nada topa con nada, nada rueda ni vibra. Cuando una mosca da con el vuelo en una telaraña, el zumbido de su horror adquiere el valor de un estruendo. Luego vuelve a estar el aire en calma, de confín a confín, sin un sonido. Llevo más de una hora aquí, sin moverme, sabiendo cuán inútil es andar donde

173

siempre se estará al centro de lo contemplado. Muy lejos asoma un venado entre las junqueras de un ojo de agua. Y se detiene, noblemente erguida la cabeza, tan inmóvil sobre la planicie que su figura tiene algo de monumento y algo, también, de emblema totémico. Es como el antepasado mítico de hombres por nacer; como el fundador de un clan que hará de su cornamenta clavada en un palo, blasón, himno y bandera. Al sentirse en la brisa se aleja a pasos medidos, sin prisa, dejándome solo con el mundo. Me vuelvo hacia el río. Su caudal es tan vasto que los raudales, torbellinos, resabios, que agitan su perenne descenso se funden en la unidad de un pulso que late de estíos a lluvias, con los mismos descansos y paroxismos, desde antes de que el hombre fuese inventado. Embarcamos hoy, al alba, y he pasado largas horas mirando a las riberas, sin apartar mucho la vista de la relación de Fray Servando de Castillejos, que trajo sus sandalias aquí hace tres siglos. La añeja prosa sigue válida. Donde el autor señalaba una piedra con perfil de saurio, erguida en la orilla derecha, he visto la piedra con perfil de saurio, erguida en la orilla derecha. Donde el cronista se asombraba ante la presencia de árboles gigantescos, he visto árboles gigantes, hijos de aquéllos, nacidos en el mismo lugar, habitados por los mismos pájaros, fulminados por mis mismos rayos. El río entra, en el espacio que abarcan mis ojos, por una especie de tajo, de desgarradura hecha al horizonte de los ponientes; se ensancha frente a mí hasta esfumar su orilla opuesta en una niebla verdecida de árboles, y sale del paisaje como entró, abriendo el horizonte de las albas para derramarse en la otra vertiente, allá donde comienza la proliferación de sus islas incontables, a cien leguas del Océano. Junto a él, que es granero, manantial y camino, no valen agitaciones humanas, ni se toman en cuenta las prisas particulares. El riel y la carretera han quedado atrás. Se navega contra corriente o con ella. En ambos casos hay que ajustarse a tiempos inmutables. Aquí, los viajes del hombre se rigen por el Código de las Lluvias. Observo ahora que yo, maniático medidor del tiempo, atento al metrónomo por vocación y al cronógrafo por oficio, he dejado, desde hace días, de pensar en la hora, relacionando la altura del sol con el apetito o el sueño. El descubrimiento de que mi reloj está sin cuerda me hace reír a solas, estruendosamente, en esta llanura sin tiempo. Hay un revuelo de codornices a mi alrededor: el patrón del *Manatí* me reclama a bordo, con gritos que parecen salomas[38], levan-

---

[38] *Salomas* es el canto rítmico de los marineros al hacer sus faenas.

SIR WALTER RALEGH'S KARTE VON GUAYANA

Mapa de la Guayana hecho por Walter Raleigh.

tando graznidos en todas partes. Vuelvo a acostarme sobre las pacas de forraje, bajo el ancho toldo de lona, con los sementales a un lado y las negras cocineras al otro. Por las negras sudorosas que majan ajíes cantando, los toros en celo y el acre perfume de la alfalfa, reina, donde me hallo, un olor que me tiene como ebrio. Nada hay en ese olor que pueda calificarse de agradable. Y, sin embargo, me tonifica, como si su verdad respondiera a una oculta necesidad de mi organismo. Me ocurre algo parecido a lo del campesino que regresa a la granja paterna, después de pasar algunos años en la ciudad, y se echa a llorar de emoción al husmear la brisa que huele a estiércol. Algo de esto había —reparo en ello ahora— en el traspatio de mi infancia: también allí una negra sudorosa majaba ajíes cantando, y había reses que pastaban más lejos. Y había sobre todo —¡sobre todo!— aquella cesta de esparto, barco de mis viajes con María del Carmen, que olía como esta alfalfa en que hundo el rostro con un desasosiego casi doloroso. Mouche, cuya hamaca está colgada donde más bate la brisa, charla con el minero griego, sin saber de este lugar que tiene de desván y de escondrijo. Rosario, en cambio, se trepa a menudo al montón de pacas, nada molesta por algún chubasco que trasuda de la lona, poniendo frescor en el pasto recién cortado. Se acuesta a alguna distancia de mí y sonríe mordiendo una fruta. Me asombra el valor de esa mujer, que realiza sola, sin vacilaciones ni miedos, un viaje que los directores del Museo para quienes trabajo consideran como una muy riesgosa empresa. Este sólido temple de las hembras parece cosa muy corriente aquí. En la popa se está bañando, con baldes de agua derramados sobre el camisón floreado, una mulata de cuerpo adolescente que va a reunirse con su amante, buscador de oro, en las cabeceras de un afluente casi inexplorado. Otra, vestida de luto, va a probar fortuna, como prostituta —con la esperanza de pasar de prostituta a «comprometida»— en un villorrio próximo a la selva, donde todavía se conocen hambrunas en los meses de crecientes e inundaciones. Me pesa cada vez más haber traído a Mouche en este viaje. Yo hubiera querido mezclarme mejor con la tripulación, comiendo del matalotaje que creen demasiado tosco para paladares finos; convivir más estrechamente con esas mujeres sólidas y resueltas, haciéndoles contar sus historias. Pero, sobre todo, hubiera querido acercarme más libremente a Rosario, cuya entidad profunda escapa a mis medios de indagación aguzados por el trato de las mujeres, bastante semejantes entre sí, que hasta ahora me fuera dado conocer. A cada paso temo ofenderla, molestarla, llegar demasiado lejos en la familiaridad o hacerla objeto de atenciones que puedan parecerle tontas o poco viriles. A veces pienso que un rato de aislamiento entre los estrechos corrales de las bestias, allí donde nadie puede vernos, exige una acometida brutal de mi parte; todo parece invitarme a ello, y, sin embargo, no me atrevo. Observo, no obstante, que a bordo, los hombres tratan a las mujeres con una suerte de rudeza irónica y desenfadada que parece agradarles. Pero esa gente tiene reglas, santos y señas, maneras de hablar, que yo ignoro. Ayer, al ver una camisa de alta factura, que yo había comprado en una de las tiendas más famosas del mundo, Rosario se echó a reír, afirmando que tales prendas eran más propias de hembras. Junto a ella me desasosiega continuamente el temor al ridículo, ridículo ante el cual no vale pensar que los otros «no saben», puesto que son ellos, aquí, los que saben. Mouche ignora que si aún parezco celarla, si finjo que me importan sus coloquios con el griego, es porque me imagino que Rosario me cree en el deber de vigilar un poco a quien comparte conmigo los azares del viaje. A veces llego a creer que una mirada, un ademán, una palabra cuyo sentido no me resulta claro, fijan una cita. Me trepo a lo alto de las pacas y espero. Pero es precisamente cuando habré de esperar en vano. Braman los toros en celo, cantan las negras para retar y enardecer a los marineros; el olor de la alfalfa me emborracha. Con las sienes y el sexo llenos de latidos, cierro los ojos para caer en el exasperante absurdo de los sueños eróticos.

A la puesta del sol atracamos junto a un tosco muelle de polines plantados en el barro. Al penetrar en un pueblo donde mucho se hablaba de coleadas y manganas[39], advertí que habíamos llegado a las Tierras del Caballo. Era, ante todo, ese olor a pista de circo, a sudor de ijares, que por tanto tiempo anduvo por el mundo, pregonando la cultura con el relincho. Era ese martilleo de sonido mate que me anunció la proximidad del herrero, aún atareado sobre sus yunques y fuelles, pintado en sombra, con su mandil de cuero, ante las llamas de la fragua. Era el bullir de la herradura al rojo apagado en el agua fría, y la canción que ritmaba la hincada de los clavos en el casco. Y era luego el gualdrapear[40] nervioso del corcel con za-

---

[39] *Coleadas,* de *colear,* cuando un jinete derriba a una res tirándola por la cola; *mangana* es un lazo para atar las manos de un toro o de un caballo.

[40] *Gualdrapear,* no *gualtrapear,* significa en Cuba andar el caballo lentamente. Debe de venir de *gualdrapear,* que según Corominas, en

patos nuevos, aun temeroso de resbalar sobre las piedras, y los encabritamientos y resabios, logrados a brida, ante la joven asomada a su ventana, luciendo una cinta en el pelo. Con el caballo había reaparecido la talabartería, perfume de cueros, fresca de cordobanes, con sus operarios atareados bajo colgaduras de cinchas, estribos vaqueros, arciones[40bis] de guadamecí y cabezadas para domingos con tachuelas de plata en la frontolera. En las Tierras del Caballo parecía que el hombre fuera más hombre. Volvía a ser dueño de técnicas milenarias que ponían sus manos en trato directo con el hierro y el pellejo, le enseñaban las artes de la doma y la monta, desarrollando destrezas físicas de que alardear en días de fiesta, frente a las mujeres admiradas de quien tanto sabía apretar con las piernas, de quien tanto sabía hacer con los brazos. Renacían los juegos machos de amansar al garañón relinchante y colear y derribar al toro, la bestia solar, haciendo rodar su arrogancia en el polvo. Una misteriosa solidaridad se establecía entre el animal de testículos bien colgados, que penetraba sus hembras más hondamente que ningún otro, y el hombre, que tenía por símbolo de universal coraje aquello que los escultores de estatuas ecuestres tenían que modelar y fundir en bronce, o tallar en mármol, para que el corcel de buen ver respondiera por el Héroe sobre él montado, dando buena sombra a los enamorados que se daban cita en los parques municipales. Gran reunión de hombres había en las casas de muchos caballos cabeceando en los soportales; pero donde un solo caballo aguardaba en la noche, medio oculto entre malezas, debía el amo haberse quitado las espuelas para entrar más quedo en la casa donde le aguardaba una sombra. Me resultaba interesante observar ahora que, luego de haber sido la máxima fortuna del hombre de Europa, su máquina de guerra, su vehículo, su mensajero, el pedestal de sus próceres, el adorno de sus metopas y arcos de triunfo, el caballo alargaba en América su grande historia, pues sólo en el Nuevo Mundo seguía desempeñando cabalmente y en tan enorme escala sus oficios seculares. De haberse dejado en claro sobre los mapas, como las tierra ignotas de medioevo, las Tierras del Caballo blanquearían la cuarta parte del hemisferio, evidenciándose la magna

---

su *Diccionario etimológico,* quiere decir: «cobertura larga, de seda o lana, que cubre y adorna las ancas de la mula o caballo», *gualdrapear* querría decir hacer caminar lento al caballo para hacer ostentación de sus arreos.

[40 bis] *Arciones* es la correa que sostiene el estribo.

presencia de la Herradura en un ámbito donde la Cruz de Cristo hiciera su entrada a caballo, no arrastrada, sino enhiesta, llevada en alto por hombres que fueron tomados por centauros.

## XII

*(Jueves, 14)*

Reanudamos la navegación con la luna llena, pues el patrón tenía que recoger a un capuchino en el puerto de Santiago de los Aguinaldos, en la orilla opuesta del río, y quería salvar en horas de la mañana un paso de raudales particularmente impetuosos, aprovechándose la tarde para hacer algún alijo. Cumplido el propósito, con magistral manejo del timón y una que otra peña sorteada a la pértiga, me hallé aquel mediodía en una prodigiosa ciudad en ruinas. Eran largas calles desiertas, de casas deshabitadas, con las puertas podridas, reducidas a las jambas o al cabestrillo, cuyos tejados musgosos se hundían a veces por el mero centro, siguiendo la rotura de una viga maestra, roída por los comejenes, ennegrecida de escarzos con los restos de una cornisa rota por las raíces de una higuera. Había escaleras sin principio ni fin, como suspendidas en el vacío, y balcones ajemizados, colgados de un marco de ventana abierto sobre el cielo. Las matas de campanas blancas ponían ligereza de cortinas en la vastedad de los salones que aún conservaban sus baldosas rajadas, y eran oros viejos de aromos, encarnado de flores de Pascuas en los rincones oscuros, y cactos de brazos en candelero que temblaban en los corredores, en el eje de las corrientes de aire, como alzados por manos de invisibles servidores. Había hongos en los umbrales y cardones en las chimeneas. Los árboles trepaban a lo largo de los paredones, hincando garfios en las hendeduras de la mampostería, y de una iglesia quemada quedaban algunos contrafuertes y archivoltas y un arco monumental, presto a desplomarse, en cuyo tímpano divisábanse aún, en borroso relieve, las figuras de un concierto celestial, con ángeles que tocaban el bajón, la tiorba, el órgano de tecla, la viola y las maracas. Esto último me dejó tan admirado que quise regresar al barco en busca de lápiz y papel, para revelar al Curador, por medio de algunos croquis, esta rara referencia organográfica. Pero en ese instante sonaron tambores y agudas flautas y varios Diablos aparecieron en una esquina de la plaza, dirigiéndose a una mísera iglesia, de yeso y ladrillo, situada frente a la catedral incendiada[41]. Los danzantes tenían las caras ocultas por paños negros, como los penitentes de cofradías cristianas; avanzaban lentamente, a saltos cortos, detrás de una suerte de jefe o bastonero que hubiera podido oficiar de Belcebú de Misterio de la Pasión, de Tarasca y de Rey de los Locos, por su máscara de demonio con tres cuernos y hocico de marrano. Una sensación de miedo me demudó ante aquellos hombres sin rostro, como cubiertos por el velo de los parricidas; ante aquellas máscaras, salidas del misterio de los tiempos, para perpetuar la eterna afición del hombre por el Falso Semblante, el disfraz, el fingirse animal, monstruo o espíritu nefando. Los extraños danzantes llegaron a la puerta de la iglesia y golpearon repetidas veces con la aldaba. Largo tiempo permanecieron de pie ante la puerta cerrada, llorando y plañendo. Pero, de súbito, los batientes se abrieron con es-

---

[41] La escena que sigue, de los llamados Diablos de Yare, es mencionada frecuentemente por Carpentier en sus ensayos como ejemplo de supervivencia de elementos medievales en América, y de mezcla de tradiciones culturales. Por ejemplo, en «De la novela llamada "intelectual"», dice: «Ningún individuo, animado por el afán de escribir, puede sustraerse a la acción consciente o subconsciente de los centenares de libros que ha leído hasta el momento de instalarse ante sus cuartillas vírgenes. Y si los Diablos de Yare nos hacen pensar, automáticamente, en las fiestas del Corpus de la Edad Media... ¿por qué no señalarlo? La observación puede pecar de "intelectual", ciertamente. Pero constituye un factor de identificación, de ubicación, muy útil para quien jamás haya asistido al baile de los Diablos de Yare.» *El Nacional,* 19 de marzo de 1955, pág. 16. La escena le fue inspirada a Carpentier por el libro de fotografías de Alain Gheerbrant. Dice Carpentier: «Y como siempre, cuando nos acercamos a la existencia del habitante de la selva amazónica, resalta en el acto la superior cultura del pueblo piaroa. No sólo tiene el piaroa el sentido del adorno, del objeto proporcionado, de la joyería, de la tiara, de la cestería fina, de la taxidermia mágica, sino que posee ya una forma primera del teatro; bajo la forma de una ceremonia ritual, de gran aparato, fotografiada por Gheerbrant en todos sus detalles. Ceremonia consistente en una suerte de "auto sacramental" primitivo, con acción coreográfica de un "demonio enmascarado", rodeado de cinco personajes totalmente vestidos de fibras, con el semblante oculto, que avanzan gravemente, en teoría, como majestuosos espíritus de la espesura. Hay una orquesta de grandes trompas de madera y varias flautas acompañan este drama-ballet, en tanto que dos músicos hacen bramar siniestramente la jarra de dos embocaduras que el Padre Gumilla nos mostraba en su viejo libro misionero.» *El Nacional,* 24 de mayo de 1952, pág. 16.

180

trépito y en una nube de incienso apareció el Apóstol Santiago, hijo de Zebedeo y Salomé, montando en un caballo blanco que los fieles llevaban en hombros. Ante su corona de oro retrocedieron los diablos despavoridos, como atacados de convulsiones, tropezando unos con otros, cayendo, rodando en tierra. Detrás de la imagen había brotado un himno, apoyado, en vieja sonoridad de sacabuche y chirimía, por un clarinete y un trombón:

> *Primus ex apostolis*
> *Martir Jerosolimis*
> *Jacobus egregio*
> *Sacer est martirio.*

Una campana era volteada arriba, a todo lo que diera, por varios niños montados a horcajadas sobre la espadaña, que la impulsaban a patadas. La procesión dio lentamente la vuelta a la iglesia, siempre llevada por el falsete nasal del párroco, mientras los diablos, remedando tormentos de exorcisados, retrocedían en grupo gimiente bajo las aspersiones del hisopo. Al fin, la figura de Santiago Apóstol, el de *Campus Stellae,* sombreado por un palio de terciopelo raído, volvió a engolfarse en el templo, cuyas puertas se cerraron con rudo encontronazo de los batientes sobre un tembloroso escarceo de luminarias y cirios. Entonces los diablos, dejados afuera, echaron a correr, riendo y brincando, pasados de demonios a bufones, y se perdieron entre las ruinas de la ciudad, preguntando por las ventanas, a gritos groseros, si allí las mujeres seguían pariendo. Los fieles se dispersaron. Y quedé solo en medio de la plaza triste, cuyo embaldosado era levantado y roto por raíces de árboles. Rosario, que había ido a encender una vela por el restablecimiento de su padre, apareció poco después en compañía del capuchino barbudo que iba a embarcar con nosotros, y se me presentó como fray Pedro de Henestrosa. Usando de muy pocas palabras, en un hablar sentencioso y lento, el fraile me explicó que era costumbre singular sacar aquí el Santiago en la festividad del Corpus, a poco de fundada, la imagen del santo tutelar, y desde entonces se observaba la tradición[42]. Pronto se nos juntaron dos punteadores negros, de bandolas terciadas, quejosos de que este año la fiesta se hubiera

---

[42] La fiesta del Corpus se celebra el jueves siguiente a la octava de Pentecostés. En la novela transcurre, en efecto, el jueves 14 de junio, que debe coincidir con la fiesta.

reducido a meras salvas y procesiones, prometiendo no regresar más. Supe entonces que esto había sido antaño una ciudad de arcas repletas, próspera en ajuares, en armarios llenos de sábanas de Holanda; pero los continuos saqueos de una larga guerra local habían arruinado sus palacios y heredades, colgando la yedra de los blasones. Quien lo pudo emigró, deshaciéndose de las casas solariegas a cualquier precio. Luego había sido el azote de las plagas surgidas de arrozales que, por abandono, se volvieron pantanos. Esa vez, la muerte acabó por entregar los palacios a las gramas y guisaseras, iniciándose la ruina de los arcos, techos y dinteles. Hoy no era sino una población de sombras, en la sombra de lo que hubiera sido, un tiempo, la rica villa de Santiago de los Aguinaldos. Muy interesado por el relato del misionero, estaba pensando en ciudades arruinadas por guerras de barones, asoladas por la peste, cuando los punteadores, invitados por Rosario a distraernos con alguna música de su antojo, preludiaron en las bandolas. Y de súbito, su canto me llevó mucho más allá de mis evocaciones. Aquellos dos juglares de caras negras cantaban décimas que hablaban de Carlomagno, de Rolando, del obispo Turpín, de la felonía de Ganelón y de la espada que tajara moros en Roncesvalles. Cuando llegamos al atracadero se dieron a evocar la historia de unos Infantes de Lara, que me era desconocida, pero cuyo añejo acento tenía algo sobrecogedor al pie de tantos paredones resquebrajados y cubiertos de hongos, como los de muy antiguos castillos abandonados[43]. Al fin zarpamos cuando el crepúsculo alargó las sombras de las ruinas. Acodada en la borda, Mouche acertó a decir que la vista de aquella ciudad fantasmal aventajaba en misterio, en sugerencia de lo maravilloso, a lo mejor que hubieran podido imaginar los pintores que más estimaba entre los modernos. Aquí, los temas del arte fantástico eran cosas de tres dimensiones; se les palpaba, se les vivía. No eran arquitecturas imaginarias, ni piezas de baratillo poético: se andaba en sus laberintos reales, se subía por sus escaleras, rotas en el rellano, alargadas por algún pasamanos sin balaustres que se hundía en la noche de un árbol. No eran tontas las observaciones de Mouche; pero yo había llegado, frente a ella, al grado de saturación en que el hombre, hastiado de una mujer, se aburre

---

[43] Los juglares cantan canciones con temas del romancero español, cuyo origen es, por supuesto, medieval. Es un fenómeno conocido de la música folklórica americana, que Carpentier menciona con frecuencia en sus trabajos sobre música.

hasta de oírle decir cosas inteligentes. Con su carga de toros bramantes, gallinas enjauladas, cochinos sueltos en cubierta, que corrían bajo la hamaca del capuchino, enredándose en su rosario de semillas; con el canto de las cocineras negras, la risa del griego de los diamantes, la prostituta de camisón de luto que se bañaba en la proa, el alboroto de los punteadores que hacían bailar a los marineros, este barco nuestro me hacía pensar en la Nave de los Locos del Bosco[44]: nave de locos que se desprendía, ahora, de una ribera que no podía situar en parte alguna, pues aunque las raíces de lo visto se hincaran en estilos, razones, mitos, que me eran fácilmente identificables, el resultado de todo ello, el árbol crecido en este suelo, me resultaba tan desconcertante y nuevo como los árboles enormes que comenzaban a cerrar las orillas y que reunidos por grupos en las entradas de los caños, se pintaban sobre el poniente —con redondez de lomo en las frondas y algo de hocico perruno en las copas— como concilios de gigantescos cinocéfalos. Yo identificaba los elementos de la escenografía, ciertamente. Pero en la humedad de este mundo, las ruinas eran más ruinas, las enredaderas dislocaban las piedras de distinta manera, los insectos tenían otras mañas y los diablos eran más diablos cuando bajo sus cuerpos gemían danzantes negros. Un ángel y una maraca no eran cosas nuevas en sí. Pero un ángel maraquero, esculpido en el tímpano de una iglesia incendiada, era algo que no había visto en otras partes. Me preguntaba ya si el papel de estas tierra en las historia humana no sería el de hacer posibles, por vez primera, ciertas simbiosis de culturas, cuando fui distraído de mis reflexiones por algo que me sonaba a cosa a la vez muy próxima y muy lejana. A mi lado, para refrescarse la memoria en día de Corpus Christi, fray Pedro de Henestrosa salmodiaba a media voz un canto gregoriano que se imprimía en neumas sobre las páginas amarillas, picadas de insectos, de un *Liber Usualis* de muy larga historia:

---

[44] Jerónimo Bosch, *El Bosco* (1450?-1516), pintor, escultor y grabador holandés, cuyas obras de temas fantásticos fueron muy gustadas por los surrealistas. *La nave de los locos* está en el Museo del Louvre de París. En la tela, la humanidad corrompida navega hacia su perdición en una cáscara de nuez, dentro de la cual se entrega a los placeres sensuales. La tela está basada probablemente en el poema *La nave de los locos* de Sebastian Brandt (1458-1521).

*Sumite psalmum, et date tympanum:*
*Psalterium jocundum cum citara.*
*Buccinate in Neomenia tuba*
*In insigni dei solemnitatis vestrae*[45].


# XII

*(Viernes, 15 de junio)*

Cuando llegamos a Puerto Anunciación —a la ciudad húmeda, siempre asediada por vegetaciones a las que se libraba, desde hacía centenares de años, una guerra sin ventajas— comprendí que habíamos dejado atrás las Tierras del Caballo para entrar en las Tierras del Perro. Ahí, detrás de los últimos tejados, se erguían los primeros árboles de la selva aún distante, sus avanzadas, sus centinelas soberbios, más obeliscos que árboles, todavía esparcidos, alejados unos de otros, sobre la vastedad fragosa del arcabuco enrevesado de maniguas, cuya rastrera feracidad borraba los senderos en una noche. Nada tenía que hacer el caballo en un mundo ya sin caminos. Y más allá de la verde masa que cerraba los rumbos del sur, las veredas y picas se hundían bajo un tal peso de ramas que no admitirían el paso de un jinete. El Perro, en cambio, cuyos ojos estaban a la altura de las rodillas del hombre; veía cuanto se ocultaba al pie de las malangas engañosas, en la oquedad de los troncos caídos, entre las hojas podridas; el Perro de hocico tenso en signos de pelo erizado, había mantenido, a través del tiempo, los términos de su alianza primera con el Hombre. Porque era ya un pacto el que ligaba aquí al Perro con el Hombre: un mutuo complemento de poderes que les hacía trabajar en hermandad. El Perro aportaba los sentidos que su compañero de caza tenía atrofiados, los ojos de su nariz, su andar en cuatro patas, su socorrido aspecto de animal ante los otros animales,

---

[45] *Liber Usualis.* Cuatro de los libros más importantes del ritual católico son el *missale* (misal), que contiene todos los textos para la misa; el *breviarium* (breviario), que es la colección correspondiente de los textos para el oficio; el *graduale,* que contiene cantos para la misa, con su música; el *antiphonale,* o *antiphonarium,* que contiene los cantos del oficio (excepto los maitines). El *liber usualis* es una combinación moderna de los anteriores, con algunas adiciones y muchas omisiones. Contiene textos hablados y cantados.

a cambio del espíritu de empresa, de las armas, del remo, de la verticalidad, que el otro maniobraba. El Perro era el único ser que compartía con el Hombre los beneficios del fuego, arrogándose, en este acercamiento a Prometeo, el derecho de tomar el partido del Hombre en cualquier guerra librada al Animal. Por ello, aquella ciudad era la Ciudad del Ladrido. En los zaguanes, detrás de las rejas, debajo de las mesas, los perros estiraban las patas, husmeaban, escarbaban, avisaban. Se sentaban en la proa de las barcas, corrían por los tejados, vigilaban el punto de los asados, asistían a todas las reuniones y actos colectivos, iban a la iglesia: y tanto iban que una vieja ordenanza colonial, nunca observada porque a nadie interesaba, erigía un cargo de perrero para que arrojara a los perros del templo «en todos los sábados y en las vigilias de fiestas que las tuvieran». En noches de luna, los perros se entregaban a su adoración en un vasto coro de aullidos que no se interpretaba ya, por costumbre, como lúgubre presagio, aceptándose el consiguiente desvelo con la tolerancia resignada que ha de tenerse frente a los ritos algo engorrosos de parientes que practican una religión distinta de la nuestra.

El lugar que llamaban posada, en Puerto Anunciación, era un antiguo cuartel de paredes resquebrajadas, cuyas habitaciones daban a un patio lleno de lodo donde se arrastraban grandes tortugas, presas allí en previsión de días de penuria. Dos catres de lona y un banco de madera construían todo el moblaje, con un pedazo de espejo sujeto al dorso de la puerta por tres clavos mohosos. Como la luna acababa de aparecer sobre el río, había vuelto a levantarse, luego de un descanso, la ululante antífona de los canes —desde los gigantescos árboles plateados de la misión franciscana hasta las islas pintadas en negro—, con inesperados responsos en la otra orilla. Mouche, de pésimo humor, no se resolvía a admitir que habíamos dejado la electricidad a nuestras espaldas, que aquí se estaba todavía en época del quinqué y de la vela, y que no había siquiera una farmacia donde comprar cosas útiles al cuidado de su persona. Mi amiga tenía la astucia de callarse las atenciones que prodigaba constantemente a su semblente y a su cuerpo, para que los extraños la creyeran por encima de tales vanidades femeninas, indignas de una intelectual, con lo que daba a entender, de paso, que su juventud y natural belleza le bastaban para ser atractiva. Conociendo esa estrategia suya, me había divertido en observarla muchas veces desde lo alto de las pacas de esparto, notando con maligna ironía cuán a menudo se examinaba en un espejo, frunciendo el ceño con despecho.

Ahora me asombraba de cómo la materia misma de su figura, la carne de que estaba hecha, parecía haberse marchitado desde el despertar de aquella última jornada de navegación. El cutis, maltratado por aguas duras, se le había enrojecido, descubriendo zonas de poros demasiado abiertos en la nariz y en las sienes. El pelo se le había vuelto como de estopa, de un rubio verde, desigualmente matizado, revelándome lo mucho que debía su cobrizo relumbre habitual al manejo de inteligentes coloraciones. Bajo una blusa manchada por resinas raras, caídas de las lonas, su busto parecía menos firme, y mal sostenían el barniz unas uñas rotas por el constante agarrarse de algo que nos impusiera la vida en una cubierta atestada de baldes y barriles, del galpón flotante que había sido nuestro barco. Sus ojos, de un castaño lindamente jaspeado en verde y amarillo, reflejaban un sentimiento que era mezcla de aburrimiento, cansancio, asco a todo, latente cólera por no poder gritar hasta qué punto le resultaba intolerable este viaje emprendido por ella, sin embargo, con frases de alto júbilo literario. Porque la víspera de nuestra partida —lo recordaba yo ahora— había invocado el consabido *anhelo de evasión,* dotando la gran palabra *Aventura* de todas sus implicaciones de «invitación al viaje»[46], fuga de lo cotidiano, encuentros fortuitos, visión de Increíbles Floridas de poeta alucinado. Y hasta ahora —para ella, que permanecía ajena a las emociones que tanto me deleitaban cada día, devolviéndome sensaciones olvidadas desde la infancia—, la palabra *Aventura* sólo había significado un encierro forzoso en el hotel ciudadano, la visión de panoramas de una grandeza monótona y reiterada, un trasladarse sin peripecias, arrastrándose la fatiga de noches sin lámpara de cabecera, rotas en el primer sueño por el canto de los gallos. Ahora, abrazada a sus propias rodillas, sin molestarse por lo que el desorden de sus faldas dejaba al desgaire, se

---

[46] La invitación al viaje es, desde luego, una alusión al poema de Baudelaire, «L'Invitation au voyage», en el que se habla de una evasión a un mundo ideal, donde todo es orden, belleza, lujo, calma y voluptuosidad.» Es el poema 53 de *Les fleurs du mal* (1857). Los simbolistas, como Rimbaud y Baudelaire, convirtieron en lugar común el viaje hacia regiones ignotas, que a veces realizaban, sobre todo al Oriente y al África: «la langoureuse Asie et la brulante Afrique», como dice el propio Baudelaire en «La Chevelure». La vanguardia heredó este cliché, que el protagonista-narrador pone en boca de Mouche. Sin embargo, hay en su propio viaje de evasión un elemento baudelariano. Ver nota 73 de este capítulo.

mecía suavemente en medio del camastro, tomando pequeños sorbos de aguardiente en un jarro de hojalata. Hablaba de las pirámides de México y de las fortalezas incaicas —que sólo conocía por imágenes—, de las escalinatas de Monte Albán[47] y de las aldeas de barro cocido de los Hopi, lamentando que, en este país, los indios no hubieran levantado semejantes maravillas. Luego, adoptando el lenguaje «enterado», categórico, poblado de términos técnicos, tan usado por la gente de nuestra generación —y que yo calificaba, para mí, de «tono economista»—, comenzó a hacer un proceso de la manera de vivir de la gente de acá, de sus prejuicios y creencias, del atraso de su agricultura, de las falacias de la minería, que llevó, desde luego, a hablar de la plusvalía y de la explotación del hombre por el hombre. Por llevarle la contraria, le dije que, precisamente, si algo me estaba maravillando en este viaje era el descubrimiento de que aún quedaban inmensos territorios en el mundo cuyos habitantes vivían ajenos a las fiebres del día, y que aquí, si bien muchísimos individuos se contentaban con un techo de fibra, una alcarraza, un budare, una hamaca y una guitarra, pervivía en ellos un cierto animismo, una conciencia de muy viejas tradiciones, un recuerdo vivo de ciertos mitos que eran, en suma, presencia de una cultura más honrada y válida, probablemente, que la que se nos había quedado *allá*. Para un pueblo era más interesante conservar la memoria de la *Canción de Rolando* que tener agua caliente a domicilio. Me agradaba que aún quedaran hombres poco dispuestos a trocar su alma profunda por algún dispositivo automático que, al abolir el gesto de la lavandera, se llevaba también sus canciones, acabando, de golpe, con un folklore milenario. Fingiendo que no me hubiera oído, o que mis palabras no tenían el menor interés, Mouche afirmó que aquí no había cosa de mérito que ver o estudiar; que este país no tenía historia ni carácter y, dando su decisión por sentencia, habló de partir mañana al alba, ya que nuestro barco, navegando esta vez a favor de la corriente, podía cubrir la jornada del regreso en poco más de un día. Pero ahora me importaban poco sus deseos. Y como esto era muy nuevo en mí, cuando le declaré secamente que pensaba cumplir con la Universidad, llegando hasta donde pudiera encontrar los instrumentos musicales cuya busca me era encomendada, mi amiga, de súbito, montó en cólera, tra-

[47] En *Monte Albán*, cerca de la Oaxaca, México, hay un centro arqueológico zapoteca-mixteca, con templos y pirámides.

tándome de burgués. Ese insulto —¡bien lo conocía yo!— era un recuerdo de la época en que muchas mujeres de su formación se hubieran proclamado revolucionarias para gozar de las intimidades de una militancia que arrastraba a no pocos intelectuales interesantes, y entregarse a los desafueros del sexo con el respaldo de ideas filosóficas y sociales, luego de haberlo hecho al amparo de las ideas estéticas de ciertas capillas literarias. Siempre atenta a su bienestar, colocando por encima de todo sus placeres y pequeñas pasiones, Mouche me resultaba el arquetipo de la burguesa. Sin embargo, calificaba de *burgués*, como supremo denuesto, a todo el que intentara oponer a su criterio algo que pudiera vincularse con ciertos deberes o principios molestos, no transigiera con ciertas licencias físicas, encerrara preocupaciones de tipo religioso o reclamara un orden. Ya que mi empeño de quedar bien con el Curador y, por ende, con mi conciencia, se atravesaba en su camino, tal propósito tenía, por fuerza, que ser calificado por ella de *burgués*. Y se levantaba ahora del camastro, con las greñas en la cara, alzando sus pequeños puños a la altura de mis sienes en una gesticulación rabiosa que yo veía por primera vez. Gritaba que quería estar en Los Altos cuanto antes; que necesitaba el frío de las cumbres para reponerse; que allí es donde pasaríamos el tiempo que me quedara de vacaciones. De súbito, el nombre de Los Altos me enfureció, recordándome la turbia solicitud con que la pintora canadiense hubiera rodeado a mi amiga. Y aunque yo solía cuidarme de proferir palabras excesivas en las discusiones con ella, esta noche, gozándome de verla fea a la luz del quinqué, sentía una nerviosa necesidad de herirla, de vapulearla, para largar un lastre de viejos rencores acumulados en lo más hondo de mí mismo. A modo de comienzo empecé por insultar a la canadiense, calificándola de algo que tuvo el efecto de actuar sobre Mouche como una hincada de alfiler al rojo. Dio un paso atrás y me arrojó el jarro de aguardiente a la cabeza, fallándome por un canto de baraja. Asustada de lo hecho volvía ya hacia mí con las manos arrepentidas; pero mis palabras, autorizadas por su violencia, habían roto las amarras: le gritaba que había dejado de amarla, que su presencia me era intolerable, que hasta su cuerpo me asqueaba. Y tan tremenda debió sonarle esa voz desconocida, asombrosa para mí mismo, que huyó al patio corriendo, como si algún castigo hubiera de suceder a las palabras. Pero, olvidada del fango, resbaló brutalmente, y cayó en la charca llena de tortugas. Al sentirse sobre los carapachos mojados, que empezaron a moverse como las armaduras de guerreros sorbidos por una tembladera, dio un aullido de terror que despertó a las jaurías por un tiempo calladas. En medio del más universal concierto de ladridos metí a Mouche en la habitación, le quité las ropas hediondas a cieno y la bañé de pies a cabeza con un grueso paño roto. Y luego de hacerle beber un gran trago de aguardiente la arropé en su catre y marché a la calle sin hacer caso de sus llamadas ni sollozos. Quería —necesitaba— olvidarme de ella por algunas horas.

En una taberna cercana hallé al griego bebiendo enormemente en compañía de un hombrecito de cejas enmarañadas, a quien me presentó como el Adelantado[48], advirtiéndome que el perro amarillo que a su lado lamía cerveza en una jícara era un notable sujeto que atendía al nombre de Gavilán. Ahora, el minero celebraba la suerte que me ponía en relación, tan fácilmente, con individuo muy poco visible en Puerto Anunciación. Cubriendo territorios inmensos —me explicaba—, encerrando montañas, abismos, tesoros, pueblos errantes, vestigios de civilizaciones desaparecidas, la selva era, sin embargo, un mundo compacto, entero, que alimentaba su fauna y sus hombres, modelaba sus propias nubes, armaba sus meteoros, elaboraba sus lluvias: nación escondida, mapa en clave, vasto país vegetal de muy pocas puertas. «Algo así como el Arca de Noé, donde cupieron todos los animales de la tierra, pero sólo tenía una puerta pequeña», acotó el hombrecillo. Para penetrar en ese mundo, el Adelantado había tenido que conseguirse las llaves de secretas entradas: sólo él conocía cierto paso entre dos troncos, único en cincuenta leguas, que conducía a una angosta escalinata de lajas por la que podía descenderse al vasto misterio de los grandes barroquismos telúricos. Sólo él sabía dónde estaba la pasarela de bejucos que permitía andar por debajo de la cascada, la poterna de hojarasca, el paso por la caverna de los petroglifos, la ensenada oculta, que conducía a los corredores practicables. Él descifraba el código de las ramas dobladas, de las incisiones en las cortezas, de la rama-no-caída-sino-colocada. Desaparecía durante muchos meses, y cuando menos se le recordaba surgía por un bosque abierto en la muralla vegetal, trayendo cosas. Era, alguna vez, un cargamento de mariposas, o pieles de lagartos, sacos llenos de plumas de garza, pájaros vivos que silbaban de extraña manera, o piezas de alfarería antropomorfa,

---

[48] Durante el periodo de la conquista, el *adelantado* era la primera autoridad política, militar y judicial.

enseres líricos, cesterías raras, que podían interesar a algún forastero. Cierta vez había reaparecido, tras de una larga ausencia, seguido por veinte indios que traían orquídeas. El nombre de Gavilán se debía a la habilidad del perro en agarrar aves que llevaba al amo sin arrancarles una pluma, a fin de ver si presentaban algún interés para el negocio común. Aprovechando que el Adelantado, llamado desde la calle, se separara de nosotros para saludar al Pescador de Toninas, que andaba de diligencias con algunos de sus cuarenta y dos hijos naturales, el griego, hablando ligero, me dijo que, según la opinión general, el extraordinario personaje había dado, en sus andanzas, con un prodigioso yacimiento de oro cuyo arrumbamiento, desde luego, tenía en gran secreto. Nadie se explicaba por qué, cuando aparecía con cargadores, éstos regresaban en seguida con más fardaje que el requerido por el sustento de pocos hombres, llevando, además, algún verraco de cría, telas, peines, azúcar y otras cosas de escasa utilidad para quien navega por caños remotos. Esquivaba las preguntas de cuantos lo interrogaban al respecto y volvía a meter a sus indios en la maleza, a gritos, sin dejarlos vagar por la población. Se decía que debía estar explotando una veta con ayuda de gente perseguida por la justicia, o que se valía de cautivos comprados a una tribu guerrera, o que se había hecho el rey de un palenque[49] de negros huidos al monte hacía trescientos años, y que, según afirmaban algunos, tenían un pueblo defendido por estacadas, donde siempre retumbaba un trueno de tambores. Pero ya regresaba el Adelantado, y el minero, para mudar rápidamente de conversación, habló del objeto de mi viaje. Acostumbrado al trato de personas animadas por propósitos singulares, amigo de un raro herborizador llamado Montsalvatje, de quien hacía grandes elogios, el Adelantado me dijo que podría hallar los instrumentos requeridos en las primeras aldehuelas de una tribu que vivía, a tres jornadas de río, en las orillas de un caño llamado El Pintado, por el siempre tornadizo color de sus aguas revueltas. Como lo interrogaba ahora acerca de ciertos ritos primitivos, me enumeró todos los objetos para hacer música que llevaba en la memoria, haciendo sonar, con onomatopeyas afinadas por el aguardiente y gestos de quien los tocara, una serie de tambores de tronco, flautas

---

[49] *Palenques* se llamaba a los grupos de negros cimarrones (escapados), que se hacían fuertes en lugares remotos, sobre todo en las Antillas y el Brasil.

de hueso, trompas de cuerno y cráneo, jarras-para-bramar-en-funerales y panderos de medicina. En eso estábamos, cuando apareció fray Pedro de Henestrosa con la noticia de que el padre de Rosario acababa de morir. Algo afectado por la brusquedad de la nueva, aunque espoleado, a la vez, por el deseo de ver a la joven, de quien nada sabía desde nuestra llegada, me encaminé hacia la esquina del deceso, por calles en cuyo centro corrían arroyos turbios, en compañía del griego, el capuchino y el Adelantado, seguido de Gavilán, que nunca faltaba a un velorio cuando estaba en la población. En mi boca demoraba el sabor avellanado del aguardiente de agave que acababa de probar con deleite en la taguara[50] cuya enseña floreada ostentaba un nombre graciosamente absurdo: *Los Recuerdos del Porvenir.*

## XIV

*(Noche del viernes)*

En aquel caserón de ocho ventanas enrejadas seguía trabajando la muerte. Estaba en todas partes, diligente, solícita, ordenando sus pompas, agrupando los llantos, encendiendo los cirios, velando porque cupiera el pueblo entero en las vastas estancias de poyos profundos y anchos umbrales para completar mejor su obra. Ya se alzaba, sobre un túmulo de viejos terciopelos mordidos por los hongos, el ataúd aun resonante de martillazos, hincado de gruesos clavos plateados recién traído por el Carpintero, que nunca fallaba en lo de dar la exacta medida de un difunto, pues su memoria precavida conservaba la humana mensuración de todos los vivos que moraban en la villa. De la noche surgían flores demasiado olorosas que eran flores de patios, de alféizares, de jardines recobrados por la selva —nardos y jazmines de pétalos pesados, lirios silvestres, cerosas magnolias—, apretados en ramos, con cintas que ayer adornaban peinados de bailar. En el zaguán, en el recibidor, los hombres, de pie, hablaban gravemente, mientras las mujeres rezaban en antífona en los dormitorios, con la obsesionante repetición por todas de un *Dios te salve María, llena eres de gracia; el Señor es contigo, bendita tú eres entre to-*

---

[50] *Taguara* es una especie de cantina o taberna rústica.

*das las mujeres,* cuyo rumor se levantaba en los rincones oscuros, entre imágenes de santos y rosarios colgados de ménsulas, hinchándose y cayendo, con el tiempo invariable de olas apacibles que hicieran rodar las gravas de un arrecife. Los espejos todos, en cuyas honduras había vivido el muerto, estaban velados con crespones y lienzos. Varios notables: el Práctico de Raudales, el Alcalde y el Maestro, el Pescador de Toninas, el Curtidor de Pieles, acababan de inclinarse sobre el cadáver, luego de echar la colilla de tabaco en el sombrero. En aquel momento, una muchacha flacuchenta, vestida de negro, dio un grito agudo y cayó al suelo, como sacudida de convulsiones. En brazos fue sacada de la habitación. Pero era Rosario la que ahora se acercaba al túmulo. Toda enlutada, con el pelo lustroso apretado a la cabeza, pálidos los labios, me pareció de una sobrecogedora belleza. Miró a todos con los ojos agrandados por el llanto, y, de súbito, como herida en las entrañas, crispó sus manos junto a la boca, lanzó un aullido largo, inhumano, de bestia flechada, de parturienta, de endemoniada, y se abrazó al ataúd. Decía ahora con voz ronca, entrecortada de estertores, que iba a lacerar sus vestidos, que iba a arrancarse los ojos, que no quería vivir más, que se arrojaría a la tumba para ser cubierta de tierra. Cuando quisieron apartarla se resistió enrabecida, amenazando a los que trataban de desprender sus dedos del terciopelo negro, en un lenguaje misterioso, escalofriante, como surgido de las profundidades de la videncia y de la profecía. Con la garganta rajada por los sollozos hablaba de grandes desgracias, del fin del mundo, del Juicio Final, de plagas y expiaciones. Al fin la sacaron de la estancia, como desmayada, con las piernas inertes, la cabellera deshecha. Sus medias negras, rotas en la crisis; sus zapatos de tacón gastado, recién teñidos, arrastrados sobre el piso con las puntas hacia dentro, me causaron un desgarramiento atroz. Pero ya otra de las hermanas se estaba abrazando al ataúd... Impresionado por la violencia de ese dolor, pensé, de pronto, en la tragedia antigua. En estas familias tan numerosas, donde cada cual tenía sus ropas de luto plegadas en las arcas, la muerte era cosa bien corriente. Las madres que parían mucho sabían a menudo de su presencia. Pero esas mujeres que se repartían tareas consabidas en torno a una agonía, que desde la infancia sabían de vestir difuntos, velar espejos, rezar lo apropiado, *protestaban* ante la muerte, por rito venido de lo muy remoto. Porque esto era, ante todo, una suerte de protesta desesperada, conminatoria, casi mágica, ante la presencia de la Muerte en la casa. Frente al cadáver, esas campesinas clamaban en diapasón de coéforas, soltando sus cabelleras espesas, como velos negros, sobre rostros terribles de hijas de reyes: perras sublimes, aullantes troyanas, arrojadas de sus palacios incendiados. La persistencia de esa desesperación, el admirable sentido dramático con que las nueve hermanas —pues eran nueve— fueron apareciendo por puerta derecha y puerta izquierda, preparando la entrada de una Madre que fue Hécuba portentosa, maldiciendo su soledad, sollozando sobre las ruinas de su casa, gritando que no tenía Dios, me hicieron sospechar que había bastante teatro en todo ello[51]. Un deudo, realmente admirado, observó —cerca de mí— que esas mujeres lloraban a su muerto que era un gusto. Y, sin embargo, me sentía envuelto, arrastrado, como si todo ello despertara en mí oscuras remembranzas de ritos funerarios que hubieran observado los hombres que me precedieron en el reino de este mundo. Y de algún pliegue de mi memoria surgía ahora el verso de Shelley, que se repetía a sí mismo, como ovillado en su propio sentido:

*...How canst thou hear*
*Who knowest not the language of the dead?*[52]

Los hombres de las ciudades en que yo había vivido siempre conocían ya el sentido de esas voces, en efecto, por haber olvidado el lenguaje de quienes saben hablar a los muertos. El lenguaje de quienes saben del horror último de quedar solos y adivinan la angustia de los que imploran que no los dejen solos en tan incierto camino. Al gritar que se arrojarían a la tumba del padre, las nueve hermanas cumplían con una de las más nobles formas del rito milenario, según el cual se dan cosas al muerto, se le hacen promesas imposibles, para burlar su soledad —se le ponen monedas en la boca, se le rodea de figuras de servidores, de mujeres, de músicos—; se le dan santos y señas, credenciales, salvoconductos, para Barqueros y Señores de la Otra Orilla, cuyas tarifas y exigencias ni siquiera se conocen. Recordaba, a la vez, cuán mezquina y mediocre cosa se había vuelto la muerte para los hombres de mi Orilla —mi gente—, con sus grandes negocios fríos, de bronces,

---

[51] *Hécuba,* esposa de Príamo y madre de 19 hijos, entre ellos Paris y Héctor. Las alusiones anteriores a *coéforas,* nueve hermanas, etc., son evidentemente a la tragedia clásica, específicamente de Esquilo.
[52] Los versos de Shelley son del *Prometeo desencadenado,* primer acto: «¿Cómo puedes oír / no conociendo el idioma de los muertos?»

pompas y oraciones, que mal ocultaban, tras de sus coronas y lechos de hielo, una mera agremiación de preparadores enlutados, con solemnidades de cumplido, objetos usados por muchos, y algunas manos tendidas sobre el cadáver, en espera de monedas. Pudieran sonreír algunos ante la tragedia que aquí se representaba. Pero, a través de ella, se alcanzaban los ritos primeros del hombre. Pensaba yo en esto, cuando el Buscador de Diamantes se me acercó con una expresión singularmente maliciosa, para aconsejarme que buscara a Rosario, que se hallaba en la cocina, sola, calentando café para las mujeres. Molesto por el tono irónico de sus palabras, le respondí que me parecía inoportuno el momento para distraerla de su pena. «Vete adentro y no se turbe tu ánimo —dijo entonces el griego, como recitando una lección—, que el hombre, si es audaz, es más afortunado en lo que emprende, aunque haya venido de otra tierra.» Iba yo a replicarle que no necesitaba de tan chocante consejo, cuando el minero, con tono repentinamente declamado, añadió: «Entrando en la sala hallarás primero a la reina, cuyo nombre es Arete y procede de los mismos que engendraron al rey Alcinoó»[53]. Y para poner término a mi estupefacción ante palabras que me habían agarrado por sorpresa, fijó en mi rostro ojos de ave, y concluyó riendo: *Homer Odisseus,* empujándome hacia la cocina de un sólido empellón. Allí, entre tinajas y tinajeros, ollas de barro y fogones de fuego de leña, estaba Rosario atareada en verter agua hirviente en un gran cono de paño teñido por años de borra. Parecía como aliviada del dolor por la violencia de su crisis. Con voz apacible me explicó que la oración de los Catorce Santos Auxiliares había llegado tarde para salvar al padre. Me habló luego de su enfermedad en modo legendario, que revelaba un concepto mitológico de la fisiología humana. La cosa había comenzado por un disgusto con un compadre, complicado de un exceso de sol al cruzar un río, que había promovido una ascensión de humores al cerebro, plasmado a medio subir por una corriente de aire, que le había dejado medio cuerpo sin sangre, provocándole esto una inflamación de los muslos y de las partes, que, por fin, se había transformado, luego de cuarenta días de fiebre, en un endurecimiento de las paredes del corazón. Mientras Rosario hablaba, me iba acercando a ella, atraído por una suerte de calor que se desprendía

---

[53] *Alcinoo* rey de los feacios, padre de Nausicaa, que acogió a Ulises náufrago en los libros 7 y 8 de *La Odisea.* El griego, como se verifica en seguida en el texto, recita versos del libro 7 de *La Odisea.*

de su cuerpo y alcanzaba mi piel a través de la ropa. Estaba
adosada a una enorme tinaja puesta en el suelo, con los codos
apoyados en los bordes, de tal modo que la comba del barro
arqueaba su cintura hacia mí. El fuego de los fogones le daba
de frente, moviendo remotas luces en sus ojos sombríos. Aver-
gonzándome de mí mismo, sentí que la deseaba con un ansia
olvidada desde la adolescencia. No sé si en mí se tejía el abominable fuego, asunto de tantas fábulas, que nos hace apetecer la carne viva en la vecindad de la carne que no tornará a
vivir, pero tan afanosa debió ser la mirada que la desnudó de
sus lutos, que Rosario puso la tinaja por el medio, dándose la
vuelta con sesgado paso, como quien se estrecha al brocal de
un pozo, y apoyó sus codos en el borde, nuevamente, pero de
frente a mí, mirándome desde la otra orilla de un hoyo negro,
lleno de agua, que daba un eco de nave de catedral a nuestras
voces. A ratos me dejaba solo, iba a la sala del velorio, y regresaba, secándose las lágrimas, a donde yo la esperaba con
impaciencia de amante. Poco nos decíamos. Ella se dejaba
contemplar, por sobre el agua de la tinaja, con una pasividad
halagada que tenía algo de entrega. A poco dieron los relojes
la hora del amanecer, pero no amaneció. Extrañados, salimos
todos a la calle, a los patios. El cielo estaba cerrado, en donde
debía alzarse el sol, por una extraña nube rojiza, como de
humo, como de cenizas candentes, como de un polen pardo
que subiera rápidamente abriéndose de horizonte a horizonte.
Cuando la nube estuvo sobre nosotros, comenzaron a llover
mariposas sobre los techos, en las vasijas, sobre nuestros hombros. Eran mariposas pequeñas, de un amaranto profundo, estriadas de violado, que se habían levantado por miríadas y
miríadas en algún ignoto lugar del continente, detrás de la selva inmensa, acaso espantadas, arrojadas, luego de una multiplicación vertiginosa, por algún cataclismo, por algún suceso
tremendo, sin testigos ni historia[54]. El Adelantado me dijo que
esos pasos de mariposas no eran una novedad en la región, y
que, cuando ocurrían, difícil era que en todo el día se viese el
sol. El entierro del padre se haría, pues, a la luz de los cirios,
en una noche diurna, enrojecida de alas. En este rincón del
mundo se sabía aún de grandes migraciones, semejantes a
aquélla, narradas por cronistas de Años Oscuros, en que el
Danubio se viera negro de ratas, o los lobos, en manadas, pe-

---

[54] Esta escena de las mariposas anticipa una similar en *Cien años
de soledad,* de Gabriel García Márquez.

netraran hasta el mercado de las ciudades. La semana anterior
—me contaban–, un enorme jaguar había sido muerto por los
vecinos, en el atrio de la iglesia.

## XV

*(Sábado, 16 de junio)*

Medio invadido por una maleza que ha vencido sus tapias,
el cementerio donde dejamos enterrado al padre de Rosario es
algo como una prolongación y dependencia de la iglesia, separado de ella, tan sólo, por un tosco portón y un embaldosado
que es zócalo de una cruz espesa, de brazos cortos, en cuya
piedra gris aparecen enumerados, a cincel, los intrumentos de
la Pasión. La iglesia es chata, de paredes espesísimas, con
grandes volúmenes de piedras acusados por la hondura de las
hornacinas y la tozudez de contrafuertes que más parecen espolones de fortaleza. Sus arcos son bajos y toscos; el techo de
madera, con vigas al descanso sobre ménsulas apenas artesa-
nadas, evoca el de las primitivas iglesias románicas. Dentro
reina, pasada la media mañana, una noche enrojecida por el
éxodo de mariposas que aún se atraviesa entre la tierra y el
sol. Así, rodeados de sus luminarias y cirios, se hacen más
personajes de retablo, más figuras de aleluya, los viejos santos
que aparecen entregados a sus Oficios, como si el templo fuese ante todo un taller: Isidro, a quien han puesto azada en la
mano para que labre, de verdad, su pedestal vestido de grama
fresca y cañas de maíz; Pedro, que lleva un llavero enorme, al
que cada día cuelgan una nueva llave; Jorge, alanceando al
dragón con tal saña que más parece garrocha que arma lo que
así le tiene volando sobre el enemigo; Cristóbal, asido a una
palma, tan gigante que el Niño apenas le mide el tramo del
hombro al oído; Lázaro, sobre cuyos canes han pegado pelos
de perro verdadero, para que más verdaderamente parezcan
lamerle las llagas. Ricos en poderes atribuidos, agobiados de
exigencias, pagados en cabal moneda de exvotos, sacados en
procesión a cualquier hora, esos santos cobraban, en la vida
cotidiana de la población, una categoría de funcionarios divi-
nos, de intercesores a destajo, de burócratas celestiales, siempre disponibles en una especie de Ministerio de Ruegos y Reclamaciones. A diario recibían presentes y luces que solían ser
otras tantas rogativas por el perdón de una blasfemia de las
grandes. Se les interpelaba; se les sometían problemas de reu-

matismos, granizadas, extravíos de bestias. Los jugadores los invocaban en un descarte y la prostituta les prendía una vela en día de buen trato. Esto —que me contaba el Adelantado riendo— me reconciliaba con un mundo divino que, con el desteñimiento de las leyendas áureas en capillas de metal, con los amaneramientos plásticos del vitral reciente, había perdido toda vitalidad en las ciudades de donde yo venía. Ante el Cristo de madera que parecía desangrarse sobre el altar mayor, hallaba la atmósfera de auto sacramental, de misterio, de hagiografía tremebunda, que me hubiera sobrecogido, cierta vez, en una viejísima capilla de factura bizantina, ante imágenes de mártires con alfanjes encajados en el cráneo de oreja a oreja, de obispos guerreros cuyos caballos asentaban las herraduras ensangrentadas sobre cabezas de paganos. En otros momentos hubiera demorado un poco más en la rústica iglesia, pero la penumbra de mariposas que nos envolvía comenzaba a tener, para mí, la acción enervante de un eclipse que se prolongaba más allá de los posible. Esto y las fatigas de la noche, me llevaron al albergue donde Mouche, creyendo que aún no había amanecido, seguía durmiendo, abrazada a una almohada. Cuando desperté al cabo de algunas horas, ya no se encontraba en la habitación, y el sol, acabado el gran éxodo pardo, había reaparecido. Contento por verme librado de una posible disputa, me encaminé a la casa de Rosario, deseando intensamente que estuviera ya despierta. Allí todo había vuelto al ritmo cotidiano. Las mujeres, vestidas de luto, estaban plácidamente entregadas a sus quehaceres —con vieja costumbre de seguir viviendo luego del percance habitual de la muerte. En el patio lleno de perros dormidos, concertaba el Adelantado con fray Pedro una muy próxima entrada en la selva. En eso apareció Mouche, seguida del griego. Parecía que hubiera olvidado su voluntad de regresar, tan rabiosamente expresada la noche anterior. Por el contrario: había en su expresión una suerte de alegría maligna y desafiante que Rosario, atareada en coser ropas de luto, observó al mismo tiempo que yo. Mi amiga se creyó obligada a explicar que se había encontrado con Yannes en el embarcadero, junto a la curiara de vela de unos caucheros que se aprestaban a pasar río arriba, burlando el raudal de Piedras Negras por el atajo de un angosto caño navegable en este tiempo. Ella había rogado al minero que la llevara a contemplar esa barrera de granito, límite de toda navegación de importancia desde que los primeros descubridores lloraban de despecho frente a su pavorosa realidad de pailones espumosos, de aguas levantadas a empellones, de troncos atravesados en tragantes llenos de bramidos. Ya empezaba a hacer literatura en torno al grandioso espectáculo, mostrando unas flores raras, especie de lirios salvajes, que decía haber recogido al borde de las gargantas fragorosas, cuando el Adelantado, que nunca prestaba atención a lo que decían las mujeres, tajó el discurso —que, además, no entendía— con gesto impaciente. Era su parecer que debíamos aprovechar la barca de los caucheros para adelantar un buen trecho de boga con mayor comodidad. Yannes aseguraba que podríamos alcanzar la mina de diamantes de sus hermanos aquella misma noche. Contra todo lo que yo esperaba, Mouche al oír hablar de «mina de diamantes» —deslumbrada, me imagino, por la visión de una gruta rutilante de gemas—, aceptó la idea con alborozo. Se colgó del cuello de Rosario, rogándole que nos acompañara en esa etapa, tan fácil, de nuestro viaje. Mañana descansaríamos en el lugar de la mina. Allí podría esperar nuestro regreso, cuando siguiéramos adelante. Me figuro que Mouche, en realidad, quería enterarse de lo que ahora nos esperaba, en cuanto a engorros, sin más riesgo que una jornada corta, asegurándose de una compañía para la vuelta a Puerto Anunciación, en caso de abandonar la partida. De todos modos, me era sumamente grato que Rosario viniera con nosotros. La miré y hallé sus ojos en suspenso sobre el costurero, como en espera de mi voluntad. Al encontrar mi aquiescencia, se reunió en el acto con sus hermanas, que armaron un gran concertante de protestas en los cuartos y fregaderos, afirmando que tal propósito era una locura. Pero ella, sin hacer caso, apareció al punto con un hatillo de ropas y un tosco rebozo. Aprovechando que Mouche anduviera delante de nosotros por el camino de la fonda, me dijo rápidamente, como quien revela un grave secreto, que las flores traídas por mi amiga no crecían en los peñones de Piedras Negras, sino en una isla frondosa, primitivo asiento de una misión abandonada, que me señalaba con la mano. Iba a pedirle mayores aclaraciones, pero ella a partir de ese instante, cuidó de no permanecer sola conmigo hasta que nos vimos instalados en la curiara de los caucheros. Luego de salvar el atajo a la pértiga, la barca avanzaba ahora, río arriba bordeando un tanto para esquivar el empuje poderoso de la corriente. Sobre la vela triangular, la galera antigua, muy desprendida del mástil, se reflejaban las luces del poniente. En esta antesala de la Selva, el paisaje se mostraba a la vez solemne y sombrío. En la orilla izquierda se veían colinas negras, pizarrosas, estriadas de humedad, de una sobrecogedora tristeza. En sus faldas yacían bloques de granito en forma de saurios, de dantas, de animales petrificados. Una mole de tres cuerpos se erguía en la quietud de un estero con empaque de cenotafio bárbaro, rematada por una formación oval que parecía una gigantesca rana en trance de saltar. Todo respiraba el misterio en aquel paisaje mineral, casi huérfano de árboles. De trecho en trecho había amontonamientos basálticos, monolitos casi rectangulares, derribados entre matojos escasos y esparcidos, que parecían las ruinas de templos muy arcaicos, de menhires y dólmenes[55] — restos de una necrópolis perdida, donde todo era silencio e inmovilidad. Era como si una civilización extraña, de hombres distintos a los conocidos, hubiera florecido allí, dejando, al perderse en la noche de las edades, los vestigios de una arquitectura creada con fines ignorados. Y es que una ciega geometría había intervenido en la dispersión de esas lajas erguidas o derribadas que descendían, en series, hacia el río: series rectangulares, series en colada plana, series mixtas, unidas entre sí por caminos de baldosas jalonadas de obeliscos rotos. Había islas, en medio de la corriente, que eran como amontonamientos de bloques erráticos, con puñados de inconcebibles guijarros dejados aquí, allá, por un fantástico despedazador de montañas. Y cada una de esas islas reavivaba en mí el latido de una idea fija —dejada por la rara aclaración de Rosario. Al fin pregunté, como distraídamente, por la isla de la misión abandonada. «Es Santa Prisca», dijo fray Pedro, con ligero rubor. «San Príapo debían llamarla»[56], carcajeó al punto el Adelantado, entre las risas de los caucheros. Supe así que, desde hacía años, la paredes ruinosas del antiguo asiento franciscano albergaban las parejas que en el pueblo no hallaban donde holgarse. Tantas fornicaciones se habían sucedido en aquel lugar —afirmaba el del timón— que el mero hecho de aspirar el olor a humedad, a hongos, a lirios salvajes, que allí reinaba, bastaba para enardecer al hombre más austero, aunque fuese capuchino. Me fui a proa, junto a Rosario, que parecía leer la historia de Genoveva de Brabante. Mouche, acostada sobre un saco de sarrapia, en medio de la barca, y

---

[55] Los *menhires*, piedras verticales (magelitos), abundan en Bretaña; los *dólmenes*, también de la Bretaña, son grandes lajas apoyadas sobre dos piedras verticales. Estos monumentos representan aquí el grado más elemental de construcción humana, la arquitectura más básica, que parece estar dada por la naturaleza misma.
[56] *Príapo*, en la mitología griega, hijo de Dionisio y Afrodita, dios fálico, a quien se hacían ritos orgiásticos.

que nada había entendido de lo dicho, ignoraba que acababa de ocurrir algo gravísimo en lo que se refería a nuestra vida en común. Y era que ni siquiera me sentía enojado ni tenía impulsos —en aquel instante, al menos— de castigarla por lo hecho. Por el contrario: en ese anochecer que llenaba las junqueras de sapos cantores, envuelto en el zumbido de los insectos que revelaban a los del día, me sentía ligero, suelto, aliviado por la infamia sabida, como un hombre que acaba de arrojar una carga demasiado tiempo llevada. En la orilla se pintaron las flores de una magnolia. Pensé en el camino que mi esposa seguía cada día. Pero su figura no acabó de dibujarse claramente en mi memoria, deshaciéndola en formas imprecisas, como difuminadas. El regazo acunado de la barca me recordaba la cesta que, en mi infancia, hiciera las veces de barca verdadera en portentosos viajes. Del brazo de Rosario, cercano al mío se desprendía un calor que mi brazo aceptaba con una rara y deleitosa sensación de escozor.

XVI

*(Noche del sábado)*

En la obra de construir la vivienda revela el hombre su prosapia. La casa de los griegos está hecha con los mismos materiales que sirven a los indios para levantar sus bohíos, y esa fibra, esa hoja de palmera, ese bahareque[57], han dictado sus normas, en función de resistencia, como ha ocurrido con todas las arquitecturas del mundo. Pero ha bastado un menor empinamiento de los aleros, una mayor anchura de las vigas de sostén, para que el hastial[58] cobrara empaque de frontis y quedara inventado el arquitrabe. Para servir de pilastras se eligieron troncos de un mayor diámetro en la base, en virtud de una instintiva voluntad de remedar el fuste dórico. El paisaje de piedras que nos rodea añade algo, también, a ese inesperado helenismo del ambiente. En cuanto a los tres hermanos de Yannes, que ahora conozco, éstos reproducen, en caras de años más o menos, el mismo perfil de bajorrelieve para un arco de triunfo. Se me anuncia que en una choza cercana, que

---

[57] El *bahareque* era un tipo de vivienda indígena en las Antillas.
[58] El *hastial* es una fachada puntiaguda, enmarcada por las dos vertientes inclinadas del tejado.

sirve de resguardo a las cabras durante la noche, se encuentra el doctor Montsalvatje —de quien ya me hablara el Adelantado la víspera—, ordenando y refrescando sus colecciones de plantas raras. Y ya viene hacia nosotros, gesticulando, hablando con engolado acento, este científico aventurero, colector de curare, de yopo, de peyotles y de cuantos tósigos y estupefacientes selváticos, de acción mal conocida aún, pretende estudiar y experimentar. Sin interesarse mayormente por saber quiénes somos, el herborizador nos agobia bajo una terminología latina que destina a la clasificación de hongos nunca vistos, de los que tritura una muestra con los dedos, explicándonos por qué cree haberlos bautizado acertadamente. De pronto repara en que no somos botánicos, se burla de sí mismo, calificándose de Señor-de-los-Venenos, y pide noticias del mundo de donde venimos. Algo cuento en respuesta, pero es evidente —lo noto en la desatención de las gentes— que mis nuevas no interesan a nadie aquí. El doctor Montsalvatje quería saber, en realidad, de hechos relacionados con la vida misma del río. Ahora traga un comprimido de quinina que pide a fray Pedro de Henestrosa. El lunes bajará a Puerto Anunciación con sus herbarios, para regresar muy pronto, pues ha dado con una clavaria desconocida cuyo solo olor produce alucinaciones visuales, y una crucífera cuya proximidad enmohece ciertos metales. Los griegos se llevan el índice a la sien, como buscándose la piedra de la locura. El Adelantado se mofa de la sonoridad extraña que cobran, en su boca, ciertos vocablos indígenas. Los caucheros, en cambio, dicen que es un gran médico, y cuentan de una bolsa de humor aliviada por él con la punta de un cuchillo mellado. Rosario lo conoce, y considera su inagotable deseo de hablar, tras de larguísimos silencios, como muy propio del personaje. Mouche, que le ha puesto el mote de Señor Macbeth y se entiende con él en francés, acaba por cansarse de sus historias de plantas y pide a Yannes que cuelgue su hamaca dentro de la casa[59]. Fray Pedro me explica que el herborizador, nada loco, pero muy dado a fantasear, en descanso de sus soledades de meses en la espesura, se ha forjado una divertida prosapia de alquimistas y herejes que le hace proclamarse descendiente directo de Raimundo Lulio —a quien llama obstinadamente Ramón Llull—, afirmando que la obsesión del árbol, en los tratados del Doctor Iluminado, le daban ya, en los días del *Ars Magna*, un

---

[59] *Macbeth,* por referencia a la obra de Shakespeare, donde la confección de pociones y venenos es de gran importancia.

aire de familia[60]. Pero el alboroto de la llegada y los primeros encuentros se aplaca en torno a las toscas bateas en que los mineros traen el queso de sus cabras, los rábanos, y tomates de una diminuta huerta, junto al casabe, la sal y el aguardiente que ofrecen primero —en remembranza, tal vez involuntaria, del rito secular de la sal, el pan y el vino. Y estamos sentados, ahora, alrededor de la hoguera, unidos por la necesidad ancestral de saber el fuego vivo en la noche. Unos apoyados en un codo, otros con el mentón en las manos, el capuchino arrodillado en su hábito, las mujeres recostadas sobre una manta, Gavilán con la lengua fuera, junto a Polifemo[61], el dogo tuerto de los griegos: todos miramos las llamas que crecen a saltos entre las ramas demasiado húmedas, muriendo en amarillo aquí, para renacer azules sobre una astilla propicia, mientras, abajo, los leños primeros se van haciendo brasas. Las grandes lajas paradas en el repecho pizarroso que ocupamos cobran una fantástica apostura de estelas, de cipos[62], de monolitos, erguidos en una escalinata cuyos peldaños cimeros se pierden en las tinieblas. La jornada fue fatigosa. Y, sin embargo, ninguno se decide a dormir. Estamos ahí, como ensalmados por el fuego, un poco ebrios de su calor, cada cual encerrado en sí mismo, pensaba sin pensar, solidario de los demás por una sensación de bienestar, de sosiego, que compartimos y gozamos por una razón primordial. A poco, sobre el horizonte de bloques erráticos, se pinta una claridad fría, y la luna aparece tras de un árbol copudo, de muchas lianas, que empieza a cantar por todos sus grillos. Pasan, graznando, dos pájaros blancos, de un volar cayéndose. Prendido el hogar, se desatan las palabras: uno de los griegos se queja de que la mina parezca exhausta. Pero Montsalvatje se encoge de hombros, afirmando que más adelante, hacia las Grandes Mesetas, hay diamantes en todos los cauces. Con sus antiparras de ancha armadura, su calva requemada por el sol, sus manos cortas, cubiertas de pecas, de dedos carnosos que tienen algo de estrellas de mar, el Herborizador se hace un poco espíritu de la tierra, gnomo guardián de cavernas, en mi imaginación que encienden sus palabras. Habla del Oro, y al punto todos ca-

---

[60] Raimundo Lulio (1235-1315), teólogo y filósofo catalán, cuya *Ars Magna* es una de las obras originales de la filosofía escolástica.
[61] El perro se llama *Polifemo*, desde luego, por el cíclope homérico que tenía un solo ojo en la frente.
[62] *Cipo* es un fragmento de columna que se coloca sobre una tumba, o para marcar un camino.

llan porque agrada al hombre hablar de Tesoros. El narrador
—narrador junto al fuego, como debe ser— ha estudiado en
lejanas bibliotecas todo lo que al oro de este mundo se refiere.
Y pronto aparece, remoto, teñido de luna, el espejismo del
Dorado[63]. Fray Pedro sonríe con sorna. El Adelantado escucha con cazurra máscara, arrojando ramillas a la lumbre.
Para el recolector de plantas, el mito sólo es reflejo de una
realidad. Donde se buscó la ciudad de Manoa, más arriba,
más abajo, en todo lo que abarca su vasta y fantasmal provincia, hay diamantes en los lodos orilleros y oro en el fondo de
las aguas. «Aluviones», objeta Yannes. «Luego —arguye
Montsalvatje—, hay un macizo central que desconocemos, un
laboratorio de alquimia telúrica, en el inmenso escalonamiento de montañas de formas extrañas, todas empavesadas de
cascadas, que cubren esta zona —la menos explorada del planeta—, en cuyos umbrales nos hallamos. Hay lo que Walter
Raleigh llamara "la veta madre", madre de las vetas, paridora
de la inacabable grava de material precioso arrojada a centenares de ríos.» El nombre de aquel a quien los españoles llamaban Serguaterale lleva al Herborizador, de inmediato, a in-
vocar los testimonios de prodigiosos aventureros que surgen
de las sombras, llamados por sus nombres, para calentar sus
cotas y escaupiles a las llamas de nuestro fuego. Son los Federmann, los Belalcázar, los Espira, los Orellana, seguidos de
sus capellanes, atabaleros y sacabuches; escoltados por la ni-
gromante compañía de los algebristas, herbolarios y tenedores

---

[63] Carpentier hace alusión con frecuencia al mito de El Dorado.
Los personajes se encuentran en la región cercana a donde se ubicaba,
en la geografía de los buscadores de El Dorado, la fabulosa Manoa. La
fuente de Carpentier aquí es Alejandro de Humboldt, cuyo *Viaje a las
regiones equinocciales del Nuevo Continente* hace un recuento detalla-
do del mito y sus variantes. Una de estas variantes, desde luego, es la
*Candide* de Voltaire, donde los personajes pasan por Manoa, lo cual
resulta una burla del irónico autor de las fábulas que motivan la conducta de la gente.
   La relación de exploradores de El Dorado que aparece en la página
siguiente proviene, sobre todo, de von Humboldt. Hay traducciones de
von Humboldt al español, pero Carpentier seguramente leyó el libro en
el original francés en que lo escribió el sabio alemán. En «Una página
de Humboldt», Carpentier escribe: «En un paseo dominical por las
páginas de ese inagotable libro que es el *Viaje a las regiones equinoc-
cionales del Nuevo Continente* del Barón de von Humboldt, quedé
perplejo de pronto, ante este párrafo que abre el capítulo XXVII de
mi edición de 1826...» *El Nacional,* 31 de julio de 1956, pág. 12.

de difuntos. Son los alemanes rubios y de barbas rizadas, y los extremeños enjutos de barbas de chivo, envueltos en el vuelo de sus estandartes, cabalgando corceles que, como los de Gonzalo Pizarro, calzaron herraduras de oro macizo a poco de asentar el casco en el movedizo ámbito del Dorado. Y es sobre todo Felipe de Hutten, el Urre de los castellanos, quien, una tarde memorable, desde lo alto de un cerro, contempló alucinado la gran ciudad de Manoa y sus portentosos alcázares, mudo de estupor, en medio de sus hombres. Desde entonces había corrido la noticia, y durante un siglo había sido un tremebundo tanteo de la selva, un trágico fracaso de expediciones, un extraviarse, girar en redondo, comerse las monturas, sorber la sangre de los caballos, un reiterado morir de Sebastián traspasado de dardos. Esto, en cuanto a las entradas conocidas, pues las crónicas habían olvidado los nombres de quienes, por pequeñas partidas, se habían quemado al fuego del mito, dejando el esqueleto dentro de la armadura, al pie de alguna inaccesible muralla de rocas. Irguiéndose en sombra ante las llamas, el Adelantado arrimó al fuego un hacha que me había llamado la atención, aquella tarde, por la extrañeza de su perfil: era una segur de forja castellana, con un astil de olivo que había ennegrecido sin desabrazarse del metal. En esa madera se estampaba una fecha escrita a punta de cuchillo por algún campesino soldado —fecha que era de tiempos de los Conquistadores. Mientras nos pasábamos el arma de mano en mano, acallados por una misteriosa emoción, el Adelantado nos narró cómo la había encontrado en lo más cerrado de la selva, revuelta con osamentas humanas, junto a un lúgubre desorden de morriones, espadas, arcabuces, que las raíces de un árbol tenía agarrados, alzando una alabarda a tan humana estatua que aun parecían sostenerla manos ausentes[64]. La frialdad de la segur ponía el prodigio en la yema de nuestros dedos. Y nos dejábamos envolver por lo maravilloso, anhelantes de mayores portentos. Ya aparecían junto al hogar, llamados por Montsalvatje, los curanderos que cerraban heridas recitando el Ensalmo de Bogotá, la Reina gigante Cicañocohora, los hombres anfibios que iban a dormir al fondo de los lagos, y los que se alimentaban con el solo olor de las flores. Ya aceptábamos a los Perrillos Carbunclos que llevaban una piedra resplandeciente entre los ojos, a la Hidra vista

---

[64] Esta armadura es otro elemento que se reproduce en *Cien años de soledad,* cuando José Arcadio y sus seguidores encuentran en la selva una similar.

204

por la gente de Federmann, a la Piedra Bezar, de prodigiosas virtudes, hallada en las entrañas de los venados, a los tatunachas, bajo cuyas orejas podían cobijarse cinco personas, o aquellos otros salvajes que tenían las piernas rematadas por pezuñas de avestruz —según fidedigno relato de un santo prior. Durante dos siglos habían cantado los ciegos del Camino de Santiago los portentos de una Arpía Americana, exhibida en Constantinopla, donde murió rabiando y rugiendo[65]... Fray Pedro de Henestrosa se creyó obligado a endosar tales consejas a la obra del Maligno, cuando las relaciones, por ser de frailes, tenían alguna seriedad de acento, y al afán de difundir embustes, cuando de cuentos de soldados se trataba. Pero Montsalvatje se hizo entonces el Abogado de los Prodigios, afirmando que la realidad del Reino de Manoa había sido aceptada por misioneros que fueron en su busca en pleno Siglo de las Luces. Setenta años antes, en científica narración, un geógrafo reputado afirmaba haber divisado, en el ámbito de las Grandes Mesetas, algo como la ciudad fantasmal contemplada un día por el Urre. Las Amazonas habían existido: eran las mujeres de los varones muertos por los caribes, en su misteriosa migración hacia el Imperio del Maíz. De la selva de los Mayas surgían escalinatas, atracaderos, monumentos, templos llenos de pinturas portentosas, que representaban ritos de sacerdotes-peces y de sacerdotes-langostas. Unas cabezas enormes aparecían de pronto, tras de los árboles derribados, mirando a los que acababan de hallarla con ojos de párpados caídos, más terribles aún que dos pupilas fijas, por su contemplación interior de la Muerte. En otra parte había largas Avenidas de Dioses, erguidos frente a frente, lado a lado, cuyos nombres quedarían por siempre ignorados —dioses derrocados, fenecidos, luego de que, por siglos, hubiesen sido la imagen de una inmortalidad negada a los hombres. Descubríanse en las costas del Pacífico unos dibujos gigantescos tan vastos que se había transitado sobre ellos desde siempre sin saber de su presencia bajo los pasos, trazados como para ser vistos desde otro planeta por los pueblos que hubieran escrito con nudos, castigando toda invención de alfabetos con la pena máxima. Cada día aparecían nuevas piedras talladas en la sel-

---

[65] Todas estas fábulas referentes a América se diseminaron por Europa durante la Conquista. Carpentier cita con frecuencia el de la Arpía Americana, que aparece en «El camino de Santiago». Estos prodigios forman parte de lo que Carpentier llamará «lo real maravilloso americano».

va; la Serpiente Emplumada se pintaba en remotos acantilados, y nadie había logrado descifrar los millares de petroglifos que hablaban, por formas de animales figuraciones astrales, signos misteriosos, en las orillas de los Grandes Ríos[66]. El Doctor Montsalvatje, erguido junto a la hoguera, señalaba las mesetas lejanas que se pintaban en azul profundo hacia donde iba la luna: «Nadie sabe lo que hay detrás de esas Formas», decía, con un tono que nos devolvió una emoción olvidada desde la infancia. Todos tuvimos ganas de pararnos, de echar a andar, de llegar antes del alba a la puerta de los prodigios. Una vez más rebrillaban las aguas de la Laguna de Parima. Una vez más se edificaban, en nosotros, los alcázares de Manoa. La posibilidad de su existencia quedaba nuevamente planteada, ya que su mito vivía en la imaginación de cuantos moraban en las cercanías de la selva —es decir: de lo Desconocido. Y no pude menos que pensar que el Adelantado, los mineros griegos, los dos caucheros y todos los que, cada año, tomaban los rumbos de la Espesura, al cabo de las lluvias, no eran sino buscadores del Dorado, como los primeros que marcharon al conjuro de su nombre. El doctor destapó un tubo de cristal, lleno de piedrecitas oscuras que al punto amarillearon en nuestras manos, a la claridad del fuego. Palpábamos el Oro. Lo acercábamos a los ojos, para hacerlo crecer. Lo sopesábamos con gesto alquimista. Mouche lo tentó con la lengua para conocer su sabor. Y cuando sus pepitas volvieron al cristal, pareció que el fuego alumbraba menos y que la noche se tornaba más fría. En el río mugían enormes ranas. De súbito, fray Pedro arrojó su bastón al fuego, y el bastón se hizo vara de Moisés, al levantar la serpiente que acababa de matar.

---

[66] Esta escritura gigantesca de los petroglifos vendría a ser la escritura original, de donde dimanan todas las demás. En ella estaría cifrada, suponemos, el mensaje de los dioses, el saber antes del tiempo. En dos artículos de mayo de 1952, Carpentier se refiere a Alain Gheerbrant, de cuyos libros, sin duda, sacó Carpentier la idea de los petroglifos: «El gran libro de la selva», *El Nacional,* 14 de mayo de 1952, pág. 16; «Los hombres llamados salvajes», *El Nacional,* 24 de mayo de 1952, pág. 16.

# XVII

Regreso ahora de la mina y me regocijo de antemano al pensar en la decepción de Mouche cuando vea que la caverna maravillosa, rutilante de gemas, el tesoro de Agamenón[67] que ella se esperaba seguramente, es un lecho de torrente, cavado, escarbado, revuelto; un lodazal que las palas han interrogado lateralmente, en profundidad, de arriba abajo, regresando veinte veces al lugar del hallazgo primero, con la esperanza de haber dejado en el barro, por un mero desvío de la mano, por un margen de milímetros, la portentosa Piedra de la Riqueza. El más joven de los buscadores de diamantes me habla, por el camino, de las grandes miserias del oficio, de las desesperanzas de cada día y de la rara fatalidad que siempre hace regresar al descubridor de una gran gema, pobre y endeudado al lugar de su encuentro. Sin embargo, la ilusión se reaviva cada vez que surge de la tierra el diamante singular, y su fulgor futuro, adivinado antes de la talla, salta por encima de selvas y cordilleras, desacompasando el pulso de quienes, al cabo de una jornada infructuosa, se desprenden del cuerpo a la costra que lo cubre. Pregunto por las mujeres, y me dicen que se están bañando en un caño cercano, cuyas pocetas no albergan alimañas peligrosas. Sin embargo, he aquí que se oyen sus voces. Voces que, al acercarse, me hacen salir de la vivienda, extrañado por la violencia del tono y lo inexplicable de la grita. Al punto pensamos que alguien hubiera ido a sorprender su desnudez en la orilla o las afrentara con el propósito villano. Pero Mouche aparece ahora, con la ropa empapada, pidiendo ayuda, como huyendo de algo terrible. Antes de haber podido dar un paso, veo a Rosario, mal cubierta por un grueso refajo, que alcanza a mi amiga, la arroja al suelo de un empellón y la golpea bárbaramente con una estaca. Con la cabellera suelta sobre los hombros, escupiendo insultos, pegando a la vez con los pies, la madera y la mano libre, nos ofrece una tal estampa de ferocidad que corremos todos a agarrarla. Todavía se

---

[67] Agamenón fue el jefe de los griegos que sitiaron Troya. Como la alusión a Moisés una línea más arriba muestra, estamos en el ámbito de los primeros libros: la Biblia, los poemas homéricos. O, por lo menos, así lo interpreta el protagonista-narrador.

retuerce, patea, muerde a quienes la sujetan, con un furor que se traduce en gruñidos roncos, en bufidos, por no encontrar la palabra. Cuando levanto a Mouche, apenas si puede tenerse en pie. Un golpe le ha roto dos dientes. Le sangra la nariz. Está cubierta de arañazos y desollones. El doctor Montsalvatje la lleva a la choza de los herbarios, para curarla. Mientras tanto, rodeando a Rosario, tratamos de saber qué ha ocurrido. Pero ahora se sume en un mutismo obstinado, negándose a responder. Está sentada en una piedra, con la cabeza gacha, repitiendo, con exasperada testarudez, un gesto de denegación que arroja su cabellera negra a un lado y otro, cerrándole cada vez el semblante aún enfurecido. Voy a la choza. Hedionda a farmacia, rubricada de esparadrapos, Mouche gimotea en la hamaca del Herborizador. A mis preguntas responde que ignora el motivo de la agresión; que la otra se había vuelto como loca, y sin insistir más sobre esto, rompe a llorar, diciendo que quiere regresar en el acto, que no soporta más, que este viaje la agota, que se siente en el borde de la demencia. Ahora suplica y sé que, hace muy poco todavía, la súplica, por inhabitual en su boca, lo hubiera logrado todo de mí. Pero en este momento, junto a ella, viendo su cuerpo sacudido por los sollozos de una desesperación que parece sentida, permanezco frío, acorazado por una dureza que me admira y alabo, como pudiera alabarse, por oportuna y firme, una voluntad ajena. Nunca hubiera pensado que Mouche, al cabo de una tan prolongada convivencia, llegara un día a serme tan extraña. Apagado el amor que tal vez le tuviera —hasta dudas me asaltaban ahora acerca de la realidad de ese sentimiento—, hubiera podido subsistir, al menos, el vínculo de una amistosa ternura. Pero los retornos, cambios, recapacitaciones, que se habían sucedido en mí, en menos de dos semanas, añadidos al descubrimiento de la víspera, me tenían insensible a sus ruegos. Dejándola gemir su desamparo, regresé a la casa de los griegos, donde Rosario, algo calmada, se había ovillado, silenciosa, con los brazos atravesados sobre la cara, en un chinchorro[68]. Una suerte de malestar fruncía el ceño a los hombres, aunque parecieran pensar en otra cosa. Los griegos ponían demasiada nerviosidad en el adobo de una sopa de pescados que hervía en una enorme olla de barro, dándose a discusiones en torno al aceite, el ají y el ajo, que sonaban en falsete. Los caucheros remendaban sus alpargatas en silencio.

---

[68] *Chinchorro* es una hamaca de red. La palabra es venezolana.

El Adelantado estaba bañando a Gavilán, que se había regodeado sobre una carroña, y como el perro se sentía agraviado por las jícaras[69] de agua que le caían encima, enseñaba los dientes a quienes lo miraban. Fray Pedro desgranaba las cuentas de su rosario de semillas. Y yo sentía, en todos ellos, una tácita solidaridad con Rosario. Aquí, el factor de disturbios, que todos repelían por instinto, era Mouche. Todos adivinaban que la violenta reacción de la otra se debía a algo que le confería el derecho de haber agredido con tal furia —algo que los caucheros, por ejemplo, podían atribuir al despecho de Rosario, tal vez enamorada de Yannes y enardecida por el insinuante comportamiento de mi amiga. Transcurrieron varias horas de sofocante calor, durante las cuales cada cual se encerró en sí mismo. A medida que nos acercábamos a la selva, yo advertí, en los hombres, una mayor aptitud para el silencio. A ello se debía, acaso, el tono sentencioso, casi bíblico, de ciertas reflexiones formuladas con muy pocas palabras. Cuando se hablaba era en tiempo pausado, cada cual escuchando y concluyendo antes de responder. Cuando la sombra de las piedras comenzó a espesarse, el doctor Montsalvatje nos trajo de la choza de los herbarios la más inesperada noticia: Mouche tiritaba de fiebre. Al salir de un sueño profundo, se había incorporado, delirando, para hundirse luego en una inconsciencia estremecida de temblores. Fray Pedro, autorizado por la larga experiencia de sus andanzas, diagnosticó la crisis de paludismo —enfermedad a la cual, por lo demás, no se concedía gran importancia en estas regiones. Se deslizaron comprimidos de quinina en la boca de la enferma, y quedé a su lado rezongando de rabia. A dos jornadas del término de mi encomienda, cuando hollábamos las fronteras de lo desconocido y el ambiente se embellecía con la cercanía de posibles maravillas, tenía Mouche que haber caído así, estúpidamente, picada por un insecto que la eligiera a ella, la menos apta para soportar la enfermedad. En pocos días, una naturaleza fuerte, honda y dura, se había divertido en desarmarla, cansarla, afearla, quebrarla, asestándole, de pronto, el golpe de gracia. Me asombraba ante la rapidez de la derrota, que era como un ejemplar desquite de lo cabal y auténtico. Mouche, aquí era un personaje absurdo, sacado de un futuro en que el arcabuco

---

[69] *Jícara* es un recipiente pequeño, hecho de una especie de calabaza seca. La palabra es, sobre todo, usada en Cuba.

fuera sustituido por la alameda[70]. Su tiempo, su época, eran otros. Para los que con nosotros convivían ahora, la fidelidad al varón, el respeto a los padres, la rectitud de proceder, la palabra dada, el honor que obligaba y las obligaciones que honraban, eran valores constantes, eternos, insoslayables, que excluían toda posibilidad de discusión. Faltar a ciertas leyes era perder el derecho a la estimación ajena, aunque matar por hombría no fuese culpa mayor. Como en los más clásicos teatros, los personajes eran, en este gran escenario presente y real, los tallados en una pieza del Bueno y el Malo, la Esposa Ejemplar o la Amante Fiel, el Villano y el Amigo Leal, la Madre digna o indigna. Las canciones ribereñas cantaban, en décimas de romance, la trágica historia de una esposa violada y muerta de vergüenza, y la fidelidad de la zamba[71] que durante diez años esperó el regreso de un marido a quien todos daban por comido de hormigas en lo más remoto de la selva. Era evidente que Mouche estaba de más en tal escenario, y yo debía reconocerlo así, a menos de renunciar a toda dignidad, desde que había sido avisado de su ida a la isla de Santa Prisca, en compañía del griego. Sin embargo, ahora que había sido derribada por la crisis palúdica, su regreso implicaba el mío; lo cual equivalía a renunciar a mi única obra, a volver endeudado, con las manos vacías, avergonzado ante la sola persona cuya estimación me fuera preciosa —y todo por cumplir una tonta función de escolta junto a un ser que ahora aborrecía. Adivinando tal vez la causa de la tortura que debía reflejarse en mi semblante, Montsalvatje me trajo el más providencial alivio, diciendo que no tendría inconveniente en llevarse a Mouche, mañana. La conduciría hasta donde pudiera aguardarme con toda comodidad: forzarla a seguir más adelante, débil como quedaría después del primer acceso, era poco menos que imposible. Ella no era mujer para tales andanzas. *Anima, vágula, blándula*[72] —concluyó irónicamente. Le respondí con un abrazo.

---

[70] *Arcabuco* es un lugar donde hay árboles y maleza. Es decir, Mouche pertenece al futuro, cuando la naturaleza sea domada, organizada en alamedas.

[71] *Zambo* es hijo de negro o india, o viceversa.

[72] *Anima* [sic], *vágula, blandura.* Montsalvatje disculpa aquí la flojera de Mouche, citando unas palabras atribuidas al emperador Adriano, que, completas, dicen: «Animula, vagula, blandula, hospes comesque corporis.» Es decir: «Alma pequeña, etérea y blanda, huésped y compañera del cuerpo.» *Thesavrus Lingvae Latinae* (Lipsiae in Aedi-

La luna ha vuelto a alzarse. Allá, al pie de una piedra grande muere el fuego que reunió a los hombres en las primeras horas de la noche. Mouche suspira más que respira y su sueño febril se puebla de palabras que más parecen estertores y garrasperas. Una mano se posa sobre mi hombro: Rosario se sienta a mi lado en la estera, sin hablar. Comprendo, sin embargo, que una explicación se aproxima, y espero en silencio. El graznido de un pájaro que vuela hacia el río, despertando a las chicharras del techo, parece decidirla. Empezando con voz tan queda que apenas si la oigo, me cuenta lo que demasiado sospecho. El baño en la orilla del río. Mouche, que presume de la belleza de su cuerpo y nunca pierde oportunidad de probarlo, que la incita, con fingidas dudas sobre la dureza de su carne, a que se despoje del refajo conservado por aldeano pudor. Luego, es la insistencia, el hábil reto, la desnudez que se muestra, las alabanzas a la firmeza de sus senos, a la tersura de su vientre, el gesto de cariño, y el gesto de más que revela a Rosario, repentinamente, una intención que subleva sus instintos más profundos. Mouche, sin imaginárselo, ha inferido una ofensa que es, para las mujeres de aquí, peor que el peor epíteto, peor que el insulto a la madre, peor que arrojar de la casa, peor que escupir las entrañas que parieron, peor que dudar de la fidelidad al marido, peor que el nombre de perra, peor que el nombre de puta. Tanto se encienden sus ojos en la sombra al recordar la riña de aquella mañana, que llego a temer una nueva irrupción de violencia. Agarro a Rosario por las muñecas para tenerla quieta, y, con la brusquedad del gesto, mi pie derriba una de las cestas en que el Herborizador guarda sus plantas secas, entre camadas de hojas de malanga. Un heno espeso y crujiente se nos viene encima, envolviéndonos en perfumes que recuerdan, a la vez, el alcanfor, el sándalo y el azafrán[73]. Una repentina emoción deja mi resuello en suspenso: así —casi así— olía la cesta de los viajes mágicos, aquélla en que yo estrechaba a María del Carmen, cuando éramos niños, junto a los canteros donde su padre sembraba

---

bus B. G. Teubneri, 1930-1936), II, columna 89. T. S. Eliot alude a esa frase en su poema «Animula», en *Collected Poems 1909-1962*, Nueva York, Harcourt, Brace & World, 1963, pág. 103.

[73] Hay una reminiscencia de Baudelaire en la enumeración de estos aromas, sobre todo del soneto «Correspondences», incluido en *Les fleurs du mal*, cuyo penúltimo verso lee: «Comme l'ambre, le musc, le benjoin et l'encens.» La frase de la novela es una paráfrasis de este verso.

la albahaca y la yerbabuena. Miro a Rosario de muy cerca, sintiendo en las manos el pálpito de sus venas, y, de súbito, veo algo tan ansioso, tan entregado, tan impaciente, en su sonrisa —más que sonrisa, risa detenida, crispación de espera—, que el deseo me arroja sobre ella, con una voluntad ajena a todo lo que no sea el gesto de la posesión. Es un abrazo rápido y brutal, sin ternuras, que más parece una lucha por quebrarse y vencerse que una trabazón deleitosa. Pero cuando volvemos a hallarnos, lado a lado jadeantes aún, y cobramos conciencia cabal de lo hecho, nos invade un gran contento, como si los cuerpos hubieran sellado un pacto que fuera el comienzo de un nuevo modo de vivir. Yacemos sobre las yerbas esparcidas, sin más conciencia que la de nuestro deleite. La claridad de la luna que entra en la cabaña por la puerta sin batiente se sube lentamente a nuestra piernas: la tuvimos en los tobillos, y ahora alcanza las corvas de Rosario, que ya me acaricia con mano impaciente. Es ella, esta vez, la que se echa sobre mí, arqueando el talle con ansioso apremio. Pero aún buscamos el mejor acomodo, cuando una voz ronca, quebrada, escupe insultos junto a nuestros oídos, desemparejándonos de golpe. Habíamos rodado bajo la hamaca, olvidados de la que tan cerca gemía. Y la cabeza de Mouche estaba asomada sobre nosotros, crispada, sardónica, de boca babeante, con algo de cabeza de Gorgona[74] en el desorden de las greñas caídas sobre la frente. «¡Cochinos! —grita—. ¡Cochinos!» Desde el suelo, Rosario dispara golpes a la hamaca con los pies, para hacerla callar. Pronto la voz de arriba se extravía en divagaciones de delirio. Los cuerpos desunidos vuelven a encontrarse, y, entre mi cara y el rostro mortecino de Mouche, que cuelga fuera del chinchorro con un brazo inerte, se atraviesa, en espesa caída, la cabellera de Rosario, que afinca los codos en el suelo para imponerme su ritmo. Cuando volvemos a tener oídos para lo que nos rodea, nada nos importa ya la mujer que estertora en la oscuridad. Pudiera morirse ahora mismo, aullando de dolor, sin que nos conmoviera su agonía. Somos dos, en un mundo distinto. Me he sembrado bajo el vellón que acaricio con mano de amo, y mi gesto cierra una gozosa confluencia de sangres que se encontraron.

---

[74] Los *gorgonas,* divinidades griegas, eran tres hermanas: Medusa, Euriale y Esteno. Tenían la facultad de convertir en piedra a cuantos las miraban. Aquí el protagonista-narrador piensa, sin duda, en Medusa, de pelo abundante y desarreglado.

# XVIII

*(Lunes, 18 de junio)*

Hemos despachado a Mouche con la concertada ferocidad de amantes que acaban de descubrirse, inseguros aún de la maravilla, insaciados de sí mismos, y proceden a romper todo lo que pueda oponerse a su próximo acoplamiento. La hemos metido en la canoa de Montsalvatje, envuelta en una manta, llorosa, casi inconsciente, haciéndola creer que la sigo en otra embarcación. He dado al Herborizador mucho más dinero del necesario para que la atienda, pague sus traslados, la instale, costee los tratamientos necesarios, quedándome apenas con unos billetes sucios y unas monedas —que de nada sirven, además, en la Selva, donde todo comercio se reduce a trueques de objetos simples y útiles, como agujas, cuchillos, leznas. En la liberalidad de mi donación hay, además, un secreto ritual de adormecimiento del último escrúpulo de conciencia: de todos modos, Mouche no puede seguirnos, y así, en lo material, cumplo con mi último deber. Es muy probable, por otra parte, que en la solicitud de Montsalvatje por llevarse a la enferma haya una maligna esperanza de aliviarse de varios meses de continencia con una mujer nada fea. No sólo me tiene indiferente esta idea, sino que para mis adentros deploro que la poca prestancia física del botánico lo vaya a agobiar con un fracaso. La barca ha desaparecido ahora en la lejanía de un estero, cerrando su partida una etapa de mi existencia. Jamás me he sentido tan ligero, tan bien instalado en mi cuerpo, como esta mañana. La palmada irónica que doy a Yannes, a quien veo melancólico, le hace interrogarme con una expresión interrogante y remordida, que es nueva excusa a mi rigor. Por lo demás, todo el mundo se da cuenta de que Rosario —como aquí se dice— se ha *comprometido* conmigo. Me rodea de cuidados, trayéndome de comer, ordeñando las cabras para mí, secándome el sudor con paños frescos, atenta a mi palabra, mi sed, mi silencio o mi reposo, con una solicitud que me hace enorgullecerme de mi condición de hombre: aquí, pues, la hembra «sirve» al varón en el más noble sentido del término, creando la casa con cada gesto. Porque, aunque Rosario y yo no tengamos un techo propio, sus manos son ya mi mesa y la jícara de agua que acerca a mi boca, luego de limpiarla de una hoja caída en ella, es vasija marcada con mis iniciales de amo. «A ver cuándo se formaliza con una sola mujer», musita fray Pedro tras de mí, dándome a entender que con él no valen pueriles disimulos. Desvío la conversación para no confesar que estoy casado ya por rito hereje[75], y me acerco al griego, que recoge sus cosas para seguir con nosotros río arriba. Seguro de que el yacimiento de acá está agotado, viéndose burlado por la fortuna una vez más, quiere emprender un viaje de prospección, más allá del Caño Pintado, en una zona de montañas de la que muy poco se sabe. Reserva el mejor lugar de su hato para el único libro que lleva consigo a todas partes: una modesta edición bilingüe de *La Odisea*, forrada de hule negro, cuyas páginas han sido moteadas de verde por la humedad. Antes de separarse nuevamente del tomo, sus hermanos, que saben largos tránsitos del texto de memoria, buscan su versión castellana en las páginas de enfrente, leyendo fragmentos con un acento anguloso y duro, en que mucho se sustituye la *u* por la *v*. En una escuelita de Kalamata[76] les enseñaron los nombres de los trágicos y el sentido de los mitos, pero una oscura afinidad de caracteres los acercó al aventurero Ulises, visitador de países portentosos, nada enemigo del oro, capaz de ignorar a las sirenas por no perder su hacienda de Itaca. Al haber sido entortado por un váquiro[77], el perro de los mineros fue llamado Polifemo, en recuerdo del cíclope cuya lamentable historia leyeron cien veces, en voz alta, junto a la hoguera de sus campamentos. Pregunto a Yannes por qué abandonó la tierra a que le ata una sangre cuyos remotos manantiales conoce. El minero suspira, y hace del mundo mediterráneo un paisaje de ruinas. Habla de lo que dejó atrás, como podría hablar de las murallas de Micenas[78], de las tumbas vacías, de los peristilos habitados por las cabras. El mar sin peces, los múrices inútiles, la confusión de los mitos, y una gran esperanza rota. Luego, el mar, secular remedio de los suyos: un mar más vasto, que llevaba más lejos.

---

[75] Ruth, según se infiere de lo dicho, había estado casada antes, lo cual la hace divorciada antes de casarse con el protagonista-narrador. Pero rito hereje debe querer decir aquí que Ruth y el protagonista-narrador se han casado por la iglesia protestante. La procedencia bíblica del nombre de Ruth podría tal vez indicar que es judía.

[76] *Kalamata* es un puerto de Grecia en la Mesenia.

[77] El *váquiro* es una especie de cerdo americano.

[78] *Micenas*, antigua ciudad griega del Peloponeso, en la Argólida, en la que, según la mitología, reinó Agamenón.

Me cuenta que cuando divisó la primera montaña, de este lado del Océano, se echó a llorar, pues era una montaña roja y dura, parecida a sus duras montañas de cardos y abrojos. Pero aquí lo agarró la afición a los metales preciosos, la llamada de los negocios y de los rumbos, que hiciera cargar tantos remos a sus antepasados. El día que encuentre la gema que sueña se construirá, a la orilla del mar y donde haya montañas de flancos abruptos, una casa cuyo soportal tenga columnas —afirma— como un templo de Poseidón. Vuelve a lamentarse sobre el destino de su pueblo, abre el tomo en su comienzo y clama: «¡Ah, miseria! Escuchad cómo los mortales enjuician a los dioses. Dicen que de nosotros vienen sus males, cuando son ellos quienes, por su tontería, agravan las desdichas que les asigna el destino.» *Zevs habla,* concluye el minero por su cuenta, y presto deja el libro, pues los caucheros traen, colgado de una rama, un extraño animal de pezuña, que acaban de matar. Creo, por un instante, que se trata de un cerdo salvaje de gran tamaño. «¡Una danta!» ¡Una danta!»[79], grita fray Pedro, uniendo las manos en asombrado ademán, antes de echar a correr hacia los cazadores, con un júbilo que revela su hartura del manioco[80]\diluido en agua con que se alimenta habitualmente en la selva. Es, luego, la fiesta de encender la hoguera; la escaldadura de la bestia y su descuartizamiento; la vista de los perniles, menudos y lomos, que atiza en nosotros el desaforado apetito que suele atribuirse a los salvajes. Con el torso desnudo, puesta toda su seriedad en la tarea, el minero se me hace, de pronto, tremendamente arcaico. Su gesto de arrojar al fuego algunas cerdas de la cabeza del animal tiene un sentido propiciatorio que tal vez pudiera explicarme una estrofa de *La Odisea.* El modo de ensartar las carnes, luego de untarlas de grasa; el modo de servirlas en una tabla, luego de rociarlas de aguardiente, responde a tan viejas tradiciones mediterráneas que, cuando me es ofrecido el mejor filete, veo a Yannes, por un segundo, transfigurado en el porquerizo Eumeo[81]... No bien hemos terminado el festín,

---

[79] La *danta* es un tapir, mamífero de dos metros de largo y hocico alargado.

[80] *Manioco,* harina de maíz que comen los indios en Venezuela. Más adelante, en el capítulo V, aparece como *mañoco.*

[81] *Eumeo* es el fiel porquerizo de Ulises en *La Odisea,* que lo recibe a su regreso, y lo ayuda en los planes para deshacerse de los pretendientes. La estrofa de la *Odisea* a que se refiere el protagonista-

cuando se levanta el Adelantado y baja hacia el río a grandes trancos, seguido de Gavilán, que ladra alborotosamente. Dos canoas muy primitivas —dos troncos vaciados— descienden la corriente, conducidas por remeros indios. Se aproxima el momento de la partida, y cada cual procede a juntar sus hatos al fardaje. Me llevo a Rosario a la cabaña, donde nos abrazamos una vez más sobre el piso de tierra, que Montsalvatje, al ordenar sus colecciones, ha dejado cubierto de plantas secas, exhaladoras del acre y enervante perfume que conocimos ayer. Esta vez enmendamos las torpezas y premuras de los primeros encuentros, haciéndonos más dueños de la sintaxis de nuestros cuerpos. Los miembros van hallando un mejor ajuste; los brazos precisan un más cabal acomodo. Estamos eligiendo y fijando, con maravillados tanteos, las actitudes que habrán de determinar, para el futuro, el ritmo y la manera de nuestros acoplamientos. Con el mutuo aprendizaje que implica la fragua de una pareja, nace su lenguaje secreto. Ya van surgiendo del deleite aquellas palabras íntimas, prohibidas a los demás, que serán el idioma de nuestras noches. Es invención a dos voces, que incluye términos de posesión, de acción de gracia, desinencias de los sexos, vocablos imaginados por la piel, ignorados apodos —ayer imprevisibles— que nos daremos ahora, cuando nadie pueda oírnos. Hoy, por vez primera, Rosario me ha llamado por mi nombre, repitiéndolo mucho, como si sus sílabas tuvieran que tornar a ser modeladas —y mi nombre, en su boca, ha cobrado una sonoridad tan singular, tan inesperada, que me siento como ensalmado por la palabra que más conozco, al oírla tan nueva como si acabara de ser creada. Vivimos el júbilo impar de la sed compartida y saciada, y cuando nos asomamos a lo que nos rodea, creemos recordar un país de sabores nuevos. Me arrojo al agua para soltar las yerbas secas que el sudor me ha pegado a las espaldas, y río al pensar que cierta tradición es contrariada por lo que ahora ocurre, puesto que, para nosotros, el tiempo del celo ha caído a medio verano. Pero mi amante desciende ya hacia las embarcaciones. Nos despedimos de los caucheros, y es la partida. En la primera canoa, acurrucados entre las bordas, salimos el Adelandato, Rosario y yo. En la otra, fray

---

narrador, sobre la costumbre de echar cerdas del animal que se va a asar al fuego, aparece en el Libro XIV, aproximadamente versos 424-426, en la que se narra que Eumeo lleva a cabo este ritual.

Pedro, con Yannes y el fardaje. «¡Vamos con Dios!», dice el Adelantado al sentarse al lado de Gavilán, que olfatea el aire con hocico de mascarón de proa. De ahora en adelante ignoraremos ya la navegación a vela. El sol, la luna, la hoguera —y a veces el rayo— serán las únicas luces que iluminarán nuestras caras.

## Capítulo cuarto

¿No habrá más que silencio, inmovilidad, al pie de los árboles, de los bejucos? Bueno es, pues, que haya guardianes.

(Popol-Vuh[1])

---

[1] *Popol-Vuh,* libro sagrado de los quichés de Guatemala, conocido en la versión del siglo XVI. Como el *Chilam Balam,* los poemas homéricos y la Biblia, el *Popol-Vuh* representa en *Los pasos perdidos* un texto del origen. Todos estos textos, parecidos entre sí, vendrían a contener todas las posibilidades de la escritura. Es el origen que persigue el protagonista-narrador.

# XIX

*(Tarde del lunes)*

Al cabo de dos horas de navegación entre lajas, islas de lajas, promontorios de lajas, montes de lajas, que conjugan sus geometrías con una diversidad de invención que ya ha dejado de asombrarnos, una vegetación mediana, tremendamente tupida —tiesura de gramíneas, dominada por la constante, en ondulación y danza, del macizo de bambúes— sustituye la presencia de la piedra por la inacabable monotonía de lo verde cerrado. Me divierto con un juego pueril sacado de las maravillosas historias narradas, junto al fuego, por Montsalvatje: somos Conquistadores que vamos en busca del Reino de Manoa. Fray Pedro es nuestro capellán, al que pediremos confesión si quedamos malheridos en la entrada. El Adelantado bien puede ser Felipe de Utre. El griego es Micer Codro, el astrólogo. Gavilán pasa a ser Leoncico, el perro de Balboa. Y yo me otorgo, en la empresa, los cargos del trompeta Juan de San Pedro, con mujer tomada a bragas en el saqueo de un pueblo[2]. Los indios son indios, y aunque parezca extraño, me he habituado a la rara distinción de condiciones hecha por el Adelantado, sin poner en ello, por cierto, la menor malicia, cuando, al narrar alguna de sus andanzas, dice muy naturalmente: «Éramos tres *hombres* y doce *indios*.» Me imagino que una cuestión de bautizo rige ese reparo, y esto da visos de realidad a la novela que, por la autenticidad del decorado, es-

---

[2] Es importante notar que al evocar estas figuras de la época de la Conquista, el protagonista-narrador está jugando a ser conquistador, haciendo el papel de conquistador, como Don Quijote hace el de caballero andante. Por más que el personaje quiere huir del libro y de la literatura, su empresa está marcada por el deseo de imitar personajes sacados de los libros.

toy fraguando. Ahora los bambusales han cedido la orilla izquierda, que estamos bordeando, a una suerte de selva, sin manchas de color, que hunde sus raíces en el agua, alzando un valladar inabordable, absolutamente recto, recto como una empalizada, como una inacabable muralla de árboles erguidos, tronco a tronco hasta el lindero de la corriente, sin un paso aparente, sin una hendedura, sin una grieta. Bajo la luz del sol que se difumina en vahos sobre las hojas húmedas, esa pared vegetal se prolonga hasta el absurdo, acabando por parecer obra de hombres, hecha a teodolito y plomada. La curiara se va aproximando cada vez más a esa ribera cerrada y hosca, que el Adelantado parece examinar tramo a tramo, con acuciosa atención. Me parece imposible que estemos buscando algo en aquel lugar, y, sin embargo, los indios palanquean cada vez más despacio, y el perro, con el lomo erizado, lleva los ojos adonde los fija el amo. Adormecido por la espera y el balanceo de la barca, cierro los párpados. De pronto, me despierta un grito del Adelantado: «¡Ahí está la puerta!»... Había, a dos metros de nosotros, un tronco igual a todos los demás: ni más ancho, ni más escamoso. Pero en su corteza se estampaba una señal semejante a tres letras $V$ superpuestas verticalmente, de tal modo que una penetraba dentro de la otra, una sirviendo de vaso a la segunda, en un diseño que hubiera podido repetirse hasta el infinito, pero que sólo se multiplicaba aquí al reflejarse en las aguas[3]. Junto a ese árbol se abría un pasadizo abovedado, tan estrecho, tan bajo, que me pareció imposible meter la curiara por ahí. Y, sin embargo, nuestra embarcación se introdujo en ese angosto túnel, con tan poco espacio para deslizarse que las bordas rasparon duramente unas raíces retorcidas. Con los remos, con las manos, había que apartar obstáculos y barreras para llevar adelante esa navegación increíble, en medio de la maleza anegada. Un madero puntiagudo cayó sobre mi hombro con la violencia de un garrotazo, sacándome sangre del cuello. De las ramazones llovía sobre nosotros un intolerable hollín vegetal, impalpable a veces, como un plactón errante en el espacio —pesado, por momentos, como puñados de limalla que alguien hubiera arrojado de lo alto. Con esto, era un perenne descenso de hebras que encendían la piel, de frutos muertos, de simientes ve-

---

[3] La entrada es camino al origen, pero a la vez a la multiplicidad infinita anunciada por las v's una dentro de la otra, que, además, se reflejan en el agua para aumentar aún más el espejo.

lludas que hacían llorar, de horruras, de polvos cuya fetidez enroñaba las caras. Un empellón de la proa promovió el súbito desplome de un nido de comejenes, roto en alud de arena parda. Pero lo que estaba abajo era tal vez peor que las cosas que hacían sombra. Entre dos aguas se mecían grandes hojas agujereadas, semejantes a antifaces de terciopelo ocre, que eran plantas de añagaza y encubrimiento. Flotaban racimos de burbujas, endurecidas por un barniz de polen rojizo, a las que un aletazo cercano hacia alejarse, de pronto, por el tragante de un estancamiento, con indecisa navegación de holoturia. Más allá eran como gasas, opalescentes, espesas, detenidas en los socavones de una piedra larvada. Una guerra sorda se libraba en los fondos erizados de garfios barbudos —allí donde todo parecía un cochambroso enrevesamiento de culebras. Chasquidos inesperados, súbitas ondulaciones, bofetadas sobre el agua, denunciaban una fuga de seres invisibles que dejaban tras de sí una estela de turbias podredumbres —remolinos grisáceos, levantados al pie de las cortezas negras moteadas de liendres. Se adivinaba la cercanía de toda una fauna rampante, del lodo eterno, de la glauca fermentación, debajo de aquellas aguas oscuras que olían agriamente, como un fango que hubiera sido amasado con vinagre y carroña, y sobre cuya aceitosa superficie caminaban insectos creados para andar sobre lo líquido: chinches casi transparentes, pulgas blancas, moscas de patas quebradas, diminutas cínifes que eran apenas un punto vibrátil en la luz verde —pues tanto era el verdor atravesado por unos pocos rayos de sol, que la claridad se teñía, al bajar de las frondas, de un color de musgo que se tornaba color de fondo de pantanos al buscar las raíces de las plantas. Al cabo de algún tiempo de navegación en aquel caño secreto, se producía un fenómeno parecido al que conocen los montañeses extraviados en las nieves: se perdía la noción de la verticalidad, dentro de una suerte de desorientación, de mareo de los ojos. No se sabía ya lo que era del árbol y lo que era del reflejo. No se sabía ya si la claridad venía de abajo o de arriba, si el techo era de agua, o el agua suelo; si las troneras abiertas en la hojarasca no eran pozos luminosos conseguidos en lo anegado. Como los maderos, los palos, las lianas, se reflejaban en ángulos abiertos o cerrados, se acababa por creer en pasos ilusorios, en salidas, corredores, orillas, inexistentes. Con el trastorno de las apariencias, en esa sucesión de pequeños espejismos al alcance de la mano, crecía en mí una sensación de desconcierto, de extravío total, que resultaba indeciblemente angustiosa. Era como si me hicieran dar vueltas sobre mí mismo, para atolondrarme, antes de situarme en los umbrales de una morada secreta. Me preguntaba ya si los remeros conservaban una noción cabal de las esloras. Empezaba a tener miedo. Nada me amenazaba. Todos parecían tranquilos en torno mío; pero un miedo indefinible, sacado de los trasmundos del instinto, me hacía respirar a lo hondo, sin hallar nunca el aire suficiente. Además, se agravaba el desagrado de la humedad prendida de las ropas, de la piel, de los cabellos; una humedad, pegajosa, que lo penetraba todo, como un unto, haciendo más exasperante aún la continua picada de zancudos, mosquitos, insectos sin nombre, dueños del aire en espera de los anofeles que llegarían con el crepúsculo. Un sapo que cayó sobre mi frente me dejó, luego del sobresalto, una casi deleitosa sensación de frescor. De no saber que se trataba de un sapo, lo hubiera tenido preso en el hueco de la mano, para aliviarme las sienes con su frialdad. Ahora eran pequeñas arañas rojas las que se desprendían de lo alto sobre la canoa. Y eran millares de telarañas las que se abrían en todas partes, a ras del agua, entre las ramas más bajas. A cada embate de la curiara, las bordas se llenaban de aquellos escarzos grisáceos, enredados de avispas secas, restos de élitros, antenas, carapachos a medio chupar. Los hombres estaban sucios, pringosos; las camisas ensombrecidas desde adentro por el sudor, habían recibido escupitajos de barro, resinas, savias; las caras tenían ya el color ceroso, de mal asoleamiento, de los semblantes de la selva. Cuando desembocamos en un pequeño estanque interno, que moría al pie de una laja amarilla, me sentí como preso, apretado por todas partes. El Adelantado me llamó a poca distancia de donde habían atracado las canoas, para hacerme mirar una cosa horrenda: un caimán muerto, de carnes putrefactas, debajo de cuyo cuero se metían, por enjambres, las moscas verdes. Era tal el zumbido que dentro de la carroña resonaba, que, por momentos, alcanzaba una afinación de queja dulzona, como si alguien —una mujer llorosa, tal vez— gimiera por las fauces del saurio. Huí de lo atroz, buscando el calor de mi amante. Tenía miedo. Las sombras se cerraban ya en un crepúsculo prematuro, y apenas hubimos organizado un campamento somero, fue la noche. Cada cual se aisló en el ámbito acunador de su hamaca. Y el croar de enormes ranas invadió la selva. Las tinieblas se estremecían de sustos y deslizamientos. Alguien, no se sabía dónde, empezó a probar la embocadura de un oboe. Un cobre grotesco rompió a reír en el fondo de un caño. Mil flautas de dos notas, distintamente afinadas, se respondieron a través de

las frondas. Y fueron peines de metal, sierras que mordían leños, lengüetas de harmónicas, tremulantes y rasca-rasca de
grillos, que parecían cubrir la tierra entera. Hubo como gritos
de pavo real, borborigmos errantes, silbidos que subían y ba-
jaban, *cosas* que pasaban debajo de nosotros, pegadas al suelo; *cosas* que se zambullían, martillaban, crujían, aullaban
como niños, relinchaban en la cima de los árboles, agitaban
cencerros en el fondo de un hoyo. Estaba aturdido, asustado,
febril. Las fatigas de la jornada, la expectación nerviosa, me
habían extenuado. Cuando el sueño venció el temor a las
amenazas que me rodeaban, estaba a punto de capitular —de
clamar mi miedo—, para oír voces de hombres.

## XX

*(Martes, 19 de junio)*

Cuando fue la luz otra vez, comprendí que había pasado la
Primera Prueba. Las sombras se habían llevado los temores
de la víspera. Al lavarme el pecho y la cara en un remanso del
caño, junto a Rosario que limpiaba con arena los enseres de
mi desayuno, me pareció que compartía en esta hora, con
los millares de hombres que vivían en las inexploradas cabeceras de los Grandes Ríos, la primordial sensación de belleza,
de belleza físicamente percibida, gozada igualmente por el
cuerpo y el entendimiento, que nace de cada renacer de sol
—belleza cuya conciencia, en tales lejanías, se transforma
para el hombre en orgullo de proclamarse dueño del mundo,
supremo usufructuario de la creación. El amanecer de la selva
es mucho menos hermoso, si en colores pensamos, que el crepúsculo. Sobre un suelo que exhala una humedad milenaria,
sobre el agua que divide las tierras, sobre una vegetación que
se envuelve en neblinas, el amanecer se insinúa con grisallas
de lluvia, en una claridad indecisa que nunca parece augurar
un día despejado. Habrá que esperar varias horas antes de que
el sol, alto ya, liberado por las copas, pueda arrojar un rayo
de franca luz por sobre las infinitas arboledas. Y, sin embargo,
el amanecer de la selva renueva siempre el júbilo entrañado,
atávico, llevado en venas propias, de ancestros que, durante
milenios, vieron en cada madrugada el término de sus espantos nocturnos, el retroceso de los rugidos, el despeje de las
sombras, la confusión de los espectros, el deslinde de lo malé-

volo. Con el inicio de la jornada, siento como una necesidad de excusarme ante Rosario por las pocas oportunidades de estar solos que nos ofrece esta fase del viaje. Ella se echa a reír, canturreando algo que debe ser un romancillo: *Yo soy la recién casada — que lloraba sin cesar — de verme tan mal casada — sin poderlo remediar*[4]. Y aún sonaban sus coplas maliciosas, llenas de alusiones a la continencia que el viaje nos imponía, cuando ya, bogando otra vez, desembocamos a un caño ancho que se internaba en lo que el Adelantado me anunció como la selva verdadera. Como el agua, salida de su cauce, anegaba inmesas porciones de tierra, ciertos árboles retorcidos, de lianas hundidas en el légamo, tenían algo de naves ancladas, en tanto que otros troncos, de un rojo dorado, se alargaban en espejismos de profundidad, y los de antiquísimas selvas muertas, blanquecidos, más mármol que madera, emergían como los obeliscos cimeros de una ciudad abismada. Detrás de los sujetos identificables, de los morichales, de los bambúes, de los anónimos sarmientos orilleros, era la vegetación feraz, entretejida, trabada en intríngulis de bejucos, de matas, de enredaderas, de garfios, de matapalos, que, a veces, rompía a empellones el pardo cuero de una danta, en busca de un caño donde refrescar la trompa. Centenares de garzas, empinadas en sus patas, hundiendo el cuello entre las alas, estiraban el pico a la vera de los lagunatos, cuando no redondeaba la giba algún garzón malhumorado, caído del cielo. De pronto, una empinada ramazón se tornasolaba en el alborozo de un graznante vuelo de guacamayos, que arrojaban pinceladas violentas sobre la acre sombra de abajo, donde las especies estaban empeñadas en una milenaria lucha por treparse unas sobre otras, ascender, salir a la luz, alcanzar el sol. El desmedido estiramiento de ciertas palmeras escuálidas, el despunte de ciertas maderas que sólo lograban asomar una

---

[4] No hemos podido dar con la fuente exacta de este romance, que, por supuesto, evoca el tema de los de la «bella mal maridada», y otros por el estilo. En la época en que Carpentier escribía *Los pasos perdidos,* su entonces amigo Juan Liscano, el poeta y folklorista venezolano, compiló una muestra de poesía popular venezolana, en la que no aparece este romance, pero que demuestra el interés por la poesía popular entre los allegados de Carpentier en sus años de Venezuela. En *La música en Cuba* Carpentier estudia los romances como la primera manifestación de poesía europea en el Nuevo Mundo. El libro de Liscano es *Poesía popular venezolana* (Caracas: Ediciones del Servicio de Cultura, Cuaderno núm. 16, 1945).

hoja, arriba, luego de haber sorbido la savia de varios troncos, eran fases diversas de una batalla vertical de cada instante, dominada señeramente por los árboles más grandes que yo hubiera visto jamás. Árboles que dejaban muy abajo, como gente rastreante, a las plantas más espigadas por las penumbras, y se abrían en cielo despejado, por encima de toda lucha, armando con sus ramas unos boscajes aéreos, irreales, como suspendidos en el espacio, de los que colgaban musgos transparentes, semejantes a encajes lacerados. A veces, luego de varios siglos de vida, uno de esos árboles perdía las hojas, secaba sus líquenes, apagaba sus orquídeas. Las maderas le encanecían, tomando consistencia de granito rosa, y quedaba erguido, con su ramazón monumental en silenciosa desnudez, revelando las leyes de una arquitectura casi mineral, que tenía simetrías, ritmos, equilibrios, de cristalizaciones. Chorreado por las lluvias, inmóvil en las tempestades, permanecía allí, durante algunos siglos más, hasta que, un buen día, el rayo acababa de derribarlo sobre el deleznable mundo de abajo. Entonces, el coloso, nunca salido de la prehistoria, acababa por desplomarse, aullando por todas las astillas, arrojando palos a los cuatro vientos, rajado en dos, lleno de carbón y de fuego celestial, para mejor romper y quemar todo lo que estaba a sus pies. Cien árboles perecían en su caída, aplastados, derribados, desgajados, tirando de lianas que, al reventar, se disparaban hacia el cielo como cuerdas de arcos. Y acababa por yacer sobre el humus milenario de la selva, sacando de la tierra unas raíces tan intrincadas y vastas que dos caños, siempre ajenos, se veían unidos, de pronto, por la extracción de aquellos arados profundos que salían de sus tinieblas destrozando nidos de termes, abriendo cráteres a los que acudían corriendo, con la lengua melosa y los garfios de fuera, los lamedores de hormigas.

Lo que más me asombraba era el inacabable mimetismo de la naturaleza virgen. Aquí todo parecía otra cosa, creándose un mundo de apariencias que ocultaba la realidad, poniendo muchas verdades en entredicho. Los caimanes que acechaban en los bajos fondos de la selva anegada, inmóviles, con las fauces en espera, parecían maderos podridos, vestidos de escaramujos: los bejucos parecían reptiles y las serpientes parecían lianas, cuando sus pieles no tenían nervaduras de maderas preciosas, ojos de ala de falena, escamas de ananá o anillas de coral; las plantas acuáticas se apretaban en alfombra tupida, escondiendo el agua que les corría debajo, fingiéndose vegetación de tierra muy firme; las cortezas caídas cobraban muy pronto una

227

consistencia de laurel en salmuera, y los hongos eran como coladas de cobre, como espolvoreos de azufre, junto a la falsedad de un camaleón demasiado rama, demasiado lapizlázuli, demasiado plomo estriado de un amarillo intenso, simulación, ahora, de salpicaduras de sol caídas a través de hojas que nunca dejaban pasar el sol entero. La selva era el mundo de la mentira, de la trampa y del falso semblante; allí todo era disfraz, estratagema, juego de apariencias, metamorfosis. Mundo del lagarto-cohombro, la castaña-erizo, la crisálidaciempiés, la larva con carne de zanahoria y el pez eléctrico que fulminaba desde el poso de las linazas. Al pasar cerca de las orillas, las penumbras logradas por varias techumbres vegetales arrojaban vaharadas de frescor hasta las curiaras. Bastaba detenerse unos segundos para que este alivio se transformara en un intolerable hervor de insectos. En todas partes parecía haber flores; pero los colores de las flores eran mentidos, casi siempre, por la vida de hojas en distinto grado de madurez o decrepitud. Parecía haber frutos; pero la redondez, la madurez de las frutas, eran mentidas por bulbos sudorosos, terciopelos hediondos, vulvas de plantas insectívoras que eran como pensamientos rociados de almíbares, cactáceas moteadas que alzaban, a un palmo de la tierra, un tulipán de esperma azafranada. Y cuando aparecía una orquídea, allá, muy alto, más arriba del bambusal, más arriba de los yopos, se hacía algo tan irreal, tan inalcanzable, como el más vertiginoso edelweiss alpestre. Pero también estaban los árboles que no eran verdes, y jalonaban las orillas de macizos de amaranto o se encendían con amarillos de zarza ardiente. Hasta el cielo mentía a veces, cuando, invirtiendo su altura en el azogue de los lagunatos, se hundía en profundidades celestemente abisales. Sólo las aves estaban en hora de verdad, dentro de la clara identidad de sus plumajes. No mentían las garzas cuando inventaban la interrogación con el arco del cuello, ni cuando, al grito de garzón vigilante, levantaban su espanto de plumas blancas. No mentía el martín pescador de gorro encarnado, tan frágil y pequeño en aquel universo terrible, que su sola presencia, junto a la prodigiosa vibración del colibrí, era cosa de milagro. Tampoco mentía, en el eterno barajarse de las apariencias y los simulacros, en esa barroca proliferación de lianas, los alegres monos araguatos que, de repente, escandalizaban las frondas con sus travesuras, indecencias y carantoñas de grandes niños de cinco manos. Y encima de todo, como si lo asombroso de abajo fuera poco, yo descubría un nuevo mundo de nubes: esas nubes tan distintas, tan propias, tan olvidadas por los hombres, que todavía se amasan sobre la humedad de las inmensas selvas, ricas en agua como los primeros capítulos del Génesis; nubes hechas como de un mármol desgastado, rectas en su base, y que se dibujaban hasta tremendas alturas, inmóviles, monumentales, con formas que eran las de la materia en que empieza a redondearse la forma de un ánfora a poco de girar el torno del alfarero. Esas nubes, rara vez enlazadas entre sí, estaban detenidas en el espacio, como edificios en el cielo, semejantes a sí mismas, desde los tiempos inmemoriales en que presidieran la separación de las aguas y el misterio de las primeras confluencias.

## XXI

*(Tarde del martes)*

Aprovechándose de que nos hubiéramos detenido, a mediodía, en una ensenada boscosa, para dar algún descanso a los remeros y desentumecer las piernas, Yannes se alejó de nosotros con el ánimo de reconocer el lecho de un torrente que, según él, debe acaudalar diamantes. Pero hace ya dos horas que lo llamamos a gritos, sin hallar más respuestas que el eco de nuestras voces en las vueltas del cauce fangoso. En el creciente enojo de la espera, fray Pedro vapulea a los que se dejan cegar por la fiebre de las piedras y del metal precioso. Oigo sus palabras con cierto malestar, pensando que el Adelantado —a quien se atribuye el hallazgo de un yacimiento fabuloso— acabará por ofenderse. Pero el hombre sonríe bajo sus cejas enmarañadas, y pregunta socarronamente al misionero por qué relumbraban tanto el oro y la pedrería en las custodias de Roma. «Porque justo es —responde fray Pedro— que las más hermosas materias de la Creación sirvan para honrar a quien las creó.» Luego, para demostrarme que si pide pompas para el ara exige humildad al oficiante, la emprende acremente con los párrocos mundanos, a los que califica de nuevos vendedores de indulgencias, rumiantes de nunciaturas y tenores del púlpito. «La eterna rivalidad.entre la infantería y la caballería», exclama el Adelantado, riendo. Es evidente —pienso yo— que cierto clero urbano debe parecer singularmente ocioso, por no decir tarado, a un ermitaño con cuarenta años de apostolado en la selva; y queriendo serle grato me doy a apoyar sus decisiones con ejemplos de sacerdotes indignos y mercaderes del templo. Pero fray Pedro me corta la palabra con tono abrupto: «Para hablar de los malos, hay que saber de los otros.» Y comienza a contarme de gente para mí desconocida; de padres despedazados por los indios del Marañón; de un beato Diego bárbaramente torturado por el último Inca; de un Juan de Lizardi, traspasado por las saetas paraguayas, y de cuarenta frailes degollados por un pirata hereje, a quien la Doctora de Ávila[5], en extática visión, viera llegar al cielo, a paso de carga, asustando a los ángeles con sus terribles caras de santos. A todo esto se refiere como si hubiese sucedido ayer; como si tuviera el poder de andarse por el tiempo al derecho y al revés. «Tal vez porque su misión se cumple en un paisaje sin fecha», me digo. Pero ahora se percata fray Pedro de que el sol se oculta tras de los árboles, e interrumpe su hagiografía misionera para llamar a Yannes, nuevamente, en una grita conminatoria que no excluye el epíteto de arrieros buscando una bestia huida. Y cuando reaparece el griego, son tales los bastonazos que pega al fraile en una laja que, en el acto, nos vemos acurrucados en las curiaras. Al reanudarse la navegación, comprendo la causa del enojo de fray Pedro ante la demora del minero. Ahora el caño se estrecha cada vez más entre riberas inabordables que son como acantilados negros, anunciadores de paisajes distintos. Y, de pronto, la corriente nos arroja a toda la anchura de un río amarillo que desciende, atormentado de raudales y remolinos, hacia el Río Mayor, en cuyo costado habrá de prenderse, llevándole el caudal de torrentes de toda una vertiente de las Grandes Mesetas[6]. El empuje del agua se acrece hoy, peligrosamente, con el peso de lluvias caídas en alguna parte. Tomando el oficio de baqueano[7], fray Pedro, con un pie afianzado en cada borda, va

---

[5] Santa Teresa de Jesús (1515-1582), es la *Doctora de Avila,* cuyo nombre fue Teresa de Cepeda y Ahumada. Escribió *Camino de perfección* (1565), dirigido a sus compañeras, las monjas del convento de San José, *El libro de su vida* (1588), debido a los mandatos de su confesor, y *Las moradas* o *Castillo interior* (1588), donde intenta concentrar en un tratado doctrinal sus experiencias místicas, que describe más personalmente en la *Vida.* No hemos podido dar con el pasaje exacto a que se refiere aquí el texto.

[6] El paisaje corresponde aquí al descrito por los hermanos Schomburgk, en su libro *Reise in Britisch Guiana.* Es decir, es el paisaje del Orinoco, también visto por Carpentier en sus viajes a la selva.

[7] Guía para viajar por el campo. Sarmiento, en su *Facundo* es quien hizo memorable este término.

arrumbando las canoas con el bastón. Pero la resistencia es tremenda y la noche se nos viene encima sin que hayamos salido de lo más trabado de la lucha. De pronto, hay turbamulta en el cielo: baja un viento frío que levanta tremendas olas, los árboles sueltan torbellinos de hojas muertas, se pinta una manga de aire, y, sobre la selva bramante, estalla la tormenta. Todo se enciende en verde. El rayo amartilla con tal seguimiento que no termina una centella de alumbrar el horizonte cuando ya otra se le desprende enfrente, abriéndose en garfios que se hunden tras de montes nuevamente aparecidos. La parpadeante claridad que viene de atrás, de adelante, de los lados, deslindada a veces por la tenebrosa silueta de islas cuyas marañas de árboles se yerguen sobre las aguas bullentes —esa luz de cataclismo, de lluvia de aerolitos, me produce un repentino espanto, al mostrarme la cercanía de los obstáculos, la furia de las corrientes, la pluralidad de los peligros. No hay salvación posible para quien caiga en el tumulto que golpea, levanta, zarandea, nuestra barca. Perdida toda razón, incapaz de sobreponerme al miedo, me abrazo de Rosario, buscando el calor de su cuerpo, no ya con gesto de amante, sino de niño que se cuelga del cuello de la madre, y me dejo yacer en el piso de la curiara, metiendo el rostro en su cabellera, para no ver lo que ocurre y escapar, en ella, al furor que nos circunda. Pero difícil es olvidarlo, con el medio palmo de agua tibia que empieza a chapotear, dentro de la misma canoa, de proa a popa. Dominando apenas el equilibrio de las embarcaciones, vamos de raudal en raudal, picando de proa en los pailones, montando sobre peñas redondas, saltando adelante, sesgándonos de modo vertiginoso para agarrar un rápido de medio lado, siempre en el borde del vuelco, rodeados de espuma, sobre estas maderas torturadas que chillan por toda la quilla. Y para colmo empieza a llover. Acrece mi horror, ahora, la visión del capuchino, de barbas dibujadas en negro sobre los relámpagos, que ya no dirige la embarcación, sino reza. Con los dientes apretados, resguardando mi cabeza como se resguarda el cráneo del hijo recién nacido en un trance peligroso, Rosario parece de una sorprendente entereza. De bruces en el suelo, el Adelantado agarra a nuestros indios por sus cinturones, para impedir que un embate los arroje al agua, y puedan seguir defendiéndonos con sus remos. Prosigue la terrible lucha durante un tiempo que mi angustia hace inacabable. Comprendo que el peligro ha pasado cuando fray Pedro vuelve a pararse en la proa, afincando los pies en las bordas. La tormenta se lleva sus últimos rayos, tan pronto como los trajo, cerrando la tremebunda sinfonía de sus iras con el acorde de un trueno muy rodado y prolongado, y la noche se llena de ranas que cantan su júbilo en todas las orillas. Desarrugando el lomo el río sigue su camino hacia el Océano remoto. Agotado por la tensión nerviosa, me duermo sobre el pecho de Rosario. Pero en seguida descansa la canoa en varadero de arena, y al saberme nuevamente sobre la tierra segura, a la que salta fray Pedro con un: «¡Gracias a Dios!», comprendo que he pasado la Segunda Prueba.

## XXII

*(Miércoles, 20 de junio)*

Después de un sueño de muchas horas, agarré un cántaro y bebí largamente de su agua. Al dejarlo de lado, viendo que quedaba al nivel de mi cara, comprendí, aún mal despierto, que me hallaba en el suelo, acostado sobre una estera de paja muy delgada. Olía a humo de leña. Había un techo sobre mí. Recordé entonces el desembarco en una ensenada; la caminata hacia la aldea de los indios; la sensación de agotamiento y de resfrío que llevara al Adelantado a hacerme tragar varios sorbos de un aguardiente tremendamente fuerte —del que aquí llaman *estómago de fuego*—, que sólo probaba a modo de remedio. Detrás de mí, amasando el casabe, había varias indias de pecho desnudo, con el sexo apenas oculto por un guayuco[8] blanco, sujeto a la cintura con un cordón pasado entre las nalgas. De las paredes de hojas de moriche colgaban arcos y flechas de pesca y de caza, cerbatanas, carcajes de dardos envenenados, taparas de curare, y unas paletas en forma de espejo de mano que servían —lo sabría después— para la maceración de una semilla dispensadora de embriaguez, cuyos polvos se aspiraban por canutos hechos con esternones de pájaros. Frente a la entrada, entre ramas aspadas, tres anchos peces rojiviolados se tostaban sobre un lecho de brasas. Nuestras hamacas, puestas a secar, me recordaron que habíamos dormido en el suelo. Con el cuerpo algo dolorido salí de la churuata[9], miré, y me detuve estupefacto, con la boca llena de exclamaciones que nada podían por librarme de mi asom-

---

[8] *Guayuco* en Venezuela y Colombia es una especie de taparrabo.

[9] *Churuata,* vivienda rústica hecha de hojas.

bro. Allá, detrás de los árboles gigantescos, se alzaban unas moles de roca negra, enormes, macizas, de flancos verticales, como tiradas a plomada, que eran presencia y verdad de monumentos fabulosos. Tenía mi memoria que irse al mundo del Bosco, a las babeles imaginarias de los pintores de lo fantástico, de los más alucinados ilustradores de tentaciones de santos, para hallar algo semejante a lo que estaba contemplando. Y aun cuando encontraba una analogía, tenía que renunciar a ella, al punto, por una cuestión de proporciones. Esto que miraba era algo como una titánica ciudad —ciudad de edificaciones múltiples y espaciadas—, con escaleras ciclópeas, mausoleos metidos en las nubes, explanadas inmensas dominadas por extrañas fortalezas de obsidiana, sin almenas ni troneras, que parecían estar ahí para defender la entrada de algún reino prohibido al hombre. Y allá, sobre aquel fondo de cirros, se afirmaba la Capital de las Formas: una increíble catedral gótica, de una milla de alto, con sus dos torrentes, su nave, su ábside y sus arbotantes, montada sobre un peñón cónico hecho de una materia extraña, con sombrías irisaciones de hulla. Los campanarios eran barridos por nieblas espesas que se atorbellinaban al ser rotas por los filos del granito. En las proporciones de esas Formas rematadas por vertiginosas terrazas, flanqueadas con tuberías de órgano, había algo tan fuera de lo real —morada de dioses, tronos y graderíos destinados a la celebración de algún Juicio Final— que el ánimo, pasmado, no buscaba la menor interpretación de aquella desconcertante arquitectura telúrica, aceptando sin razonar su belleza vertical e inexorable. El sol, ahora, ponía reflejos de mercurio sobre el imposible templo más colgado del cielo que encajado en la tierra[10]. En planos de evanescencias, que se definían por el mayor o menor ensombramiento de sus valores, se divisaban otras Formas, de la misma familia geológica, de cuyos bordes se descolgaban cascadas de cien rebotes, que acababan por quebrarse en lluvia antes de llegar a las copas de los árboles. Casi agobiado por tal grandeza, me resigné, al cabo de un momento, a bajar los ojos al nivel de mi estatura. Varias chozas orillaban un remanso de aguas negras. Un niño se me acercó,

---

[10] La prosa de Carpentier recuerda aquí una vez más la de Schomburgk, y lo que describe, como antes los petroglifos, en una serie de formas básicas, de una arquitectura primitiva que encierra todas las formas posibles. Pero también recuerda aquí la prosa de Carpentier la poesía de Neruda, muy especialmente en este caso, *Alturas de Macchu Picchu*.

mal parado sobre sus piernas inseguras, mostrándome una diminuta pulsera de peonías. Allá, donde corrían grandes aves negras, de pico anaranjado, aparecieron varios indios, trayendo pescados ensartados en un palo por las agallas. Más lejos, con los críos colgados de los pezones, algunas madres tejían. Al pie de un árbol grande, Rosario, rodeada de ancianas que machacaban tubérculos lechosos, lavaba ropas mías. En su manera de arrodillarse junto al agua, con el pelo suelto y el hueso de restregar en la mano, recobraba una silueta ancestral que la ponía mucho más cerca de las mujeres de aquí que de las que hubieran contribuido con su sangre, en generaciones pasadas, a aclarar su tez. Comprendí por qué la que era ahora mi amante me había dado una tal impresión de *raza*, el día que la viera regresar de la muerte a la orilla de un alto camino. Su misterio era emanación de un mundo remoto, cuya luz y cuyo tiempo no me eran conocidos. En torno mío cada cual estaba entregado a las ocupaciones que le fueran propias, en un apacible concierto de tareas, que eran las de una vida sometida a los ritmos primordiales. Aquellos indios que yo siempre había visto a través de relatos más o menos fantasiosos, considerándolos como seres situados al margen de la existencia real del hombre, me resultaban, en su ámbito, en su medio, absolutamente dueños de su cultura. Nada era más ajeno a su realidad que el absurdo concepto del *salvaje*. La evidencia de que desconocían cosas que eran para mí esenciales y necesarias, estaba muy lejos de vestirlos de primitivismo. La soberana precisión con que éste flechaba peces en el remanso, la prestancia de coreógrafo con que el otro embocaba la cerbatana, la concertada técnica de aquel grupo que iba recubriendo de fibras el maderamen de una casa común, me revelaban la presencia de un ser humano llegado a maestro en la totalidad de oficios propiciados por el teatro de su existencia. Bajo la autoridad de un viejo tan arrugado que ya no le quedaba carne lisa, los mozos se ejercitaban con severa disciplina en el manejo del arco. Los varones movían potentes dorsales, esculpidos por los remos; las mujeres tenían vientres hechos para la maternidad, con fuertes caderas que enmarcaban un pubis ancho y alzado. Había perfiles de una singular nobleza, por lo aguileño de las narices y la espesura de las cabelleras. Por lo demás, el desarrollo de los cuerpos estaba cumplido en función de utilidad. Los dedos, instrumentos para asir, eran fuertes y ásperos; las piernas, instrumentos para andar, eran de sólidos tobillos. Cada cual llevaba su esqueleto dentro, envuelto en carnes eficientes. Por lo menos,

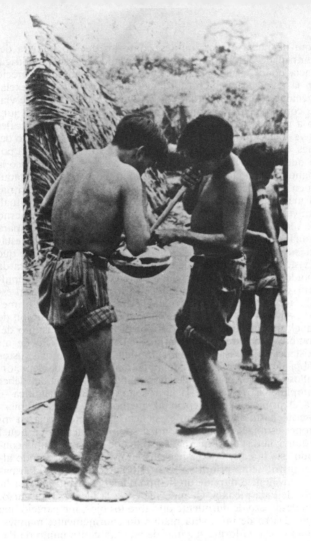

Músicos tañendo la jarra según Gheerbrant.

aquí no había oficios inútiles, como los que yo hubiera desempeñado durante tantos años. Pensando en esto me dirigía hacia donde estaba Rosario, cuando el Adelantado apareció en la puerta de una choza, llamándome con jubilosas exclamaciones. Acababa de dar con lo que yo buscaba en este viaje: con el objeto y término de mi misión. Allí, en el suelo, junto a una suerte de anafe, estaban los instrumentos musicales cuya colección me hubiera sido encomendada al comienzo del mes. Con la emoción del peregrino que alcanza la reliquia por la que hubiera recorrido a pie veinte países extraños, puse la mano sobre el cilindro ornamentado al fuego, con empuñadura en forma de cruz, que señalaba el paso del bastón de ritmo al más primitivo de los tambores. Vi luego la maraca ritual, atravesada por una rama emplumada, las trompas de cuerno de venado, las sonajeras de adorno y el botuto de barro para llamar a los pescadores extraviados en los pantanos. Ahí estaba, sobre todo, dotada de la cierta gravedad desagradable que reviste todo aquello que de cerca toca a la muerte, la jarra de sonido bronco y siniestro, con algo ya de resonancia de sepultura, con sus dos cañas encajadas en los costados, tal cual estaba representada en el libro que la describiera por vez primera[11]. Al concluir los trueques que me pusieron en posesión de aquel arsenal de cosas creadas por el más noble instinto del hombre, me pareció que entraba en un nuevo ciclo de mi existencia. La misión estaba cumplida. En quince días justos había alcanzado mi objeto de modo realmente laudable, y, orgulloso de ello, palpaba deleitosamente los trofeos del deber cumplido. El rescate de la jarra sonora —pieza magnífica—, era el primer acto excepcional, memorable, que se hubiera inscrito hasta ahora en mi existencia. El objeto crecía en mi propia estimación, ligado a mi destino, aboliendo, en aquel instante, la distancia que me separaba de quien me había confiado esta tarea, y tal vez pensaba en mí ahora, sopesando algún instrumento primitivo con gesto parecido al mío. Permanecí en silencio durante un tiempo que el contento interior liberó de toda medida. Cuando regresé a la idea de transcurso, con desperezo de durmiente que abre los ojos, me pareció que algo, dentro de mí, había madurado enormemente, manifestándose bajo la forma singular de un gran contrapunto de Palestrina[12], que resonaba en mi cabeza con la presente majestad de todas sus voces.

---

[11] Ver la nota 28 del Capítulo I.
[12] Ver la nota 19 del Capítulo I.

Al salir de la choza en busca de lianas para atar, observé que un alboroto inhabitual había roto el ritmo de las faenas de la aldea. Fray Pedro se movía con ligereza de danzante, entrando y saliendo de la churuata, seguido de Rosario, en medio de un coro de indias que gorjeaban. Frente a la entrada había dispuesto, sobre una mesa de ramas tornapuntadas, un mantel de encajes, muy roto, remendado con hilos de distintos grosores, entre dos jícaras rebosantes de flores amarillas. En medio, plantó la cruz de madera negra que le colgaba del cuello. Luego, de un maletín de cuero pardo, muy raído, que siempre llevaba consigo, sacó los ornamentos y objetos litúrgicos —algunos muy mellados—, mordidos por negras herrumbres, a los que frotaba con el vuelo de las mangas antes de disponerlos sobre el altar. Yo veía con creciente sorpresa cómo el Cáliz y la Hostia se dibujaban sobre la Piedra de Ara; cómo el Purificador se abría sobre el Cáliz, y el Corporal se situaba entre las dos luminarias rituales. Todo aquello, en semejante lugar, me parecía a la vez absurdo y sobrecogedor. Sabiendo que el Adelantado se las daba de espíritu fuerte, lo interrogué con la mirada. Como si se tratara de una cosa distinta, que poco tuviera que ver con la religión, habló de una misa prometida en acción de gracias durante la tempestad de la noche anterior. Se acercó al altar, ante el cual se encontraba Rosario. Yannes, que debía ser hombre de iconos, pasó a mi lado masculiando algo acerca de que Cristo era uno solo. Los indios, a cierta distancia, miraban. El Jefe de la Aldea, a medio camino, observaba una actitud respetuosa —todo arrugado en medio de sus collares de colmillos. Las madres acallaban los chillidos de sus críos. Fray Pedro se volvió hacia mí: «Hijo: estos indios rehúsan el bautismo; no quisiera que te vieran indiferente. Si no quieres hacerlo por Dios, hazlo por mí.» Y apelando a la más universal de las dudas, añadió, con acento más áspero: «Recuerda que tú estabas en las mismas barcas y también tuviste miedo.» Hubo un largo silencio. Luego: *In nómine Patris, el Filee et Spiritus Sancti. Amén.* Una dolorosa sequedad se hizo en mi garganta. Aquellas palabras inmutables, seculares, cobraban una portentosa solemnidad en medio de la selva —como brotadas de los subterráneos de la cristiandad primera, de las hermandades del comienzo—, hallando nuevamente, bajo estos árboles jamás talados, una función heroica anterior a los himnos entonados en las naves de las catedrales triunfantes, anterior a los campanarios enhiestos en la luz del día. *Sanctus, Sanctus, Sanctus, Dominus Deus Sabaoth...* Troncos eran las columnas que aquí hacían sombra.

Sobre nuestras cabezas pesaban follajes llenos de peligros. Y en torno nuestro estaban los gentiles, los adoradores de ídolos, contemplando el misterio desde su nartex de lianas. Yo me había divertido, ayer, en figurarme que éramos Conquistadores en busca de Manoa. Pero de súbito me deslumbraba la revelación de que ninguna diferencia hay entre esta misa y las misas que escucharon los Conquistadores del Dorado en semejantes lejanías. El tiempo ha retrocedido cuatro siglos. Esta es misa de Descubridores, recién arribados a orillas sin nombre, que plantan los signos de su migración solar hacia el Oeste, ante el asombro de los Hombres del Maíz. Aquellos dos —el Adelantado y Yannes— que están arrodillados a ambos lados del altar, flacos, renegridos, uno con cara de labriego extremeño, otro con perfil de algebrista recién asentado en los Libros de la Casa de la Contratación[13], son soldados de la Conquista, hechos a la cecina y a lo rancio, curtidos por las fiebres, mordidos de alimañas, orando con estampa de donadores, junto al morrión dejado entre las yerbas de acres savias. *Miserere nostri Dómine miserere nostri. Fiat misericordia* —salmiza el capellán de la Entrada, con acento que detiene el tiempo. Acaso transcurre el año 1540. Nuestras naves han sido azotadas por una tempestad y nos narra el monje ahora, a tenor de la sacra escritura, cómo fue hecho en el mar tan gran movimiento que el barco se cubría de las ondas; mas Él dormía, y llegándole sus discípulos le despertaron diciendo: *Señor, sálvanos que perecemos;* y Él les dice: *¿Por qué teméis, hombres de poca fe?,* y entonces, levantándose, reprendió a los vientos y a la mar y fue grande bonanza[14]. Acaso transcurre el año 1540. Pero no es cierto. Los años se restan, se diluyen, se esfuman, en vertiginoso retroceso del tiempo. No hemos entrado aún en el siglo XVI. Vivimos mucho antes. Estamos en la

---

[13] La *Casa de Contratación,* fundada en Sevilla en 1503, con fines comerciales, para regular y fomentar las relaciones entre España y sus colonias americanas. Carpentier fue ávido lector de los censos de viajeros de la Casa que fueron publicados en los años 40. De uno de ellos sacó el personaje de su relato «El camino de Santiago».

[14] El protagonista-narrador mezcla aquí una posible escena de la Conquista con otra del Evangelio. Se trata de la conocida escena en que Jesús calma la tempestad, citada aquí por el Evangelio de San Mateo: «Se produjo en el mar una agitación grande, tal que las olas cubrían la nave; pero Él entre tanto dormía, y acercándose le despertaron diciendo: "Señor, sálvanos, que perecemos." El les dijo: ¿Por qué teméis, hombres de poca fe? Entonces se levantó, increpó a los vientos y al mar, y sobrevino una gran calma» (San Mateo, 8, 25-27).

Edad Media. Porque no es el hombre renacentista quien realiza el Descubrimiento y la Conquista, sino el hombre medieval[15]. Los enlistados en la magna empresa no salen del Viejo Mundo por puertas de columnas tomadas al Palladio, sino pasando bajo el arco románico, cuya memoria llevaron consigo al edificar sus primeros templos del otro lado del Mar Océano, sobre el sangrante basamento de los teocalli[16]. La cruz románica, vestida de tenazas, clavos y lanzas, fué la elegida para pelear con los que usaban parecidos enseres de holocausto en sus sacrificios. Medievales son los juegos de diablos, paseos de tarascas, danzas de Pares de Francia, romances de Carlomagno, que tan fielmente perduran en tantas ciudades que hemos atravesado recientemente. Y me percato ahora de esta verdad asombrosa: desde la tarde del Corpus en Santiago de los Aguinaldos, vivo en la temprana Edad Media. Puede pertenecer a otro calendario un objeto, una prenda de vestir, un remedio. Pero el ritmo de vida, los modos de navegación, el candil y la olla, el alargamiento de las horas, las funciones trascendentales del Caballo y del Perro, el modo de reverenciar a los Santos, son medievales —medievales como las prostitutas que viajan de parroquia a parroquia en días de feria, como los patriarcas bragados, orgullosos en reconocer cuarenta hijos de distintas madres que les piden la bendición al paso. Comprendo ahora que he convivido con los burgueses de buen trago, siempre prestos a catar la carne de alguna moza del servicio, cuya vida jocunda me hiciera soñar tantas veces en los museos; he trinchado los lechoncillos de tetas chamuscadas, de sus mesas, y he compartido la desmedida afición por las especies que les hiciera buscar los nuevos caminos de Indias. En cien cuadros había conocido yo sus casas

---

[15] Gran debate ha habido entre los estudiosos sobre el tema de si América fue descubierta por hombres de mentalidad medieval o renacentista. Hay un excelente trabajo sobre la pervivencia de lo medieval en el Descubrimiento y Conquista: Louis Weckman, «The Middle Ages in the Conquest of America», *Speculum* (Medieval Academy of America), 26 (1951), págs. 130-39. El propio Carpentier hace observaciones valiosas sobre el tema en el primer capítulo de *La música en Cuba.*

[16] Es decir, que los arcos por los que pasaban los conquistadores no eran de corte renacentista, sino medieval —no el Palladio, sino el del romántico. *Teocalli* era un templo azteca donde se llevaban a cabo sacrificios humanos. El protagonista-narrador asocia el rito azteca con la mentalidad medieval, para sugerir que hubo una confluencia ideológica entre ambos.

de toscas baldosas rojas, sus cocinas enormes, sus portones claveteados. Conocía esos hábitos de llevar el dinero prendido del cinturón, de bailar danzas de pareja suelta, de preferir los intrumentos de plectro, de echar los gallos a pelear, de armar grandes borracheras en torno a un asado. Conocía a los ciegos y baldados de sus calles; los emplastos, solimanes y bálsamos curanderos con que alivian sus dolores. Pero los conocía a través del barniz de las pinacotecas, como testimonio de un pasado muerto, sin recuperación posible. Y he aquí que ese pasado, de súbito, se hace presente. Que lo palpo y aspiro. Que vislumbro ahora la estupefaciente posibilidad de viajar en el tiempo, como otros viajan en el espacio... *Ite misa est, Benedicamos Dómino, Deo Gratias.* Había concluido la misa, y con ella el Medioevo. Pero las fechas seguían perdiendo guarismos. En fuga desaforada, los años se vaciaban, destranscurrían, se borraban, rellenando calendarios, devolviendo lunas, pasando de los siglos de tres cifras al siglo de los números. Perdió el Graal su relumbre[17], cayeron los clavos de la cruz, los mercaderes volvieron al templo, borróse la estrella de la Natividad, y fue el Año Cero, en que regresó al cielo el Ángel de la Anunciación. Y tornaron a crecer las fechas del otro lado del Año Cero —fechas de dos, de tres, de cinco cifras—, hasta que alcanzamos el tiempo en que el hombre, cansado de errar sobre la tierra, inventó la agricultura al fijar sus primeras aldeas en las orillas de los ríos y, necesitado de mayor música, pasó del bastón de ritmo al tambor que era un cilindro de madera ornamentado al fuego, inventó el órgano al soplar en una caña hueca, y lloró a sus muertos haciendo bramar un ánfora de barro. Estamos en la Era Paleolítica. Quienes dictan leyes aquí, quienes tienen derecho de vida y muerte sobre nosotros, quienes tienen el secreto de los alimentos y tósigos, quienes inventan las técnicas, son hombres que usan el cuchillo de piedra y el rascador de piedra, el anzuelo de espina y el dardo de hueso. Somos intrusos, forasteros ignorantes —metecos de poca estadía—, en una ciudad que nace en el alba de la Historia. Si el fuego que ahora abanican las mujeres se apagara de pronto, seríamos incapaces de encenderlo nuevamente por la sola diligencia de nuestras manos.

---

[17] *Santo Graal* o *Grial,* fue el vaso de esmeralda que, según la tradición, usó Jesús en la última cena, y en el que brotó de su costado herido en la cruz. En las novelas de caballerías del ciclo de Artús fue objeto de constante búsqueda. Aquí significa la mentalidad medieval.

# XXIII

Conozco el secreto del Adelantado. Ayer me lo confió, junto al fuego, cuidando de que Yannes no pudiese oírnos. Hablan de sus hallazgos de oro; lo creen rey de antiguos cimarrones, le atribuyen esclavos; otros se imaginan que tiene varias mujeres en un selvático gineceo[18], y que sus solitarios viajes se deben a la voluntad de que sus amantes no vean otros hombres. La verdad es mucho más hermosa. Cuando me fue revelada en pocas palabras, quedé maravillado por el vislumbre de una posibilidad jamás imaginada —estoy seguro de ello— por hombre alguno de mi generación. Antes de dormirme en la noche del colgadizo, donde el leve balanceo de nuestras hamacas arranca su acompasado crujido a las cabuyeras, digo a Rosario, a través de los estambres, que proseguiremos el viaje durante algunos días. Y cuando temo encontrar alguna fatiga, algún desaliento, o una pueril preocupación por regresar, me responde un animoso consentimiento. A ella no importa adonde vamos, ni parece inquietarse porque haya comarcas cercanas o remotas. Para Rosario no existe la noción de *estar lejos* de algún lugar prestigioso, particularmente propicio a la plenitud de la existencia. Para ella que ha cruzado fronteras sin dejar de hablar el mismo idioma y que jamás pensó en atravesar el Océano, el centro del mundo está donde el sol, a mediodía, la alumbra desde arriba. Es mujer de tierra, y mientras se ande sobre la tierra, y se coma, y haya salud, y haya hombre a quien servir de molde y medida con la recompensa de aquello que llama «el gusto del cuerpo», se cumple un destino que más vale no andar analizando demasiado, porque es regido por «cosas grandes» cuyo mecanismo es oscuro, y que, en todo caso, rebasan la capacidad de interpretación del ser humano. Por lo mismo, suele decir que «es malo pensar en ciertas cosas». Ella se llama a sí misma *Tu mujer,* refiriéndose a ella en tercera persona: «*Tu mujer* se estaba durmiendo; *Tu mujer* te buscaba»... Y en esa constante reiteración del posesivo encuentro como una solidez de concepto, una cabal definición de situaciones, que nunca me die-

---

[18] *Gineceo,* habitación que reservaban los griegos para las mujeres.

ra la palabra *esposa. Tu mujer* es afirmación anterior a todo contrato, a todo sacramento. Tiene la verdad primera de esa *matriz* que los traductores mogigatos de la Biblia sustituyen por entrañas, restando fragor a ciertos gritos proféticos. Además, esta definidora simplificación del léxico es habitual en Rosario. Cuando alude a ciertas intimidades de su naturaleza que no debo ignorar como amante, emplea expresiones a la vez inequívocas y pudorosas que recuerdan las «costumbres de mujeres» invocadas por Raquel ante Labán. Todo lo que pide *Tu mujer* esta noche es que yo la lleve conmigo adonde vaya. Agarra su hato y sigue al varón sin preguntar más. Muy poco sé de ella. No acabo de comprender si es desmemoriada o no quiere hablar de su pasado. No oculta que vivió con otros hombres. Pero éstos marcaron etapas de su vida cuyo secreto defiende con dignidad —o tal vez porque crea poco delicado dejarme suponer que algo ocurrido antes de nuestro encuentro pueda tener alguna importancia. Este vivir en el presente, sin poseer nada, sin arrastrar el ayer, sin pensar en el mañana, me resulta asombroso. Y, sin embargo, es evidente que esa disposición de ánimo debe ensanchar considerablemente las horas de sus tránsitos de sol a sol. Habla de días que fueron muy largos y de días que fueron muy breves, como si los días se sucedieran en tiempos distintos —tiempos de una sinfonía telúrica que también tuviese sus andantes y adagios, entre jornadas llevadas en movimiento presto. Lo sorprendente es que —ahora que nunca me preocupa la hora— percibo a mi vez los distintos valores de los lapsos, la dilatación de algunas mañanas, la parsimoniosa elaboración de un crepúsculo, atónito ante todo lo que cabe en ciertos tiempos de esta sinfonía que estamos leyendo al revés, de derecha a izquierda, contra la clave de *sol,* retrocediendo hacia los compases del Génesis. Porque, al atardecer, hemos caído en el habitat de un pueblo de cultura muy anterior a los hombres con los cuales convivimos ayer. Hemos salido del paleolítico —de las industrias paralelas a las magdalenienses y aurignacienses, que tantas veces me hubieran detenido al borde de ciertas colecciones de enseres líticos con un «no va más» que me situaba al comienzo de la noche de las edades—[19], para entrar en un ámbito que hacía retroceder los confines de la vida humana a lo más tenebroso de la

---

[19] Los *magdalenienses* son hombres del último paleolítico, que dejaron las pinturas rupestres de Altamira y Lascaux. A los *aurignacienses* no hemos podido localizarlos.

noche de las edades. Esos individuos con piernas y brazos que veo ahora, tan semejantes a mí; esas mujeres cuyos senos son ubres fláccidas que cuelgan sobre vientres hinchados; esos niños que se estiran y ovillan con gestos felinos; esas gentes que aún no han cobrado el pudor primordial de ocultar los órganos de la generación, que *están desnudas sin saberlo,* como Adán y Eva antes del pecado; son hombres, sin embargo. No han pensado todavía en valerse de la energía de la semilla; no se han asentado ni se imaginan el acto de sembrar; andan delante de sí, sin rumbo, comiendo corazones de palmera, que van a disputar a los simios, allá arriba, colgándose de las techumbres de la selva. Cuando las aguas en creciente les aíslan durante meses en alguna región de entrerríos, y han pelado los árboles como termes, devoran larvas de avispa, triscan hormigas y liendres, escarban la tierra y tragan los gusanos y las lombrices que les caen bajo las uñas, antes de amasar la tierra con los dedos y comerse la tierra misma. Apenas si conocen los recursos del fuego. Sus perros huidizos, con ojos de zorros y de lobos, son perros anteriores a los perros. Contemplo los semblantes sin sentido para mí, comprendiendo la inutilidad de toda palabra, admitiendo de antemano que ni siquiera podríamos hallarnos en la coincidencia de una gesticulación. El Adelantado me agarra por el brazo y me hace asomarme a un hueco fangoso, suerte de zahúrda hedionda, llena de huesos roídos, donde veo erguirse las más horribles cosas que mis ojos hayan conocido: son como los fetos vivientes, con barbas blancas, en cuyas bocas gimotea algo semejante al vagido de un recién nacido; enanos arrugados, de vientres enormes, cubiertos de venas azules como figuras de planchas anatómicas, que sonríen estúpidamente, con algo temeroso y servil en la mirada, metiéndose los dedos entre los colmillos. Tal es el horror que me producen esos seres, que me vuelvo de espaldas a ellos, movido, a la vez, por la repulsión y el espanto. «Cautivos —me dice el Adelantado, sarcástico—, cautivos de los otros que se tienen por la raza superior, única dueña legítima de la selva.» Siento una suerte de vértigo ante la posibilidad de otros escalafones de retroceso, al pensar que esas larvas humanas, de cuyas ingles cuelga un sexo eréctil como el mío, no sean todavía lo *último.* Que puedan existir, en alguna parte, cautivos de esos cautivos, erigidos a su vez en especie superior, predilecta y autorizada, que no sepan roer ya ni los huesos dejados por sus perros, que disputen carroñas a los buitres, que aúllen su celo, en las noches del celo, con aullidos de bestia. Nada común hay entre estos entes

243

y yo. Nada. Tampoco tengo nada que ver con sus amos, los tragadores de gusanos, los lamedores de tierras, que me rodean... Y, sin embargo, en medio de las hamacas apenas hamacas —cunas de lianas, más bien—, donde yacen y fornican y procrean, hay una forma de barro endurecida al sol: una especie de jarra sin asas, con dos hoyos abiertos lado a lado, en el borde superior, y un ombligo dibujado en la parte convexa con la presión de un dedo apoyado en la materia, cuando aún estuviese blanda. Esto es Dios. Más que Dios: es la Madre de Dios. Es la Madre, primordial de todas las religiones. El principio hembra, genésico, matriz, situado en el secreto prólogo de todas las teogonías. La Madre, de vientre abultado, vientre que es a la vez ubres, vaso y sexo, primera figura que modelaron los hombres, cuando de las manos naciera la posibilidad del Objeto. Tenía ante mí a la Madre de los Dioses Niños, de los totems dados a los hombres para que fuesen cobrando el hábito de tratar a la divinidad, preparándose para el uso de los Dioses Mayores. La Madre, «solitaria, fuera del espacio y más aún del tiempo», de quien Fausto pronunciara el sólo enunciado de *Madre*, por dos veces, con terror. Viendo ahora que las ancianas de pubis arrugado, los trepadores y las hembras empreñadas me miran, esbozo un torpe gesto de reverencia hacia la vasija sagrada. Estoy en morada de hombres y debo respetar a sus Dioses. .. Pero he aquí que todos echan a correr. Detrás de mí, bajo un amasijo de hojas colgadas de ramas que sirven de techo, acaban de tender el cuerpo hinchado y negro de un cazador mordido, por un crótalo. Fray Pedro dice que ha muerto hace varias horas. Sin embargo, el Hechicero comienza a sacudir una calabaza llena de gravilla —único instrumento que conoce esta gente— para tratar de ahuyentar a los mandatarios de la Muerte. Hay un silencio ritual, preparador del ensalmo, que lleva la expectación de los que esperan a su colmo. Y en la gran selva que se llena de espantos nocturnos, surge la Palabra. Una palabra que es ya más que palabra. Una palabra que imita la voz de quien dice, y también la que se atribuye al espíritu que posee el cadáver. Una sale de la garganta del ensalmador; la otra, de su vientre. Una es grave y confusa como un subterráneo hervor de lava; la otra, de timbre mediano, es colérica y destemplada. Se alternan. Se responden. Una increpa cuando la otra gime; la del vientre se hace sarcasmo cuando la que surge del gaznate parece apremiar. Hay como portamentos guturales, prolongados en aullidos; sílabas que, de pronto, se repiten mucho, llegando a crear un ritmo; hay trinos de súbito cortados por cuatro notas que son el embrión de una melodía. Pero luego es el vibrar de la lengua entre los labios, el ronquido hacia adentro, el jadeo, a contratiempo sobre la maraca. Es algo situado mucho más allá del lenguaje, y que, sin embargo, está muy lejos aún del canto. Algo que ignora la vocalización, pero es ya algo más que palabra. A poco de prolongarse, resulta horrible, pavorosa, esa grita sobre un cadáver rodeado de perros mudos. Ahora, el Hechicero se le encara, vocifera, golpea con los talones en el suelo, en lo más desgarrado de un furor imprecatorio que es ya la verdad profunda de toda tragedia —intento primordial de lucha contra las potencias de aniquilamiento que se atraviesan en los cálculos del hombre. Trato de mantenerme fuera de esto, de guardar distancias. Y, sin embargo, no puedo sustraerme a la horrenda fascinación que esta ceremonia ejerce sobre mí... Ante la terquedad de la Muerte, que se niega a soltar su presa, la Palabra de pronto, se ablanda y descorazona. En boca del Hechicero, del órfico ensalmador, estertora y cae, convulsivamente, el Treno[20] —pues esto y no otra cosa es un *treno*—, dejándome deslumbrado con la revelación de que acabo de asistir al Nacimiento de la Música.

## XXIV

*(Sábado, 23 de junio)*

Hace dos días que andamos sobre el armazón del planeta, olvidados de la Historia y hasta de las oscuras migraciones de las eras sin crónicas. Lentamente, subiendo siempre, navegando tramos de torrentes, entre una cascada y otra cascada, caños quietos entre un salto y otro salto, obligado a izar las barcas al compás de salomas de peldaño en peldaño, hemos alcanzado el suelo en que se alzan las Grandes Mesetas. Lavadas de su vestidura —cuando la tuvieron— por milenios de lluvias, son Formas de roca desnuda, reducidas a la grandiosa elementalidad de una geometría telúrica. Son los monumentos primeros que se alzaron sobre la corteza terrestre, cuando aún no hubiera ojos que pudieran contemplarlos, y su misma vejez, su abolengo impar, les confiere una aplastante majestad. Los hay

---

[20] *Treno* es un canto fúnebre, lamento y queja.

que parecen inmensos cilindros de bronce, pirámides truncas, largos cristales de cuarzo parados entre las aguas. Los hay, más abiertos en la cima que en la base, todos agrietados de alvéolos como gigantescas madréporas. Los hay que tienen una misteriosa solemnidad de *Puertas de Algo* —de Algo desconocido y terrible— a que deben conducir esos túneles que se ahondan en sus flancos a cien palmos sobre nuestras cabezas. Cada meseta se presenta con una morfología propia, hecha de aristas, de cortes bruscos, de perfiles rectos o quebrados. La que no se adorna de un obelisco encarnado, de un farallón de basalto, tiene una terraza flanqueante, se recorta en biseles, afila sus ángulos, o se corona de extraños cipos que semejan figuras en procesión. De pronto, rompiendo con esa severidad de lo creado, algún arabesco de la piedra, alguna fantasía geológica, se confabula con el agua para poner un poco de movimiento en este país de lo inconmovible. Es, allá, una montaña de granito casi rojo, que suelta siete cascadas amarillas por el almenaje de una cornisa cimera. Es un río que se arroja al vacío y se deshace en arcoiris sobre la cuesta jalonada de árboles petrificados. Las espumas de un torrente bullen bajo enormes arcos naturales, acrecidos por ecos atronadores, antes de dividirse y caer en una sucesión de estanques que se derraman unos en otros. Se adivina que arriba, en las cumbres, en el escalonamiento de las últimas planicies lunares, hay lagos vecinos de las nubes que guardan sus aguas vírgenes en soledades nunca holladas por una planta humana. Hay escarchas en el amanecer, fondos helados, orillas opalescentes y honduras que se llenan de noche antes del crepúsculo. Hay monolitos parados en el borde de las cimas, agujas, signos, hendeduras que respiran sus nieblas; peñascos rugosos, que son como coágulos de lava —meteoritas, acaso, caídas de otro planeta. No hablamos. Nos sentimos sobrecogidos ante el fausto de las magnas obras, ante la pluralidad de los perfiles, el alcance de las sombras, la inmensidad de las explanadas. Nos vemos como intrusos, prestos a ser arrojados de un dominio vedado. Lo que se abre ante nuestros ojos es el mundo anterior al hombre. Abajo, en los grandes ríos, quedaron los saurios monstruosos, las anacondas, los peces con tetas, los laulaus cabezones, los escualos de agua dulce, los gimnotos y lepidosirenas, que todavía cargan con su estampa de animales prehistóricos, legado de las dragonadas del Terciario. Aquí, aunque algo huya bajo los helechos arborescentes, aunque la abeja trabaje en las cavernas, nada parece saber de seres vivientes. Acababan de apartarse las aguas, aparecida es la Seca, hecha es la yerba verde, y, por vez primera, se prueban las lumbreras que habrán de señorear en el día y en la noche. Estamos en el mundo del Génesis, al fin del Cuarto Día de la Creación. Si retrocediéramos un poco más, llegaríamos adonde comenzara la terrible soledad del Creador —la tristeza sideral de los tiempos sin incienso y sin alabanzas, cuando la tierra era desordenada y vacía, y las tinieblas estaban sobre la haz del abismo[21].

---

[21] A fuerza de evocar el Génesis, se repiten sus palabras al final del capítulo.

ver[?] verde. Y, por ver cumplir su anuncio, los hombres que
habían despedazado a[?] una y en la mitad del camino es el
minuto del Exceso, saludel Cuaternidad de la creación. Así
retrocediéramos un poco más llegaríamos, adonde comienza
la escritura soledad del Criador —la más extendida del de los
plumas? Sin embargo, por tal razón, cuando hincáramos la
totalidad y silencia, y las escrituras estaba sobre la Faz del
abismo?

a línea de escora el Oriente se reprimir en palabras al final sur
página

## Capítulo quinto

Cánticos me fueron tus estatutos...

(Salmo 119)

Indios disfrazados para baile ritual descrito en la novela,
según Gheerbrant.

# XXV

El Adelantado ha alzado el brazo, señalando el rumbo del Oro, y Yannes se despide de nosotros para buscar el tesoro de la tierra. Solitario ha de ser el minero que no quiere compartir su hallazgo; avaro en sus manejos, mentiroso en sus decires, borrando el camino detrás de sí como el animal que barre sus huellas con la cola. Hay un instante de emoción cuando nos abrazamos a ese campesino con perfil de acaieno, conocedor de Homero, que tanto parecía haberse apegado a nosotros. Hoy lo guía la codicia del metal precioso que hacía de Micenas una ciudad de oro, y emprende la ruta de los aventureros. Quiere hacernos un presente, y no teniendo más que la ropa que lleva puesta, nos tiende, a Rosario y a mí, el tomo de *La Odisea.* Alborozada, *Tu mujer* lo agarra creyendo que es una Historia Sagrada y que nos traerá buena suerte. Antes de que yo pueda desengañarla, Yannes se aleja de nosotros, camino de su barca, de torso desnudo en el amanecer, llevando su remo en el hombro con sorprendente estampa de Ulises. Fray Pedro lo bendice, y proseguimos nuestra navegación en las aguas de un angosto caño que habrá de conducirnos al muelle de la Ciudad. Porque, ahora que el griego ha partido, puede hablarse a voces del secreto: el Adelantado ha fundado una ciudad. No me canso de repetírmelo, desde que esto de *una ciudad* me fuera confiado, hace pocas noches, encendiendo más luminarias en mi imaginación que los nombres de las gemas más codiciadas. Fundar una ciudad. Yo fundo una ciudad. Él ha fundado una ciudad. Es posible conjugar semejante verbo. Se puede ser Fundador de una Ciudad. Crear y gobernar una ciudad que no figure en los mapas, que se sustraiga a los horrores de la época, que nazca así, de la voluntad de un hombre, en este mundo del Génesis. La primera ciudad. La ciudad de Henoch[1], edificada cuando aún no había nacido Tubalcaín el herrero, ni Jubal, el tañedor del arpa y del órgano... Recuesto la cabeza en el regazo de Rosario, pensando en los inmensos territorios, en las sierras inexploradas, en las mesetas sin cuento, donde podrían fundarse ciudades en este continente de naturaleza todavía invencida por el hombre; me arrulla el acompasado chapoteo de la boga y me sumo en una somnolencia feliz, en medio de las aguas vivas, cerca de plantas que ya recobran fragancias de montaña, respirando un aire delgado que ignora las exasperantes plagas de la selva. Transcurren las horas en calma, bordeándose las mesetas, pasándose de un curso a otro por pequeños laberintos de aguas mansas que, de pronto, nos hacen volver las espaldas al sol, para recibirlo de frente, luego, a la vuelta de un farallón revestido de yedras raras. Y cae la tarde cuando por fin se amarra la barca y puedo asomarme al portento de Santa Mónica de los Venados. Pero la verdad es que me detengo, desconcertado. Lo que veo allí, en medio del pequeño valle, es un espacio de unos doscientos metros de lado, limpiado a machete, en cuyo extremo se divisa una casa grande, de paredes de bahareque, con una puerta y cuatro ventanas. Hay dos viviendas más pequeñas, semejantes a la primera en cuanto a construcción, situadas a ambos lados de una suerte de almacén o establo. También se ven unas diez chozas indias, de cuyas hogueras se levanta un humo blanquecino. El Adelantado me dice, con un temblor de orgullo en la voz: «Esta es la Plaza Mayor... Esa, la Casa de Gobierno... Allí vive mi hijo Marcos... Allá, mis tres hijas... En la nave tenemos granos y enseres, y algunas bestias... Detrás, el barrio de los indios...» Y añade, volviéndose hacia fray Pedro: «Frente a la Casa de Gobierno levantaremos la Catedral.» No ha terminado de señalarme la huerta, los sembrados de maíz, el cercado en que se inicia una cría de cerdos y de cabras, gracias a los verracos y chivatos traídos, con increíbles penalidades, desde Puerto Anunciación, cuando se desborda el vecindario, se arma la grita de bienvenida, y acuden las esposas indias, y las hijas mestizas, y el hijo alcalde, y todos los indios, a recibir a su Gobernador, acompañado del primer Obispo. «Santa Mónica de los Venados —me advierte fray Pedro—, porque esta es tierra del venado rojo; y Mónica se llamaba la madre del fundador: Mónica, aquella

---

[1] *Henoch,* ciudad fundada por Caín, que lleva el nombre de su hijo. Tubalcaín y Jubal son también personajes del Antiguo Testamento.

252

que parió a San Agustín, santa que fuera *mujer de un solo varón, y que por sí misma había criado a sus hijos.*» Le confieso, sin embargo, que la palabra ciudad me había sugerido algo más imponente o raro. «¿Manoa?», me pregunta el fraile con sorna. No es eso. Ni Manoa, ni El Dorado. Pero yo había pensado en algo distinto. «Así eran en sus primeros años las ciudades que fundaron Francisco Pizarro, Diego de Losada o Pedro de Mendoza»[2], observa fray Pedro. Mi silencio aquiescente no excluye, empero, una serie de interrogaciones nuevas que los preparativos de un festín de perniles asados en un fuego de leña me impide formular de inmediato. No comprendo cómo el Adelantado, en oportunidad impar de fundar una villa fuera de la Época, se echa encima el estorbo de una iglesia que le trae el tremendo fardo de sus cánones, interdictos, aspiraciones e intransigencias, teniéndose en cuenta, sobre todo, que no alienta una fe muy sólida y acepta las misas, preferentemente cuando se dicen en acción de gracia por peligros vencidos. Pero no hay muchas oportunidades, ahora, para hacer preguntas. Me dejo invadir por la alegría de haber llegado a alguna parte. Ayudo a asar carne, voy por leña, me intereso por el canto de los que cantan, y me ablando las articulaciones con una suerte de pulque burbujeante, con sabor a tierra y a resina, que todos beben en jícaras pasadas de boca en boca... Y más tarde, cuando todos se hayan hartado, cuando duermen los del caserío indio y las hijas del Fundador se recojen en su gineceo, escucharé, junto al hogar de la Casa de Gobierno, una historia que es historia de rumbos. «Pues, señor —dice el Adelantado, arrojando una rama al fuego—, me llamo Pablo, y mi apellido es tan corriente como llamarse Pablo, y si a grandes hechos suena el título de Adelantado, les diré que sólo se trata de un mote que me dieron unos mineros, al ver que siempre me adelantaba a los demás en lo de hacer pasar por mi batea las arenas de un río»...

Bajo el emblema del caduceo[3], un hombre de veinte años, con el pecho desgarrado por una tos rebelde, mira a la calle a través de las bolas de cristal, llenas de agua tinta, de una far-

---

[2] *Francisco Pizarro* (1474?-1541), conquistador del Perú con sus hermanos Gonzalo, Hernando y Juan. *Diego de Losada* (m. 1569), conquistador español que fundó Caracas en 1567. *Pedro de Mendoza* (1487-1537), primer Adelantado del Río de la Plata, fundador de Buenos Aires en 1536.
[3] *Caduceo,* varilla con dos alas en la punta y dos culebras enroscadas, emblema de Mercurio y de la farmacia.

macia de viejos. Hacia allí es la provincia de los maitines y rosarios, de las melcochas y hojaldres de monjas; pasa el cura con su teja, y todavía hay sereno que canta por Marías Santísimas a la hora en noche nublada. Más allá son las Tierras del Caballo, durante jornadas y jornadas; luego, los caminos que suben, y la ciudad de casas crecidas, donde el adolescente no halló sino oficios de sombras, de sótanos, de carboneras y de cloacas. Vencido y enfermo, se ha ofrecido a trabajar en botica, a cambio de remedios y albergue. Algo le enseñaron de maceraciones, y le confían las recetas de prescipción casera, a base de nuez vómica, raíz de altea o tártaro emético. Y a la hora de la siesta, cuando nadie transita a la sombra de los aleros, el mozo se encuentra solo en el laboratorio, de espaldas a la calle, y ocurre que las manos se le duermen sobre la linaza, contemplando, por entre las moletas y almireces, el correr despacio de un ancho río cuyas aguas vienen de las tierras del oro. A veces, traídos por barcos tan viejos que cargan una estampa de otros tiempos, bajan al desembarcadero cercano unos hombres de andar agobiado, que tientan con bastones las tablas podridas del andén, como si al llegar al puerto desconfiaran todavía de las añagazas y tembladeras de la tierra. Son mineros palúdicos, caucheros que se rascan las sarnas, leprosos de las misiones abandonadas, que acuden a la farmacia, quien por quinina, quien por chamugra, quien por azufre, y al hablar de las comarcas donde creen haber contraído sus plagas, van descorriendo, ante el oscuro pasante, las cortinas de un mundo ignorado. Llegan los vencidos, pero llegan, también, los que arrancaron al barro una mirífica gema, y, durante ocho días, se hartarán de hembras y de músicas. Pasan los que nada hallaron, pero traen los ojos enfebrecidos por el barrunto de un tesoro posible. Esos no descansan ni preguntan dónde hay mujeres. Se encierran con llave en sus habitaciones, examinando las muestras que traen en frascos, y, apenas curados de una llaga o aliviados de una buba, parten, de noche, a la hora en que todos duermen, sin revelar el secreto de su rumbo. El joven no envidia a los de su edad que, cada lunes del año, después de haber oído una última misa en la iglesia de púlpito carcomido, salen con sus ropas de domingos, para irse a la ciudad lejana. Andando de frascos a recetarios, aprende a hablar de yacimientos nuevos; conoce los nombres de quienes encargan bombonas de agua de azahar para bañar a sus indias; repasa los extraños nombres de ríos ignorados por los libros; obsesionado por la percutiente sonoridad del Cataniapo o del Cunucunuma, sueña frente a los mapas, contemplando incansablemente las zonas coloreadas en verde, desnudas, donde no aparecen nombres de poblaciones. Y un día, al alba, sale por una ventana de su laboratorio, hacia el embarcadero donde los mineros izan la vela de su barca, ofrece remedios a cambio de ser llevado. Durante diez años comparte las miserias, desengaños, rencores, insistencias más o menos afortunadas, de los buscadores. Nunca favorecido, se aventura más lejos, cada vez más lejos, cada vez más solo, habituado ya a hablar con su propia sombra. Y una mañana se asoma al mundo de las Grandes Mesetas. Camina durante noventa días, perdido entre montañas sin nombre, comiendo larvas de avispas, hormigas, saltamontes, como hacen los indios en meses de hambruna. Cuando desemboca en este valle, una llaga engusanada le está dejando una pierna en el hueso. Los indios del lugar —gente asentada, de una cultura semejante a los factores de la jarra funeraria— lo curan con hierbas. Sólo un hombre blanco vieron antes que él, y piensan, como los de muchos pueblos de la selva, que somos los últimos vástagos de una especie industriosa pero endeble, muy numerosa en otros tiempos, pero que está ahora en vías de extinción. Su larga convalecencia lo hace solidario de las penurias y trabajos de esos hombres que lo rodean. Encuentra algún oro al pie de aquella peña que la luna, esta noche, hace de estaño. Al volver de cambiarlo en Puerto Anunciación, trae semillas, posturas y algún apero de labranza y carpintería. Al regreso del segundo viaje trae una pareja de cerdos atados de patas en el fondo de la barca. Luego, es la cabra preñada y el becerro destetado, para el cual tienen los indios, como Adán, que inventar un nombre, pues jamás vieron semejante animal. Poco a poco, el Adelantado se va interesando por la vida que aquí prospera. Cuando se baña al pie de alguna cascada, en las tardes, las mozas indias le arrojan pequeños guijarros blancos, desde la orilla, en señal de apremio. Un día toma mujer, y hay grande holgorio al pie de las rocas. Piensa, entonces, que si sigue apareciendo en Puerto Anunciación con algún polvo de oro en los bolsillos, no tardarán los mineros en seguirle el rastro, invadiendo este valle ignorado para trastornarlo con sus excesos, rencores y apetencias. Con el ánimo de burlar las suspicacias, comercia ostensiblemente con pájaros embalsamados, orquídeas, huevos de tortugas. Un día se percata de que ha fundado una ciudad. Siente, probablemente, la sorpresa que yo mismo tuve al comprender que era conjugable el verbo «fundar» al hablarse de una ciudad. Puesto que todas las ciudades nacieron así, hay razón para esperar que Santa

Mónica de los Venados, en el futuro, llegue a tener monumentos, puentes y arcadas. El Adelantado traza el contorno de la Plaza Mayor. Levanta la Casa de Gobierno. Firma un acta y la entierra bajo una lápida en lugar visible. Señala el lugar del cementerio para que la misma muerte se haga cosa de orden. Ahora sabe dónde hay oro. Pero ya no le afana el oro. Ha abandonado la búsqueda de Manoa, porque mucho más le interesa ya la tierra, y sobre ella, el poder de legislar por cuenta propia. Él no pretende que esto sea algo semejante al Paraíso Terrenal de los antigos cartógrafos. Aquí hay enfermedades, azotes, reptiles venenosos, insectos, fieras que devoran los animales trabajosamente levantados; hay días de inundación y días de hambruna, y días de impotencia ante el brazo que se gangrena. Pero el hombre, por muy largo atavismo, está hecho a sobrellevar tales males. Y cuando sucumbe, es trabado en una lucha primordial que figura entre las más auténticas leyes del juegos de existir: «El oro —dice el Adelantado— es para los que regresan allá.» Y ese *allá* suena en su boca con timbre de menosprecio —como si las ocupaciones y empeños de los de *allá* fuesen propias de gente inferior. Es indudable que la naturaleza que aquí nos circunda es implacable, terrible, a pesar de su belleza. Pero los que en medio de ella viven la consideran menos mala, más tratable, que los espantos y sobresaltos, las crueldades frías, las amenazas siempre renovadas, del mundo de *allá*. Aquí, las plagas, los padecimientos posibles, los peligros naturales, son aceptados de antemano: forman parte de un Orden que tiene sus rigores. La Creación no es algo divertido, y todos lo admiten por instinto, aceptando el papel asignado a cada cual en la vasta tragedia de lo creado. Pero es tragedia con unidades de tiempo, de acción y de lugar, donde la misma muerte opera por acción de mandatarios conocidos, se acompañan del rayo y del trueno que siguen usando, en días de ira, los dioses de más larga residencia entre nosotros. A la luz del sol o al calor de la hoguera, los hombres que aquí viven sus destinos se contentan de cosas muy simples, hallando motivo de júbilo en la tibieza de una mañana, una pesca abundante, la lluvia que cae tras de la sequía, con explosiones de alegría colectiva, de cantos y de tambores promovidos por sucesos muy sencillos como fue el de nuestra llegada. «Así debió vivirse en la ciudad de Henoch», pienso yo, y al punto vuelve a mi mente una de las interrogaciones que me asaltaron al desembarcar. En ese momento salimos de la Casa de Gobierno para aspirar el aire de la noche. El adelantado me muestra entonces, en un paredón de roca, unos signos trazados a gran altura por artesanos desconocidos —artesanos que hubieran sido izados hasta el nivel de su tarea por un andamiaje imposible en tales tránsitos de su cultura material. A la luz de la luna se dibujan figuras de escorpiones, serpientes, pájaros, entre otros signos sin sentido para mis ojos, que tal vez fueran figuraciones astrales. Una explicación inesperada viene, de pronto, al encuentro de mis escrúpulos: un día, al regresar de un viaje —cuenta el Fundador—, su hijo Marcos, entonces adolescente, lo dejó atónito al narrarle la historia del Diluvio Universal. En su ausencia, los indios habían enseñado al mozo que esos petroglifos que ahora contemplábamos, fueron trazados en días de gigantesca creciente, cuando el río se hinchara hasta allí, por un hombre que, al ver subir las aguas, salvó una pareja de cada especie animal en una gran canoa. Y luego llovió durante un tiempo que pudo ser de cuarenta días y cuarenta noches, al cabo del cual, para saber si la gran inundación había cesado, despachó una rata que le volvió con una mazorca de maíz entre las patas. El Adelantado no hubiera querido enseñar la historia de Noé —por ser patraña— a sus hijos; pero al ver que la sabían sin más variante que una rata puesta en lugar de la paloma, y una mazorca de maíz en lugar de la rama de olivo, confió el secreto de esta ciudad naciente a fray Pedro, a quien consideraba un hombre, porque era de los que viajaban solos por regiones desconocidas y sabía hacer curas y distinguir las yerbas. «Ya que al fin y al cabo les contarán los mismos cuentos, que los aprendan como los aprendí yo.» Pensando en los Noés de tantas religiones, se me ocurre objetar que el Noé indio me parece más ajustado a la realidad de estas tierras, con su mazorca de maíz, que la paloma con su ramo de olivo, puesto que nadie vio nunca un olivo en la selva[4]. Pero el fraile me interrumpe abruptamente, con tono agresivo, preguntándome si he

---

[4] En un relato publicado años después de *Los pasos perdidos*, Carpentier cuenta la historia de los Noés de varias culturas, que se encuentran con sus respectivas arcas en medio del diluvio. El relato, intitulado «Los advertidos», figura en algunas ediciones de *Guerra del tiempo* (ver bibliografía). Esta versión del origen común, pero múltiple de los mitos, está basada probablemente en Vico, sobre todo por la importancia que el filósofo italiano le dio al diluvio en su esquema de la historia universal. Para Vico, la historia propiamente humana comienza después del diluvio, cuando la humanidad tiene que rehacer el mundo. La historia de la fundación de la ciudad por parte del Adelantado claramente anticipa la fundación de Macondo en *Cien años de soledad*.

olvidado el hecho de la redención: «Alguien ha muerto por los que aquí nacieron, y era menester que la noticia les fuese dada.» Y atando dos ramas en cruz con una liana, la planta de modo casi rabioso, en el lugar donde comenzará a erigirse, mañana, la choza redonda que será el primer templo de la ciudad de Henoch. «Además, viene a sembrar cebollas», me advierte el Adelantado, a modo de excusa.

## XXVI

*(27 de junio)*[5]

Amanece sobre las Grandes Mesetas. Las nieblas de la noche demoran entre las Formas, tendiendo velos que se adelgazan y aclaran cuando la luz se refleja en un acantilado de granito rosa y baja al plano de las inmensas sombras recostadas. Al pie de los paredones verdes, grises, negros, cuyas cimas parecen diluirse entre brumas, los helechos sacuden el leve cierzo que los esmalta. Asomado a una oquedad en la que apenas pudiera ocultarse un niño, contemplo una vida de líquenes, de musgos, de pigmentos plateados, de herrumbres vegetales, que es, en escala minúscula, un mundo tan complejo como el de la gran selva de abajo. Hay tantas vegetaciones distintas, en un palmo de humedad, como especies se disputan allá el espacio que debiera bastar para un solo árbol. Este placton de la tierra es como una pátina que se espesa de una cascada caída de muy alto, cuyo constante hervor de espumas ha cavado un estanque en la roca. Aquí es donde nos bañamos desnudos, los de la Pareja, en agua que bulle y corre, brotando de cimas ya encendidas por el sol, para caer en blanco verde, y derramarse, más abajo, en cauces que las raíces del tanino tiñen de ocre. No hay alarde, no hay fingimiento edénico, en esta limpia desnudez, muy distinta de la que jadea y se vence en las noches de nuestra choza, y que aquí liberamos con una suerte de travesura, asombrados de que sea tan grato sentir la brisa y

---

[5] El error en la fecha del diario antes notado continúa, naturalmente, y el «domingo 24 de junio» de la jornada anterior debía ser sábado. Este 27, por la cuenta del protagonista-narrador, debía ser miércoles, pero en realidad es martes. En todo caso, se ha vuelto a saltar un lunes.

la luz en partes del cuerpo que la gente *de allá* muere sin haber expuesto alguna vez al aire libre. El sol me ennegrece la franja de caderas a muslo que los nadadores de mi país conservan blanca, aunque se hayan bañado en mares de sol. Y el sol me entra por entre las piernas, me calienta los testículos, se trepa a mi columna vertebral, me revienta por los pectorales, oscurece mis axilas, cubre de sudor mi nuca, me posee, me invade, y siento que en su ardor se endurecen mis conductos seminales y vuelvo a ser la tensión y el latido que buscan las oscuras pulsaciones de entrañas caladas a lo más hondo, sin hallar límite a un deseo de integrarme que se hace añoranza de matriz. Y luego, es el agua otra vez, a cuyo fondo desembocan manantiales helados que voy a buscar con la cara, metiendo las manos en una arena gruesa, que es como limalla de mármol. Más tarde vendrán los indios y se bañarán en cueros, sin más traje que el de las manos abiertas sobre el pene. Y a mediodía será fray Pedro, sin cubrir siquiera las canas de su· sexo, huesudo y enjuto como un San Juan predicando en el desierto... Hoy he tomado la gran decisión de no regresar *allá*. Trataré de aprender los simples oficios que se practican en Santa Mónica de los Venados y que ya se enseñan a quien observe las obras de edificación de su iglesia. Voy a sustraerme el destino de Sísifo que me impuso el mundo de donde vengo, huyendo de las profesiones hueras, del girar de la ardilla presa en tambor de alambre, del tiempo medido y de los oficios de tinieblas. Los lunes dejarán de ser, para mí, lunes de ceniza, ni habrá por qué recordar que el lunes es lunes, y la piedra que yo cargaba será de quien quiera agobiarse con su peso inútil. Prefiero empuñar la sierra y la azada a seguir encallando la música en menesteres de pregonero. Lo digo a Rosario, que acepta mi propósito con alegre docilidad, como siempre recibirá la voluntad de quien reciba por varón. *Tu mujer* no ha comprendido que esa determinación es, para mí, mucho más grave de lo que parece, puesto que implica una renuncia a todo lo *de allá*. Para ella, nacida en el lindero de la selva, con hermanas amaridadas a mineros, es normal que un hombre prefiera la vastedad de lo remoto al hacinamiento de las ciudades. Además, no creo que para habituarse a mí haya tenido que hacer tantos acomodos intelectuales como yo. Ella no me ve como un hombre muy distinto de los otros que haya conocido. Yo, para amarla —pues creo amarla entrañablemente ahora—, he tenido que establecer una nueva escala de valores, en punto a lo que debe apegar un hombre de mi formación a una mujer que es toda una mujer, sin ser más que

259

una mujer. Me quedo, pues, con toda conciencia de lo que hago. Y al repetirme que me quedo, que mis claridades serán ahora las del sol y las de la hoguera, que cada mañana hundiré el cuerpo en el agua de esta cascada, y que una hembra cabal y entera, sin torceduras, estará siempre al alcance de mi deseo, me invade una inmensa alegría. Recostado sobre una laja, mientras Rosario, de senos al desgaire, lava sus cabellos en la corriente, tomo la vieja *Odisea* del griego, tropezando, al abrir el tomo, con un párrafo que me hace sonreír: aquel en que se habla de los hombres que Ulises despacha al país de los lotófagos, y que, al probar la fruta que allí se daba, se olvidan de regresar a la patria. «Tuve que traerlos a la fuerza, sollozantes —cuenta el héroe— y encadenarlos bajo los bancos, en el fondo de sus naves»[6]. Siempre me había molestado, en el maravilloso relato, la crueldad de quien arranca sus compañeros a la felicidad hallada, sin ofrecerles más recompensa que la de servirlo. En ese mito veo como un reflejo de la irritación que causan siempre a la sociedad los actos de quienes encuentran, en el amor, en el disfrute de un privilegio físico, en un don inesperado, el modo de sustraerse a las fealdades, prohibiciones y vigilancias padecidos por los más. Doy media vuelta sobre la piedra cálida, y esto me hace mirar hacia donde varios indios, sentados en torno a Marcos, el primogénito del Adelantado, trabajan en obras de cestería. Pienso ahora que mi vieja teoría acerca de los orígenes de la música era absurda. Veo cuán vanas son las especulaciones de quienes pretenden situarse en los albores de ciertas artes o instituciones del hombre, sin conocer, en su vida cotidiana, en sus prácticas curativas y religiosas, al hombre prehistórico, contemporáneo nuestro. Muy ingeniosa era mi idea de hermanar el propósito mágico de la plástica primitiva —la representación del animal, que otorga poderes sobre ese animal— con la fijación primera del ritmo musical, debida al afán de remedar el galope, trote, paso, de los animales. Pero yo asistí, hace días, al nacimiento de la música. Pude ver más allá del treno con que Esquilo resucita al emperador de los persas; más allá de la oda con que los hijos de Autolicos detienen la sangre negra que mana de las heridas de Ulises; más allá del canto destinado a preservar al faraón Unas de las mordeduras de sierpes,

---

[6] Este pasaje de *La Odisea* aparece en el Libro 9, versos 105-06. Que el libro se abra «al azar» en este pasaje es otro indicio de hasta qué punto el Libro, la escritura, anticipa las acciones del protagonista, aun su plan de evasión.

en su viaje de ultratumba[7]. Lo que he visto confirma, desde luego, la tesis de quienes dijeron que la música tiene un origen mágico. Pero esos llegaron a tal razonamiento a través de los libros, de los tratados de psicología, construyendo hipótesis arriesgadas acerca de la pervivencia, en la tragedia antigua, de prácticas derivadas de una hechicería ya remota. Yo, en cambio, *he visto* cómo la palabra emprendía su camino hacia el canto, sin llegar a él; he visto cómo la repetición de un mismo monosílabo originaba un ritmo cierto; he visto, en el juego de la voz real y de la voz fingida que obliga al ensalmador a alternar dos alturas de tono, cómo podía originarse un tema musical de una práctica extramusical. Pienso en las tonterías dichas por quienes llegaron a sostener que el hombre prehistórico halló la música en el afán de imitar la belleza del gorjeo de los pájaros —como si el trino del ave tuviese un sentido musical estético para quien lo oye constantemente en la selva, dentro de un concierto de rumores, ronquidos, chapuzones, fugas, gritos, cosas que caen, aguas que brotan, interpretado por el cazador como una suerte de código sonoro, cuyo entendimiento es parte principal del oficio. Pienso en otras teorías falaces y me pongo a soñar en la polvareda que levantarían mis observaciones en ciertos medios musicales aferrados a tesis librescas. También sería útil recoger algunos de los cantos de indios de este lugar, muy bellos dentro de su elementalidad, con sus escalas singulares, destructoras de esa otra noción generalizada según la cual los indios sólo saben cantar en gamas pentáfonas... Pero, de pronto, me enojo conmigo mismo, al verme entregado a tales cavilaciones. He tomado la decisión de quedarme aquí y debo dejar de lado, de una vez, esas vanas especulaciones de tipo intelectual. Para zafarme de ellas me pongo la poca ropa que aquí uso y voy a reunirme con los que están acabando de construir la iglesia. Es una cabaña redonda, amplia, con techo puntiagudo como el de las churuatas, de hojas de moriche sobre viguetería de ramas, rematada por una cruz de madera. Fray Pedro se ha empeñado en que las ventanas tuviesen una figuración gótica, con arco quebrado, y el repetido encuentro de dos líneas curvas en una pared de bahareque es, en estas lejanías, una premonición de canto

---

[7] Cuando Ulises regresa a Itaca, disfrazado de mendigo, su vieja nodriza Euriclea lo reconoce por una cicatriz en el muslo. Se cuenta entonces cómo, siendo niño Ulises, fue herido en un accidente de caza, y los hijos de Autólicos detienen la sangre con una canción mágica. Libro 19, versos 423-426.

llano. Colgamos un tronco ahuecado de la espadaña, pues, a falta de campanas, lo que sonará aquí es una suerte de teponaxtle[8] ideado por mí. La fabricación de aquel instrumento me fue sugerida por el tambor-bastón-de-ritmo que está en la choza, y me es preciso confesar que el estudio de su principio resonante se acompañó de una prueba dolorosa. Cuando, dos días antes, desaté las lianas que sujetaban las esteras protectoras, éstas, hinchadas por la humedad, se atiesaron de golpe, echando a rodar la jarra funeraria, las sonajeras, los caramillos, sobre el suelo. De pronto me vi rodeado de objetos-acreedores, y de nada me sirvió arrinconarlos, como a niños castigados, para olvidar su acusadora presencia. Vine a estas selvas, solté mi fardo, hallé mujer, gracias al dinero que debo a estos instrumentos que no me pertenecen. Por evadirme estoy atando, desde aquí, a mi fiador. Y me digo que lo estoy atando, porque el Curador aceptará seguramente la responsabilidad de mi defección, devolviendo los fondos que se me entregaron, a costa de empeños, sacrificios y, tal vez, de préstamos usurarios. Yo sería feliz, plácidamente feliz, si junto a la cabecera de mi hamaca no se hallaran esas piezas de museo, en perpetuo reclamo de fichas y vitrinas. Debería sacar esos instrumentos de aquí, romperlos acaso, enterrar sus restos al pie de alguna peña. No puedo hacerlo, sin embargo, porque mi conciencia ha vuelto al asiento desertado, y tanto la tuve ausente que me ha venido llena de desconfianza y resquemores. Rosario sopla en una de las cañas de la botija ritual y suena un bramido bronco, como de animal caído en las tinieblas de un pozo. La aparto con un gesto tan brusco, que se aleja, dolida, sin comprender. Para desarrugar su ceño, le cuento la razón de mi enojo. Ella no demora en dar con la solución más simple: enviaré esos instrumentos a Puerto Anunciación, dentro de algunos meses, cuando el Adelantado haga su viaje acostumbrado, para proveerse de remedios indispensables y reponer algún enser dañado por el mucho uso. Allí se encargará una hermana suya de hacerles descender el río hasta donde haya correo. Mi conciencia deja de torturarme, pues el día en que los bultos se pongan en camino habré pagado las llaves de la evasión.

---

[8] El *teponaxtle,* o *teponascle* es un instrumento de percusión, hecho de madera, llamado también *teponaztli.* Es de origen mexicano.

He ascendido al cerro de los petroglifos con fray Pedro, y ahora descansamos sobre un suelo de esquisitos[9], accidentado de peñas negras erguidas contra el viento por todos sus filos, o derribados a modo de ruinas, de escombros, entre vegetaciones que parecen recortadas en fieltro gris. Hay algo remoto, lunar, no destinado al hombre, en esta terraza que conduce a las nubes, y que surca un arroyo de agua helada, que no es agua de manantiales, sino agua de nieblas. Me siento vagamente inquieto —un poco intruso, por no decir sacrílego— al pensar que con mi presencia se rompe el arcano de una teratología[10] de lo mineral, cuya grandiosa aridez, obra de una erosión milenaria, pone al desnudo un esqueleto de montañas que parece hecho con piedras de azufre, lavas, calcedonias molidas, escorias plutonianas. Hay gravas que me hacen pensar en mosaicos bizantinos que se hubieran desprendido de sus paredes en alud, y que, recogidos a paletadas, hubiesen sido arrojados aquí, allá, a modo de una aventada de cuarzo, oro y cornalinas. Para llegar hasta aquí hemos atravesado durante dos jornadas —por caminos cada vez más limpios de reptiles, ricos en orquídeas y en árboles florecidos— las Tierras del Ave. De sol a sol nos escoltaron los guacamayos fastuosos y las cotorras rosadas, con el tucán de grave mirar, luciendo su peto de esmalte verdeamarillo, su pico mal soldado a la cabeza —el pájaro teológico que nos ha gritado: *¡Dios te ve!,* a la hora del crepúsculo, cuando los malos pensamientos mejor solicitan al hombre. Vimos a los colibríes, más insectos que pájaros, inmóviles en su vertiginosa suspensión fosforescente, sobre la sombra parsimoniosa de los paujíes[11] vestidos de noche; alzando los ojos, conocimos la percutiente laboriosidad de los carpinteros listados de oscuro, el alborotoso desorden de los silbadores y gorjeadores metidos en los techos de la selva, asustados de todo, más arriba de los comadreos de pericos y catalnicas, y de tantos pájaros a todo pincel, que a falta de nombre conocido —me dice fray Pedro— fueron lla-

---

[9] Los *esquistos* son piedras de textura pizarrosa.

[10] *Teratología* es el estudio de los monstruos.

[11] El *paují* es un pavo silvestre, con una especie de tubérculo grande sobre el pico.

mados «indianos girasoles» por los hombres de armaduras. Así como otros pueblos tuvieron civilizaciones marcadas por el signo del caballo o del toro, el indio con perfil de ave puso sus civilizaciones bajo la advocación del ave. El dios, volante, el dios pájaro, la serpiente emplumada, están en el centro de sus mitologías, y todo cuanto es bello para él se adorna de plumas. De plumas fueron las tiaras de los emperadores de Tenochtitlán, como son hoy de plumas los ornamentos de las flautas, los objetos de juego, las vestimentas festivas y rituales de los que aquí he conocido[12]. Admirado por la revelación de que vivo ahora en las Tierras del Ave, emito alguna fácil opinión acerca de la probable dificultad de hallar, en las cosmogonías de estas gentes, algún mito coincidente con los nuestros. Fray Pedro me pregunta si he leído un libro llamado el *Popol-Vuh,* cuyo mismo nombre me era desconocido. «En ese texto sagrado de los antiguos quitchés —afirma el fraile—, se inscribe ya, con trágica adivinación, el mito del robot; más aún: creo que es la única cosmogonía que haya presentado la amenaza de la máquina y la tragedia del Aprendiz de Brujo.» Y, sorprendiéndome con un lenguaje de estudioso, que debió ser el suyo antes de endurecer en la selva, me cuenta de un capítulo inicial de la Creación, en que los objetos y enseres inventados por el hombre, y usados con ayuda del fuego, se rebelan contra él y le dan muerte: las tinajas, los comales, los platos, las ollas, las piedras de moler y las casas mismas, en pavoroso apocalipsis que atruenan con sus ladridos los perros enrabecidos y sublevados, aniquilan una generación humana... De eso me habla aún cuando alzo los ojos, y me veo al pie del paredón de roca gris en que aparecen hondamente cavados los dibujos que se atribuyen al demiurgo vencedor del Diluvio y repoblador del mundo, por una tradición que ha llegado a oídos de los más primitivos habitantes de la selva de abajo[13]. Estamos aquí en el Monte Ararat[14] de este vasto mundo. Estamos donde llegó el Arca y encalló con sordo embate, cuando las aguas comenzaron a retirarse y hubo regresado la rata con una mazorca de maíz entre las patas. Estamos donde el demiurgo arrojó piedras a sus espaldas, como Deucalión, para dar nacimiento a una nueva generación humana.

---

[12] *Tenochtitlán* es el nombre azteca de la ciudad de México.

[13] Se refiere una vez más a los petroglifos vistos por Alain Gheerbrant. Ver nota 66, Capítulo III.

[14] El *Monte Ararat* es una montaña en Anatolia, donde, según la Biblia, se detuvo el arca de Noé.

Pero ni Deucalión[15], ni Noé, ni Unapishtim, ni los Noés chinos o egipcios, dejaron su rúbrica fijada por los siglos en el lugar de arribo. Aquí, en cambio, hay enormes figuras de insectos, de serpientes, seres del aire, bestias de las aguas y de la tierra, figuraciones de lunas, soles y estrellas, que *alguien* ha cavado ahí, con ciclópeo pincel, mediante un proceso que no acertamos a explicarnos. Hoy mismo sería imposible erigir en tal lugar el andamiaje gigantesco que levantara un ejército de talladores de piedra hasta donde pudiera atacar el paredón de roca con sus herramientas, dejándolo tan firmemente marcado como está... Ahora fray Pedro me lleva al otro extremo de los Signos y me muestra, de aquel lado de la montaña, una suerte de cráter, de ámbito cerrado, en cuyo fondo medran pavorosas yerbas. Son como gramíneas membranosas, cuyas ramas tienen una mórbida redondez de brazo y de tentáculo. Las hojas enormes, abiertas como manos, parecen de flora submarina, por sus texturas de madrépora y de alga con flores bulbosas, como faroles de plumas, pájaros colgados de una vena, mazorcas de larvas, pistilos sanguinolentos, que les salen de los bordes por un proceso de erupción y desgarre, sin conocer la gracia de un tallo. Y todo eso, allá abajo, se enrevesa, se enmaraña, se anuda, en un vasto movimiento de posesión de acoplamiento, de incestos, a la vez monstruoso y orgiástico, que es suprema confusión de las formas. «Estas son las plantas que han huido del hombre en un comienzo —me dice el fraile. Las plantas rebeldes, negadas a servirle de alimento, que atravesaron ríos, escalaron cordilleras, saltaron por sobre los desiertos, durante milenios y milenios, para ocultarse aquí, en los últimos valles de la Prehistoria.» Con mudo estupor me doy a contemplar lo que en otras partes es fósil, se pinta en hueco o duerme, petrificado, en las vetas de la hulla, pero sigue viviendo aquí, en una primavera sin fecha, anterior a los tiempos humanos, cuyos ritmos no son acaso los del año solar, arrojando semillas que germinan en horas, o, por el contrario, demoran medio siglo en parar un árbol. «Esta es la vegetación diabólica que rodeaba el Paraíso Terrenal antes de la Culpa.» Inclinado sobre el caldero demoniaco, me siento invadido por el vértigo de los abismos: sé que si me

---

[15] *Deucalión* es el Noé de los griegos. Según la mitología, Deucalión y su mujer, Pirra, se refugiaron en una barca durante el diluvio, que se detuvo en el Monte Parnaso cuando bajaron las aguas. Deucalión y Pirra volvieron a poblar la tierra. *Unapishtim* era el Noé de los caldeos.

dejara fascinar por lo que aquí veo, mundo de lo prenatal, de lo que existía cuando no había ojos, acabaría por arrojarme, por hundirme, en ese tremendo espesor de hojas que desaparecerán del planeta, un día, sin haber sido nombradas, sin haber sido recreadas por la palabra —obra, tal vez, de dioses anteriores a nuestros dioses, dioses a prueba, inhábiles en crear, ignorados porque jamás fueron nombrados, porque no cobraron contorno en las bocas de los hombres... Fray Pedro me arranca a mi casi alucinada contemplación, dándome un ligero golpe en el hombro con su cayado. Las sombras de los obeliscos naturales se acortan cada vez más en la proximidad del mediodía. Tenemos que empezar a bajar antes de que la tarde nos sorprenda en esta cumbre, desciendan las nubes y nos veamos extraviados entre nieblas frías. Luego de pasar nuevamente ante las rúbricas del demiurgo, alcanzamos el borde de la falla en que se iniciará nuestro descenso. Fray Pedro se detiene, respira hondamente y contempla un horizonte de árboles, del que emerge, en volúmenes pizarrosos, una cordillera de filos quebrados, que es como una presencia dura, sombría, hostil, en la sobrecogedora belleza de los confines del Valle. El fraile señala con el bastón nudoso: «Allí viven los únicos indios perversos y sanguinarios que hay en estas regiones», dice. Ningún misionero ha regresado de allá. Creo que, en aquel instante, me permití alguna burlona consideración sobre la inutilidad de aventurarse en tan ingratos parajes. En respuesta, dos ojos grises, inmensamente tristes, se fijaron en mí de manera singular, con una expresión a la vez tan inmensa y resignada, que me sentí desconcertado, preguntándome si les había causado algún enojo, aunque sin hallar los motivos del tal enojo. Todavía veo el semblante arrugado del capuchino, su larga barba enmarañada, sus orejas llenas de pelos, sus sienes de venas pintadas en azul, como algo que hubiera dejado de pertenecerle, y de ser carne de su persona: su persona, en aquel momento, eran esas pupilas viejas, algo enrojecidas por una conjuntivitis crónica, que miraban, como hechas de un esmalte empañado, a la vez dentro y fuera de sí mismas.

Sentado detrás de una tabla tendida de horcón a horcón, teniendo al alcance de la mano una libreta de colegial en cuya portada se lee: *Cuaderno de... Perteneciente a...*, casi en cueros a causa del calor que mucho se ha acentuado en estos últimos días, el Adelantado está legislando, en presencia de fray Pedro, del Capitán de Indios y de Marcos, que es el Responsable de la Huerta. Gavilán está sentado al lado de su amo, con un hueso guardado entre las patas traseras. Se trata de tomar un cierto número de acuerdos en provecho de la comunidad y de dejarlos consignados por escrito. Habiendo comprobado que, en su ausencia, se han cazado ciervas, el Adelantado instituye la prohibición absoluta de matar lo que llama «el venado hembra» y el cervatillo, salvo fuerza mayor de hambruna, y aun así, el levantamiento de la veda será objeto de una disposición de emergencia, sometida al criterio de los presentes. La emigración de ciertas manadas, la caza inconsiderada, la acción de las fieras, han mermado la existencia del venado rojo en la comarca, justificándose la medida. Luego de que todos juran acatarla y hacerla respetar, la Ley queda sentada en el Libro de Actas del Cabildo y se pasa a considerar una cuestión de obras públicas. La época de las lluvias se aproxima, y Marcos informa que los canteros hechos bajo la dirección de fray Pedro en los últimos días tienen una orientación por él discutida, que tendrá por efecto canalizar las aguas de una vertiente cercana, inundándose probablemente el batey del almacén de granos. El Adelantado mira severamente al fraile, en demanda de explicaciones. Fray Pedro informa que el trabajo realizado respondía a un intento de cultivo de la cebolla, la cual exige terrenos en los que no se estanque el agua ni haya demasiada humedad, cosa que sólo podía lograrse trazando los canteros con el narigón hacia la vertiente. El peligro señalado por el Responsable de la Huerta podría ser conjurado con levantar un valladar de tierra, de unos tres palmos, entre la huerta y el almacén de granos. Se reconoce luego, por unanimidad, la conveniencia de ejecutar la obra, y se fija su inicio para mañana mismo, movilizándose toda la población de Santa Mónica de los Venados, pues el cielo se está cargando de nubes y el calor se hace más difícil de sobrellevar en un mediodía que se cubre de vahos pesados y nos agobia con una exasperante invasión de moscas, salidas de no se sabe dónde.

Fray Pedro recuerda, sin embargo, que la edificación de la iglesia no está terminada y que esto también debería ser objeto de una medida de urgencia. El Adelantado responde con tono tajante que la buena conservación de los granos es cuestión de más inmediato interés que los latines, y concluye el examen de las cuestiones anotadas en la orden del día, con una disposición sobre la tala y el acarreo de troncos para un cercado, y la necesidad de apostar gente para vigilar la aparición de ciertos cardúmenes que, este año, están remontando el río antes de tiempo. De la reunión capitular de hoy han quedado varios acuerdos para realizar obras inmediatas y una Ley —una ley cuya infracción «será castigada», reza la prosa del Adelantado. Esto último me inquieta de tal modo que pregunto al hombrecito si ya ha tenido el horroroso deber de instituir castigos en la Ciudad. «Hasta ahora —me responde—, al culpable de alguna falta se le castiga con no dirigirle la palabra durante un tiempo, haciéndole sentir la reprobación general; pero llegará el día en que seamos tan numerosos que se necesitarán castigos mayores.» Una vez más me asombro ante la gravedad de los problemas planteados en estas comarcas, tan desconocidas como las blancas *Terras Incógnitas* de los antiguos cartógrafos, en donde los hombres *de allá* sólo ven saurios, vampiros, serpientes de mordida fulminante y danzas de indios. En el tiempo que llevo viajando por este mundo virgen, he visto muy pocas serpientes —una coral, una terciopelo, otra que tal vez fuera un crótalo—, y sólo he sabido de las fieras por el rugido, si bien he arrojado piedras, más de una vez, al caimán artero, disfrazado de tronco podrido en la traidora paz de un remanso. Pobre es mi historia en cuanto a peligros arrostrados —si se deja de lado la tormenta en los raudales. Pero, en cambio, he encontrado en todas partes la solicitación inteligente, el motivo de meditación, formas de arte, de poesía, mitos, más instructivos para comprender al hombre que cientos de libros escritos en las bibliotecas por hombres jactanciosos de conocer al Hombre. No sólo ha fundado una ciudad el Adelantado, sino que, sin sospecharlo, está creando, día a día, una *polis*, que acabará por apoyarse en un código asentado solemnemente en el *Cuaderno de... Perteneciente a...* Y un momento llegará en que tenga que castigar severamente a quien mate la bestia vedada, y bien veo que entonces ese hombrecito de hablar pausado, que nunca alza la voz, no vacilará en condenar al culpable a ser expulsado de la comunidad y a morir de hambre en la selva, a no ser que instituya algún castigo impresionante y espectacular, como aquel de los pueblos que condenaban el parricida a ser echado al río, encerrado en un saco de cuero con un perro y una víbora. Pregunto al Adelantado qué haría si viese aparecer en Santa Mónica, de pronto, a algún buscador de oro, de los que manchan cualquier tierra con su fiebre. «Le daría un día para marcharse», me responde. «Este no es sitio para *esa gente*», acota Marcos, con súbito acento de rencor en la voz. Y me entero de que el mestizo ha ido *allá,* hace tiempo, contra la voluntad de su padre, pero que dos años de maltratos y humillaciones por parte de aquellos a quienes quería acercarse, amistoso, dócil, le hicieron regresar un día con odio a todo lo visto en el mundo recién descubierto. Y me muestra, sin explicaciones, las marcas de grillos que le remacharon en un remoto puesto fronterizo. Ahora callan el padre y el hijo; pero detrás de aquel silencio adivino que ambos aceptan sin reticencias una dura posibilidad creada por la Razón de Estado: la del Buscador, empeñado en regresar al Valle de las Mesetas, y que jamás volverá del segundo viaje —«por haberse extraviado en la selva», creerán luego quienes puedan interesarse por su destino. Esto añade un tema de reflexión a los muchos que se comparten mi espíritu a todas horas. Y es que después de varios días de una tremenda pereza mental, durante los cuales he sido un hombre físico, ajeno a todo lo que no fuera sensación, quemarse al sol, holgarme con Rosario, aprender a pescar, habituarme a sabores de una desconcertante novedad para mi paladar, mi cerebro se ha puesto a trabajar, como después de un reposo necesario, en un ritmo impaciente y ansioso. Hay mañanas en que quisiera ser naturalista, geólogo, etnógrafo, botánico, historiador, para comprenderlo todo, anotarlo todo, explicar en lo posible. Una tarde descubrí con asombro que los indios de aquí conservan el recuerdo de una oscura epopeya que fray Pedro está reconstruyendo a fragmentos. Es la historia de una migración caribe en marcha hacia el Norte, que lo arrasa todo a su paso y jalona de prodigios su marcha victoriosa. Se habla de montañas levantadas por la mano de héroes portentosos, de ríos desviados de su curso, de combates singulares en que intervinieron los astros. La portentosa unidad de los mitos se afirma en esos relatos, que encierran raptos de princesas, inventos de ardides de guerra, duelos memorables, alianzas con animales. Las noches en que se emborracha ritualmente con un polvo sorbido por huesos de pájaros, el Capitán de los Indios se hace bardo, y de su boca recoge el misionero jirones de cantar de gesta, de la saga, del poema épico, que vive oscuramente —anterior a su expre-

sión escrita— en la memoria de los Notables de la Selva...
Pero no debo pensar demasiado. No estoy aquí para pensar.
Los trabajos de cada día, la vida ruda, la parca alimentación a
base de mañoco, pescado y casabe, me han adelgazado, apretando mi carne al esqueleto: mi cuerpo se ha vuelto escueto,
preciso, de músculos ceñidos a la estructura. Las malas grasas
que yo traía, la piel blanca y fláccida, los sobresaltos, las angustias inmotivadas, los presentimientos de desgracias por
ocurrir, las aprensiones, los latidos del plexo solar, han desaparecido. Mi persona, metida en su contorno cabal, se siente
bien. Cuando me acerco a la carne de Rosario, brota en mí
una tensión que, más que llamada del deseo, es incontenible
apremio de un celo primordial; tensión del arco armado, entesado, que, luego de disparar la flecha, vuelve al descanso de la
forma recobrada. *Tu mujer* está cerca. La llamo y acude. No
estoy aquí para pensar. No debo pensar. Ante todo sentir y
ver. Y cuando de ver se pasa a mirar, se encienden raras luces
y todo cobra su voz. Así, he descubierto, de pronto, en un segundo fulgurante, que existe una Danza de los Árboles. No
son todos los que conocen el secreto de bailar en el viento.
Pero los que poseen la gracia, organizan rondas de hojas ligeras de ramas de retoños, en torno a su propio tronco estremecido. Y es todo un ritmo el que se crea en las frondas; ritmo
ascendente e inquieto, con encrespamientos y retornos de
olas, con blancas pausas, respiros, vencimientos, que se alborozan y son torbellino, de repente, en una música prodigiosa
de lo verde. Nada hay más hermoso que la danza de un macizo de bambúes en la brisa. Ninguna coreografía humana tiene
la euritmia de una rama que se dibuja sobre el cielo. Llego a
preguntarme a veces si las formas superiores de la emoción
estética no consistirán, simplemente, en un supremo entendimiento de lo creado. Un día, los hombres descubrirán un alfabeto en los ojos de las calcedonias, en los pardos terciopelos
de la falena, y entonces se sabrá con asombro que cada caracol manchado era, desde siempre, un poema.

## XXIX

Llueve sin cesar desde hace dos días. Hubo una larga obertura de truenos bajos que parecieron rodar sobre el suelo mismo, entre las mesetas, colándose en las oquedades, retumbando en los socavones y, de súbito, fue el agua. Como las palmas del techo estaban resecas, pasamos la primera noche mudando las hamacas de un lugar a otro, en inútil busca de un espacio sin goteras. Luego, un torrente fangoso comenzó a correr debajo de nosotros, sobre el piso, para salvar los instrumentos colectados, tuve que colgarlos de las vigas que sostienen la cobija. El amacener nos halló a todos desconcertados, con las ropas húmedas, rodeados de lodo. Mal se encendían los fuegos, y las viviendas se llenaron de un humo acre que hacía llorar. Media iglesia ha caído, por los efectos de la lluvia sobre el bahareque aún mal fraguado, y fray Pedro, con el hábito anudado a la cintura y un simple guayuco puesto sobre el sexo, está tratando de apuntalar lo apuntalable, con ayuda de algunos indios. Su pésimo humor cubre al Adelantado de invectivas, por no haberle ayudado a terminar la obra con el dictado de una medida de emergencia. Luego vuelve a llover, y es lluvia, y más lluvia y nada más que lluvia, hasta el atardecer. Y luego es la noche otra vez. No tengo el consuelo, siquiera, de poder abrazar a Rosario, que «no puede», y cuando esto le acontece se torna arisca, huraña, pareciendo que todo gesto de cariño le fuera odioso. Me duermo con dificultad, en el ruido universal y constante del agua que corre por doquiera, borrando todo ruido que no sea ruido de agua, como si hubiéramos llegado a los tiempos de las cuarenta arduas noches... Al cabo de algún tiempo de sueño —lejos debe estar el alba todavía— me despierto con una rara sensación de que, en mi mente, acaba de realizarse un gran trabajo: algo como la maduración y compactación de elementos informes, disgregados, sin sentido al estar dispersos, y que, de pronto, al ordenarse, cobran un significado preciso. Una obra se ha construido en mi espíritu; es «cosa» para mis ojos abiertos o cerrados, suena en mis oídos, asombrándome por la lógica de su ordenación. Una obra inscrita dentro de mí mismo, y que podía hacer salir sin dificultad, haciéndola texto, partitura, algo que todos palparan, leyeran, entendieran. Muchos años atrás me había dejado llevar, cierta vez, por la curiosidad de fumar opio: recuerdo que la cuarta pipa me produjo una suerte de euforia intelectual que trajo una repentina solución a todos los problemas de creación que entonces me atormentaban. Lo veía todo claro, pensado, medido, hecho. Cuando saliera de la droga, no tendría más que tomar el papel pautado y en algunas horas nacería de mi pluma, sin dolor ni vacilaciones, un Concierto que entonces proyectaba, con molesta incertidumbre acerca del tipo de escritura por adoptar. Pero al día siguiente, cuando salí del sueño lúcido y quise de verdad tomar la pluma, tuve la mortificante revelación de que lo

271

pensado, imaginado, resuelto, bajo los efectos del Benares fumado, tenía el menor valor: eran fórmulas adocenadas, ideas sin consistencia, invenciones descabelladas, imposibles transferencias estéticas de plástica a sonidos, que las gotas burbujeantes, trabajadas entre dos agujas, habían sublimado al calor de la lámpara. Lo que me ocurre esta noche, aquí, en la oscuridad, rodeado del ruido de las goteras que caen en todas partes, es muy semejante a lo que inició, para mí, aquella delirante lucubración; pero esta vez la euforia se nutre de conciencia; las ideas mismas buscan un orden, y hay ya, en mi cerebro, una mano que tacha, enmienda, delimita, subraya. No tengo que regresar de las torpezas de una embriaguez para poder concretar mi pensamiento: sólo me es preciso esperar el amanecer, que me traerá claridad necesaria para hacer los primeros esbozos del *Treno*. Porque el título de *Treno* es el que se ha impuesto a mi imaginación durante el sueño.

Antes de caer en las estúpidas actividades que me hubieran alejado de la composición —mi pereza de entonces, mi flaqueza ante toda incitación al placer no eran, en el fondo, sino formas del miedo a crear sin estar seguro de mí mismo—había meditado mucho acerca de ciertas posibilidades nuevas de acoplar la palabra con la música. Para enfocar mejor el problema había repasado, desde luego, la larga y hermosa historia del recitativo, en sus funciones litúrgicas y profanas. Pero el estudio del recitativo, de los modos de recitar cantando, de cantar diciendo, de buscar la melodía en las inflexiones del idioma, de enredar la palabra dentro del acompañamiento o de liberarla, por el contrario, del sostén armónico; todo ese proceso que tanto preocupa a los compositores modernos, luego de Mussorgsky y Debussy[16], llegándose a los logros exasperados, paroxísticos, de la escuela vienesa, no era, en realidad, lo que me interesaba. Yo buscaba más bien una expresión musical que surgiera de la palabra desnuda, de la palabra anterior a la música —no de la palabra hecha música por exageración y estilización de sus inflexiones, a la manera impresionista—, y que pasara de lo hablado a lo cantado de modo casi insensible, el poema haciéndose música, hallando su propia música en la escansión y la prosodia, como ocurrió proba-

---

[16] *Mussorgsky*, Modest Petrovich (1839-1881), compositor ruso de la escuela nacionalista. Su obra maestra es la ópera *Boris Gudonov*, basada en la obra de Pushkin. *Debussy*, Claude Achille (1862-1918), compositor francés de la escuela impresionista. *L'Apres-midi d'un faune*, basada en un poema de Mallarmé, es una de sus obras maestras.

blemente con la maravilla del *Dies Irae, Dies Ille*[17] del canto
llano, cuya música parece nacida de los acentos naturales del
latín. Yo había imaginado una suerte de cantata, en que un
personaje con funciones de corifeo se adelantara hacia el público y, en total silencio de la orquesta, luego de reclamar con
un gesto la atención del auditorio, comenzara a *decir* un poema muy simple, hecho de vocablos de uso corriente, sustanti-
vos como *hombre, mujer, casa, agua, nube, árbol*, y otros que
por su elocuencia primordial no necesitaran del adjetivo.
Aquello sería como un verbo-génesis. Y, poco a poco, la repetición misma de las palabras, sus acentos, irían dando una entonación peculiar a ciertas sucesiones de vocablos, que se tendría el cuidado de hacer regresar a distancias medidas, a modo
de un estribillo verbal. Y empezaría a afirmarse una melodía
que tuviera —yo lo quería así— la sencillez lineal, el dibujo
centrado en pocas notas, de un himno ambrosiano —*Aeterne
rerum conditor*[18]— que es, para mí, el estado de la música

---

[17] *Dies irae, Dies Ille* [sic]. *Dies irae,* secuencia rimada, probablemente de Tomás de Celano (m. 1256), que se canta en la Misa de Réquiem. Hasta el siglo XVI no se convirtió en parte integral de la Misa
de Réquiem, sin embargo. Compositores más recientes han retenido
generalmente sólo el texto, y han escrito para éste una música libre y
dramática. Pero la antigua melodía se ha incorporado con frecuencia a
composiciones cuyo tema es la muerte o la condena eterna. El texto
lee: «Dies irae, dies illa, Solvet saeclum in favila, Teste David cum Si-
bila.»
[18] Se trata del Himno I, de San Ambrosio, que dice en su primera
estrofa:

> Aeterne rerum conditor,
> Noctem diemque qui regis,
> Temporum das tempora,

cuya traducción sería: «Eterno creador de lo real / que gobiernas la
noche y el día / y das tiempo al tiempo...» Cito por la *Patrologiae.
Cursus Completus. Series Prima, Tomus XVI,* ed. J. P. Minge (París,
1845), pág. 1410. Es notable que Carpentier cite este himno ambrosiano, ya que San Agustín, en el crucial libro IX de las *Confesiones,* cita
el segundo, muy parecido por su temática: «Después me quedé dormido; desperté, y hallé en gran parte mitigado mi dolor; y estando solo
como estaba en mi lecho, me vinieron a la mente aquellos versos verí-
dicos de tu Ambrosio. Porque

> Tú eres, Dios, Criador de cuanto existe,
> del mundo supremo gobernante,
> que el día vistes de luz brillante,
> de grato sueño la noche triste.

273

más cercano a la palabra. Transformado el hablar en melodía, algunos instrumentos de la orquesta entrarían discretamente, a modo de una puntuación sonora, a encuadrar y delimitar los periodos normales del recitado, afirmándose, en estas intervenciones, la materia vibrante de que cada instrumento estuviera hecho; presencia de la madera, del cobre, de la cuerda, del parche tenso, a modo de un enunciado de aleaciones posibles. Por otra parte, me había impresionado mucho, en aquellos días lejanos, la revelación de un tropo compostelano —*Congaudeant Catholici*[19]—, en que una segunda voz era situada sobre la del *cantus firmus*[20] con el papel de adornarla, de darle las melismas, las luces y sombras que no fuera decente agregar directamente al tema litúrgico, cuya pureza, así, quedaba salvaguardada: especie de guirnalda colgada de una severa columna, que nada le restaba de su dignidad, pero le añadía un elemento ornamental, flexible, ondulante. Yo veía las entradas sucesivas de las voces del coro, sobre el canto primicial del corifeo, a la manera con que éstas se ordenaban —elemento masculino, elemento femenino— en el tropo compostelano. Esto, desde luego, creaba una sucesión de acentos nuevos cuyas constantes engendraban un ritmo general: ritmo

Cito por la edición de la Biblioteca de Autores Cristianos, ed. Ángel Custodio de la Vega, 5.ª ed., Madrid, 1968, pág. 378. Este himno está en la misma página de Minge antes citada. La evocación indirecta de San Agustín, en este momento de ansia de conversión en la novela, es apropiada, como lo es el tema del himno ambrosiano: el origen del tiempo.

[19] *Tropo* quiere decir aquí una introducción o añadidura a un canto gregoriano, consistente de música y letra, o el sustituto de un canto gregoriano que comunica el mismo sentido que el original y se inserta en el mismo lugar de la liturgia. Los tropos son importantes porque contenían diálogos entre cantor y coro, y se supone que algunos eran objeto de representaciones dramáticas, por lo que forman parte del origen del teatro medieval. En todo caso, el tropo introduce un diálogo de voces, y es en sí una especie de diálogo textual con el canto gregoriano original que lo hace significativo con respecto al tema de *Los pasos perdidos* referente a los textos originales. Si el treno ha de ser como este tropo compostelano —es decir de la catedral de Santiago de Compostela—, entonces ha de ser una variante de un texto dado. Santiago de Compostela figura prominentemente en la obra de Carpentier, sobre todo en su famoso relato «El camino de Santiago». *Congaudent catolici*, es decir, «Los católicos se regocijan.»

[20] *Cantus firmus.* En muchas composiciones musicales, música de base alrededor de la cual se elabora una composición. Se refiere generalmente a cantos gregorianos.

274

que la orquesta, con sus medios sonoros, diversificaba y coloreaba. Ahora, por vías del desarrollo, el elemento melismático pasaba al terreno instrumental, buscando planos de variación armónica y oposiciones entre los timbres puros, mientras el coro, por fin compactado, podía entregarse a una suerte de invención de la polifonía, dentro de un enriquecimiento creciente del movimiento contrapuntístico. Así pensaba yo lograr una coexistencia de la escritura polifónica y la de tipo armónico, concertadas, machihembradas, según las leyes más auténticas de la música, dentro de una oda vocal y sinfónica, en constante aumento de intensidad expresiva, cuya concepción general era, por lo pronto, bastante sensata[21]. La sencillez del enunciado prepararía al oyente para la percepción de una simultaneidad de planos que, de haberle sido presentada de golpe, le hubiera resultado intrincada y confusa, haciéndosele posible seguir, dentro de la lógica indiscutible de su proceso, el desarrollo de una palabra-célula a través de todas sus implicaciones musicales. Había, desde luego, que desconfiar del posible desorden de estilos engendrado por esa suerte de reinvención de la música que, en lo instrumental, entrañaba riesgosas incitaciones. De lo último pensaba defenderme especulando con los timbres puros, y me citaba a mí mismo, como referencia, unos sorprendentes diálogos de flautín y contrabajo, de oboes y trombón, que había encontrado en obras de Alberic Magnard[22]. En cuanto a la armonía, pensaba hallar un elemento de unidad en el uso habilidoso de los modos eclesiásticos, cuyos recursos inexplorados empezaban a ser aprovechados, desde hacía muy pocos años, por algunos de los músicos más inteligentes del momento. Rosario abre la puerta y la luz del día me sorprende en deleitosa reflexión. Aún no vuelvo de mi asombro: el *Treno* estaba dentro de mí, pero fue resembrada su semilla y empezó a crecer en la noche del Paleolítico, allá, abajo, en las orillas del río poblado de monstruos, cuando escuché cómo aullaba el hechicero sobre un cadáver ennegrecido por la ponzoña de un crótalo, a dos pasos de una zahúrda donde estaban los cautivos postrados sobre sus excre-

---

[21] En varios sentidos esta descripción del *Treno* parece corresponder a la novela misma: polifonía de voces alrededor de la del protagonista-narrador. Es decir, muchos textos que se entretejen alrededor de su voz.

[22] Alberic *Magnard* (1865-1914), compositor discípulo de Dubois, Massenet y d'Indy. Compuso óperas como *Guercoeur* (1904) y *Berenice* (1911), así como cuatro sinfonías.

mentos y orines. Esa noche me fue dada una gran lección por los hombres a quienes no quise considerar como hombres; por aquellos mismos que me hicieran ufanarme de mi superioridad, y que, a su vez, se creían superiores a los dos ancianos babeantes que roían huesos dejados por los perros. Ante la visión de un auténtico treno, renació en mí la idea del *Treno,* con su enunciado de la palabra-célula, su exorcismo verbal que se transformaba en música al necesitar más de una entonación vocal, más de una nota, para alcanzar su forma —forma que era, en ese caso, la reclamada por su función mágica, y que, por la alternación de dos voces, de dos maneras de gruñir, era, en sí, un embrión de Sonata. Yo, el músico que contemplaba la escena, estaba añadiendo el resto: oscuramente intuía lo que había ya de futuro en ello y lo que aún le faltaba. Cobraba conciencia de la música transcurrida y de la no transcurrida... Ahora voy corriendo, bajo la lluvia, a la casa del Adelantado, para pedirle una de sus libretas; una de esas en cuya portada se lee: *Cuaderno de... Perteneciente a...* —que me entrega, por cierto, con alguna mala gana—, y empiezo a esbozar ideas musicales sobre pentagramas que yo mismo trazo, sirviéndome, como regla, del lomo casi recto de un machete.

XXX

De primer intento, por fidelidad a un viejo proyecto de adolescencia, yo hubiera querido trabajar sobre el *Prometeo Desencadenado* de Shelley, cuyo primer acto ofrece por sí solo —como el tercero del *Segundo Fausto*— un maravilloso tema de cantata[23]. La liberación del encadenado, que asocio mentalmente a mi fuga de *allá,* tiene implícito un sentido de resurrección, de regreso de entre las sombras, muy conforme a la concepción original del treno, que era canto mágico destinado a hacer volver un muerto a la vida. Ciertos versos que ahora recuerdo hubieran correspondido admirablemente a mi deseo de trabajar sobre un texto hecho de palabras simples y

---

[23] El tercer acto del segundo *Fausto* se publicó en 1827 por separado, con el título de *Helena: Klassisch-romantische Phantasmagorie.* Como todo el segundo *Fausto,* este acto, en el que el protagonista se encuentra con Helena de Troya, es alegórico, de ahí tal vez que le llame la atención a Carpentier.

directas: *Ah me! — alas, pain, pain, pain ever, for ever! — No change, no pause, no hope! Yet I endure!*[24] Y luego, esos coros de montañas, de manantiales, de tormentas: de elementos que ahora me rodean y siento. Esa voz de la tierra, que es Madre a la vez, arcilla y matriz, como las Madres de Dioses que aún reinan en la selva. Y esas «perras del infierno» —*hounds of hell*— que irrumpen en el drama y aúllan con más acento de ménade que de furia. *Ah, I scent life! Let me but look into his eyes!* Pero no. Es absurdo caldearse la imaginación sobre esto, puesto que no tengo el texto de Shelley ni lo tendré jamás, aquí donde sólo hay tres libros: la *Genoveva de Brabante* de Rosario; el *Liber Usualis*, con los textos propios del ministerio de fray Pedro, y *La Odisea* de Yannes. Hojeando *Genoveva de Brabante* descubro con sorpresa que el asunto del cuento, si se le despoja de un estilo intolerable, no es mucho peor que el de óperas excelentes, pareciéndose bastante al de *Pelleas*[25]. En cuanto a la prosa cristiana, ésta me alejaría de la idea del *Treno,* dando un estilo versicular, bíblico, a toda la cantata. Me queda, pues, *La Odisea,* cuyo texto está en español. Nunca había pensado en componer música para poema alguno escrito en ese idioma que, por sí mismo, constituiría un eterno obstáculo a la ejecución de una obra coral en cualquier gran centro artístico. Pero me enoja, de pronto, esa inconsciente confesión de un deseo de «verme ejecutado». Mi *renuncia* no sería verdadera nunca, mientras pudiera sorprenderme en tales resabios. Era el poeta de la isla desierta de Rainer María[26], y como tal debía crear, por necesidad profunda. Además, ¿cuál era mi idioma verdadero? Sabía el alemán, por mi padre. Con Ruth hablaba el inglés, idioma de mis estudios secundarios; con Mouche, a menudo el francés; el español de mi Epítome de Gramática —*Estos, Fabio...*— con Rosario. Pero este último idioma era también el de las Vidas de Santos, empastadas en terciopelo morado, que tanto me había leído mi madre: Santa Rosa de Lima, Rosario. En la coinciden-

---

[24] «¡Ah, yo, ah, dolor, siempre dolor, dolor para siempre! ¡Sin cambio, sin pausa, sin esperanza! ¡Pero sobrevivo!» Más abajo: «¡Ah, huelo la vida. Dejadme aunque sea mirarle a los ojos!»

[25] *Pelleas et Mélisande* (1892-1902), ópera de Debussy, basada en el drama de Maeterlinck.

[26] *Reiner Maria* Rilke, poeta alemán (1875-1926), nacido en Praga, autor de, entre otros libros, *Leben und Lieder* (1894), *Duineser Elegien* (1923), y *Die Sonette an Orpheus* (1923). No he encontrado la alusión al poeta en la isla desierta.

cia matriz veo como un signo propiciatorio. Vuelvo, pues, sin más vacilación, a *La Odisea* de Yannes. Su retórica empieza por descorazonarme, pues me niego a usar de fórmulas invocatorias del tipo de «Hijo de Cronos, padre mío, suprema majestad», o «Hijo de Laertes, vástago de dioses, Ulises de mil astucias». Nada resultaría más opuesto al género de texto que necesito. Leo y releo algunos pasajes, impaciente, por ponerme a escribir. Me detengo varias veces sobre el episodio de Polifemo, pero en fin de cuentas lo encuentro demasiado movido y lleno de peripecias. Salgo de la casa irritado y doy vueltas bajo la lluvia, ante el escándalo de Rosario. Apenas si respondo a *Tu mujer* que se alarma de verme tan nervioso; pero pronto deja de preguntar, admitiendo que el varón tiene «días malos» y que en modo alguno está obligado a dar cuenta de lo que le arruga el ceño. Por no molestar se sienta en un rincón, a mis espaldas, y se pone a limpiar las orejas de Gavilán, que se le han llenado de garrapatas, con la punta de un retoño de bambú. Pero a poco me vuelve el buen humor. La solución del problema era sencilla: bastaba aligerar de hojarasca el texto homérico para hallar la simplicidad deseada. De pronto, en el episodio de la evocación de los muertos, encuentro el tono mágico, elemental, a la vez preciso y solemne: «Hago a los muertos tres libaciones. Libación de leche y miel. Libación de vino y libación de agua clara. Derramo la harina y prometo que cuando regrese a Itaca sacrificaré la mejor de mis vacas sobre el fuego del altar y daré a Tiresias un carnero negro, el mejor de mis rebaños!... He degollado las bestias, he derramado su sangre, y veo aparecer las sombras de los que duermen en la muerte!»[27]. A medida que el texto cobra la consistencia requerida, concibo la estructura del discurso musical. El paso de la palabra a la música se hará cuando la voz del corifeo se enternezca, casi imperceptiblemente, sobre la estrofa en que se habla de las vírgenes enlutadas y de los guerreros caídos bajo el bronce de las lanzas. El elemento melismático que habré de colocar sobre la primera voz será traído por la queja de Elpenor, que llora de no tener «su tumba en la tierra, al borde de los caminos». En el poema mismo se habla de un largo gemido que interpretaré en vocalización, preludio de su imploración: «No me abandones sin lágrimas ni funerales:

---

[27] La cita es del Libro XI de *La Odisea,* cuando Ulises baja a la región de los muertos, luego de hacer este sacrificio en honor a Tiresias, quien ha de profetizar sobre el resto de su viaje. Libro XI, versos 24-38.

quémame con todas mis armas y levanta mi tumba en la orilla del mar para que todos sepan mi desgracia. Planta sobre mis despojos el remo con que remaba entre vosotros.» La aparición de Anticleia pondrá el timbre de contralto en el edificio vocal que se me hace cada vez más dibujado, entrando como una suerte de fobordón en el discantus de Ulises y Elpenor[28]. Un acorde muy abierto de la orquesta, con sonoridad de pedal de órgano, anunciará la presencia de Tiresias. Pero aquí me detengo. La necesidad de escribir música es tan imperiosa que empiezo a trabajar sobre lo apuntado, viendo renacer los signos musicales, por tanto tiempo olvidados, bajo la mina de mi lápiz. Cuando termino una primera página de esbozos me detengo maravillado ante esos toscos pentagramas, irregularmente trazados, de líneas más convergentes que paralelas, sobre los cuales se inscriben las notas de un comienzo homofónico que tiene, en una gráfica misma, algo de ensalmo, de invocación, de música distinta a la que yo hubiera escrito hasta ahora. En nada se asemeja esto a la mañosa escritura de aquel desventurado «Preludio» para el «Prometeo Encadenado», muy al gusto del día, en que, como tanta gente, había tratado de volver a encontrar la salud y la espontaneidad del arte artesanal —la obra empezada el miércoles para ser cantada en el oficio del domingo—, tomando sus fórmulas, sus recetas contrapuntísticas, su retórica, pero sin recuperar su espíritu. No eran las disonancias, los puntos mal colocados sobre puntos, las asperezas de los instrumentos situados adrede en los registros más ríspidos e ingratos, los que iban a asegurar la perdurabilidad de un arte de calco, de fabricación en frío, en que sólo el muerto legado —la forma y las recetas para «desarrollar»— era actualizado, en obras que olvidaban demasiado a menudo, y con todo propósito de olvidarlo, la enjundia genial de los tiempos lentos, la sublime inspiración de las arias, para hacer juegos de manos en medio del aturdimiento, de la prisa, del correr, de los allegros. Una suerte de ataxia locomotriz había aquejado durante años a los autores

---

[28] También en el Libro XI de *La Odisea*. Anticlea es la madre de Ulises. El héroe la había dejado viva al salir de Itaca, pero la encuentra entre los muertos en el Valle de Perséfone. Elpenor es el joven compañero de Ulises que muere al caer del techo de la morada de Circe, y a quien también se encuentra el héroe entre las sombras que se le acercan. *Discantus* se refiere a métodos de improvisación polifónica, a base de una sola melodía anotada, que se saca del «libro» de cantos gregorianos.

de *Concerti Grossi*[29], en que dos movimientos en corcheas y semicorcheas —como si no hubieran existido notas blancas o redondas—, desencuadrados por acentos martillados fuera del lugar, contrarios a la *respiración* misma de la música, trepidaban a ambos lados de un *ricercare*[30] cuya pobreza de ideas era disimulada bajo el contrapunto más mal sonante que pudiera inventarse. Yo también, como tantos otros, me había dejado impresionar por consignas de «regreso al orden», necesidad de pureza, de geometría, de asepsia, acallando en mí todo canto que pugnara por levantarse. Ahora, lejos de las salas de conciertos, de los manifiestos, del inacabable aburrimiento de las polémicas de arte, invento música con una facilidad que me asombra, como si las ideas, bajadas del cerebro, me llenaran la mano, atropellándose por salir a través del plomo del lápiz. Sé que debo desconfiar de lo que se crea sin algún dolor. Pero ya habrá tiempo de tachar, de criticar, de ceñir. En medio de la lluvia que cae sin tregua, escribo con jubilosa impaciencia, como impulsado por un brote de energía interior, reduciendo mi escritura, en muchos casos, a una suerte de taquigrafía que sólo yo podría descifrar. Cuando me duerma esta noche, los primeros estados del *Treno* habrán llenado todo el *Cuaderno de... Perteneciente a...*

## XXXI

Acabo de tener una desagradable sorpresa. El Adelantado, a quien fui a pedir otro cuaderno, me preguntó si me los tragaba. Le expliqué por qué necesitaba más papel. «Te doy el último», me dijo, de mal humor, explicándome luego que esas libretas se destinaban a levantar actas, consignar, acuerdos, tomar apuntes de utilidad, y en modo alguno podían despilfarrarse en músicas. Para calmar mi despecho, me ofrece la guitarra de su hijo Marcos. Según veo, no establece relación alguna entre el hecho de componer y la necesidad de escribir. To-

---

[29] *Concerti grossi,* o grandes conciertos. Desde finales del siglo XVIII, el concierto es una composición para orquesta y un instrumento que toca un solo, aunque en los siglos XVII y XVIII los *concerti grossi* eran composiciones para un grupo pequeño de instrumentos tocando solos, y la orquesta como acompañamiento.

[30] *Ricercare.* Es cuando el instrumento imita o es el contrapunto de un motete; es decir, es la respuesta instrumental a la voz.

das las músicas que conoce son de arpistas, tocadores de bandola, gentes de plectro, que siguen siendo ministriles del Medievo, como los venidos en las carabelas primeras, y para nada necesitan de partituras ni saben, siquiera, de papeles pautados. Enojado, voy a quejarme a fray Pedro. Pero el capuchino da toda la razón al Adelantado, añadiendo que éste, además, parece olvidar que pronto habrán de llevarse Libros de Bautizo y Libros de Entierros, en la comunidad, sin olvidar el Registro de Casamientos. Y, de súbito, se encara conmigo, preguntándome si pienso seguir en concubinato por toda la vida. Tan poco me esperaba esto que balbuceo cualquier cosa ajena a la cuestión. Fray Pedro, ahora, increpa a los que se tienen por personas cultas y sensatas, y empiezan por entorpecer su labor de evangelización, dando malos ejemplos a los indios. Afirma que estoy en la obligación de casarme con Rosario, pues las uniones santificadas y legales deben ser la base del orden que habrá de instaurarse en Santa Mónica de los Venados. Repentinamente me vuelve el aplomo y tengo una reacción irónica, diciéndole que muy bien se vivía aquí sin su ministerio. Todas las venas de la cara del fraile parecen hincharse a un tiempo; iracundo, me grita, con la violencia de quien insulta o profiere improperios, que no tolera dudas acerca de la legitimidad de su ministerio, justificando su presencia con una frase en que Cristo hablaba de las ovejas que no eran de su rebaño y tenían que recogerse para que oyeran su voz. Sorprendido por la ira de fray Pedro, que golpea el suelo con su cayado, me encojo de hombros y miro a otra parte, guardando para mí lo que iba a decirle: He aquí para lo que sirve una iglesia. Ya salen a relucir las ataduras hasta ahora escondidas bajo el sayal samaritano. No pueden dos cuerpos yacer y gozarse, sin que unos dedos de uñas negras tracen sobre ellos el signo de la cruz. Habrá que asperjar de agua bendita las esteras en que nos abrazamos, un domingo en que hayamos consentido a ser los personajes de una edificante estampa. Tan ridículo me parece el cromo nupcial, que prorrumpo en una carcajada y salgo de la iglesia, cuya pared abierta de rajaduras ha sido calafateada temporalmente con anchas hojas de malangas, sobre las que corre la lluvia con sordo tamborileo. Vuelvo a nuestra choza, y debo confesarme, entonces, que mi burla, mi risa desafiante, no eran sino fáciles reacciones de quien buscaba, en muy literarios principios de libertad, una manera de ocultar la verdad molesta: estoy casado ya. Y poco importaría esto si no amara hondamente, entrañablemente, a Rosario. La bigamia, a tales distancias de mi país y de sus tribunales, sería un delito incomprobable. Podría prestarme a la comedia ejemplar pedida por el fraile, y todos quedarían contentos. Pero pasaron los tiempos de las estafas. Por lo mismo que he vuelto a sentirme un hombre, me he prohibido el uso de la mentira; ya que la lealtad puesta por Rosario a cuanto me atañe es algo que estimo sobre todas las cosas, me subleva la idea de engañarla —y más, en materia a que tanta importancia atribuye, por instinto, la mujer llevada a buscar casa donde albergar la viviente casa de su gravidez siempre posible—. No podría aceptar el espectáculo atroz de verla guardar entre sus ropas, tal vez con alegría de niña endomingada, el acta, suscrita en papel de libreta, en que se nos declare «marido y mujer ante Dios». La conciencia de mi conciencia me impide ya semejantes canalladas. Por lo mismo, tengo temor a las probables tácticas frailunas: firme en su propósito, Pedro de Henestrosa actuará sobre el ánimo de *Tu mujer,* que sea ella quien se coloque en el disparadero. Me veré en el dilema de confesar lo cierto o de mentir. La verdad —si la digo— me pondrá en situación difícil ante el misionero, falseándose, de hecho, la plácida y simple armonía de mi vida con Rosario. La mentira —si la acepto— echará abajo, con un acto grave, la rectitud de proceder que yo me había propuesto como ley inquebrantable en esta nueva vida. Por huir de la zozobra, del acoso de esta cavilación, trato de concentrarme en el trabajo de mi partitura, lográndolo al fin con arduo esfuerzo. Estoy en el momento, sumamente difícil, de la aparición de Anticlea, que hace pasar la voz de Ulises a un plano de simple discantus, bajo el lamento melismático de Elpenor, introduciendo al primer episodio lírico de la cantata —episodio cuya materia pasará a la orquesta, luego de la entrada de Tiresias, sirviendo de alimento al primer desarrollo de tipo instrumental, bajo una polifonía establecida en el plano de las voces... Al final del día, a pesar de haber apretado la escritura hasta donde fuera posible, veo que he llenado ya la tercera parte del segundo cuaderno. Es evidente que debo hallar con urgencia un modo de resolver este problema. Alguna materia debe haber en la selva, tan pródiga en tejidos naturales, yutas extrañas, yaguas, envolturas de fibra, en que se haga posible escribir. Pero llueve sin cesar. Nada está seco en todo el Valle de las Mesetas. Aprieto un poco más la gráfica, con astucias de pendolista, para aprovechar cada milímetro de papel; pero esa preocupación mezquina, avara, contraría a la generosidad de la inspiración, cohíbe mi discurso, haciéndome pensar en pequeño lo que debo ver grande. Me siento maniatado, menguado, ridículo, y acabo por abandonar la tarea, poco antes del crepúsculo, con resquemante despecho. Nunca pensé que la imaginación pudiera toparse alguna vez con un escollo tan estúpido como la falta de papel. Y cuando más exasperado me encuentro, Rosario me pregunta a quién estoy escribiendo cartas, puesto que aquí no hay correo. Esa confusión, la imagen de la carta hecha para viajar y que no puede viajar, me hace pensar, de súbito, en la vanidad de todo lo que estoy haciendo desde ayer. De nada sirve la partitura que no ha de ser ejecutada. La obra de arte se destina a los demás, y muy especialmente la música, que tiene los medios de alcanzar las más vastas audiencias. He esperado el momento en que se ha consumado mi evasión de los lugares en donde podría ser escuchada una obra mía, para empezar a componer realmente. Es absurdo, insensato, risible. Y, sin embargo, puedo prometerme, jurarme en voz baja que el *Treno* se quedará ahí, que no pasará del primer tercio de la segunda libreta; sé que mañana, al alba, una fuerza que me posee me hará tomar el lápiz y esbozar la página en la aparición de Tiresias, que suena ya en mis oídos con su festiva sonoridad de órgano: tres óboes, tres clarinetes, un fagot, dos cornos, trombón. No importa que el *Treno* no se ejecute nunca. Debo escribirlo y lo escribiré, sea como sea: aunque fuera para demostrarme que no estaba vacío, totalmente vacío —como quise hacérselo creer, un día de este año, al Curador. Algo calmado, me recuesto en mi hamaca. Pienso nuevamente en el fraile y su exigencia. *Tu mujer* está detrás de mí, acabando de asar unas mazorcas de maíz sobre un fuego que mucho le ha costado encender, a causa de la humedad. Desde donde se encuentra no puede ver mi rostro en sombra, ni podrá observar mi expresión cuando le hable. Me decido por fin a preguntarle, con voz que no me suena muy firme, si ella cree útil o deseable que nos casemos. Y cuando creo que se va a agarrar de la oportunidad para hacerme el protagonista de un cromo dominical para uso de catecúmenos, la oigo decir, asombrado, que de ninguna manera quiere el matrimonio. Al punto se transforma mi sorpresa en celoso despecho. Voy hacia Rosario, muy dolido, a pedirle explicaciones. Pero me deja desconcertado con una argumentación que es la de sus hermanas, fue sin duda la de su madre, y es probablemente la razón del recóndito orgullo de esas mujeres que nada temen: según ella, el casamiento, la atadura legal, quita todo recurso a la mujer para defenderse contra el hombre. El arma que asiste a la mujer frente al compañero que se descarría es la facultad de abandonarlo en todo momento, de dejarlo solo, sin que tenga medios de hacer valer derecho alguno. La esposa legal, para Rosario, es una mujer a quien pueden mandar a buscar con guardias, cuando abandona la casa en que el marido ha entronizado el engaño, la sevicia o los desórdenes del licor. Casarse es caer bajo el peso de leyes que hicieron los hombres y no las mujeres. En una libre unión, en cambio —afirma Rosario, sentenciosa—, «el varón sabe que de su trato depende tener quien le dé gusto y cuidado». Confieso que la campesina lógica de este concepto me deja sin réplica. Frente a la vida, es evidente que *Tu mujer* se mueve en un mundo de nociones, de usos, de principios, que no es el mío. Y, sin embargo, me siento humillado, en un plano de molesta inferioridad, porque soy yo ahora quien aspira a verse pintado en la edificante estampa nupcial, oyendo a fray Pedro pronunciar la fórmula ritual de casamiento, ante la indiada reunida. Pero hay un papel firmado y legalizado, *allá* muy lejos, que me quita toda fuerza moral. *Allá* sobra el papel que aquí tanto falta... En ese momento, un grito de Rosario, seguido de un jadeo de terror, me hace mirar atrás. Lo que apareció allá, en el marco de la ventana, es la lepra; la gran lepra de la antigüedad, la clásica, la olvidada por tantos pueblos, la lepra del Levítico[31], que aún tiene horribles depositarios en el fondo de estas selvas. Bajo un gorro puntiagudo hay un residuo, una piltrafa de semblante, una escoria de carne que aún se sujeta en torno a un agujero negro, abierto en sombras de garganta, cerca de dos ojos sin expresión, que son como de llanto endurecido, prestos a disolverse también, a licuarse, dentro de la desintegración del ser que los mueve y despide por la tráquea una suerte de ronquido bronco, señalando las mazorcas con una mano de ceniza. No sé que hacer frente a esa pesadilla, a ese cuerpo presente, a ese cadáver que gesticula tan cerca, agitando pedazos de dedos, y tiene a Rosario arrodillada en el suelo, muda de pavor. «¡Vete, Nicasio! —dice la voz de Marcos, que se acerca sin

---

[31] *Lepra del Levítico.* Hay en *Levítivo,* 13 y 14, leyes sobre la separación de los leprosos de la comunidad, con minuciosas descripciones de los efectos de esta plaga en el cuerpo. Al leproso Nicasio no se le permite vivir en Santa Mónica de los Venados. «Todo el tiempo que le dure la lepra será inmundo. Es impuro y habitará solo; fuera del campamento tendrá su morada»(*Levítico,* 13, 46). La alusión al *Levítico* indica el estado histórico en el que está Santa Mónica; apenas al principio de la civilización, cuando los pueblos nómadas se asientan en algún lugar y comienzan a formularse leyes.

enojo—. ¡Vete, Nicasio! ¡Vete!» Y lo empuja suavemente con una rama horquillada, para separarlo de la ventana. Luego entra en nuestra choza riendo, toma una mazorca y la arroja al miserable, que se la guarda en una alforja, y se aleja hacia la montaña, arrastrándose más que andando. Sé ahora que he visto a Nicasio, un buscador de oro a quien el Adelantado encontró aquí al llegar, ya muy enfermo, y que vive en una caverna distante, esperando una muerte que le tiene demasiado olvidado. Le está prohibido venir a la población. Pero hace tanto tiempo que no se atrevía a acercarse, que hoy no hubo mayores sanciones. Horrorizado por la idea de que el leproso pueda regresar, invito al hijo del Adelantado a compartir nuestra cena. Presto corre bajo la lluvia a buscar su vieja guitarra de cuatro cuerdas —la misma que sonó a bordo de las carabelas— y sobre un ritmo que hace correr sangre de negros bajo la melodía del romance, empieza a cantar:

*Soy hijo del rey Mulato*
*y de la reina Mulatina;*
*la que conmigo casara*
*mulata se volvería*[32].


## XXXII

Al saber que trataba de escribir en yaguas, en cortezas, en el cuero de venado que alfombra un rincón de nuestra choza, el Adelantado, compadecido, me ha dado otro cuaderno, aunque advirtiéndome que es el último. Cuando terminen las lluvias se propone ir a Puerto Anunciación por unos días, y entonces me traerá todas las libretas que yo quiera. Pero aún habrán de pasarse más de ocho semanas de aguas, y antes de partir será necesario acabar la edificación de la iglesia y reparar todo lo que haya sido dañado por la humedad, además de procederse a las siembras oportunas en tal tiempo. Sigo trabajando, pues, sabiendo que al cabo de sesenta y cuatro pequeñas hojas llenadas quedarán los esbozos donde están. Casi temo,

---

[32] Los negros en todas partes de América se apropiaron del romance para verter sus canciones. Es un fenómeno peculiar de las zonas costeras de Venezuela y Colombia, más que del interior. Carpentier se refiere a este fenómeno en *La música en Cuba.*

ahora, que me vuelva la maravillosa excitación imaginativa del comienzo y, usando mucho la goma del lápiz —es decir: haciendo algo que no acrece el consumo de papel— paso los días enmendando y aligerando los guiones primeros. No he vuelto a mentar el matrimonio a Rosario; pero su negativa de la otra tarde es algo que, por decir verdad, me escuece a lo hondo. Los días son interminables. Llueve demasiado. La ausencia del sol, que aparece a mediodía como un disco difuminado, más arriba de nubes que de grises se hacen blancas por unas horas, mantiene como en estado de agobio esta naturaleza necesitada de sol para poner a cantar sus colores y mover sus sombras sobre el suelo. Los ríos están sucios, acarreando troncos, balsas de hojas podridas, escombros de la selva, animales ahogados. Se arman diques de cosas arrancadas y rotas, de pronto quebradas por el empellón de un árbol entero que cae, de raíces, de lo alto de una cascada, envuelto en borbollones de fango. Todo huele a agua; todo suena a agua, y las manos encuentran el agua en todo. En cada una de mis salidas a la busca de algo donde poder escribir, he rodado en el lodo, hundiéndome hasta las rodillas en hoyos llenos de cieno mal cubiertos por yerbas traidoras. Todo lo que vive de la humedad crece y se regocija; nunca fueron más verdes ni más espesas las hojas de las malangas; nunca se multiplicaron tanto los hongos, treparon los musgos, cantaron mejor los sapos, fueron más numerosas las criaturas de la madera podrida. Sobre los farallones de las mesetas, las filtraciones pintan grandes coladas negras. Cada falla, cada pliegue, cada arruga de la piedra es cauce de un torrente. Es como si estas mesetas estuvieran cumpliendo la gigantesca tarea de arrumbar las aguas hacia las tierras de abajo, dando a cada comarca su caudal de lluvia. No se puede levantar una tabla caída en tierra sin encontrar, debajo, una fuga desaforada de chinches grises. Los pájaros desaparecieron del paisaje, y Gavilán, ayer, ha rastreado una boa en la parte anegada de la huerta. Los hombres y las mujeres pasan este tiempo como una necesaria crisis de la naturaleza, metidos en sus chozas, tejiendo, haciendo cuerdas, aburriéndose enormemente. Pero padecer las lluvias es otra de las reglas del juego, como admitir que se pare con dolor, y que hay que cortarse la mano izquierda con machete blandido por la mano derecha, si en ella ha hundido los garfios una culebra venenosa. Esto es necesario para la vida, y la vida ha menester de muchas cosas que no son amenas. Llegaron los días del movimiento del humus, del fomento de la podre, de la maceración de las hojas muertas, por esa ley según la cual todo lo que ha de engendrarse se engendrará en la vecindad de la excreción, confundidos los órganos de la generación con los de la orina, y lo que nace nacerá envuelto en baba, serosidades y sangre —como del estiércol nacen la pureza del espárrago y el verdor de la menta[33]. Una noche creíamos que las lluvias hubieran terminado. Hubo como una tregua, en que las techumbres dejaron de sonar, y fue un gran respiro en todo el valle. Se oyó el correr de los ríos, a lo lejos, y una bruma espesa, blanca, fría, se adueñó del espacio entre las cosas. Rosario y yo buscamos nuestros calores en un largo abrazo. Cuando, salidos del deleite, volvimos a cobrar conciencia de lo que nos rodeaba, llovía de nuevo. «En tiempo de las aguas es cuando salen empreñadas las mujeres», me dijo *Tu mujer* al oído. Puse una mano sobre su vientre en gesto propiciatorio. Por primera vez tengo ansias de acariciar a un niño que de mí haya brotado, de sopesarlo y saber cómo habrá de doblar las rodillas sobre mi antebrazo y ensalivarse los dedos... Me sorprendo en estas imaginaciones, el lápiz detenido sobre un diálogo de trompa y corno inglés, cuando una grita me hace salir al umbral de la casa. Algo ha sucedido en el caserío de los indios, pues todos vocean y gesticulan en torno a la choza del Capitán. Rosario, arropada en su rebozo, echa a correr bajo el aguacero. Lo que allá ocurre es atroz: una niña, de unos ocho anos, ha regresado del río, hace un momento, ensangrentada de las ingles a las rodillas. Cuando de su llanto horrorizado lograron alguna aclaración, se supo que Nicasio, el leproso, había tratado de violarla, desgarrándole el sexo con las manos. Fray Pedro está restañando la hemorragia con hilachas, mientras los hombres, armados de garrotes, emprenden una batida por los alrededores. «Yo dije que ese lazarino estaba de más aquí», recuerda el Adelantado al fraile, como si en estas palabras se encerrara un reproche de largo tiempo latente. El capuchino no responde y, con vieja experiencia de remedios selváticos, pone un tapón de telarañas en el entrepiernas de la niña, mientras le frota el pubis con ungüento sublimado. El asco y la indignación que me causa el atropello es indecible: es como si yo, el hombre, todos los hombres, fuésemos igual-

---

[33] Invoca el protagonista-narrador aquí un lugar común de la patrística, que alude a la miseria de la condición humana, pero que también se confunde con cierta literatura misoginista que se regodea en presentar la «suciedad» del cuerpo femenino. Hay claros ecos del tópico en la literatura en español desde *El Corbacho* y *La Celestina* hasta la obra de Quevedo, de donde probablemente lo tomó Carpentier.

mente culpables del repugnante intento, por el mero hecho de que la posesión, aun consentida, pone al varón en actitud agresiva. Y aún apretaba yo los puños con furor cuando Marcos me deslizó un fusil debajo del brazo: era uno de esos fusiles maquiritares[34], de dos larguísimos cañones, marcado al troquel de los armeros de Demerara, que aún hacen perdurar, en estas lejanías, las técnicas de las primeras armas de fuego. Poniendo el índice sobre sus labios, para no llamar con palabras la atención de fray Pedro, el mozo me hizo seña de seguirlo. Envolvimos el fusil en paños, y echamos a andar hacia el río. Las aguas, turbulentas y fangosas, arrastraban el cadáver de un venado, tan hinchado que su vientre blanco parecía una panza de manatí. Llegamos al lugar de la violación, donde las yerbas estaban holladas y sucias de sangre. Unos pasos se marcaban hondamente en el barro. Marcos, encorvado, se dio a seguir las huellas. Anduvimos durante largo tiempo. Cuando empezó a oscurecer, estábamos al pie del Cerro de los Patroglifos, sin haber dado con el leproso. Ya nos concertábamos para regresar, cuando el mestizo me señaló un trillo recién abierto en la maleza llovida. Avanzamos un poco más y, de pronto, el rastreador se detuvo: Nicasio estaba allí, arrodillado en medio de un claro, mirándonos con sus horribles ojos. «Apunta a la cara», me dijo Marcos. Levanté el arma y puse la mira al nivel del agujero que se hundía en el semblante del miserable. Pero mi dedo no se decidía a hacer presión sobre el gatillo. De la garganta de Nicasio salía una palabra ininteligible, que era algo así como: «onjejión... onjejión... onjejión». Bajé el arma: lo que pedía el criminal era la confesión antes de morir. Me volví hacia Marcos. «Dispara —apremió—. Más vale que el cura no se meta en esto. Volví a apuntar. Pero había dos ojos ahí: dos ojos sin párpados, casi sin vida, que seguían mirando. De la presión de mi dedo dependía apagarlos. Apagar dos ojos. Dos ojos de hombre. Aquello era inmundo; aquello era culpable del más indignante atropello, aquello había destrozado una carne niña, contaminándola tal vez de su mal. Aquello debía ser suprimido, anulado, dejado a las aves de rapiña. Pero una fuerza, en mí, se resistía a hacerlo, como si, a partir del instante en que apretara al gatillo, *algo hubiera cambiado*

---

[34] Los *Fusiles maquiritares* son rifles usados por esa tribu de indios, supuestamente rudimentarios pero eficaces. El río *Demerara* está en la Guayana inglesa, pero también se le da ese nombre a la colonia. Carpentier conoció maquiritares en su viaje por la selva, y éstos aparecen en el libro de Gheerbrant.

*para siempre*. Hay actos que levantan muros, cipos, deslindes, en una existencia. Y yo tenía miedo al tiempo que se iniciaría para mí a partir del segundo en que yo me hiciera Ejecutor. Marcos, con gesto colérico, me arrancó el fusil de las manos. «¡Arrasan una ciudad desde el cielo, pero no se atreven a esto! ¿No habías estado en una guerra?...» El fusil maquiritare tenía bala en el cañón izquierdo y carga de perdigones en el derecho. Sonaron dos disparos tan seguidos que casi se confundieron, rebotando luego el estampido de roca en roca, de valle en valle... Aún volaban los ecos cuando me forcé a mirar: Nicasio seguía arrodillado en el mismo lugar, pero su rostro se estaba desdibujando, emborronando, perdiendo todo contorno humano. Era una mancha encarnada que se desintegraba a pedazos y se escurría a lo largo del pecho, sin prisa, como una materia cerosa que se estuviera derritiendo. Al fin terminó la colada de sangre, y el torso se vino adelante sobre la yerba mojada. De súbito arreció la lluvia y fue la noche. Era Marcos, ahora, quien llevaba el fusil.

## XXXIII

Es como un largo trueno percutiente que entra en el Valle por el norte y nos pasa encima. Me yergo en lo acunado de la hamaca con tal precipitación que casi la volteo. Bajo el avión que gira y regresa, huyen, aterrorizados, los hombres del Neolítico. El Adelantado ha salido al umbral de la Casa de Gobierno, seguido de Marcos; ambos miran, pasmados, mientras fray Pedro grita a las mujeres indias, que aúllan de miedo en sus chozas, que esto es «cosa de blancos» sin peligro para la gente. El avión está, acaso, a unos ciento cincuenta metros del suelo, bajo un pesado techo de nubes prestas a romperse en lluvia nuevamente; pero no son ciento cincuenta metros los que separan la máquina volante del Capitán de Indios, que la mira, desafiante, con la mano aferrada al arco: son ciento cincuenta mil años. Por vez primera suena, en estas lejanías, un motor de explosión; por vez primera es el aire removido por una hélice, y esto que repite su redondez, paralelamente, donde los pájaros tienen las patas, nos trae nada menos que la invención de la rueda. El avión, sin embargo, tiene una suerte de titubeo en el modo de volar. Advierto que el piloto nos observa como buscando algo, o esperando una señal. Por ello, echo a correr hacia el centro de la explanada, agitando el rebozo de Rosa-

rio. Mi regocijo es tan contagioso que los indios acuden ahora, ya sin temor, saltando y alborotando, y tiene fray Pedro
que apartarlos con su cayado para despejar el campo. El
avión se aleja hacia el río, desciende un poco más, y es, de súbito, la vuelta cerrada, que lo trae a nosotros, como vacilando
de ala a ala, cada vez más bajo. Es luego el contacto con el
suelo; un rodar peligroso hacia la cortina de árboles, y un vi-
raje oportuno que frena lo que restaba de impulso. Dos hombres salen del aparato: dos hombres que me llaman por mi
nombre. Y se acrece mi estupor al saber que, desde hace más
de una semana, varios aviones me están buscando. Alguien
—no saben decirme quién— ha dicho *allá* que estoy extraviado
en la selva, tal vez prisionero de indios sanguinarios. Se ha
creado una novela en torno a mi persona, que incluye la insi-
diosa hipótesis de que yo haya sido torturado. Se repite conmigo el caso de Fawcett[35], y mis relatos, publicados en la
prensa, están reactualizando la historia de Livingstone[36]. Un
gran periódico tiene ofrecido un premio cuantioso a quien me
rescate. Los pilotos fueron orientados, en sus vuelos, por informes del Curador, quien señaló el área de dispersión de los
indios cuyos instrumentos musicales vine a buscar. Ya iban a
abandonar la partida cuando, esta mañana, tuvieron que

---

[35] *Fawcett* es el teniente coronel Percy Harrison Fawcett, D. S. O., explorador inglés, que desapareció en la región central del Brasil en
1925, y que fue objeto de intensas búsquedas, y también de una exten-
sísima colección de artículos y libros. Carpentier, que tenía 21 años
cuando desaparece Fawcett, debe recordar aquí algunas de esas publicaciones, ya que hasta la conducta de Ruth —que no pierde la fe en
que su esposo esté vivo— recuerda la de la esposa del explorador inglés. Cada incidente de las aventuras del protagonista-narrador parece
estar sacado de algún libro. Un delicioso libro sobre Fawcett es el siguiente de Peter Fleming, que narra las aventuras de una expedición
enviada a rescatar al explorador: *Brazilian Adventure*, Nueva York,
Scribner's Sons, 1934. Del propio Fawcett hay una colección de escritos en español, publicados el mismo año que *Los pasos perdidos: Exploración Fawcett: Adaptada de sus manuscritos, cartas y memorias*,
por Brian Fawcett, Santiago de Chile, Zig-Zag, 1953.
[36] *Livingstone*, David (1813-1873), misionero escocés que se internó
en lo más profundo de África a mediados del siglo pasado. Varias expediciones intentaron encontrarlo. Es el prototipo del explorador que
se pierde en tierras ignotas. Otro aventurero, H. M. Stanley por fin encontró a Livingstone. Al dar con él, Stanley pronunció una frase que
se ha hecho famosa: «Dr. Livingstone, I presume», es decir, «El Dr.
Livingstone, supongo.» Livingstone era el único hombre blanco frente
a Stanley.

apartarse de los rumbos hasta ahora seguidos por esquivar una turbonada. Al pasar por sobre las Grandes Mesetas se asombraron al divisar una aglomeración de viviendas donde sólo se esperaban a otear suelos sin huella de hombre, y pensaron, al verme agitar el rebozo, que era yo el extraviado que buscaban. Me admiro de saber que esta ciudad de Henoch, aun sin fraguas, donde acaso oficio yo de Jubal, está a tres horas de vuelo de la capital, en línea recta. Es decir, que los cincuenta y ocho siglos que median entre el cuarto capítulo del Génesis y la cifra del año que transcurre para los de *allá*, pueden cruzarse en ciento ochenta minutos, regresándose a la época que algunos identifican con el presente —como si lo de acá no fuese también *el presente*— por sobre ciudades que son hoy, en este día, del Medievo, de la Conquista de la Colonia o del Romanticismo. Ahora sacan del avión un bulto envuelto en telas impermeables, que me hubiera sido arrojado con un paracaídas en caso de habérseme hallado donde fuera imposible el aterrizaje, y entregan medicamentos, conservas, cuchillos, vendas, a Marcos y al capuchino. El piloto aparta una gran cantimplora de aluminio, desenrosca la tapa y me hace beber. Desde la noche de la tempestad en los raudales yo no había probado un sorbo de licor. Ahora, en la universal humedad que nos envuelve, este alcohol me produce, de súbito, una embriaguez lúcida, que llena mis entrañas de apetencias olvidadas. No sólo quisiera beber más, y miro por ello con celosa impaciencia al Adelantado y a su hijo que también tragan de mi aguardiente, sino que mil ansias de sabores se disputan mi paladar. Son llamadas apremiantes del té y del vino, del apio y del marisco, del vinagre y del hielo. Y es también ese cigarrillo que renace en mi boca, cuyo olor es de los cigarrillos de tabaco rubio que fumaba en la adolescencia, a hurtadillas de mi padre, en el camino del Conservatorio. Hay, dentro de mí mismo, como un agitarse de otro que también soy yo, y no acaba de ajustarse a su propia estampa; él y yo nos superponemos incómodamente, como esas planchas movidas de un tiro de litografía, donde el hombre amarillo y el hombre rojo no aciertan a coincidir —como cosas que ojos sanos contemplan con lentes de miope. Este líquido ardiente que pasa por mi garganta me desconcierta y ablanda. Me siento a la vez deshabitado y mal habitado. En este segundo precioso me acobardo bajo las montañas, bajo las nubes que vuelven a espesarse, bajo los árboles que las lluvias hicieron más frondosos. Hay como telones que se cierran en torno mío. Ciertos elementos del paisaje se me hacen ajenos; los planos se trastruecan, deja de hablarme aquel sendero y el ruido de las cascadas crece hasta hacerse atronador. En medio de ese infinito correr del agua, oigo la voz del piloto como algo distinto del lenguaje que emplea: es algo que había de suceder, un acontecimiento expresado en palabras, una convocatoria inaplazable, que tenía que alcanzarme por fuerza dondequiera que me encontrara. Me dice que recoja mis cosas para marcharme con ellos sin demora, pues la lluvia amenaza otra vez, y sólo se aguarda a que la bruma suelte el tope de una meseta para arrancar el motor. Hago un gesto de denegación. Pero en ese mismo instante suena dentro de mí, con sonoridad poderosa y festiva, el primer acorde de la orquesta del *Treno*. Recomienza el drama de la falta de papel para escribir. Y luego viene la idea del libro, la necesidad de algunos libros. Pronto se me hará imperioso el deseo de trabajar sobre el *Prometheus Unbound —Ah, me! Alas, pain, pain ever, for ever!* De espaldas a mí habla nuevamente el piloto. Y lo que dice, que siempre es lo mismo, despierta en mí el recuerdo de otros versos de poema: *I heard a sound of voices; not the voice wich I gave forth*[37]. El idioma de los hombres del aire, que fue mi idioma durante años, desplaza en mi mente, esta mañana, el idioma matriz —el de mi madre, el de Rosario. Apenas si puedo pensar en español, como había vuelto a hacerlo, ante la sonoridad de vocablos que ponen la confusión en mi ánimo. No me quiero marchar, sin embargo. Pero admito que carezco aquí de cosas que se resumen en dos palabras: *papel, tinta*. He llegado a prescindir de todo lo que me fuera más habitual en otros tiempos: he arrojado objetos, sabores, telas, aficiones, como un lastre innecesario, llegando a la suprema simplificación de la hamaca, del cuerpo limpiado con ceniza y del placer hallado en roer mazorcas asadas a la brasa. Pero no puedo carecer de papel y de tinta: de cosas expresadas o por expresar con los medios del papel y de la tinta. A tres horas de aquí hay papel y hay tinta, y hay libros hechos de papel y de tinta, y cuadernos, y resmas de papel, y pomos, botellas, bombonas de tinta. A tres horas de aquí... Miro a Rosario. Hay en su semblante una expresión fría y ausente, que no expresa disgusto, angustia ni dolor. Es indudable que advierte mi zozobra, pues sus ojos, que evitan los míos, tienen la mirada dura, altiva, de quien quiere demostrar a todos que nada de lo que pueda ocurrir importa. En eso, Marcos llega con mi vieja ma-

---

[37] «Oí el sonido de voces, no de la voz que yo emití.»

leta verdecida por los hongos. Hago un nuevo gesto de denegación, pero mi mano se abre para recibir los *Cuadernos de...
Perteneciente a...* que en ellas colocan. La voz del piloto, que
mucho debe apetecer la recompensa ofrecida, suena enérgica-
mente para apremiarme. Ahora, el mestizo sube al avión llevando los instrumentos musicales que deberían estar en posesión del Curador. Le digo que no, y luego que sí, pensando
que el bastón de ritmo, las sonajeras y la jarra funeraria, al
partir envueltos en sus esteras de fibra, me librarán de las pre-
sencias que todavía turbaban mi sueño en las noches de la cabaña. Bebo lo que quedaba en la cantimplora de aluminio.
Y, de repente, es la decisión: iré a comprar las pocas cosas que
me son necesarias para llevar, aquí, una vida tan plena como
la conocen los demás. Todos ellos, con sus manos, con su vocación, cumplen un destino. Caza el cazador, adoctrina el
fraile, gobierna el Adelantado. Ahora soy yo quien debe tener
también un oficio —el legítimo— fuera de los oficios que aquí
requieren el esfuerzo común. Dentro de algunos días regresaré
para siempre, luego de haber enviado los instrumentos al Curador y de haberme comunicado con Ruth, para explicarle la
situación lealmente y pedirle un pronto divorcio. Comprendo
ahora que mi adaptación a esta vida fuera acaso demasiado
brusca; mi pasado exigía el cumplimiento de un último deber,
con la rotura del vínculo legal que me ataba todavía al mundo
*de allá.* Ruth no había sido una mala mujer, sino la víctima
de su vocación malograda. Aceptaría todas las culpas, cuando
comprendiera la inutilidad de obstaculizar el divorcio o reclamar cosas imposibles a un hombre que conocía los caminos
de la evasión. Y, dentro de tres o cuatro semanas, yo estaría
de vuelta en Santa Mónica de los Venados, con todo lo necesario para trabajar durante varios años. En cuanto a la obra
producida, la llevaría el Adelantado a Puerto Anunciación,
cuando le tocara bajar al poblado, quedando al cuidado del
correo fluvial: los directores y músicos amigos a quienes sería
destinada se entenderían con ella, ejecutándola o no. Me sentía curado de toda vanidad a ese respecto, aunque me creyera
capaz, ahora, de expresar ideas, de inventar formas, que cura-
ran la música de mi tiempo de muchas torceduras. Aunque
sin envanecerme de lo ahora sabido —sin buscar la huera vanidad del aplauso—, no debía callarme lo que sabía. Un joven, en alguna parte, esperaba tal vez mi mensaje, para hallar
en sí mismo, al encuentro de mi voz, el rumbo liberador. Lo
hecho no acababa de estar hecho mientras otro no lo mirara.
Pero bastaba que uno solo mirara para que la cosa fuera, y se

hiciera creación verdadera por la mera palabra de un Adán nombrado.

El piloto me pone la mano en el hombro con gesto imperativo. Rosario parece ajena a todo. Le explico entonces, en pocas palabras, lo que acabo de decidir. Ella no responde, encogiéndose de hombros con una expresión que ha pasado a ser despectiva. Le entrego, entonces, como prueba, los apuntes del *Treno*. Le digo que, para mí, esos cuadernos son la cosa más valiosa después de ella. «Te los puedes llevar», me dice con acento rencoroso, sin mirarme. La beso, pero me zafa con gesto rápido, huyendo de los brazos que la abrazaban, y se aleja, sin volver la cabeza, con algo de animal que no quiere ser acariciado. La llamo, le hablo, pero en ese instante arranca el motor del avión. Los indios prorrumpen en una grita jubilosa. Desde la cabina de mando, el piloto me hace una última seña. Y una puerta metálica se cierra detrás de mí. Los motores arman un estrépito que no me deja pensar. Y luego es el ir hasta el extremo de la explanada: es la media vuelta seguida de una inmovilidad trepidante, que parece encajar las ruedas en el suelo fangoso. Y ya las copas de los árboles quedan abajo; pasamos rasando la Meseta de los Petroglifos, y giramos sobre Santa Mónica de los Venados, cuya Plaza Mayor ha sido invadida nuevamente por los indios. Veo a fray Pedro que hace molinetes con su cayado. Veo al Adelantado, de brazos en jarras, que mira hacia arriba, junto a Marcos, que sacude un sombrero de cogollo. Sola en el sendero que conduce a nuestra casa, Rosario camina sin alzar la vista del suelo, y me estremezco al advertir que su cabellera negra, que cuelga a ambos lados de la cabeza —dividida por una raya cuyo olor un poco animal me vuelve deleitosamente al olfato—, tiene algo de velo de viuda. Lejos, en el lugar donde cayó Nicasio, hay un gran revuelo de buitres. Una nube se espesa debajo de nosotros, y por buscar bonanza ascendemos hacia una niebla opalescente que nos aísla de todo. Avisado de que volaremos durante largo tiempo sin visibilidad, me acuesto en el piso del avión y me duermo, algo aturdido por el licor y la mucha altitud que vamos alcanzando.

## Capítulo sexto

Y lo que llamáis morir es acabar de morir, y lo que llamáis nacer es empezar a morir, y lo que llamáis vivir es morir viviendo.

(Quevedo, *Los Sueños*[1])

---

[1] *Los sueños,* escrito entre 1606 y 1613, es la obra de Quevedo (1580-1645) más citada por Carpentier. Las palabras del epígrafe las pronuncia la Muerte en la parte de *Los sueños* intitulada «Vista de los chistes».

# XXXIV

*(18 de julio)*[2]

Acabamos de atravesar un manso espesor de nubes sobre el cual pintábanse todavía —a través de arcos truncos, de obeliscos carcomidos, de colosos con cara de humo— las claridades del día, para hallar, abajo, el crepúsculo de la ciudad cuyas luces empiezan a encenderse. Algunos se divierten en ubicar un estadio, un parque, una avenida principal, entre tantas geometrías luminosas, paseando los índices sobre los cristales de las ventanillas. Mientras otros se alegran de llegar, yo me acerco con angustiosa aprensión a ese mundo que dejé hace mes y medio, según cálculo hecho sobre los calendarios en uso, cuando en realidad he vivido la pasmosa dilatación de seis inmensas semanas que escaparon a las cronologías de este clima. Mi esposa ha dejado el teatro para interpretar un nuevo papel; el papel de esposa. Esa es la tremenda novedad que me tiene volando sobre los humos de suburbios que jamás creía ver más, en vez de estar preparando ya la vuelta a Santa Mónica de los Venados, donde *Tu mujer* me aguarda con los apuntes del *Treno,* que ya tendrán resmas y resmas de papel donde desarrollarse. Para más contrasentido, la gente que me rodea, y para quien fui la gran atracción del viaje, parece envidiarme: todos me mostraron recortes de publicaciones en que Ruth aparece en nuestra casa, rodeada de periodistas, o bien irguiendo una silueta plañidera ante las vitrinas del Museo Organográfico, o mirando un mapa con expresión dramá-

---

[2] Esta es la primera fecha que se da desde el 27 de junio, al princí-pio de la jornada 26. Es decir, han transcurrido 21 días y ocho jornadas del libro. Como el protagonista-narrador llegó a la capital latinoamericana el 7 de junio, ha pasado casi exactamente seis semanas en Latinoamérica.

tica en el apartamento del Curador. Una noche, estando en
escena —me cuentan—, tuvo una corazonada. Rompió a so-
llozar a media réplica, y, saliendo del drama a poco de iniciar
el diálogo con Booth, fue directamente a la redacción de un
gran diario, revelando que no se tenían noticias mías, que yo
había de estar de regreso desde los comienzos del mes, y que
mi maestro —quien fuera a verla aquella tarde— estaba realmente inquieto al no saber de mí. Pronto se caldearon las
imaginaciones de los porteros, se evocaron las figuras de exploradores, de viajeros, de sabios, cautivos de tribus sanguina-
rias —con Fawcett en primer lugar, desde luego—, y Ruth, en
el colmo de la emoción, pidió que el periódico exigiera mi
rescate, dando un premio a quien me hallara en la gran mancha verde, inexplorada, que el Curador había señalado como
la zona geográfica de mi destino. A la mañana siguiente, Ruth
era patética figura de actualidad, y mi desaparición, ignorada
la víspera, se hacía noticia de un interés nacional. Todas mis
fotografías pasaron a ser publicadas, incluso la de mi primera
comunión —esa primera comunión aceptada por mi padre a
regañadientes— frente a la iglesia de Jesús del Monte, y las de
uniforme, en las ruinas de Monte Cassino, y la otra, frente a la
Villa Wahnfried, con los soldados negros[3]. El Curador explicó
a la prensa, con grandes elogios, mi teoría tan absurda —¡tan
absurda me parece hoy!— del *mimetismo mágico-rítmico*, en
tanto que mi esposa ha trazado un hermoso y plácido cuadro
de nuestra vida conyugal. Pero hay algo más, que me irrita sobremanera: el periódico, que tan generosamente acaba de pre-
miar a los aviadores por mi rescate, muy dado a congraciarse
con el hogar y la familia, se empeña en presentarme a sus lectores como un personaje ejemplar. Una temática persistente
se hace demasiado audible tras de la prosa de los artículos que
se refieren a mí: soy un mártir de la investigación científica,
que torna al regazo de la esposa admirable; también en el
mundo del teatro y del arte puede hallarse la virtud conyugal;
el talento que no excusa para infringir las normas de la sociedad; vean la *Pequeña Crónica* de Ana Magdalena, evoquen el
apacible hogar de Mendelssohn[4], etc. Cuando me voy ente-

---

[3] *Monte Cassino*, al sur de Italia, donde San Benito fundó en 529
un monasterio que fue destruido por un bombardeo norteamericano
en 1944. La *Villa Wahnfried* era la mansión de los Wagner en Bayreuth. No tenemos noticia de un bombardeo de la misma, ni por qué
el protagonista-narrador recuerda soldados negros.
[4] *Mendelssohn*. Ver nota 19 del Capítulo III.

rando de todo lo hecho por sacarme de la selva, me siento a la vez avergonzado e irritado. Yo he costado al país una verdadera fortuna: más de lo necesario para asegurar una existencia holgada a varias familias por una vida entera. En mi caso, como en el de Fawcett, me sobrecoge un absurdo de una sociedad capaz de soportar fríamente el espectáculo de ciertos suburbios —como esos, sobre los cuales estamos volando, con sus niños hacinados bajo planchas de palastro—, pero que se enternece y sufre pensando que un explorador, etnógrafo o cazador, pueda haberse extraviado o ser cautivo de bárbaros, en el desempeño de un oficio libremente elegido, que incluye tales riesgos en sus reglas, como es albur del toreo recibir cornadas. Millones de seres humanos han sido capaces de olvidar, por un tiempo, las guerras que se ciernen sobre el orbe, para estar pendientes de noticias mías. Y los que ahora se disponen a aplaudirme, ignoran que van a aplaudir a un embustero. Porque todo, en este vuelo que ahora se arrumba hacia la pista, es embuste. Estaba yo en el bar del hotel donde habíamos velado al Kappelmeister, cuando, venida del otro extremo del hemisferio, me llegó la voz de Ruth por el hilo del teléfono. Lloraba y reía, y estaba rodeada, allá, de tanta gente, que apenas entendí lo que quería decirme. De pronto, fueron expresiones de amor, y la noticia de que había abandonado el teatro para estar siempre junto a mí, y que iba a tomar el primer avión para reunirse conmigo. Aterrado por ese propósito, que la traería a mi terreno, en la antesala misma de mi evasión, allí donde el divorcio se hacía sumamente largo y difícil en virtud de leyes muy hispánicas, que incluían rogativas al Tribunal de la Rota[5], le grité que permaneciera en nuestra casa y que quien tomaría el avión aquella misma noche sería yo. En la despedida confusa, entrecortada de sonidos parasitarios, creí oír algo acerca de que quería ser madre. Pero luego, repasando mentalmente cuanto inteligible hubiera emergido de la conversación, quedé con el pulso en suspenso, preguntándome si había dicho que quería ser madre o que *iba a ser madre*. Esto último, para desventura mía, estaba dentro de las posibilidades, puesto que me había acoplado con ella, por última vez, en rutinario rito dominical, hacía menos de seis meses. Ese fue el momento en que acepté la suma considerable

---

[5] El *Tribunal de la Rota* en el Vaticano se ocupa de los divorcios sancionados por la Iglesia. Desde luego, el protagonista-narrador no tendría que haber acudido al Tribunal de la Rota, ya que él y Ruth se casaron por el «rito hereje» (ver nota 75, Capítulo III).

ofrecida por el periódico de mi rescate para reservarle la exclusividad de innumerables mentiras —ya que son cincuenta cuartillas de mentiras las que voy a vender ahora. No puedo, en efecto, revelar lo que de maravilloso ha tenido mi viaje, puesto que ello equivaldría a poner los peores visitantes sobre el rumbo de Santa Mónica y del Valle de las Mesetas. Por suerte, los pilotos que me hallaron sólo se refirieron a una *misión* en sus reportes, por el hábito verbal de llamar «misión» todo lugar apartado donde un fraile ha plantado una cruz. Y como las misiones no inspiran mayor curiosidad al público, puedo callarme muchas cosas. Lo que venderé, pues, es una patraña que he ido repasando durante el viaje: prisionero de una tribu más desconfiada que cruel, logré fugarme, atravesando, solo, centenares de kilómetros de selva; al fin, extraviado y hambriento, llegué a la «misión» donde me encontraron. Tengo en mi maleta una novela famosa, de un escritor suramericano, en que se precisan los nombres de animales, de árboles, refiriéndose leyendas indígenas, sucedidos antiguos, y todo lo necesario para dar un giro de veracidad a mi relato[6]. Cobraré mi prosa, y con una suma de dinero que puede asegurar a Ruth unos tres años de vida apacible, plantearé el divorcio con menos remordimientos. Porque es indudable que mi caso ha venido a agravarse, en lo moral, con esta duda acerca de su gravidez —gravidez que explicaría su brusca deserción del teatro y la necesidad de acercarse a mí. Siento que habré de combatir la más terrible de todas las tiranías: la que

---

[6]Alude, evidentemente, a José Eustasio Rivera, autor de *La vorágine* (1924), y Rómulo Gallegos, autor de *Canaima* (1935), ambas novelas de la selva, y fuentes de *Los pasos perdidos*. En *Tristán e Isolda en tierra firme,* Carpentier escribe: «para traer a la literatura, independientemente de toda preocupación de "buen gusto", o "mal gusto", la atmósfera alucinante de *La vorágine,* es menester haber arrostrado el paludismo del Alto Orinoco, y saber cómo el sasafrás se enciende, en agosto, a la orilla de los caños, y cómo se recuesta la danta, el animal totémico, en lajas pizarrosas, cubiertas de petroglifos ignorados» (Caracas, Imprenta Nacional, 1949), pág. 16. Y «No hay que olvidar que una novela actual como *Canaima* —sobriamente exacta en cuanto a pintura de paisajes y caracteres, según he podido comprobarlo en el transcurso de un reciente viaje por el Alto Orinoco— sigue siendo una novela de tipo romántico. Romántico es el personaje de Arturo Cova, en *La vorágine*, *op. cit.,* pág. 22. Dos años más tarde, Carpentier hizo un elogio de *La vorágine,* con motivo de la publicación de la traducción francesa en «*La vorágine* en Europa», *El Nacional,* 21 de octubre de 1951, pág. 4.

suelen ejercer los que aman sobre la persona que no quiere ser amada, asistidos por la tremenda fuerza de una ternura y una humildad que desarman la violencia y acallan las palabras de repudio. No hay peor adversario, en una lucha como la que voy a librar, que quien acepta todas las culpas y pide perdón antes de que le señalen la puerta.

Apenas dejo la escalerilla del avión, la boca de Ruth acude a mi encuentro y su cuerpo me busca en la inesperada intimidad creada por los abrigos abiertos que se hacen uno a ambos lados de nuestros flancos; reconozco el contacto de sus senos y vientre bajo el ligero tejido que los viste, y es luego un prorrumpir en sollozos sobre mi hombro. Estoy cegado por mil relámpagos que son como espejos rotos en el atardecer del aeródromo. Pero llega ya el Curador, que se me abraza emocionado; viene luego la delegación de la Universidad, encabezada por el Rector y los Decanos de las Facultades; varios altos funcionarios del gobierno y de la municipalidad, el director del periódico —¿no estaba también ahí Extieich, con el pintor de las cerámicas y la bailarina?—, y, finalmente, el personal de mi estudio de sincronización, con el presidente de la empresa y el comisionado de relaciones públicas —completamente borracho ya. De la confusión y el aturdimiento que me envuelven veo surgir, como venidos de muy lejos, muchos rostros que ya había olvidado: rostros de tantos y tantos que conviven estrechamente con nosotros durante años, por la práctica común de un oficio o la concurrencia obligada a un área de trabajo, y que, sin embargo, a poco de dejar de verse, desaparecen con sus nombres y el sonido de las palabras que decían. Escoltado por esos espectros me encamino hacia la recepción del Ayuntamiento. Y observo a Ruth, ahora, bajo las arañas de la galería de los retratos, y me parece que interpreta el mejor papel de su vida: enredando y desenredando un inacabable arabesco, se hace poco a poco el centro del acto, su eje de gravitación, y quitando toda iniciativa a las demás mujeres, usurpa las funciones de ama de casa con una gracia y una movilidad de bailarina. Está en todas partes; se desliza detrás de las columnas, desaparece para resurgir en otro lugar, ubicua, inasible; entona el gesto cuando un fotógrafo la acecha; alivia una jaqueca importante, hallando la oblea oportuna en su cartera; regresa a mí con una golosina o una copa en la mano, me contempla con emoción por espacio de un segundo, me roza con su cuerpo con gesto íntimo, que cada cual cree ser el único en haber sorprendido; va, viene, coloca una palabra ingeniosa donde alguien citó a Shakespeare, da una breve declaración a la prensa, afirma que me acompañará la próxima vez que yo vaya a la selva; se yergue, esbelta, ante el camarógrafo de las actualidades, y es su actuación tan matizada, diversa, insinuante, dándose sin dejar de guardar las distancias, haciéndose admirar de cerca aunque siempre atenta a mí, usando de mil artimañas inteligentes para ofrecerse a todos como la estampa de dicha conyugal, que dan ganas de aplaudir. Ruth, en esta recepción, tiene la estremecida alegría de la esposa que va a vivir —esta vez sin el dolor de la desfloración— una segunda noche de bodas; es Genoveva de Brabante vuelta al castillo; es Penélope oyendo a Ulises hablarle del lecho conyugal; es Griseldis[7], engrandecida por la fe y la espera. Al fin, cuando presiente que sus recursos van a agotarse, que una reiteración puede quitar relumbre al juego de la Protagonista, habla tan persuasivamente de mi fatiga, de mi deseo de esposo y de intimidad, después de tantas y tan crueles tribulaciones, que nos dejan marchar, entre los guiños entendidos de los hombres que ven descender a mi esposa la escalinata de honor, colgada de mi brazo, con el cuerpo modelado por el vestido. Tengo la impresión, al salir del Ayuntamiento, que sólo falta bajar el telón y apagar las candilejas. Me siento ajeno a todo esto. He quedado muy lejos de aquí. Cuando, hace un momento, me dijo el presidente de mi empresa: «Tómese unos días más de reposo», lo miré extrañamente, casi indignado de que se atreviera a arrogarse todavía alguna potestad sobre mi tiempo. Y ahora vuelvo a encontrar la que fue mi casa, como si entrara en casa de otro. Ninguno de los objetos que aquí veo tiene para mí el significado de antes, ni tengo deseos de recuperar esto o aquello. Entre los libros alineados en los entrepaños de la biblioteca hay centenares que para mí han muerto. Toda una literatura que yo tenía por lo más inteligente y sutil que hubiera producido la época, se me viene abajo con sus arsenales de falsas maravillas. El olor peculiar de este apartamento me devuelve a una vida que no quiero vivir por segunda vez... Al entrar, Ruth se había inclinado para recoger un recorte de periódico que alguien —un vecino, sin duda— hubiera deslizado por debajo de la puerta. Parece ahora que su lectura le causa una creciente sorpresa. Me alegro ya de esta distracción de su mente que retarda los temidos gestos de cariño, dándome el tiempo de pensar lo que voy a decirle, cuando hace un ademán violento

---

[7] *Griseldis* o *Griselda*, heroína de una leyenda de fidelidad conyugal en la que se han inspirado Petrarca y Boccacio.

y se me acerca con los ojos encendidos por la ira. Me entrega un trozo de papel de periódico, y me estremezco al ver una fotografía de Mouche, en coloquio con un periodista conocido por su explotación del escándalo. El título del artículo —tomado de un tabloide despreciable— habla de *revelaciones* acerca de mi viaje. Su autor relata una conversación tenida con la que fuera mi amante. Ésta le declaró del modo más sorpresivo que fue colaboradora mía en la selva: según sus palabras, mientras yo estudiaba los instrumentos primitivos desde el punto de vista organográfico, ella los consideraba bajo el enfoque astrológico —pues, como es sabido, muchos pueblos de la antigüedad relacionaron sus escalas con una jerarquía planetaria. Con una intrepidez aterradora, cometiendo errores risibles para cualquier especialista, Mouche habla de la «danza de la lluvia» de los indios Zunis[8], con su muerte de sinfonía elemental en siete movimientos; cita los ragas indostánicos, nombra a Pitágoras, con ejemplos debidos, evidentemente, a la amistad de Extieich. Y es hábil, a pesar de todo, ya que con ese despliegue de falsa erudición trata de justificar, ante los ojos del público, su presencia junto a mí en el viaje, haciendo olvidar la verdadera índole de nuestras relaciones. Se presenta como una estudiosa de la astrología, que se aprovecha de la misión confiada a un amigo para acercarse a las nociones cosmogónicas de los indios más primitivos. Completa su novela afirmando que abandonó voluntariamente la empresa, allí donde la derribara el paludismo, regresando en la canoa del doctor Montsalvatje. No dice más, sabiendo que esto basta para que los interesados entiendan lo que deben entender: en realidad se está vengando de mi fuga con Rosario y del hermoso papel que mi esposa se ha visto atribuir por la opinión, en la vasta impostura. Y lo que no dice, lo hace vislumbrar el periodista con malvada ironía: Ruth ha empeñado la nación entera en el rescate de un hombre que, en realidad, fue a la selva con una querida. El aspecto equívoco de la historia quedaba evidenciado por el silencio de quien, ahora, salía de la sombra con la más pérfida oportunidad. De súbito, el sublime teatro conyugal de mi esposa se hundía en el ridículo. Y ella me miraba, en este instante, con el furor situado más allá de las palabras; su cara parecía hecha de la materia yesosa de las máscaras trágicas, y la boca, inmovilizada en una mueca sardónica, dejaba ver sus dientes —era defecto que

---

[8] Los *zuni*, pueblo indio de Nuevo México, de avanzada cultura material.

ocultaba mucho— en arco demasiado cerrado. Sus manos crispadas se habían hundido en su cabellera, como buscando algo que apretar y romper. Comprendí que debía adelantarme al estallido de una cólera que ya no podría contenerse, y precipité la crisis largando de golpe todo lo que no pensaba decir sino varios días después, cuando me asistiera la abyecta pero innegable fuerza del dinero. Culpé su teatro, su vocación antepuesta a todo, la separación de los cuerpos, del absurdo de una vida conyugal reducida a la fornicación del séptimo día. Y llevado por una vindicativa necesidad de añadir a lo revelado la precisa hincada del detalle, le dije cómo su carne, un buen día, se me había hecho distante; cómo su persona se había transformado, para mí, en la mera imagen del deber que se cumple por pereza ante los trastornos que durante un tiempo acarrea una ruptura aparentemente injustificada. Le hablé luego de Mouche, de nuestros primeros encuentros, de su estudio adornado con figuraciones astrales, donde, al menos, había encontrado algo del juvenil desorden, del impudor alegre, un tanto animal, que era inseparable, para mí, del amor físico. Ruth, desplomada sobre la alfombra, jadeante, con todas las venas de la cara dibujadas en verde, sólo acertaba a decirme, en una suerte de estertor gimiente, como queriendo llegar cuanto antes al fin de una operación intolerable: «Sigue... Sigue... Sigue» Pero yo había pasado a narrarle mi desprendimiento de Mouche, mi asco presente por sus vicios y mentiras, mi desprecio por cuanto significaban las falacias de su vida, su oficio de engaño y el perenne aturdimiento de sus amigos engañados por las ideas engañosas de otros engañados —desde que lo contemplaba todo con ojos nuevos, como si regresara, con la vista devuelta, de un largo tránsito por moradas de verdad. Ruth se puso de rodillas para escucharme mejor. Y al punto vi nacer en su mirada el peligro de una compasión demasiado fácil, de una generosa indulgencia que en modo alguno quería aceptar. Su rostro se iba endulzando de humana comprensión ante la debilidad castigada, y pronto habría una mano para el caído y vendría el perdón sollozante y magnánimo. Por una puerta abierta veía su cama demasiado bien arreglada, con las sábanas mejores, las flores en el velador, mis pantuflas colocadas al lado de las suyas, como anticipación de un abrazo previsto, al que no faltaría la reconfortante conclusión de una cena delicada que debía estar dispuesta en alguna parte del departamento, con sus vinos blancos puestos a enfriar. El perdón estaba tan cerca que creí llegado el momento de asestar el golpe decisivo, y saqué a Rosario de

304

su secreto, presentando este imprevisto personaje al estupor de Ruth como algo remoto, singular, incomprensible para los de acá, pues su explicación requería la posesión de ciertas claves. Le pintaba un ser sin asidero para nuestras leyes, que sería inútil tratar de alcanzar por los caminos comunes; un arcano hecho persona, cuyos prestigios me habían marcado, luego de pruebas que debían callarse, como se callaban los secretos de una orden de caballería. En medio del drama que tenía este conocido aposento por marco, me iba divirtiendo malignamente en aumentar el desconcierto de mi esposa, con el aspecto de Kundry[9] que mis palabras prestaban a Rosario, plantando en torno de ella una decoración de Paraíso Terrenal, donde la boa rastreada por Gavilán hubiera hecho las veces de serpiente. Esa distensión de mí mismo dentro de la intervención verbal daba a mi voz un sonido tan firme y asentado que Ruth, viéndose amenazada por un real peligro, se colocó frente a mí para escuchar con más atención. De repente dejé caer la palabra *divorcio,* y como ella no parecía comprender, la repetí varias veces, sin enojo, con el tono suelto y nada alterado de quien expone una decisión inquebrantable. Entonces una gran trágica se alzó ante mí. No podría recordar lo que me dijo durante la media hora en que la habitación fue su escenario. Lo que más me impresionó fueron los gestos: los gestos de sus brazos delgados, que iban del cuerpo inmóvil al semblante de yeso, apoyando las palabras con patética justeza. Sospecho ahora que todas las inhibiciones dramáticas de Ruth, su atadura de años a un mismo papel, sus deseos, siempre aplazados, de lacerarse en escena, viviendo el dolor y la furia de Medea, hallaron de pronto, un alivio en aquel monólogo que ascendía al paroxismo... Pero de pronto, sus brazos cayeron, bajó la voz del registro grave, y mi esposa fue la Ley. Su idioma se hizo idioma de tribunales, de abogados, de fiscales. Helada y dura, inmovilizada en una actitud acusadora, atiesada por la negrura del vestido que había dejado de modelarla, me advirtió que tenía los medios de tenerme atado por largo tiempo, que llevaría el divorcio por los caminos más enredados y sinuosos, que me confundiría con los lazos legales más pérfidos, con las tramitaciones más embrolladoras, para impedir el regreso a donde vivía la que designaba ahora con el término ridiculizante de *Tu Atala*[10]. Parecía una estatua ma-

[9] *Kundry,* personaje enigmático en *Parsifal,* la ópera de Richard Wagner, especie de maga y penitente.
[10] *Atala,* personaje de Chateaubriand, que aparece en la novela del

jestuosa, apenas femenina, plantada sobre la alfombra verde como un Poder inexorable, como una encarnación de la Justicia. Le pregunté por fin si era cierto lo de su embarazo. En ese momento, Temis[11] se hizo madre: se abrazó a su propio vientre con gesto desolado, doblándose sobre la vida que le estaba naciendo en las entrañas, como para defenderla de mi avilantez, y rompió a llorar de modo humilde, casi infantil, sin mirarme, tan adolorida que sus sollozos, venidos de lo hondo, apenas si se marcaban en leves gemidos. Luego, como calmada, fijó los ojos en la pared, con semblante de contemplar algo remoto; se levantó con gran esfuerzo y fue a su habitación, cerrando la puerta detrás de sí. Cansado por la crisis, necesitado de aire, bajé las escaleras. Al cabo de los peldaños, fue la calle.

## XXXV

*(Más tarde)*

Como he adquirido la costumbre de andar al ritmo de mi respiración, me asombro al descubrir que los hombres que me rodean, van, vienen, se cruzan, sobre la ancha acera, llevando un ritmo ajeno a sus voluntades orgánicas. Si andan a tal paso y no a otro, es porque su andar corresponde a la idea fija de llegar a la esquina a tiempo para ver encenderse la luz verde que les permite cruzar la avenida. A veces, la multitud que surge a borbollones de las bocas del tranvía subterráneo, cada tantos minutos, con la constancia de una pulsación, parece romper el ritmo general de la calle con una prisa aún mayor que la reinante; pero pronto se restablece el tempo normal de agitación entre semáforo y semáforo. Como no logro ajustarme ya a las leyes de ese movimiento colectivo, opto por progresar muy lentamente, pegado a las vitrinas, ya que a lo largo de los comercios existe algo así como una zona de indulgencia para los ancianos, los inválidos y los que no tienen prisa. Des-

---

mismo nombre. La joven india, pero cristiana, Atala, se enamora de Chactas, con quien ha escapado después de liberarlo de sus enemigos. Al final, Atala se envenena para no tener que escoger entre su amor por Chactas y su voto de entregarse a Dios. La Lousiana es el territorio donde se desarrolla la acción.

[11] *Temis* es la diosa de la justicia en la mitología griega.

cubro entonces, en los angostos espacios resguardados que suelen hallarse entre dos escaparates, o dos casas mal soldadas, unos seres que descansan, como aturdidos, con algo de momias paradas. En una suerte de hornacina hay una mujer en avanzado estado de gravidez, con semblante de cera; en una garita de ladrillo rojo, un negro envuelto en un gabán raído prueba una ocarina recién comprada; en un socavón, un perro tiembla de frío entre los zapatos de un borracho que se ha dormido de pie. Llego a una iglesia, a cuyas penumbras sahumadas de incienso me invitan las notas de un gradual de órgano. Con profundos ecos resuenan los latines litúrgicos bajo las bóvedas del deambulatorio. Miro las caras vueltas hacia el oficiante, en las que se refleja el amarillor de los cirios: nadie de los que aquí ha congregado el fervor en este oficio nocturno entiende nada de lo que dice el sacerdote. La belleza de la prosa les es ajena. Ahora que el latín ha sido arrojado de las escuelas por inútil, esto que aquí veo es la representación, el teatro, de un creciente malentendido. Entre el altar y sus fieles se ensancha, de año en año, un foso repleto de palabras muertas. Ya se alza el canto gregoriano: *Justus ut palma florebit: — Sicut cedrus Libani multiplicabitur: — plantatus in domo Domini, — in atris domus Dei nostri*[12]. A la ininteligibilidad del texto se añade ahora, para los presentes, la de una música que ha dejado de ser música para la mayoría de los hombres: canto que se oye y no se escucha, como se oye, sin escucharse, el muerto idioma que lo acompaña. Y al percatarme ahora de los extraños, de los forasteros que son los hombres y mujeres aquí congregados, ante algo que se les dice y se les canta en una lengua que ignoran, advierto que la suerte de insconciencia con que asisten al misterio es propia de casi todo lo que hacen. Cuando aquí se casan, intercambian anillos, pagan arras, reciben puñados de arroz en la cabeza, ignorantes de la simbólica milenaria de sus propios gestos. Buscan

---

[12] El canto gregoriano tiene como texto parte del Salmo 91 de la *Vulgata*, 92 Nácar Colunga (pág. 741): «Florecerá el justo como la palmera / crecerá como el cedro del Líbano. Plantado en la casa de Yavé / florecerá en los atrios de Nuestro Señor» (13-14). Hay error en la transcripción que hace Carpentier. Debe leerse:

iustus ut palma florebit
ut cedrus Libani multiplicabitur
plantati in domo Domini
in atriis Dei nostri.

el hada en la torta de Epifanía, llevan almendras al bautismo, cubren un abeto de luces y guirnaldas, sin saber qué es el hada, ni la almendra, ni el árbol que enjoyaron. Los hombres de acá ponen su orgullo en conservar tradiciones de origen olvidado, reducidas, la más de las veces, al automatismo de un reflejo colectivo —a recoger objetos de un uso desconocido, cubiertos de inscripciones que dejaron de hablar hace cuarenta siglos. En el mundo a donde regresaré ahora, en cambio, no se hace un gesto cuyo significado no desconozca: la cena sobre la tumba, la purificación de la vivienda, la danza del enmascarado, el año de yerbas, el gaje de alianza, el baile de reto, el espejo velado, la percusión propiciatoria, la luciferada del Corpus, son prácticas cuyo alcance es medido en todas sus implicaciones. Alzo la vista hacia el friso de aquella biblioteca pública que se asienta en medio de la plaza como un templo antiguo: entre sus triglifos se inscribe el bucráneo que habrá dibujado algún arquitecto aplicado sin recordar, probablemente, que aquel ornamento traído de la noche de las edades no es sino una figuración del trofeo de caza, pringoso aún de sangre coagulada, que colgaba el jefe de familia sobre la entrada de su vivienda. A mi regreso encuentro la ciudad cubierta de ruinas más ruinas que las ruinas tenidas por tales. En todas partes veo columnas enfermas y edificios agonizantes, con los últimos entablamentos clásicos ejecutados en este siglo, y los últimos acantos del Renacimiento que acaban de secarse en órdenes que la arquitectura nueva ha abandonado, sin sustituirlos por órdenes nuevos ni por un gran estilo. Una hermosa ocurrencia del Palladio, un genial encrespamiento del Borromini, han perdido todo significado en fachadas hechas a retazos de culturas anteriores, que el cemento circundante acabará de ahogar muy pronto. De los caminos de ese cemento salen, extenuados, hombres y mujeres que vendieron un día más de su tiempo a las empresas nutricias. Vivieron un día más sin vivirlo, y repondrán fuerzas, ahora, para vivir mañana un día que tampoco será vivido, a menos de que se fuguen —como lo hacía yo antes, a esta hora— hacia el estrépito de las danzas y el aturdimiento del licor, para hallarse más desamparados aún, más tristes, más fatigados, en el próximo sol. He llegado, precisamente, frente al *Venusberg,* el lugar a donde tantas veces veníamos a beber, Mouche y yo, con enseña luminosa en caracteres góticos. Sigo a los que quieren divertirse, y bajo al sótano, en cuyas paredes han pintado escenografías de llanuras áridas, como sin aire, jalonadas de osamentas, arcos en ruina, bicicletas sin ciclistas, muletas que sostienen como falos pétreos, en cuyos primeros palos se yerguen, como agobiados de desesperanza, unos ancianos medio desollados que parecen ignorar la presencia de una Gorgona exangüe, de costillar abierto sobre un vientre comido por hormigas verdes. Más allá, un metrónomo, una clepsidra y un caracol descansan sobre la cornisa de un templo griego, cuyas columnas son piernas de mujer vestidas de medias negras, con una liga roja haciendo de astrágalo[13]. El estrado de la orquesta está montado sobre una construcción de madera, estuco, trozos de metal, en la que se ahondan pequeñas grutas iluminadas que encierran cabezas de yeso, hipocampos, planchas anatómicas y un móvil que consiste en dos senos de cera, montados sobre un disco giratorio, cuyos pezones son rozados interminablemente, al pasar, por el dedo medio de una mano de mármol. En una gruta un poco mayor hay fotografías muy agrandadas, de Luis de Baviera, el cochero Hornig y el actor Joseph Kainz en el traje de Romeo, sobre un fondo de vistas panorámicas de los castillos wagnerianos, rococós —muniquenses, más que nada— del rey puesto de moda por ciertos elogios de la locura, ya muy rancios[14] —aunque Mouche les fuera muy fiel, en fecha todavía reciente, por reacción contra todo lo que llamaba «espíritu burgués». El cielo raso remeda una bóveda de caverna, verdecida irregularmente por hongos y filtraciones. Reconocido el marco; observo a la gente que me rodea. En la pista de baile es un intríngulis de cuerpos metidos los

---

[13] La descripción recuerda algunos cuadros de Salvador Dalí, sobre todo por la alusión a la llanura árida, y la muletas que sirven de pedestales. Estas últimas aparecen con frecuencia en cuadros de Dalí. En un artículo de 1935, Carpentier le atribuye a la aridez del paisaje castellano, las llanuras áridas que pinta Dalí: «podrán los *snobs* parisienses extasiarse ante las pinturas de un pintor español como Salvador Dalí, creyéndolas inspiradas por la ideología del suprarrealismo... Quien no haya viajado por Castilla no podrá percibir el verdadero color de uno o del otro. Porque con su aridez, su sequedad, su dureza, Castilla es la única región del mundo capaz de engendrar el clima espiritual propicio a cierto lirismo concreto...» El artículo apareció en *Carteles,* pero cito por *Crónicas,* II, La Habana, Editorial Arte y Literatura, 1976, págs. 197-98. Carpentier escribió con frecuencia sobre Dalí, e incluyó en otras novelas suyas descripciones basadas en cuadros suyos (ver *Guía bibliográfica,* y los trabajos de Ramón García Castro citados en la bibliografía). Aquí las paredes del bar, con su decorado Salvador Dalí, dan una sensación apocalíptica muy a tono con toda esta sección de la novela.

[14] La alusión es a André Bretón, jefe de escuela de los surrealistas.

unos en los otros, encajados, confundidos de piernas y de brazos, que se malaxan en la oscuridad como los ingredientes de una especie de magma, de lava movida desde dentro, al compás de un *blue* reducido a sus meros valores rítmicos. Ahora se apagan las luces, y la oscuridad, propiciando la estrechez de ciertos abrazos sin objeto, de ciertos contactos exasperados por leves barreras de seda o de lana, comunica una nueva tristeza a ese movimiento colectivo que tiene algo de ritual subterráneo, de danza para apisonar la tierra —sin tierra que apisonar... Estoy en la calle otra vez, soñando, para estas gentes, en monumentos que fueran grandes toros en celo cubriendo a sus vacas, magistralmente, sobre zócalos ennoblecidos de bosta, en medio de las plazas públicas. Me detengo ante la vitrina de una galería de pintura, en que se exhiben ídolos difuntos, vaciados de sentido por no tener adoradores presentes, cuyos rostros enigmáticos o terribles eran los que interrogaban muchos pintores de hoy para hallar el secreto de una elocuencia perdida —con la misma añoranza de energías instintivas que hacía buscar a numerosos compositores de mi generación, en el abuso de los instrumentos de batería, la fuerza elemental de los ritmos primitivos. Durante más de veinte años, una cultura cansada había tratado de rejuvenecerse y hallar nuevas savias en el fomento de fervores que nada debieran a la razón. Pero ahora me resultaba risible el intento de quienes blandían máscaras del Bandiagara, ibeyes africanos[15], fetiches erizados de clavos, contra las ciudadelas del *Discurso del Método,* sin conocer el significado real de los objetos que tenían entre las manos. Buscaban la barbarie en cosas que jamás habían sido bárbaras cuando cumplían su función ritual en el ámbito que les fuera propio —cosas que al ser calificadas de «bárbaras» colocaban, precisamente, al calificador en un terreno cogitante y cartesiano, opuesto a la verdad perseguida. Querían renovar la música de Occidente imitando ritmos que jamás hubieran tenido una función *musical* para sus primitivos creadores. Estas reflexiones me llevaban a pensar que la selva, con sus hombres resueltos, con sus encuentros fortuitos, con su tiempo no transcurrido aún, me había enseñado mucho más, en cuanto a las esencias mismas de mi arte, al sentido profundo de ciertos textos, a la ignorada grandeza de ciertos rumbos, que la lectura de tantos libros que yacían ya, muertos para

---

[15] *Bandiagara,* en Malí, África. Los *ibeyes* son mellizos en la mitología yoruba, muy conocidos en Cuba.

siempre, en mi biblioteca. Frente al Adelantado he comprendido que la máxima obra propuesta al ser humano es la de forjarse un destino. Porque aquí, en la multitud que me rodea y corre, a la vez desaforada y sometida, veo muchas caras y pocos destinos. Y es que, detrás de esas caras, cualquier apetencia profunda, cualquier rebeldía, cualquier impulso, es atajado siempre por el miedo. Se tiene miedo a la reprimenda, miedo a la hora, miedo a la noticia, miedo a la colectividad que pluraliza las servidumbres; se tiene miedo al cuerpo propio, ante las interpelaciones y los índices tensos de la publicidad; se tiene miedo al vientre que acepta la simiente, miedo a las frutas y al agua; miedo a las fechas, miedo a las leyes, miedo a las consignas, miedo al error, miedo al sobre cerrado, miedo a lo que pueda ocurrir. Esta calle me ha devuelto al mundo del Apocalipsis en que todos parecen esperar la apertura del Sexto Sello[16] —el momento en que la luna se vuelva de color de sangre, las estrellas caigan como higos y las islas se muevan de sus lugares. Todo lo anuncia: las cubiertas de las publicaciones expuestas en las vitrinas, los títulos pregonados, las letras corren sobre las cornisas, las frases lanzadas al espacio. Es como si el tiempo de este laberinto y de otros laberintos semejantes estuviera ya pesado, contado, dividido. Y me viene a la mente, en este momento, como un alivio, el recuerdo de la taberna de Puerto Anunciación donde la selva vino a mí en la persona del Adelantado. Me vuelve a la boca el sabor del recio aguardiente avellanado, con su limón y su sal, y me parece que se pintan, tras de mi frente, las letras con ornamentos de sombras y de guirnaldas, que componían el nombre del lugar: *Los Recuerdos del Porvenir.* Yo vivo aquí, esta noche, de tránsito, acordándome del porvenir —del vasto país de las Utopías permitidas, de las Icarias posibles[17].

---

[16] *Sexto Sello.* Se alude, evidentemente, al Apocalipsis: «Cuando [el Cordero] abrió el sexto sello, oí y hubo un gran terremoto, y el sol se volvió negro como un saco de pelo de cabra, y la luna se tornó toda como sangre. Y las estrellas del cielo cayeron sobre la tierra como la higuera deja caer sus higos sacudida por un viento fuerte, y el cielo se enrolló como un libro que se enrolla, y todos los montes e islas se movieron en sus lugares» (6, 12-15). Toda esta página rezuma el tono profético del Apocalipsis, inclusive en el nombre de la taberna, *Memorias del porvenir.* El futuro se le presenta al protagonista narrador como una utopía fuera del tiempo presente, cuyo culto al progreso material es vista como propiciadora de plagas parecidas a las vaticinadas por el profeta para la humanidad.

[17] *Icaria* es una isla griega del mar Egeo, pero aquí la referencia es a

Porque mi viaje ha barajado, para mí, las nociones del pretérito, presente, futuro. No puede ser presente esto que será ayer antes de que el hombre haya podido vivirlo y contemplarlo; no puede ser presente esta fría geometría sin estilo, donde todo se cansa y envejece a las pocas horas de haber nacido. Sólo creo ya en el presente de lo intacto; en el futuro de lo que se crea de cara a las luminarias del Génesis. No acepto ya la condición de Hombre-Avispa, de Hombre-Ninguno, ni admito que el ritmo de mi existencia sea marcado por el mazo de un cómitre.

## XXXVI

*(20 de octubre)*

Cuando, hace tres meses, me fueron devueltas las cuartillas de mi reportaje, sin una excusa, el terror me dobló las piernas, dejándome todo tembloroso. Había caído en la trampa, al hacerse pública la noticia de mi instancia de divorcio. El periódico no me perdonaba el dinero gastado en mi rescate, ni el ridículo de haber armado el más edificante alboroto en torno mío, frente a un público cuyos Pastores deben considerarme como transgresor de la Ley, objeto de abominación. Tuve que vender mi relato a vil precio a una revista de cuarto orden, y un acontecimiento internacional llegó a tiempo para difuminar la actualidad de mi figura. Y empezó mi lucha encarnizada con una Ruth vestida de negro, sin carmín en los labios, empeñada en seguir el papel de esposa herida en el corazón y en el vientre a los jueces de la nación. Lo de su embarazo fue una mera alarma. Pero esto, en vez de simplificar mi caso, lo ha enredado un poco más, pues su hábil abogado explota el hecho de que mi esposa hubiera querido romper su carrera dramática al menor indicio de gravidez. Era yo, pues, el hombre despreciable de las Escrituras, que edifica casa y no vive en ella, que planta la viña y no la vendimia. Ahora, aquel escenario de la Guerra de Secesión que tanto torturara a Ruth por el automatismo cotidiano de la tarea impuesta, pasaba a ser un santuario del arte, el camino real de una carrera, del que ella no había vacilado en salir, sacrificando gloria y fama,

---

las comunidades utópicas fundadas por Etienne Cabet, particularmente la fundada en 1849, en Nauvoo, Illinois.

para darse más plenamente a la sublime labor de tornear una vida —una vida que la moralidad de mi procedimiento le negaba. Tengo todas las de perder en ese embrollo que mi esposa alarga indefinidamente con el ánimo de poner el tiempo de su lado y hacerme regresar, olvidado de mi evasión, a la existencia de antes. En fin de cuentas, ella ha tenido el mejor papel en la gran comedia armada, y Mouche quedó eliminada de su terreno. Así, desde hace tres meses, una tarde y otra tarde, doblo las mismas esquinas, viajo de piso a piso, abro puertas, aguardo, interrogo a los secretarios, firmo lo que quieren hacerme firmar, encontrándome nuevamente, luego, en las mismas aceras enrojecidas por anuncios luminosos. Mi abogado me recibe ya con mal humor, hastiado de mi impaciencia, advirtiendo, a la vez, con ojo experto, que me es cada vez más difícil hacer frente a ciertas costas del divorcio. Y la verdad es que he pasado del gran hotel al hotel de estudiantes, y de ahí al albergue de la Calle 14, cuyas alfombras huelen a margarinas y grasas derramadas. Tampoco me perdona, mi empresa publicitaria, la demora en regresar, en tanto que Hugo, mi antiguo asistente, ha pasado a ser jefe de estudios. He buscado infructuosamente alguna tarea en esta ciudad donde hay cien aspirantes para cada cargo. Me fugaré de aquí, divorciado o no. Pero para llegar hasa Puerto Anunciación necesito dinero, un dinero que crece en importancia, en cuantía, a medida que crece el tiempo, y sólo encuentro encargos de instrumentación, que ejecuto con desgano, sabiendo, al cobrarlos, que estaré nuevamente sin recursos dentro de una semana. La ciudad no me deja ir. Sus calles se entretejen en torno mío como los cordeles de una nasa, de una red, que me hubieran lanzado desde lo alto. De semana en semana me he ido acercando al mundo de los que lavan la camisa única de la noche, cruzan la nieve con las suelas agujereadas, fuman colillas de colillas y cocinan en armarios. Aun no he llegado a tales extremos, pero el reverbero del alcohol, la cazuela de aluminio y el paquete de avena forman parte ya del moblaje de mi cuarto, anunciando algo que contemplo con horror. Paso días enteros en la cama, tratando de olvidar lo que me amenaza con lecturas maravilladas del *Popol-Vuh,* del Inca Garcilaso, de los viajes de Fray Servando de Castillejos. A veces abro el tomo de Vidas de Santos, encuadernado en un terciopelo morado donde se estampan en oro las iniciales de mi madre, y busco la hagiografía de Santa Rosa que se abriera bajo mis ojos, por misteriosa casualidad, el día de la partida de Ruth —día en que tantos rumbos se trastocaron sin estrépito, por obra de una asombrosa convergencia de hechos fortuitos. Y, cada vez, hallo una mayor amargura al encontrarme con la tierna letrilla que parece cargarse de lacerantes alusiones:

> *¡Ay de mí! ¿A mi querido*
> *quién le suspende?*
> *Tarda y es mediodía,*
> *pero no viene.*

Cuando el recuerdo de Rosario se encaja en mi carne como un dolor intolerable, emprendo interminables caminatas que me conducen siempre al Parque Central, donde el olor de los árboles, herrumbrosos de otoño, que ya se adormilan en brumas, me procura algún aplacamiento. Algunas cortezas, húmedas de lluvia, me recuerdan, al tacto, las leñas mojadas de nuestras últimas fogatas, con su humo acre que hacía llorar riendo a *Tu mujer,* junto a la ventana donde se asomaba a tomar resuello. Contemplo la Danza de los Abetos, buscando en el movimiento de sus agujas algún signo propiciatorio. Y a tanto llega mi imposibilidad de pensar en nada que no sea mi regreso a lo que allá me espera, que veo, cada mañana, presagios en las primeras cosas que me salen al paso: la araña es de mal agüero, como la piel de serpiente expuesta en una vitrina; pero el perro que se me acerca y deja acariciar es excelente. Leo los horóscopos de la prensa. Busco augurios en todo. Anoche, soñé que estaba en una prisión de muros tan altos como naves de catedrales, entre cuyos pilares se mecían cuerdas destinadas al suplicio de la estrapada; también había bóvedas espesas, que se multiplicaban en lontananza, con una ligera desviación hacia arriba, cada vez, como cuando un objeto se mira en dos espejos colocados frente a frente. Al final, eran penumbras de subterráneos, donde sonaba el galope sordo de un caballo. El colorido de aguafuerte de todo aquello me hizo pensar, al abrir los ojos, que algún recuerdo de museo me había hecho cautivo de las *Invenzioni di Carceri* del Piranesi[18]. No pensé más en todo esto durante todo el día. Pero, ahora que cae la noche, entro en una librería para hojear un tratado de interpretación de los sueños: «CÁRCEL.

---

[18] *Piranesi,* Giovanni Battista (1720-1778), arquitecto y grabador italiano. Sus catorce *Invenzioni di Carceri* son sus obras más célebres, basadas, según se dice, en alucinaciones que tuvo bajo los efectos de una fiebre. Representan interiores de cárceles, muy parecidos a lo descrito aquí por el protagonista-narrador.

*Egipto:* se afirma la posición. *Ciencias ocultas:* en perspectiva, amor de una persona de la que no se espera o desea ningún afecto. *Psicoanálisis:* vinculada a circunstancias, cosas y personas, de las que hay que librarse.» Me sobresalta un perfume conocido, y la figura de una mujer se añade a la mía en un espejo cercano. Mouche está a mi lado, mirando socarronamente hacia el libro. Y es luego su voz: «Si es para una consulta, te haré un precio de amigo.» La calle está cerca. Siete, ocho, nueve pasos y estaré fuera. No quiero hablarle. No quiero escucharla. No quiero discutir. Ella es culpable de todo lo que ahora me apesadumbra. Pero hay, a la vez, esa conocida blandura en los muslos y en las ingles, con el escozor que parece subirme a las corvas. No es deseo definido ni excitación afirmada, sino más bien una sensación de aquiescencia muslar, de debilidad ante la incitación, parecida a la que, en la adolescencia, condujera muchas veces mi cuerpo al burdel, mientras el espíritu luchaba por impedirlo. En esos casos yo había conocido un desdoblamiento interior, cuyo recuerdo me producía luego indecibles sufrimientos; mientras la mente, aterrorizada, trataba de agarrarse a Dios, al recuerdo de mi madre, amenazaba con enfermedades, rezaba un Padrenuestro, los pasos iban lentamente, firmemente, hacia la habitación con cubrecama de cintas rojas en los calados, sabiendo que al percibir el olor peculiar de ciertos afeites envueltos sobre el mármol de un tocador, mi voluntad cedería ante el sexo, dejando el alma fuera, en tinieblas y desamparo. Luego, mi espíritu quedaba enojado con el cuerpo, reñido con él hasta la noche, en que la obligación de descansar juntos nos unía en una plegaria, preparándose el arrepentimiento de los días siguientes, cuando vivía en espera de los humores y llagas que castigan el pecado de lujuria. Comprendí que había remozado esos combates de adolescencia cuando me vi andando al lado de Mouche, junto al paredón rojizo de la iglesia de San Nicolás. Ella hablaba rápidamente, como para aturdirse, afirmando que era inocente del escándalo armado en la prensa, que había sido víctima de un abuso de confianza por parte del periodista, etc. —sin haber perdido, desde luego, su habitual poder de mentir con los ojos limpios, mirando rectamente. No me echaba en cara lo hecho con ella, cuando se enfermara del paludismo, atribuyéndolo magnánimamente a mi empeño de alcanzar los instrumentos verdaderos. Como, en verdad, estaba bajo los efectos de la fiebre cuando yo había abrazado a Rosario, por vez primera, en la cabaña de los griegos, me quedaba la duda de que nos hubiese visto realmente. Con tristeza toleraba su compañía esta noche por hablar con alguien, por no verme solo en mi mal alumbrada habitación, andando de pared a pared sobre el hedor de la margarina; y como estaba bien decidido a frustrar sus intentos de seducción, me dejé llevar al *Venusberg,* donde tenía crédito de largo tiempo atrás. Así no habría de confesar mi miseria presente, cuidando, por lo demás, de beber con moderación. Pero, de todos modos, el licor había de arreglarse para socavar mi entereza con la suficiente alevosía para que me viera, bastante temprano, en el salón de las consultas astrológicas, cuyas pinturas estaban terminadas. Mouche llenó varias veces mi copa, me pidió permiso para ponerse ropas más holgadas, y cuando lo hizo me trató de necio por privarme de un placer sin consecuencia; afirmó que lo hecho ahora no me comprometía en nada, y tan hábilmente manejó su persona que accedí a lo que quiso con una facilidad debida, en mucho, a varias semanas de una abstinencia inhabitual en mí. Al cabo de algunos minutos supe del agobio y la decepción de quienes vuelven a una carne ya sin sorpresas, luego de una separación que pudo ser definitiva, cuando nada une ya al ser que esa carne envuelve. Me hallé triste, enojado conmigo mismo, más solo que antes, al lado de un cuerpo que volvía a mirar con desprecio. Cualquier prostituta hallada en el bar, poseída después de pago, hubiera sido preferible a esto. Por la puerta abierta veía las pinturas del salón de consultas. «Este viaje estaba escrito en la pared», había dicho Mouche, la víspera de la partida, dando un sentido agorero a la presencia del Sagitario, el Navío Argos y la Cabellera de Berenice, en el conjunto de la decoración, personificándose ella misma en la tercera figura. Ahora, el sentido agorero de todo aquello —en el caso de que lo tuviera— cobraba una sorprendente claridad en mi espíritu: la Cabellera de Berenice era Rosario, con su cabellera virgen, jamás cortada, mientras que Ruth se asimilaba a la Hidra que cerraba la composición, amenazadoramente plantada detrás del piano que podía tomarse como el instrumento del oficio. Mouche sintió que mi silencio, mi falta de interés por lo recobrado, no le eran favorables. Por sacarme de mis pensamientos tomó una publicación que se hallaba bajo el velador. Era una pequeña revista religiosa, a la que había sido suscrita en el avión de regreso por una monja negra que compartiera su asiento durante horas. Mouche me explicó riendo, que como se estaba sorteando un fuerte mal tiempo, había aceptado la suscripción en la duda de que Jehovah fuese el dios verdadero. Abriendo el modesto boletín de misiones, impreso en papel barato, lo puso en mis manos:

«Creo que se habla aquí del capuchino que conocimos; hay un retrato de él.» En un marco de espesa orla negra se estampaba, en efecto, una fotografía de fray Pedro de Henestrosa, tomada muchos años atrás, sin duda, pues le lucía joven todavía el semblante, a pesar de la barba entrecana. Supe, con creciente emoción, que el fraile había emprendido el viaje a la tierra de los indios bravíos que me hubiera señalado, cierta vez, desde lo alto del Cerro de los Petroglifos. Por un buscador de oro —decía el artículo— llegado recientemente a Puerto Anunciación, se sabía que el cuerpo de fray Pedro de Henestrosa había sido hallado, atrozmente mutilado, en una canoa echada al río por sus matadores, para que llegara a tierra de blancos, a modo de horrenda advertencia. Me vestí rápidamente, sin responder a las preguntas de Mouche, y huí de la casa sabiendo que jamás regresaría a ella. Hasta el alba anduve entre lonjas desiertas, bancos, funerarias en silencio, hospitales dormidos. Incapaz de decansar, tomé el ferry cuando amaneció, crucé el río y seguí caminando entre los almacenes y aduanas Hoboken. Pienso que los matadores deben haber desnudado a fray Pedro, luego de flecharlo, y levantando sus costillas flacas con un pedernal, deben haberle arrancado el corazón, en remembranza de un viejísimo acto ritual. Tal vez lo hayan castrado; tal vez lo hayan desollado, escuadrado, desmenuzado, como una res. Puedo imaginar las posibilidades más crueles, las ablaciones más sangrientas, las peores mutilaciones, impuestas a su viejo cuerpo. Pero no acabo de hallar en su terrible muerte el horror que me causaron otras muertes de hombres que no sabían por qué morían, invocando a la madre o tratando de detener, con las manos, el desfiguro de un rostro ya sin nariz ni mejillas. Fray Pedro de Henestrosa había tenido la suprema merced que el hombre puede otorgarse a sí mismo: la de salir al encuentro de su propia muerte, retarla y caer traspasado en lucha que sea, para el vencido, asaeteada victoria de Sebastián: confusión y derrota final de la muerte.

# XXXVII

*(8 de diciembre)*

Cuando el muchacho que me guiaba señaló la casa, diciendo que allí estaba la posada nueva, me detuve con dolorosa sorpresa: detrás de esas paredes espesas, bajo ese tejado cubierto de yerbas mecidas por el viento, habíamos velado cierta noche al padre de Rosario. Allá, en una cocina enorme, me había acercado a *Tu mujer* por vez primera, con una oscura conciencia de su futura importancia. Ahora nos sale al paso un Don Melisio, cuya «Doña», negra enana, agarra tres maletas de manos de los mozos que me siguen y se las empila sobre la cabeza como si nada pesaran los papeles y libros que las llenan hasta reventarles las correas, alejándose hacia el patio con los ojos salidos de la cara. Las habitaciones están como antes, aunque sin el cándido adorno de los cromos viejos. El patio guarda las mismas matas; la cocina, aquella tinaja ventruda que daba a las voces una resonancia de nave de catedral. La vasta sala de enfrente, en cambio, ha sido transformada en comedor y tienda mixta, con grandes rollos de cuerdas en los rincones y varios estantes en que hay latas de pólvora negra, bálsamos y aceites, y medicinas en frascos de formas desusadas, como destinadas a enfermedades de otro siglo. Don Melisio me explica que compró la casa a la madre de Rosario, y que ésta, con todas sus hijas solteras ha ido a reunirse con una hermana que tiene tras de los Andes, a once o doce jornadas de viaje. Una vez más me admiro ante la naturalidad con que las gentes de estas tierras consideran el ancho mundo, echándose a navegar o a rodar durante semanas largas, con sus hamacas enrolladas en el hombro, sin los sustos del hombre cultivado ante las distancias que los precarios medios de transporte hacen inmensas. Además, al plantar la tienda en otra parte, pasar del estuario a la cabecera de un río, mudar la vivienda a otra banda de un llano que tarda días en cruzarse, forma parte del innato concepto de libertad de seres ante cuyos ojos se presenta la tierra sin cercados, cipos ni deslindes. El suelo, aquí, es de quien quiera tomarlo: a fuego y a machete se limpia una orilla de río, se para una cobija sobre cuatro horcones, y esto ya es *un hato* que lleva el nombre de quien se proclama su dueño, como los antiguos conquistadores, rezando un Padrenuestro y arrojando ramas al viento. No se es más por ello; pero en Puerto Anunciación, el que no se cree poseedor del secreto de un yacimiento de oro, se siente terrateniente. El perfume a sarrapia y a vainilla que llena la casa me pone de buen humor. Y luego, es esa presencia del fuego, nuevamente, en la chimenea donde chisporrotea un pernil de danta, por todas sus grasas que ya huelen a bellotas desconocidas. Ese regreso al fuego, a la lumbre, a la llama que danza, a la pavesa que salta y encuentra, en la ardorosa sabiduría del rescoldo, una resplandenciente vejez, bajo la arrugada grisura de las cenizas. Pido una botella y vasos a la enana negra Doña Casilda, y mi mesa es de quien quiera recordar que aquí estuve hace siete meses —lo cual me trae comensales al cabo de un rato. Ahí están, con sus noticias de más arriba o de más abajo, el Pescador de Toninas, el hombre de los manatíes, el carpintero que tan bien medía los ataúdes a ojo de buen cubero, y un mozo lento de gestos, con perfil aindiado, a quien llaman Simón, y que, hastiado de ser zapatero en Santiago de los Aguinaldos, viene ahora de remontar los ríos menos navegados en una canoa llena de mercancías destinadas al trueque. En respuestas a mis primeras preguntas, se me confirma la muerte de fray Pedro: su cádaver fue hallado, traspasado de flechas y con el tórax abierto, por uno de los hermanos de Yannes. Como tremendo aviso a quienes pretendieran hollar sus dominios, los indios bravíos pusieron el cuerpo mutilado en una curiara, llevada luego por las aguas hasta donde la encontrara el griego, cubierta de buitres, a la orilla de un caño. «Es el segundo que muere así», comenta el Carpintero, añadiendo que entre los barbudos esos los hay que tienen las bragas muy bien puestas. Ahora, para mala suerte mía, me dicen que el Adelantado ha estado en Puerto Anunciación hace apenas quince días. Y otra vez se repiten las leyendas que corren acerca de lo que posee o busca en la selva. Simón me revela que en la cabecera de los ríos inexplorados tuvo la sorpresa de encontrar gente establecida que levantaba casas y sembraba la tierra, sin buscar el oro. Otro sabe de quien ha fundado tres ciudades y las ha llamado Santa Inés, Santa Clara y Santa Cecilia, a la advocación de las patronas de sus tres hijas mayores. Cuando la enana negra Doña Casilda nos trae la tercera botella de aguardiente avellanado, Simón se ha ofrecido ya a llevarme, en su canoa, hasta donde encontré los instrumentos destinados al Curador. Le digo que voy a buscar otra colección de tambores y de flautas, para no explicar el verdadero objeto de mi viaje. De allí seguiré adelante con los remeros indios de la otra vez, que conocen el rumbo. El mozo no ha navegado por esos lugares y sólo vio de muy lejos, alguna vez, los contrafuertes primeros de las Grandes Mesetas. Pero me comprometo a guiarlo más allá de la antigua mina de los griegos. Al cabo de tres horas de remo, río arriba, tenemos que encontrar aquel valladar de árboles —aquella muralla de troncos, como trazada a cordel— donde está la entrada del caño de paso. Buscaré la señal incisa, que es identificación del pasadizo abovedado de ramas. Más allá, siempre hacia el Este con ayuda de la brújula, hemos de caer en otro río, donde me agarrara la tempestad, cierta tarde memorable de mi existencia. Llegado a donde hallé los instrumentos, veré cómo me desprendo de mi compañero de viaje, siguiendo con la gente de la aldea... Seguro ya de salir mañana, me acuesto con la deleitosa sensación de alivio. Ya esas arañas que tejen entre las vigas del techo no serán para mí de mal agüero. Cuando todo parecía perdido, *allá* —¡y qué de *allá* me parece todo ahora!— fue zanjado el vínculo legal, y un acierto en la composición de un falso concierto romántico destinado al cine me abrió la puerta del laberinto. Estoy, por fin, en los umbrales de mi tierra de elección, con todo lo necesario para trabajar durante mucho tiempo. Por precaución ante mí mismo, por cumplir con una vaga superstición que consiste en admitir la posibilidad de lo peor para conjurarlo y alejarlo, quiero imaginar que algún día me canse de lo que aquí vengo a buscar; pienso que alguna obra mía me imponga el deseo de regresar *allá* por el tiempo de una edición. Pero entonces, aun sabiendo que finjo admitir lo que no admito, me asalta un verdadero miedo: miedo a todo lo que acabo de ver, de padecer, de sentir pesar sobre mi existencia. Miedo a las tenazas, miedo al bolge. No quiero volver a hacer mala música, sabiendo que hago mala música. Huyo de los oficios inútiles, de los que hablan por aturdirse, de los días hueros, del gesto sin sentido, y del Apocalipsis que sobre todo aquello se cierne. Estoy ansioso de sentir nuevamente el correr de la brisa entre mis muslos; estoy impaciente por hundirme en los torrentes fríos de las Grandes Mesetas, y volverme sobre mí mismo, debajo del agua, para ver cómo el cristal vivo que me circunda se tiñe de un verde claro en la luz que nace. Y, sobre todo, estoy tan ansioso de sopesar a Rosario con mi cuerpo entero, de sentir su calor abierto sobre mi carne en pálpito y cuando mis manos recuerdan sus corvas, sus hombros, la honda blandura hallada bajo su vellón corto y duro, los embates del deseo se me hacen casi dolorosos en su apremio. Sonrío, pensando que escapé de la Hidra, tomé el Navío Argos, y que quien ostenta la Cabellera de Berenice debe estar al pie de las Rúbricas del Diluvio, ahora que pasaron las lluvias, recogiendo las yerbas que tanto hacía macerar en jarras de burbujeantes remedios, ennoblecidos por el sereno de luna o el albor de los cierzos amanecidos. Vuelvo a ella más consciente que antes de amarla, por cuanto he visto el teatro y el fingimiento en todas partes. Además, aquí se plantea una cuestión de trascendencia mayor para mi andar por el Reino de este Mundo[19] —la única cuestión, en fin de cuentas, que excluye todo dilema: saber si puedo disponer de mi tiempo o si otros han de disponer de él, haciéndome bogavante o espaldero de galeras, según el celo puesto por mí en no vivir y servirlos. En Santa Mónica de los Venados, mientras estoy con los ojos abiertos, mis horas me pertenecen. Soy dueño de mis pasos y los afinco en donde quiero.

## XXXVIII

*(9 de diciembre)*

Acaba el sol de asomarse sobre los árboles cuando atracamos junto a la antigua mina de los griegos, cuya casa está abandonada. Han transcurrido siete meses apenas desde que aquí estuve, y la selva ha vuelto a apoderarse de todo. La choza en que Rosario y yo nos abrazamos por primera vez ha reventado literalmente por el empuje de plantas crecidas desde

---

[19] La expresión *reino de este mundo* proviene de la Biblia. En su contexto, el pasaje lee así: «Entró Pilato de nuevo en el pretorio, y, llamando a Jesús, le dijo: ¿Eres tú el rey de los judíos? Respondió Jesús: ¿Por tu cuenta dices eso o te lo han dicho otros de mí? Pilato contestó: ¿Soy yo judío por ventura? Tu nación y tus pontífices te han entregado a mí; ¿qué has hecho? Jesús respondió: Mi reino no es de este mundo: si de este mundo fuera mi reino, mis ministros habrían luchado para que no fuese entregado a los judíos; pero mi reino no es de aquí» (San Juan, 18, 36). En este lugar de *Los pasos perdidos* el sentido de la frase tal vez sea que ahora puede el protagonista entregarse a lo verdadero, y no al fingimiento. Jesús aclara, después de las palabras citadas, que ha venido a «este mundo para dar testimonio de la verdad». Desde luego, al aparecer con mayúsculas, la frase puede ser un guiño cervantino de Carpentier —como cuando *La Galatea* aparece en el escrutinio de los libros—, con el que apunta a su novela *El reino de este mundo*.

adentro, que levantaron su techo, abrieron las paredes, haciendo hojas muertas, materia podrida, de las fibras que hubieran dibujado el perfil de una vivienda. Además, como la última crecida del río fue particularmente caudalosa, el terreno estuvo anegado. Ha llovido fuera de estación, las aguas no terminaron de descender hacia su más bajo nivel, y en las riberas se pinta una franja de tierra húmeda, cubierta de escorias de la selva, sobre las cuales revolotean miriadas de mariposas amarillas, tan apretadas unas a otras al moverse, que bastaría pegar con un bastón en uno de los enjambres para sacarlo pintado de azufre. Al ver esto, comprendo el origen de migraciones como la que me tocara ver en Puerto Anunciación, cuando el cielo quedó oscurecido por una interminable nube de alas. De pronto bulle el agua y un cardumen de peces que saltan, chocan, se atropellan, pasa por encima de nuestra barca, erizando la corriente de aletas plomizas y colas que se abofetean con ruido de aplausos. Luego, pasa volando en triángulo una bandada de garzas y, como respondiendo a una orden dada, todos los pájaros de la espesura empiezan a alborotar en concierto. Esta omnipresencia del ave, poniendo sobre los espantos de la selva el signo del ala, me hace pensar en la trascendencia y pluralidad de los papeles desempeñados por el Pájaro en las mitologías de este mundo. Desde el Pájaro-Espíritu de los esquimales, que es el primero en graznar cerca del Polo, en lo más empinado del continente, hasta aquellas cabezas que volaban con las alas de sus orejas en el ámbito de la Tierra de Fuego, no se ven sino costas ornadas de pájaros de madera, pájaros dibujados en el suelo —tan grandes que hay que mirarlos desde las montañas—, en un tornasolado desfile de majestades del aire; Pájaro-Trueno, Águila-Rocío, Pájaros-Soles, Cóndores-Mensajeros, Guacamayos-Bólidos lanzados sobre el vasto Orinoco, zentzontles y quetzales, todos presididos por la gran triada de las serpientes emplumadas: Quetzalcoatl, Gucumatz y Cuculcán... Ya proseguimos la navegación y cuando se hace arduo el bochorno del mediodía sobre las aguas amarillas y revueltas señalo a Simón, a la izquierda, la pared de árboles que cierra la ribera hasta donde alcanza la mirada. Nos acercamos, y empieza una lenta navegación, en busca de la señal que marca la entrada del caño de paso. Con la vista fija en los troncos, busco, a la altura del pecho de un hombre que estuviera de pie sobre el agua, la incisión que dibuja tres *V* superpuestas verticalmente, en un signo que pudiera alargarse hasta el infinito. De cuando en cuando, la voz de Simón, que rema despacio, me interroga. Seguimos más adelante. Pero pongo tanta atención en mirar, en pensar que miro, que al cabo de un momento mis ojos se fatigan de ver pasar constantemente el mismo tronco. Me asaltan dudas de *haber visto* sin darme cuenta; me pregunto si no me habré distraído durante algunos segundos; mando volver atrás, y sólo encuentro una mancha clara sobre una corteza o un simple rayo de sol. Simón, siempre plácido, sigue mis indicaciones sin chistar. La canoa roza los troncos y tengo, a veces, que apartarla afianzando en un árbol la punta de un machete. Pero ahora la busca de la señal sobre esa inacable sucesión de troncos todos iguales me produce una suerte de mareo. Y me digo, sin embargo, que el empeño no es absurdo: en ninguno de los troncos ha aparecido nada semejante a las tres *V* superpuestas. Ya que existen y que lo escrito sobre una corteza nunca se borra, habremos de encontrarlas. Navegamos durante media hora más. Pero he aquí que surge de la selva un espolón de roca negra, de tan quebrado y singular dibujo, que de haber llegado hasta aquí la otra vez lo recordaría ahora. Es evidente que la entrada del caño ha quedado atrás. Hago seña a Simón, que hace virar la barca en redondo y empieza a desnavegar lo navegado. Me imagino que me está mirando con ironía, y esto me irrita tanto como la propia impaciencia. Por lo mismo, le vuelvo las espaldas y sigo examinando los troncos. Si ha dejado pasar la señal sin verla, ahora que seguimos la valla vegetal por segunda vez habré de advertirla por fuerza. Eran dos troncos, erguidos como las dos jambas de una puerta estrecha. El dintel era de hojas, y a media altura, sobre el tronco de la izquierda, estaba la marca. Cuando comenzamos a bogar, el sol nos daba de lleno. Ahora, remando en sentido inverso, estamos en una sombra que se alarga sobre el agua cada vez más. Mi angustia crece ante la idea de que caiga la noche antes de haber hallado lo que busco y tengamos que regresar mañana. El percance, en sí, no sería grave. Pero ahora me parecería de mal augurio. Todo ha marchado tan bien últimamente que no quiero aceptar tan absurdo contratiempo. Simón me sigue considerando con irónica mansedumbre. Al fin, por decir algo, me señala unos árboles, idénticos a los demás, preguntándome si la entrada no sería por aquí. «Es posible», le respondo, sabiendo que ahí no hay señal alguna. «Posible no es palabra de tribunal», comenta el otro, sentencioso, y al punto caigo sobre una borda de barca, que ha ido a meterse, de proa, en una red de lianas. Simón se levanta, toma el botador y lo hunde en el agua, buscando apoyo en el fondo, para echar la canoa atrás. En aquel instante, en el segundo que tarda la vara en mojarse, comprendo por qué no hemos encontrado la señal, ni podremos encontrarla: el botador, que mide unos tres metros de largo, no encuentra tierra donde afincarse, y mi compañero tiene que atacar las lianas a machetazos. Cuando volvemos a bogar y me mira, ve algo tan descompuesto en mi rostro que acude a mi lado, pensando que me ha ocurrido algo. Yo recordaba que cuando habíamos estado aquí con el Adelantado, *los remos alcanzaban el fondo en todos momentos.* Esto quiere decir que sigue desbordado el río, y que *la marca que buscamos está debajo del agua.* Digo a Simón lo que acabo de entender. Riendo me responde que ya se lo figuraba, pero que «por respeto» no me había dicho nada, creyendo, además, que al buscar la señal yo tenía en cuenta el hecho de la creciente. Ahora pregunto, con miedo a la respuesta, demorando en las palabras, si él cree que pronto habrán bajado las aguas lo suficiente para que podamos ver la marca como yo la vi la vez anterior. «Hasta abril o mayo», me responde, poniéndome en presencia de una realidad sin apelación. Hasta abril o mayo estará cerrada, pues, para mí, la estrecha puerta de la selva. Me doy cuenta ahora que después de haber salido vencedor de la prueba de los terrores nocturnos, de la prueba de la tempestad, fui sometido a la prueba decisiva: la tentación de regresar. Ruth, desde otro extremo del mundo, era quien había despachado los Mandatarios que me hubieran caído del cielo, una mañana, con sus ojos de cristal amarillo y sus audífonos colgados del cuello, para decirme que las cosas que me faltaban para expresarme estaban a sólo tres horas de vuelo. Y yo había ascendido a las nubes, ante el asombro de los hombres del Neolítico, para buscar unas resmas de papel, sin sospechar que, en realidad, iba secuestrado por una mujer misteriosamente advertida de que sólo los medios extremos darían una última oportunidad de tenerme en su terreno. En estos últimos días sentía junto a mí la presencia de Rosario. A veces, en la noche, creía oír su queda respiración adormecida. Ahora, ante la señal cubierta y la puerta cerrada, me parece que esa presencia se aleja. Buscando la resquemante verdad a través de palabras que mi compañero escucha sin entender, me digo que la marcha por los caminos excepcionales se emprende inconscientemente, sin tener la sensación de lo maravilloso en el instante de vivirlo: se llega tan lejos, más allá de lo trillado, más allá de lo repartido, que el hombre, envanecido por los privilegios de lo descubierto, se siente capaz de repartir la hazaña cuando se lo proponga —dueño del mundo negado a los demás. Un día comete el irreparable error de desandar lo andado, creyendo que lo excepcional pueda serlo dos veces, y al regresar encuentra los paisajes trastocados, los puntos de referencia barridos, en tanto que los informadores han mudado el semblante... Un ruido de remos me sobresalta en mi angustia. La selva se está llenando de noche, y las plagas se espesan, zumbantes, al pie de los árboles. Simón, sin escucharme más, se ha arrumbado al centro de la corriente, para regresar más pronto a la antigua mina de los griegos.

## XXXIX

*(30 de diciembre)*

Estoy trabajando sobre el texto de Shelley, aligerando ciertos pasajes, para darle un cabal carácter de cantata. Algo he quitado al largo lamento de Prometeo que tan magníficamente inicia el poema, y me ocupo ahora en encuadrar la escena de las Voces —que tiene algunas estrofas irregulares— y el diálogo del Titán con la Tierra. Esta tarea, desde luego, es mero intento de burlar mi impaciencia, sacándome a ratos de la sola idea, del único fin, que me tiene inmovilizado, desde hace ya tres semanas, en Puerto Anunciación. Dicen que está a punto de regresar del Río Negro un baquiano conocedor del paso que me interesa, o, en todo caso, de otros caminos de agua igualmente útiles para ponerme en el rumbo final. Pero aquí todos son tan dueños de su tiempo, que una espera de quince días no promueve la menor impaciencia. «Ya regresará... Ya regresará», me reponde la enana Doña Casilda cuando, a la hora del café del alba, le pregunto si hay noticias del posible guía. También abrigo la esperanza de que el Adelantado, urgido por alguna necesidad de remedios o simientes, haga una aparición inesperada, y por lo mismo, permanezco en el pueblo, desoyendo las tentadoras invitaciones a navegar por los caños del Norte que me hace Simón. Los días transcurren con una lentitud que me haría feliz en Santa Mónica de los Venados, pero que aquí, sin poder fijar la mente en una tarea seria, me resulta tediosa. Además, la obra que me interesa ahora es el *Treno,* y los apuntes han quedado en manos de Rosario. Podría tratar de iniciar de nuevo su composición, pero lo hecho allá me había dado un tal contento, en cuanto a la espontaneidad del acento hallado, que no quiero empezar nuevamente, haciendo esfuerzos de memoria —preocupado, a la vez, por el afán de proseguir el viaje. Cada tarde camino hasta los raudales y me acuesto en las piedras estremecidas por el hervor del agua medida en pasos, tragantes y socavones, hallando una suerte de alivio a mi irritación cuando me encuentro solo en ese fragor de trueno, aislado de todo por las esculturas de una espuma que bulle conservando su forma —forma que se hincha y adelgaza, según las intermitencias del empuje de la corriente, sin perder un dibujo, un volumen y una consistencia que transforman su mutación perenne y vertiginosa en objeto fresco y vivo, acariciable como el lomo de un perro, con redondez de manzana para los labios que en él se posaran. En las espesuras se opera el relevo de los ruidos, la isla de Santa Prisca se hace una con su reflejo invertido, y el cielo se apaga en el fondo del río. Al mandato de un perro que siempre ladra sobre el mismo diapasón agudo con ritmo picado, todos los perros del vecindario entonan una suerte de cántico, hecho de aullidos, que escucho ahora con suma atención, andando por el camino del regreso de las rocas, pues he observado, tarde tras tarde, que su duración es siempre la misma, y que termina invariablemente como empezó, sobre dos ladrillos —nunca uno más— del misterioso perro-chamán de las jaurías. Descubiertas ya las danzas del mono y de ciertas aves, se me ocurre que unas grabaciones sistemáticas de los gritos de animales que conviven con el hombre podrían revelar, en ellos, un oscuro sentido musical, bastante cercano ya del canto del hechicero que tanto me sobrecogiera, cierta tarde, en la Selva del Sur. Hace cinco días que los perros de Puerto Anunciación aúllan lo mismo, de idéntico modo, respondiendo a una determinada orden, y callan a una señal inconfundible. Luego vuelven a sus casas, se acuestan bajo los taburetes, sin importunar más, hasta que llegan los tiempos paroxísticos del celo, en que los hombres no tienen más que esperar resignadamente a que los animales de la Alianza terminen con sus ritos de reproducción. Pensando en esto llego a la primera calleja del pueblo, cuando dos manos vigorosas se cierran sobre mis ojos y una rodilla se me afinca en el espinazo, doblándome hacia atrás, con tal brutalidad que prorrumpo en una exclamación de dolor. Tan necia fue la broma que me retuerzo para zafarme y pegar. Pero estalla una risa cuyo timbre conozco, y al punto mi enojo se torna en alegría. Yannes me abraza, envolviéndome en el sudor de su camisa. Lo agarro del brazo, como si temiera que se escapara, y lo llevo a mi albergue, donde la enana Doña Casilda nos sirve una botella de aguardiente avellanado. Para empezar, finjo un interés halagado por sus andanzas, para hallar más pronto el calor de la amistad y llegar, en tónica afectuosa, a lo único que me interesa: Yannes conoce seguramente el paso anegado; con nosotros estaba cuando penetramos en él; además, con su larga experiencia de la selva será capaz de abrir la Puerta sin necesidad de buscar la triple incisión. También es probable que el agua haya bajado un poco en estas últimas semanas. Pero noto que hay algo cambiado en los rasgos del griego: sus ojos, de mirada tan penetrante y segura, están como inquietos, desconfiados, no acabando de descansar en nada. Parece nervioso, impaciente, y es difícil tener con él una conversación hilvanada. Cuando narra algo, se atropella o vacila, sin detenerse largo tiempo sobre una idea, como antes hacía. De súbito, con aire conspirador, me ruega que lo lleve a mi habitación. Allí cierra la puerta con llave, asegura las ventanas y me muestra, a la luz de la lámpara, un tubo de metoquina, vacío de comprimidos, en que hay unos cristalitos como de vidrio ahumado. Me explica, en voz baja, que esos cuarzos son como los centinelas del diamante: cerca de ellos está siempre lo que se busca. Y él hundió el pico en cierto lugar y encontró el yacimiento portentoso. «Diamantes de catorce cárates —me confía con voz ahogada—. Y debe haber más grandes.» Ya sueña, sin duda, con la gema de cien kilates, hallada recientemente, que ha trastornado los sesos de todos los buscadores del Dorado que todavía andan por el continente y no renuncian a hallar los tesoros buscados por el alucinado Felipe de Utre. Yannes está desasosegado por el descubrimiento; va a la capital, ahora, para hacer el denuncio legal de la mina, con el obsesionante miedo de que alguien, en su ausencia, tropiece con el remoto yacimiento encontrado. Parece que se han visto casos de una convergencia prodigiosa de dos buscadores sobre el mismo arpento del inmenso mapa. Pero nada de eso me interesa. Alzo la voz para imponerle atención y le hablo de lo único que me preocupa. «Sí, a la vuelta —me responde—. A la vuelta». Le suplico que difiera su viaje, para que salgamos esta misma noche, antes del alba. Pero el griego me avisa que el *manatí* acaba de llegar y debe zarpar mañana a mediodía. Además, no hay modo de dialogar con él. Sólo piensa en sus diamantes, y cuando calla es por no hablar de ellos, temiendo que Don Melisio o la enana lo escuchen. Despechado, me resigno a una nueva dilatación: aguardaré, pues, a que regrese —cosa que hará pronto, bajo el apremio de la codicia. Y para estar seguro que no dejará de buscarme, le ofrezco alguna ayuda para iniciar la explotación. Se me abraza aparatosamente, llamándome hermano, y me lleva a la taberna donde conocí al Adelantado; pide otra botella del aguardiente avellanado, y para interesarme más a su hallazgo, finge hacerme confidencias acerca del lugar en que recogió los cuarzos anunciadores del tesoro. Y me entero, así, de algo que yo no hubiera sospechado: *encontró la mina viniendo de Santa Mónica de los Venados,* luego de haber dado con la ciudad desconocida y de haber pasado dos días en ella. «Gente idiota —me dice—. Gente estúpida; tienen oro cerca y no sacan; yo quise trabajar: ellos dijeron matarme fusil.» Agarro a Yannes por los hombros y le grito que me hable de Rosario, que me diga algo de ella, de su salud, de su aspecto, de lo que hace. «Mujer de Marcos —me responde el griego—. Adelantado contento, porque ella preñada recién...» Quedo como ensordecido. Mi piel se eriza de alfileres fríos, salidos de dentro. Con inmenso esfuerzo llevo mi mano hasta la botella, cuyo cristal me produce una sensación de quemadura. Lleno mi copa lentamente y derramo el licor en una garganta que no sabe tragar y se rompe en toses desgarradas. Cuando recupero el aliento perdido me miro en el espejo ennegrecido por horruras de mosca que está en el fondo de la sala y veo un cuerpo, ahí, sentado junto a la mesa, que está como vacío. No estoy seguro de que se movería y echaría a andar si yo se lo ordenara. Pero el ser que gime en mí lacerado, desollado, cubierto de sal, acaba por subirse a mi gaznate en carne viva, e intenta una protesta balbuciente. No sé lo que digo a Yannes. Lo que oigo es la voz de otro que me habla de derechos adquiridos sobre *Tu mujer,* explica que la demora en regresar se debió a razones externas, trata de justificarse, pide apelación a su caso, como si estuviese compareciendo ante un tribunal empeñado en destruirlo. Sacado de sus diamantes por el timbre quebrado, implorante, de una voz que pretende hacer retroceder el tiempo y lograr que lo consumado no hubiese ocurrido nunca, el griego me mira con una sorpresa que pronto se hace compasión: «Ella no Penélope[20]. Mujer joven, fuerte, hermosa, necesita marido. Ella no Penélope. Naturaleza mujer aquí necesita varón...» La verdad, la agobiadora verdad —lo comprendo yo ahora— es que la gente de esas lejanías

---

[20] En *La Odisea,* Penélope, esposa de Odiseo, lo espera fielmente a pesar de los muchos pretendientes que quieren casarse con ella, dando por muerto a su esposo.

nunca ha creído en mí. Fui un ser prestado. Rosario misma debe haberme visto como un Visitador, incapaz de permanecer indefinidamente en el Valle del Tiempo Detenido. Recuerdo ahora la rara mirada que me dirigía, cuando me veía escribir febrilmente, durante días enteros, allí donde escribir no respondía a necesidad alguna. Los mundos nuevos tienen que ser vividos antes que explicados. Quienes aquí viven no lo hacen por convicción intelectual; creen, simplemente, que la vida llevadera es ésta y no la otra. Prefieren este presente al presente de los hacedores de Apocalipsis. El que se esfuerza por comprender demasiado, el que sufre las zozobras de una conversión, el que puede abrigar una idea de renuncia al abrazar las costumbres de quienes forjan sus destinos sobre este légamo primero, en lucha trabada con las montañas y los árboles, es hombre vulnerable por cuanto ciertas potencias del mundo que ha dejado a sus espaldas siguen actuando sobre él. He viajado a través de las edades; pasé a través de los cuerpos y de los tiempos de los cuerpos, sin tener conciencia de que había dado con la recóndita estrechez de la más ancha puerta. Pero la convivencia con el portento, la fundación de las ciudades, la libertad hallada entre los inventores de Oficios del suelo de Henoch fueron realidades cuya grandeza no estaba hecha, tal vez, para mi exigua persona de contrapuntista, siempre lista a aprovechar un descanso para buscar su victoria sobre la muerte de una ordenación de neumas. He tratado de enderezar un destino torcido por mi propia debilidad y de mí ha brotado un canto —ahora trunco— que me devolvió al viejo camino, con el cuerpo lleno de cenizas, incapaz de ser otra vez el que fui. Yannes me tiende un pasaje para embarcar con él, mañana, en el *Manatí*. Navegaré, pues, hacia la enseña floreada de *Los Recuerdos del Porvenir*. Dentro de dos días, el siglo habrá cumplido un año más sin que la noticia tenga importancia para los que ahora me rodean. Aquí puede ignorarse el año en que se vive, y mienten quienes dicen que el hombre no puede escapar a su época. La Edad de Piedra, tanto como la Edad Media, se nos ofrecen todavía en el día que transcurre. Aún están abiertas las mansiones umbrosas del Romanticismo, con sus amores difíciles. Pero nada de esto se ha destinado a mí, porque la única raza humana que está impedida de desligarse de las flechas es la raza de quienes hacen arte, y no sólo tienen que adelantarse a un ayer inmediato, representado en testimonios tangibles, sino que se anticipan al canto y forma de otros que vendrán después, creando nuevos testimonios tangibles en plena conciencia de lo hecho hasta hoy. Marcos y Rosario ignoran la historia. El Adelantado se sitúa en su primer capítulo, y hubiera podido permanecer a su lado si mi oficio hubiera sido cualquier otro que el de componer música —oficio de cabo de raza. Falta saber ahora si no seré ensordecido y privado de voz por los martillazos del Cómitre que en algún lugar me aguarda. Hoy terminaron las vacaciones de Sísifo.

Alguien dice, detrás de mí, que el río ha descendido notablemente en estos últimos días. Reaparecen muchas lajas sumergidas y los raudales se erizan de espolones rocosos, cuyas algas dulces mueren a la luz. Los árboles de las orillas parecen más altos, ahora que sus raíces están próximas a sentir el calor del sol. En cierto tronco escamado, tronco de un ocre manchado de verde claro, empieza a verse, cuando la corriente se aclara, el Signo dibujado en la corteza, a punta de cuchillo, unos tres palmos bajo el nivel de las aguas.

Caracas, 6 de enero de 1953.

## NOTA

*Si bien el lugar de acción de los primeros capítulos del presente libro no necesita de mayor ubicación; si bien la capital latinoamericana, las ciudades provincianas, que aparecen más adelante, son meros prototipos, a los que no se ha dado una situación precisa, puesto que los elementos que los integran son comunes a muchos países, el autor cree necesario aclarar, para responder a alguna legítima curiosidad, que a partir del lugar llamado Puerto Anunciación, el paisaje se ciñe a visiones muy precisas de lugares poco conocidos y apenas fotografiados —cuando lo fueron alguna vez.*

*El río descrito que, en lo anterior, pudo ser cualquier gran río de América, se torna, muy exactamente, el Orinoco[1] en su curso superior. El lugar de la mina de los griegos podría situarse no lejos de la confluencia del Vichada[2]. El paso con la triple incisión en forma de «V» que señala la entrada del paso secreto, existe, efectivamente, con el Signo, en la entrada del Caño de la Guacharaca, situado a unas dos horas de navegación, más arriba del Vichada: conduce, bajo bóvedas de vegetación, a una aldea de indios guahibos, que tiene su atracadero en una ensenada oculta.*

---

[1] El *Orinoco*, de 2.400 km. de longitud, establece parte de la frontera entre Venezuela y Colombia, atravesando este último país para desembocar en el Atlántico. Vicente Yáñez Pinzón lo descubrió en 1500, y fue remontado por primera vez por Diego de Ordaz en 1531. En su tercer viaje, Colón quedó maravillado por el choque de las aguas del río con las del mar, en el paraje llamado las Bocas del Dragón, y supuso que era uno de los ríos mencionados en el Génesis. También aventuró que remontando el río se podía llegar al Paraíso Terrenal. Carpentier evoca este episodio en *El siglo de las luces*.

[2] El *Vichada* es uno de los afluentes del Orinoco, que corre por tierra colombiana.

*La tormenta acontece en un paraje que puede ser el Raudal del Muerto. La Capital de las Formas es el monte Autana[3], con su perfil de catedral gótica. Desde esa jornada, el paisaje del Alto Orinoco y del Autana es trocado por el de la Gran Sabana[4], cuya visión se ofrece en distintos pasajes de los Capítulos III y IV. Santa Mónica de los Venados es lo que pudo ser Santa Elena del Uairén[5], en los primeros años de su fundación, cuando el modo más fácil de acceder a la incipiente ciudad era una ascensión de siete días, viniéndose del Brasil, por el abra de un tumultuoso torrente. Desde entonces han nacido muchas poblaciones semejantes —aun sin ubicación geográfica— en distintas regiones de la selva americana. No hace mucho, dos famosos exploradores franceses descubrieron una de ellas, de la que no se tenía noticia, que responde de modo singular a la fisonomía de Santa Mónica de los Venados, con un personaje cuya historia es la misma de Marcos.*

*El capítulo de la Misa de los Conquistadores transcurre en una aldea piaroa que existe, efectivamente, cerca del Autana. Los indios descritos en la jornada XXIII son shirishanas del Alto Caura. Un explorador grabó fonográficamente —en disco que obra en los archivos del folklore venezolano —el Treno del Hechicero.*

*El Adelantado, Montsalvatje, Marcos, fray Pedro, son los personajes que encuentra todo viajero en el gran teatro de la selva. Responden todos a una realidad —como responde a una realidad, también un cierto mito del Dorado, que alientan todavía los yacimientos de oro y de piedras preciosas. En cuanto a Yannes, el minero griego que viajaba con el tomo de La Odisca por todo haber, baste decir que el autor no ha modificado su nombre, siquiera. Le faltó apuntar, solamente, que junto a La Odisca, admiraba sore todas cosas La Anábasis de Jenofonte[6].*

*A. C.*

---

[3] El *Monte Autana*, al sureste de Venezuela, región visitada por los hermanos Schomburgk (ver introducción).

[4] La *Gran Sabana* es una región al sureste de Venezuela, que separa a este país de la Guayana inglesa y del Brasil.

[5] *Santa Elena* está al sur de la Gran Sabana, en la frontera con el Brasil.

[6] La *Anábasis* de Jenofonte, filósofo y general griego (427-335?), discípulo de Sócrates, narra la retirada de los diez mil, episodio de la Guerra del Peloponeso.

# Colección Letras Hispánicas

## DE PRÓXIMA APARICIÓN